돌섬

돌섬

초판 1쇄 발행 2015년 1월 11일

지 은 이   정상래
발 행 인   권선복
편　　집   김정웅
디 자 인   이세영
마 케 팅   서선교
전 자 책   신미경
발 행 처   도서출판 행복에너지
출판등록   제315-2011-000035호
주　　소   (157-010) 서울특별시 강서구 화곡로 232
전　　화   0505-613-6133
팩　　스   0303-0799-1560
홈페이지   www.happybook.or.kr
이 메 일   ksbdata@daum.net

값 13,500원
ISBN 979-11-5602-081-3   03810

도서출판 행복에너지는 독자 여러분의 아이디어와 원고 투고를 기다립니다. 책으로
만들기를 원하는 콘텐츠가 있으신 분은 이메일이나 홈페이지를 통해 간단한 기획서와
기획의도, 연락처 등을 보내주십시오. 행복에너지의 문은 언제나 활짝 열려 있습니다.

돌섬

정상래 장편소설

도서
출판 행복에너지

책을 펴내며

　우리 속담에「팔백 금으로 집을 사고 천 금으로 이웃을 산다.」라는 말이 있습니다. 이웃 간의 정리(情理)와 화친(和親)의 중요성을 일깨워주는 말이지만 정작 일본과 우리나라는 가장 가까운 이웃인데도 정리와 화친보다 갈등과 대립의 탈을 벗어던지지 못하고 있습니다.

　우리는 왜 일본을 싫어하는가? 한국인은 왜 반일감정을 버리지 않고 살아가고 있는가?

　그것은 민족적 오욕으로 점철된 과거사가 자리 잡고 있기 때문입니다. 온 나라가 전쟁으로 회오리쳤던 임진왜란에서 비롯되었다고 하지만 결정적 단초는 1910년 한일병합에 의한 식민 지배였고 그 과정에서 겪은 수난과 고통이 영원히 지울 수 없는 상처로 자리매김하고 있기 때문입니다. 그런데도 일본은 반성은커녕 아물지도 않은 상처에 소금을 뿌려대고 있습니다. 제국주의적 식민 사관으로 민족의 자긍심에 치명상을 가하더니, A급 전범이 안치된 야스쿠니 신사를 총리가 버젓이 참배하여 민족의 상처를 긁어대는가 하면, 여성들을 끌어다 위안부로 삼아 패역무도(悖逆無道)한 짓을 저질러놓고도 사죄는커녕 되레 입에 담지 못할 망언을 서슴지 않고 있습니다. 조상 대대로 지켜온 우리의 영토였던 독도를 느닷없이「무주지 선점론」을 내세워 자기네 땅이라고 우겨대기까지……

그런데 우리는 문제의 소재부터 제대로 이해하지 못하고 있다는 것이 안타까울 따름입니다.

도대체 식민사관이 무엇이며 무엇을 어떻게 왜곡했기에 우리 민족이 가슴 아파하는지…… 우리 조상들이 무슨 까닭으로 타국에까지 끌려가 비참하게 죽어가야 했으며 지금도 차별과 멸시 속에 살아야 하는지…… 한국 딸들이 왜 일본군의 성노리갯감이 되어야 했으며 어떤 고초를 겪었는지…… 독도는 대한민국의 영토인데도 무슨 연유로 자기네 땅이라고 우겨대는지…… 반일의 감정을 자극시키기 위해서가 아니라 국민적 지혜와 슬기를 모으기 위해서 반드시 알아야 할 역사적 사안입니다. 대화와 타협을 위해서도…… 화해를 모색하기 위해서도…… 더 나아가 용서를 해준다 할지라도 역사적 진실을 알아야 가능한 일입니다. 결코 반일감정에 치우쳐 접근할 일이 아닙니다.

소설을 집필해왔던 필자는 40년 동안 교단생활을 해오면서 두고두고 고민에 고민을 거듭해온 끝에 한일 간 역사적 갈등의 중심에 서 있는 사안을 손쉽게 읽을 수 있는 책을 써보자고 마음먹었습니다. 편년체와 같은 역사책으론 독서의 흥미를 불러일으킬 수 없기 때문입니다. 필자는 한일 갈등의 역사에 심취한 채 중국과 일본의 현지로 다섯 차례에 걸쳐 자료수집에 나서기도 했습니다. 이 한 권의 소설을 읽는다면 한일 간 대립과 갈등을 불러왔던 역사적 진실을 쉽게 이해하는 데 큰 도움이 되리라 확신하는 바입니다.

한일 간 초미의 관심이 되고 있는 갈등의 역사를 알고자 한다면

본 소설「돌섬」을 읽도록 권해주고 싶습니다.

　본 소설을 출간해주신 도서출판 행복에너지 권선복 사장님과 임직원 모두에게 감사의 말씀을 드리는 바입니다.

2014년 12월 10일

鄭 相 來

1
순교의 섬과
조센징 카쿠레키리시탄

비탈진 산마루에 첩첩히 층을 이루고 있던 산줄기가 바닷가로 쏜 살같이 쏠려 나가고 있는 형국의 섬. 동중국해로부터 햇살 품은 바람이 살랑살랑 불어오면서 산자락을 휘감으니 산과 들은 화려한 꽃단장 속으로 빠져들고 있었다. 칙칙한 동백나무 숲에서 노란 개나리가 눈을 흘기고 바다를 휘감은 산굽이 아래 활짝 핀 벚꽃이 보석처럼 꽃물결로 일렁거렸다. 꽃·이파리들이 눈꽃송이처럼 바람에 흐늘거리는 가운데 그 사이로 넓고도 넓은 꽃 바다가 끝없이 지평선까지 펼쳐져 있었다. 바다를 따라 달려가는 서부해안 현도(縣道) 42호선. 산자락을 따라 험준하게 굽이지는 해안 단애에 파도가 철썩철썩 부딪히면서 뽀얀 물보라를 피어 올리는 장관(壯觀)을 뒤로하고 울립한 삼나무가 하늘을 괴고 있는 비탈진 산언덕을 돌아들자 고봉마루 언저리에 농장마을이 눈에 들어왔다. 가느다랗게 뚫린 비탈진 샛길로 돌아들면 카쿠레키리시탄(숨은 그리스도교도로 남아 있는 신자들)들이 공동으로 일궈놓은 돼지 농장이 산언저리를 휘덮고 있었다. 양지바르고 안풍한 곳. 순교의 섬 이키쓰키 섬(일본 나가사키현 히라도 섬의 북서쪽에 있는 섬)을 손바닥처럼 빤히 내려다 볼 수 있는 외딴곳이면서도 풍광지리가 빼어나도록 아름다운 곳이었다. 산허리를 돌아들어 농장을 향한 갈림길 삼거리에 이르렀을 때 심장이 벌떡이고도 남을 일이 앞을 가로막았다. 오가는 차도를 점거하고서 왜가리 떼처럼 질러대는 규호가 묘한 긴장감 속으로 빠져들게 만들었다.

"위장된 조센징 물러가라! 물러가라! 물러가라!"

하늘을 쑤셔댈 것처럼 피켓을 곧추세워가며 바락바락 악을 써대는 고성대질(高聲大叱)이 산자락을 타고 천공(天空)으로 오르는가 하면 바닷물도 성이 나서 거대한 파도로 돌변해 물보라를 일으키려 들었다. 선명한 일장기로 머리띠를 치장한 이들이 화물차를 가로막고 삿대질까지…….

비단 그들만이 아니었다. 정복 경찰관들이 한쪽 도로를 에둘러 막고서 그들의 발길을 붙들어 매느라 부단히 애를 쓰는 눈치였다.

"조센징 카쿠레키리시탄을 추방하라! 그들은 자이니치나 다름없다!"

"조센징 카쿠레키리시탄을 추방하라! 조센징 카쿠레키리시탄을 추방하라!"

"일본인으로 위장한 카쿠레키리시탄 자이니치를 내쫓아라!"

"자이니치를 내쫓아라! 자이니치를 내쫓아라!"

선동자가 목청을 딸 것처럼 고래고함 소리를 내뿜자 뒤따르던 사람들이 서릿발 같은 악다구니를 질러대면서 경찰들과 밀치락달치락 실랑이질을 하고 있었다.

"어용 역사학자를 길러낸 카쿠레키리시탄을 내쫓아라! 내쫓아라!

내쫓아라!"

당장이라도 농장으로 달려가 돼지 농장을 짓뭉갤 것 같은 발악스러운 구호가 산자락을 휘저었다.

"역사 굴복 웬 말이냐! 조센징 물러가라! 조센징 물러가라! 조센징 물러가라!"

"뿌리는 못 속인다! 네 나라로 돌아가라! 네 나라로 돌아가라! 네 나라로 돌아가라!"

"굶어 죽게 해야 한다! 굶어 죽게 해야 한다! 굶어 죽게 해야 한다!"

추악하면서도 혐오에 찬 말들이 가슴속을 난도질해대는 것이었다. 극우파 시위대가 아니라고 할까봐 욱일승천기까지 추켜들고서 악머구리 끓듯 짖어대는 악청이 귀청을 갈기갈기 찢을 정도였다. 조선 사람들이라면 그 후손까지에도 혐오스러움을 거침없이 쏟아낸 사람들. 순교의 섬까지 모여들어 민족적 차별에 불을 지피고 있었던 것이다.

그들이 이곳으로 몰려든 까닭은 진보적 성향의 역사학자로 정평이 난 후지무라 요이찌 박사에 대한 보복성 협박과 회유를 위해서였다. 후지무라 요이찌 박사야말로 극우파 보수 세력들에겐 반드시 타도되어야 할 대상으로 리스트에 올려놓았던 인물이었다.

그가 태어난 고향을 찾아가 부모의 생업에 타격을 가함으로써 소기의 목적을 달성하려는 것이 그들의 가혹하고 노회한 술책이었다. 그의 부친 후지무라 오노는 이키쓰키 섬에서 카쿠레키리시탄의 후손들과 손을 잡고 영농조합을 결성, 돼지 농장을 운영하고 있었다.

조센징이라 매도해온 까닭은 조선인의 피가 흐르고 있었기 때문이었다. 그의 10대 할아버지는 본디 거제도 남단 저구리에 살았던 사람인데 400년 전 정유재란 당시 포로가 되어 일본으로 끌려왔다. 처음

붙들려간 곳은 가고시마의 미나미 규슈시였고 노예의 신분으로 지냈었다. 나중에는 이곳 이키쓰키 섬 목부로 팔려와 정착하게 되었다. 이키쓰키 섬으로 팔려온 노예 중에는 조선 사람들이 유달리 많았다. 까닭은 섬의 서부 외해(外海) 쪽엔 산림과 초지가 발달하여 옛날부터 말과 소를 기르는 방목이 발달했고 에도 시대부터 서해 포경기지로 번영을 누려온 곳이어서 노동력이 절대적으로 필요했기 때문이다. 또 다른 이유가 있다면 종교적인 영향을 빼놓을 수 없었다. 본래부터 일본에는 조상을 숭배한 신도(神道)와 불교(佛敎)가 양대 종교로 자리잡고 있었다. 두 종교는 서로 영향을 주고받으며 독특한 신불(神佛)신앙을 탄생시키며 공존을 꾀하며 번성해왔다. 그러나 1549년 가고시마를 중심으로 스페인 하비에르 신부에 의해 로마가톨릭교가 전래되었다.

일본 사람들은 유난히 서양 문물과 무역에 관심을 갖은 자들이 많았다. 그들은 자연스럽게 기독교에 호의를 베풀면서 큰 반응을 일으켰다. 발 빠르게 개종한 사람들이 늘어나면서 17세기 초기에 신자 수가 수십만에 이르렀다. 이때 이키쓰키 섬 영주 코테다우지(籠手田氏)는 다른 섬과는 달리 문호를 일찍 개방하여 가톨릭교를 받아들이고 신자가 되었다. 섬 주민들도 그를 따라 신자가 됨으로써 가톨릭교회가 번성한 섬으로 탈바꿈하기에 이르렀던 것이다. 가톨릭교회는 노예로 끌려와 비참한 생활을 하고 있던 조선인들에겐 한 줄기 희망으로 다가왔다. 그리스도의 사랑과 평등사상은 의지할 곳 없는 그들을 노예의 속박에서 풀어주었고 민족 차별로부터 벗어날 수 있게 해주었다. 이키쓰키 섬은 온통 그리스도교 신앙촌으로 변해 평화의 섬으로 정착해가고 있었다. 그러나 그것도 잠시 기독교에 호의적이었던 도요토미 히데요시(豊臣秀吉)는 자기보다 신을 존중하는 것이 두려운 나머지 1587년 선교사 추방령을 내렸다. 기독교가 일본을 식민지로 만들기 위해 포교 활동을 한다고 여기면서 사악한 종교로 내몰아 포교를 금지하고 나가사키를 몰수해 버렸던 것이다. 이로 인해 1597년에 일본 최초의 기독교 순교인 이른바 26 성인의 순교가 일어났다. 신자가 많은 이키쓰키 섬에도 참혹한 탄압이 가해지면서 피바람이 불었다. 신자들은 박해를 피해보고자 섬을 탈출하려 했지만 쉽지 않았다. 사면(四面)이 바다로 둘러싸여 도망칠 곳이 없었다. 떳떳하게 순교하는 이가 있는가 하면 도망치다 붙잡혀 참수형을 당하기도 했다. 개중에는 뗏목을 타고 망망대해를 떠돌다 굶어 죽기도 하고 지쳐 쓰러져 고기밥이 되는 이도 있었다. 또 다른 이는 서부 해안 험준한 천인 단애 바위틈으로 숨어들어 박해를 피해가기도 했다. 요시무라 조상은 바닷가 바위틈 토굴로 숨어들어 갈매기 알로 목숨을 부지했다고 했다. 이렇게 살아남은 이들을 카쿠레키리시탄이라고 불렀다. 이처럼 박해가 심했던 탓에 이키쓰키 섬이 순교의 섬으로 불렸던 것이다.

기독교의 세력이 수그러들자 한 때 사라졌던 조선인에 대한 민족 차별 의식이 다시 되살아났다. 조선인들은 결국 차별을 피해보고자 일본인으로 귀화를 결심했고 일본 국적을 취득했다. 일본식 성과 이름으로 개명까지 했지만 일본인들의 냉소적인 태도는 가시지 않았다. 여전히 조센징(조선인을 부르는 명칭)이라 부르며 멸시와 차별을 서슴지 않았다. 조선인 카쿠레키리시탄들은 자연스럽게 단합하여 결속하기 시작했다. 한 맺힌 삶이 단합된 정신력으로 승화되면서 집단촌을 형성, 공동체 생활을 시작했다. 기독교 신앙에서 비롯된 평등과 박애 정신 그리고 민족성이 자리 잡으면서 철옹성 같은 단결력을 보여주었다.

그 배경에는 하느님께서 베풀어 주신 은혜를 잊지 말 것이며 단군의 후예로서 조선의 피가 흐르고 있음도 잊지 말라는 조상의 유훈이 자리잡고 있었던 것이다. 처음엔 근해어업부터 시작하여 포경업까지 생활 터전을 넓혀 나아갔다. 그러나 국제포경위원회로부터 포경 어업이 금지되자 영농조합을 설립, 재빠르게 양돈업으로 뛰어들어 부를 창출할 수 있었다. 물질적 안정을 찾게 된 그들은 자녀 교육에 매진하기 시작했다. 장학재단을 설립하여 자녀 교육에서 삶의 의미를 찾고자 했다. 헌신적인 그들의 교육열이 카쿠레키리시탄 교육이라 불리는 까닭이 여기에 있었다. 자녀들은 부모의 바람을 저버리지 않았다. 모두가 하나같이 열심히 공부했다. 그런데 그들의 교육에는 이상하리만큼 큰 틀이 있었다. 조상이 물려준 한(恨)의 의미가 녹아들어서인지 몰라도 법학도와 역사학자가 유달리 많았던 것이다. 작은 섬마을인데도 예상을 뛰어넘을 정도로 많은 법조인과 역사학자가 태어남으로써 이를 두고 신앙과 조상의 혼이 빚어낸 카쿠레키리시탄 교육 때문이라고 사람들은 입을 모았다. 그 중 대표적인 역사학자가 후지무라 고이찌 박사였다. 궁벽한 섬마을에서 태어났지만 그는 반드시 저명한 역사학자가 되겠다고 다짐하고 어려서부터 열심히 공부했다. 그가 역사학자가 되고자 했던 것은 조센징이라는 차별과 멸시로 가슴에 맺힌 한을 풀기 위해서였다. 어려서부터 귀가 닳도록 들었던 말, "차별 없는 내 조국에서 단 하루만이라도 살다가 죽으면 원이 없겠다."라는 조상의 피맺힌 절규를 듣고 자랐기 때문이다.

솔직히 일본 사람들은 도요토미 히데요시(豊臣秀吉)가 대륙을 침공한 임진왜란(일본명 : 분로쿠 게이초의 역)에 대해서 알고 있는 이가 별로 없었다. 조선을 침략하여 이루 말할 수 없는 고통과 피해를 주었던 역사적 사건인데도 별로 관심이 없었다. 그러나 후지무라는 어렸을 때부터 부모님으로부터 "임진왜란은 절대로 잊어서는 안 된다." 라는 가르침을 귀가 닳도록 듣고 자랐다. 그 전쟁으로 인해 조상이 포로로 끌려와 노예살이를 하면서 겪은 피맺힌 절규이기 때문이었다. 또 다른 하나는 피바람을 일으키며 무차별적 학살을 자행한 이키쓰키 섬의 기독교 박해사건이었다. 하느님을 흠숭하는 신앙인이라고 해서 그토록 모질게도 죽여도 되는 것인지 카쿠레키리시탄들이 품고 살아온 한(恨)이었던 것이다.

어려서부터 조상들의 이야기를 듣고 자라온 그는 자연스럽게 역사적 사건에 관심을 갖게 되었다. 역사학자의 꿈을 키웠고 일본 최고의 명문 동경대학교 사학과에 입학했다. 동 대학원을 마친 그는 곧바로 규슈 지역 후쿠오카 소재 K대학 교수가 되었다. 카쿠레키리시탄 후손다웠던 것이다. 교수가 되어서도 끊임없는 연구를 통해 수많은 논문 발표는 물론 저서를 출간함과 동시에 각종 매스컴에 칼럼을 게재하여 명실공히 최고의 역사학자로 우뚝 서게 되었다. 그러나 그는 진보적 성향을 띤 학자의 길을 걷고 있었다. 젊은이들에겐 존경과 호감을 받고 있는 역사학자였지만 우익 보수단체로부터는 비판과 지탄의 대상이기도 했다. 이키쓰키 섬이 그의 고향이며 부모님이 영농조합을 운영하고 있는 것을 알아차린 보수단체 회원들이 이곳으로 몰려들었다. 후쿠오카와 나가사키 그리고 인근 히라도에서 한꺼번에 밀려들어 시위를 벌이는 중이었다.

그들의 속셈은 후지무라 박사로 하여금 진보적 역사학자의 길을 걷지 못하게 하도록 부모가 나서달라는 겁박이었다. 또 한편으로는 잘못을 인정하고 강단에서 물러나라는 요구였다.

아침나절부터 시작된 그들의 시위가 점심때가 되어도 조금도 수그러들 기세가 아니었다. 농장으로 들어가는 길목을 차단한 채 화물차 출입을 가로막고서 비켜주지 않았다. 도축장으로 실려 가던 돼지들이 차 안에서 꿀꿀거리며 야단스러워도 아랑곳하지 않았다. 사료를 실은 화물차도 맞은편에서 꿈쩍도 못한 채 멈춰서 있을 뿐이었다.

"우리도 어엿한 일본 사람이다. 인종차별 물러가라! 물러가라!"

돼지 분뇨가 닥지닥지 붙은 작업복을 입고 악을 써대는 이는 카쿠레키리시탄들이었다. 농장에서 일을 하다 말고 신작로로 나와 악이 받치는 소리를 질러대었다. 더 이상 참을 수가 없었던 그들은 악다구니로 맞불질을 놓았다.

"인종차별 웬 말이냐? 비겁한 짓 집어치워라! 집어치워라!"

경찰을 가운데 두고 격월한 구호들을 쏟아내면서 양 진영이 대치하고 있었다. 바다로 둘러싸인 호젓한 산자락 갈림길…… 금방이라도 충돌이 벌어질 것만 같은 공포의 분위기가 연출되고 있었다. 문제는 경찰들의 모호한 태도였다. 시위대를 가로막고 있다가 영농조합원들을 향해 호각을 불면서 위압감을 주기에 바빴다. 단속을 하러 나온 것인지 아니면 부추기러 온 것인지 뜨뜻미지근한 행동을 보여주었다. 공공연한 차별이 행해지고 있음을 쉽게 알아차릴 수 있을 정도였다.

"당장 농장으로 돌아가세요."

냅다 호각을 불며 돌아가라고 손짓을 해대었다. 외쳐대는 그들의 표정에서 이상스런 느낌이 들 정도였다. 어떻게 보면 극우파의 시위를 묵시적으로 동조하는 태도가 드러나고 있었기 때문이다.

"일본인의 가면을 쓴 자이니치를 몰아내라! 몰아내라! 몰아내라!"

시위대들은 지칠 줄도 모른 채 고래고함을 질러대었다. 얼토당토 아닌 거짓말까지 거침없이 토해 내었다. 자이니치란 재일(在日) 조선인을 지칭하는 일본 말이지만 카쿠레키리시탄과는 전적으로 다른 말이었다. 일제강점기 시절 생계를 위해 일본으로 건너갔거나 징용으로 끌려갔다 돌아오지 못하고 주저앉은 사람들을 두고 부르는 말이다. 자이니치는 국적이 일본의 외국인 등록법에 따라 '한국' 또는 '조선'으로 표기된 이들인데도 일본 국적인 그들을 차별하는 수단으로 이용되었던 것이다.

2
동해로 부는 바람

극우 보수 세력들의 집요하고도 끈질긴 방해 공작에도 후지무라 박사는 아랑곳하지 않았다. 되레 진보 성향의 역사학자들의 모임인 역사바로세우기협회의 세를 은밀히 확장해가고 있었다. 대학교수는 물론이요 역사연구소 연구원까지 찾아다니며 본회의 취지를 알리는 데 힘썼다. 일을 시작한 지 3년 만에 괄목할 만한 성장을 이루었다. 40명의 학자들이 적극적인 지지 의사와 함께 활동에 들어갔고 동참의 뜻을 표시해온 학자만도 30명이었으며 묵시적 동조자까지 모두 합치면 150여 명에 이르렀다. 고무적인 것은 대부분 일본 내 유수대학에서 역사학을 강의하고 있는 저명한 교수들이 참여하고 있다는 점이었다. 그는 여기서 안주하지 않았다. 일본뿐만 아니라 이웃 나라까지도 그 세를 넓혀가려는 목표를 세웠다. 일본이 유달리 이웃 국가들과 역사적으로 마찰을 일으키고 있다는 점. 그것은 대부분 일본의 침략 야욕에서 비롯되었다는 점에서 주변 국가와 역사의 공유 없이는 진정하게 역사를 바로 세울 수 없다는 것을 알고 있기 때문이었다. 그래서 한국과 중국, 대만, 필리핀, 인도네시아, 러시아에까지 폭을 넓혀가기로 했다. 그 중 우선되어야 할 나라는 한국과 중국이었다. 역사 문제로 첨예한 갈등과 대립으로 치닫고 있는 한국과 중국의 학자들과 논의를 거치는 일이야말로 시급하다는 생각을 지울 수 없었다.

기회를 엿보던 중 물꼬를 틀 수 있는 절호의 찬스가 찾아왔었다. 친동생이나 다름없는 요시다 박사가 안식년에 들어가면서 한국으로 건너가 한일 간 역사적 관계에 대해 연구해보고 싶다는 의사를 보내왔던 것이다. 그도 동경대학 역사학과와 대학원을 졸업했고 규수지역 H대학에 부교수로 재직하고 있었다. 후지무라 박사는 곧장 역사바로세우기협회 대의원회의 추인을 받아 그를 협회의 대표직함으로 한국에 파견했다. 현해탄을 건너온 요시다 박사는 연합 역사연구소에서 「한일 역사 비교를 통해 한국 학자들과 역사 공유 방안」이라는 주제로 연구에 몰두해왔다. 밤으로는 연세대학교에서 한국어를 배우기도 했다.

요시다 박사가 한국에 체류한 지 6개월째 되는 날이었다. 왠지 그는 마지막 날이라고 생각하니 마음이 뒤설레면서 허전한 생각이 밀려들었던 것이다. 그는 짐도 챙길 겸해서 아침 일찍 연구소로 마지막 출근을 재촉했다. 아직은 이른 시각, 창가에 서서 하염없는 눈길로 희붐하게 밝아오는 동녘 하늘을 바라보고 있었다. 햇덩이가 청계산마루에서 붉은 빛을 뿌리며 슬며시 얼굴을 내밀었다. 동녘 하늘이 마치 쉿물을 부어놓은 것처럼 붉은 노을로 이글거릴 때 연구원들이 삼삼오오 출근길에 바빴다.

"좋은 아침입니다. 일찍 오셨군요."

연구원장 김영식 박사가 맨 먼저 현관문을 열고 들어왔다. 소탈하면서도 예의로운 표정을 지으며 인사부터 건넸다.

"안녕하세요? 원장님. 마지막 날이다 보니 저도 모르게 일찍 오게되었습니다."

잠시 후 뒤를 따라 연구원들이 삼삼오오 짝을 지어 들어왔다.

"오늘도 보람된 하루가 되었으면 좋겠습니다."

그들은 아침 덕담을 한마디씩 건넸다.

"좋은 하루되시길 빕니다."

목소리가 땅에 떨어지기도 전에 연구부장 유인원 박사가 문을 열고 들어왔다. 예상과 달리 표정이 칙칙하게 가라앉아 보였다.

"안녕들 하십니까? 좋은 아침입니다."

상대방을 쳐다보지도 않은 채 인사부터 챙겨 들었다.

"부장님 안녕하세요?"

연구원들이 일어서서 허리 굽혀 인사를 했다. 그러나 표정의 변화도 없이 곧장 부장실로 들어가고 말았다. 까닭을 모른 연구원들은 심히 불안한 눈치였다. 어색스럽고 궁색한 낯빛으로 서로들 두리번거렸다. 아침부터 침중하게 가라앉은 분위기를 자아내고 있었기 때문이었다. 잠시 유 부장이 신문을 들고 부장실 문을 열고 나왔다. 간밤에 폭주를 마신 사람처럼 벌겋게 상기된 채 턱살을 덜덜 떨었다. 미간마저 찌푸린 채 얄궂은 표정으로 신문 기사를 가리켰다.

"낯짝도 없이 또 뻔뻔스러운 일을 저질렀군요?"

목소리가 침울하게 가라앉으면서 눈빛은 실망스러움으로 돌변했다.

"저도 어제 밤늦게 뉴스를 듣고 잠을 이룰 수가 없었어요."

윤용근 연구원이 벌써 부장의 마음을 읽고서 한 자락을 거들고 나섰다.

"극단 우파 정치인이 총리가 될 때부터 어쩐지 수상했던 것인데……. 드디어 일을 저질렀군요."

기분이 심히 언짢은 듯 혀를 쩝쩝 차가며 못마땅한 표정을 짓는 이는 나정수 연구원이었다. 일본 역사를 연구하는 학자답게 출신 성향부터 꺼내들면서 울분을 터뜨렸다.

"청렴의 대명사로 불린 정치인이었던 조부와 친한파로 알려진 아버지의 대를 잇지 못하고 있어요. 큰 그릇이 아니어요. 하필 매파였던 외할아버지의 정치 기류를 따르려는지 모르겠어요."

유인원 연구부장이 일그러진 표정을 펴지도 않은 채 원망 섞인 말을 토해 내었다.

"원래 망치가 가벼우면 못이 솟구치는 법입니다. 일개국의 지도자라면서 그리도 경망스러워서야……! 일본인은 독일 국민에게 배워야 합니다. 역사적으로 잘못한 일을 진정으로 뉘우칠 줄 아는 분이어야 선진 문화국으로 이끌 수 있는 지도자가 아니겠습니까? 1970년 빌리 브란트 독일 수상은 폴란드를 방문해 아우슈비츠 유대인 강제수용소 위령탑 앞에 무릎을 꿇고 나치 만행을 사죄했습니다. 지금도 독일 외무부 내 복도에는 당시의 사진이 걸려 있습니다. 그것은 1989년 독일 통일로 이어지는 동서 화해 모드의 시작을 알린 계기가 되기도 했습니다. 그것뿐만이 아닙니다. 1994년 헤르초크 대통령은 폴란드 국민 앞에서 "상호 이해란 역사를 같은 방향에서 바라볼 때만 자랄 수 있다. 아무것도 덧붙이지 말고, 아무것도 지우지도 말자."고 말했습니다. 그는 나치스의 범죄를 전시한 역사의 집을 세워 차세대를 위한 교육의 장으로 만들었습니다. 지금 독일 수도 베를린에는 나치에 희생된 600만

유대인을 기리는 2,711개의 추모비가 세워져 있습니다. 히틀러 시대와의 단절을 가장 단호하게 보여준 사건이었습니다. 오늘날 독일이 국제사회에서 정치적으로는 말할 것도 없고 선진 문화국으로 숭앙받는 까닭이 여기에 있습니다. 브란트 수상 또한 세계사에 훌륭한 지도자로 영원히 기억되고 있지 않습니까? 헌데 역사적으로 같은 죄를 지었던 일본은 왜 피해국민의 가슴에 못을 박는 일만 저지르는지 모르겠습니다. 지은 죄가 무엇인지 모르나 보지요."

나정수 연구원은 울분에 찬 목소리로 일본을 질타하고 나섰다. 같은 전범 국가이면서도 다른 길을 걷고 있는 독일과 일본을 비교해가면서 그동안 참아왔던 억분을 한꺼번에 담아냈다. 아침부터 입가에 게거품을 뽀글거려 가면서 일장 넋두리를 쏟아내었다.

"맞는 말입니다. 국가 지도자의 역할이란 정말 중요한 것이지요. 무엇보다 역사를 직시할 줄 아는 사람이 지도자가 되어야 합니다. 과거의 역사는 현재의 바탕이고 또 현재는 미래의 디딤돌이 되기 때문입니다. 당장 표를 얻기 위해 인기를 내세우는 일은 하지 말아야 합니다. 지도자의 일거수일투족은 역사에 길이길이 남게 되니까요. 사탕은 입엔 달지만 몸에 해롭습니다. 지도자가 순간의 인기를 위해 사탕만을 국민에게 준다면 그 순간은 좋을지 모르나 나중엔 해가 됩니다. 그런데 지금 일본 사람들은 사탕발림 정치에 놀아나고 있습니다. 지도자는 당장 표를 의식하여 달콤한 우경화의 사탕을 입에 넣어주고 있습니다. 날이 갈수록 사탕 중독자가 늘어가고 있습니다. 극우에 사로잡혀 미래를 내다보는 통찰력마저 마비되어 가는 사람들이 일본도(日本刀)의 날을 세우고 있습니다. 일개국의 지도자가 역사도 제대로 직시하지 못한 채 경망스러운 처세를 해서야 되겠습니까? 그런 행동은 머지않아 국제사회로부터 신뢰를 잃고 고립될 것이라는 것은 불을 보듯 뻔합니다. 국제적 고립은 국가의 신용도를 떨어뜨립니다. 신용이 떨어지면 외교적으로는 망신살이 되어 대외 무역에서도 악재가 될 수밖에 없게 됩니다. 결국 피해는 국민의 몫으로 돌아오게 되어 있습니다."

마치 내원하는 환자의 정태를 진단하는 의사처럼 맥을 제대로 짚어내며 말하는 이는 요시다(吉田) 박사였다. 비록 일본 사람이라고 하지만 그는 자국의 정치인들도 역사적 관점에서 냉철히 비판하는 일을 서슴지 않았다. 역사바로세우기협회라는 조직의 행정적 책임을 도맡은 이였다.

"맞는 말입니다. 역사의 안목이 짧은 사람이 지도자가 되어서는 안 되지요. 세계사적 관점에서 되돌아보면 지도자를 잘못 뽑아 역사의 중심에서 일순간 뒷전으로 사라진 예가 많았으니까요. 국민들은 그런 지도자를 보면 얼마나 원망스럽겠습니까? 후세로부터 영원히 비난의 대상이 될 수밖에 없지요. 그래서 국가의 융성은 지도자와 밀접한 함수관계에 놓여 있다고 봐야 합니다."

서양사를 연구하고 있는 김용배 연구원이 이맛살을 찌푸려 가며 요시다(吉田) 박사를 두둔하고 나섰다.

"어제 무슨 일이 있었습니까? 저는 아직 조간신문도 보지 못했습니다."

잠자다가 봉창을 뚫은 사람처럼 하품만 연신 해대던 하길담 연구원이 물었다. 아직도 술기운에 젖어 있는 듯 얼굴이 벌그죽죽한 채 노곤함에 싸여 있어 보였다.

"백부님 빈소에서 밤새워 문상객을 맞느라 피곤하셨나 봅니다."

나정수 연구원이 저간 사정을 아는 듯 위로에 찬 말을 건넸다.

"어쩔 수 없는 일이었지요. 장례식장이라서 TV는 물론 신문도 접

22 | 돌섬

할 수 없었으니까요."

"그러셨겠지요."

"그런데 일본에서 또 무슨 일을 저질렀습니까?"

"글쎄. 일본 수상이 야스쿠니 신사를 참배했다고 합니다."

"뭣이라고요? A급 전범 도조 히데키가 안치된 신사(神社) 말입니까?"

"예. 그렇습니다."

"수상이 역사의 죄인이 합장된 곳을 찾아갔다 그 말입니까? 말도
안 됩니다."

"그래서 피해국 국민들이 분노하는 것이지요."

"비단 이번만이 아닙니다. 총리의 공식적인 참배로는 벌써 세 번째
입니다."

윤용근 연구원이 어이없다는 듯 고개를 절레절레 흔들어가며 눈시
울을 샐그러뜨렸다.

"할 말이 없군요. 피는 속이지 못한 것 같습니다. 태평양 전쟁을 일
으킨 세력이 전후에도 교체되지 않아 지금까지도 집권자민당의 주류
를 형성하고 있기 때문이지요. 특히 고이즈미 총리와 아베 총리가 대
표적이니까요."

하길담 연구원이 땅이 꺼지도록 거푸 한숨을 토해내면서 찝찌름한
표정을 감추지 못했다.

"A급 전범이란 어떤 범죄에 해당되는 사람들인가요?"

윤용근 연구원이 나정수 연구원을 향해 물었다.

"제2차 세계대전 후 연합국의 국제군사재판이 독일의 뉘른베르크
와 일본 도쿄에서 열렸습니다. 이때 소추된 전범을 3단계로 분류했
지요. A급이란 국제조약을 위반하여 침략전쟁을 기획, 시작, 수행한

사람들입니다. 태평양 전쟁을 일으켰던 도조 히데키(東條英機)가 대표적인 전범입니다. B급은 전쟁법과 관습법을 위반하고 살인과 포로학대 그리고 약탈을 저지른 이들이며, C급은 상급자의 명령에 의하여 고문과 살인을 직접 행한 사람들을 두고 이르는 말입니다."

나정수 연구원이 전범들의 내역을 적나라하게 들려주었다.

"일본 사람으로서 할 말이 없습니다. 더구나 역사학자로서 막중한 책임도 느낍니다."

요시다(吉田) 박사도 혀를 차가면서 불편한 심기를 털어놓았다.

"이번 일본 총리의 경거망동은 우리나라와 중국을 무시하려는 행위가 아니겠습니까?"

하길담이 대뜸 열을 올려가면서 눈을 부라렸다.

"그렇지요. 몇 해 전에는 일본 외무대신이란 자가 야스쿠니 참배를 두고서 '참배하지 말라는 말은 총리한텐 절대 통할 수 없으며, 담배를 피우지 말라고 하면 더욱 피우고 싶듯이 중단하라고 하면 더 갈 수밖에 없다.'고 비웃었습니다. 기가 찰 노릇입니다."

윤용근 연구원도 배알이 뒤틀리는 듯 콧등에 잔주름을 모아가면서 투덜거렸다. 목소리는 흥분에 젖어 있었고 아니꼽살스럽다는 듯 입까지 비죽거렸다. 역사 연구소답게 아침부터 연구원들이 야스쿠니 신사참배 기사를 화제로 삼아 입심을 뽑아들었던 것이다. 분명 일본 총리의 야스쿠니 참배는 조선인들을 충격 속으로 몰아넣는 기사임에 틀림없었다. 연구실의 공기가 냉랭해지면서 차가운 기류만 흐르고 있을 때

"자! 이럴 때일수록 힘을 내야 되지 않겠습니까? 우리를 바라보고 있는 국민들을 생각해서라도 더욱 분발하도록 합시다."

허탈한 표정으로 신문을 들춰보던 유인원 부장이 입술을 다져 물고는 벌떡 일어서며 채근하고 나섰다.

　　"오늘은 특별한 날이니 일찍부터 강당에서 회의가 있어요. 빨리 강당으로 갑시다."

　　그는 잰걸음으로 앞장서서 강당으로 향했다. 강당으로 연구원들이 모여들고 있었다. 오는 죽죽 원탁회의 책상에 자리를 잡은 채 허망스러운 표정을 숨기지 않았다. 그때 쪽문을 통해 김영식 원장이 들어왔다. 그의 손에도 신문이 들려 있었고 얼굴 표정이 비장해보였다.

　　"아침 조회를 시작하겠습니다. 모두 인사!"

　　"좋은 아침입니다. 오늘 하루도 행복하세요."

　　"자리에 착석하시지요."

　　부장의 구령이 이어졌고 원장이 말을 받았다. 얼굴이 붉게 상기되어 있는 것으로 봐서 예전과는 사뭇 다른 표정이었다. 심기가 편치 않음을 짐작할 수 있었다.

　　"오늘 아침 조간신문의 기사를 보셨습니까?"

　　묻는 말로 서두를 뗀 목소리는 침울하게 가라앉아 있었다.

　　"예."

　　모두들 하나같이 실의에 빠진 대답으로 일괄하면서도 표정들은 점점 굳어가고 있었다.

　　"모두들 뉴스를 보셔서 아셨겠지만 또 일본 총리가 몹쓸 짓을 했습니다. 비단 이번만이 아닙니다. 실제로 일본 총리가 야스쿠니신사를 공식적으로 참배한 것은 1985년, 나카소네 야스히로(中曾根康弘) 총리가 처음이었어요. 그는 헌법의 정교분리(政教分離) 원칙에 따라 본전 참배에 앞서 몸을 깨끗이 하는 액막이 행사 의식은 받지 않았습니다. 하지만

16년 후 2001년 고이즈미 준이치로(小泉純一郎) 총리는 액막이 행사 의식을 받으며 또다시 신사를 공식 참배함으로써 우리나라와 북한 그리고 중국 등 주변국의 비난을 샀었습니다. 이는 외교 문제로까지 번졌던 것입니다. 그런데 이번 아베 총리가 주변 국가의 만류에도 불구하고 참배를 했습니다. 피해 당사자 국민들의 가슴에 대못을 박는 행위이죠. 지금 우리는 일본 역사학자들과 전쟁을 하고 있음을 명심해야 합니다. 국민의 자존심이 우리의 손에 달려 있다고 해도 과언이 아닙니다. 악의적으로 역사를 왜곡하며 다가오는 그들의 저의를 우리가 막아야 합니다. 일본은 총칼이 아니라 무설을 터뜨려 정쟁을 일으키려 하고 있습니다. 더 나아가 그 결과를 교과서에 수록, 후손들에게까지 역사를 왜곡한 채로 가르치려 들고 있어요. 이대로 방치해두면 우리 후손들에게 엄청난 시빗거리를 물려주게 될 뿐 아니라 두 나라 사이엔 재앙이 될지도 모릅니다. 먼 사촌보다 가까운 이웃이 낫고 세 닢 주고 집 사고 열 닢 주고 이웃 산다고 했는데 일본은 우리를 이웃으로 여기지 않습니다. 울타리가 허름하면 이웃집 개가 드나든다고 했습니다. 호미로 막을 수 있음에도 나중에는 가래로도 막을 수 없는 것이 재앙이라 하지 않습니까? 거짓이 참으로 둔갑하여 자리를 잡게 되면 참다운 이성(理性)을 마비시킵니다. 지금 일본은 역사교육에 있어 혼돈에 빠져 있습니다. 정사(正史)를 바탕으로 한 역사관이 무엇인지조차 모르고 있습니다. 그들을 일깨워주는 것도 우리의 책무 중 하나라고 여겨집니다. 하늘은 스스로 돕는 자를 돕는다고 했고 샘물은 천 길 물속에서도 솟는다고 했습니다. 정의에 기초를 둔다면 우리가 승리할 것입니다. 아무리 어둠이 짙다고 하더라도 빛을 이길 수 없으며 기만은 진실 앞에 무릎을 꿇고 말 것이기 때문입니다. 우리는 왜곡된 역사에 젖어 있는 그들에게 올바른 역사가 무엇인지 가르쳐 줘야 합니다."

김 원장은 주먹을 불끈 쥐어가며 구호를 외치듯 말했다. 확호불발의 굳은 신념을 토해내려는 듯 입술이 터지도록 악다물기까지……. 눈동자의 빛도 판득 빛났다.

"일본 사람들의 마음을 헤아리지 못하는 것도 아닙니다. 섬나라 사람들이 대륙을 점령했으니 얼마나 조상이 자랑스러웠겠습니까? 그러나 그 자랑스러움도 역사의 틀 안에서 느껴야 합니다. 우리도 그런 역사가 있습니다. 광개토대왕이 만주 땅 거란, 부여, 숙신, 동부여까지 점령하고 후연을 속국으로 삼은 것을 자랑으로 여기고 있지 않습니까? 우리는 일본 사람과는 달리 역사에 기록된 대로 공부할 뿐이지 그 이상도 이하도 덧붙이지 않습니다. 역사란 과거에 했던 일이 옳았던 잘못했던 간에 진실에 입각하여 정의롭게 가르쳐야 그것을 바탕으로 새로운 미래의 번영을 가져올 수 있습니다. 하지만 일본은 자기 조상이 대륙을 점령해서 식민지화했던 것에 대해 자부심만 느낄 뿐 그 과정에서 저지른 잘못에 대해서는 감추려는 데 급급합니다. 그것은 자기 자신을 속이는 왜곡된 긍지일 뿐입니다. 남의 나라를 침략하여 만행을 저지른 것을 자랑으로 여겨서야……. 과거는 현재로 이어지는 것이고, 현재는 미래로 나아가는 발판입니다. 후손에게 역사를 가르치는 목적은 과거의 세계를 바르게 이해하여 현재를 사는 이에게 인간적으로 성숙된 삶을 가르치기 위해서입니다. 역사 속에서 조상들의 지혜와 만날 수 있습니다. 과거는 우리에게 지혜를 일깨우고 용기를 북돋워 줍니다. 때문에 역사는 과거의 사실을 사실대로 이해하는 데서 출발해야 합니다. 그래야만 미래를 향한 바른 안목을 길러줄 뿐 아니라 옳게 성장할 수 있는 바탕이 되어줍니다. 우리는 피해자입니다. 그들의 왜곡된 술수에 말려들지 말아야 합니다. 그들이 저지른 탄압과 만행을 낱낱이 파헤쳐 왜곡된 역사를 바로잡아 국제사회에 알려야 합니다. 왜곡이 무엇인지조차 모르는 이에게 역사의 진리를 깨우쳐 줘야 합니다. 그 일은 우리의 몫입니다. 진실에 입각한 논리적 증거를 제시함으로써 허구였다는 것을 스스로 알아차리도록 말입니다. 정의가 반드시 승리한다는 것이 불변의 진리라는 것도 보여주어야 합니다."

여간해서 목소리에 억양을 넣거나 톤을 높이는 사람이 아닌데도 예상을 뛰어넘는 훈화였다.

마디마디 애절한 호소가 깃들어 있어 듣는 이로 하여금 이상한 감회가 솟아오르게 만들어주고도 남았다. 역사적 관점에서 바라본 두 나라 사이 엉클어진 감정을 적나라하게 밝혀주려 들었던 것. 솔직히 원장 김영식 박사도 망언을 일삼는 일본의 관료들이라면 진절머리나 있었다. 적초(賊招)에나 있을 법한 일을 날조하여 생떼를 쓰는 무지몽매한 자들의 뒷감당이란 쉽지 않았던 것이 사실이었다. 망언이 터질 때면 어김없이 국민들의 눈길이 연구원으로 쏠릴 수밖에 없는 탓이기도 했다. 욱대기듯 억지스러운 주장만 되풀이하는 일본 관료들 때문에 심신이 지칠 대로 지쳐갈 뿐이었다.

"오늘은 아침부터 서운한 말씀부터 드려야 할 것 같습니다. 그동안 저희 연구소를 선택하여 함께 연구해 오셨던 요시다 박사님께서 이제 고국으로 돌아가시게 되었습니다. 욕심 같아선 오래오래 같이 지냈으면 좋겠지만 사람은 만나면 헤어지는 것이 당연지사라 어쩔 수 없을 것 같습니다. 박사님은 한일 두 나라의 역사 공유 방안을 위해

내한하셨던 것입니다. 의도하셨던 대로 소기의 성과가 있길 기대해봅니다. 그렇게 된다면 머지않아 두 나라 역사학자들이 만나 머리를 맞댈 수 있겠지요. 떠나가시는 요시다 박사님의 이임 인사를 듣도록 하겠습니다."

원장은 못내 서운한 표정을 감추지 못한 채 석별을 아쉬워했다.

"세월이 참으로 빠릅니다. 제가 한국에 발을 들여놓은 지가 엊그제 같은데 벌써 6개월이 지나갔습니다. 저를 반갑게 맞아주시고 도와주신 원장님 그리고 부장님과 연구원님께 심심한 사의를 표하는 바입니다. 비록 짧은 기간이었지만 저는 어느 때보다도 많은 것을 배우고 갑니다. 일본에서는 전혀 알지 못했던 역사적 사실을 직접 접해볼 수 있었다는 것이 큰 수확이었습니다. 이제 일본으로 돌아가면 한일 간에 역사 인식의 공유라는 테두리 안에서 연구 활동을 전개해보고자 합니다. 그리고 두 나라 간 역사학자들의 만남을 주선하는데 힘닿는 데까지 노력하겠다는 약속을 드리겠습니다. 그동안 은혜를 베풀어주신 모든 분께 다시 한 번 감사의 말씀을 드립니다."

말하는 표정에는 아쉬움의 눈빛이 출렁거렸다. 주체할 수 없는 허탈감으로 빠져든 사람처럼 힘마저 가라앉은 것 같았다. 씁쓰레하면서도 허허로운 웃음을 속으로 쓸어 담고서 자리에 앉았다.

"많은 것을 배우고 가시다니요? 역사연구 하면 일본이 우리보다 앞서 가고 있는 게 아닙니까? 너무 겸손한 말씀이신 것 같습니다."

원장이 고개를 끄덕끄덕 주억이며 점잖은 목소리로 말했다.

"아닙니다. 저에겐 다시 올 수 없는 시간이었고 좋은 체험이었습니다."

"그러셨다면 다행입니다. 저희들도 박사님과 함께 연구하면서 많은 것을 배웠습니다."

"나라 간 역사를 공유한다는 관점에서 바라본다면 역사학자들끼리 많이 만났으면 좋겠습니다."

"옳으신 말씀입니다. 앞으로도 함께 할 기회가 많아지도록 서로 노력해봅시다."

"일본에 가더라도 힘닿는 데까지 노력하겠습니다."

"고맙습니다."

"제가 한국에 체류하는 동안 가장 기억에 남는 것은 선진 국민의식이었습니다."

"선진 국민의식이라니요? 칭찬해주시니 감사합니다."

원장은 놀랍다는 듯이 두 눈을 히뜩거리며 쳐다보았다.

"조선인은 남녀노소를 막론하고 근대 이후의 역사를 잘 알고 있다는 것이 대단히 놀라웠습니다. 바람직하다는 생각도 들었습니다. 피해자이면서도 가해자인 일본인을 향해 먼저 문제를 일으키지 않는 민족이라는 것을 알 수 있었습니다. 늘 문제의식을 제기하는 편은 일본이었다는 것을 알아차렸습니다. 한국인은 참을성이 대단한 민족이었습니다. 곰이 삼칠일을 견뎌내 국모가 되었다는 건국신화처럼 민족성이 국모를 닮은 것 같습니다."

요시다 박사는 잔조로운 웃음을 머금어가며 그동안 한국에서 보고 느꼈던 점을 허심탄회하게 들려주었다.

"틀린 말은 아닙니다. 역사 문제를 먼저 꺼내든 편은 일본이었지요. 그것도 왜곡 날조된 내용으로 상처에 소금을 뿌려왔던 것입니다. 피해자의 쓰린 가슴을 아랑곳하지 않은 채 망언을 남발해왔던 것이 사실입니다. 그럴 때면 우리 연구원들 입에서도 억분의 목소리가 터져 나왔습니다. 당당하고도 떳떳하게 일본을 국제사회에 고발하자고 외치기도 했습니다."

"저도 잘 알고 있습니다. 잘못을 저질렀으면 진정 자기 잘못을 참회하면서 용서를 청하는 것이 도리라는 것을 배우고 갑니다."

"한국 속담에 방귀 뀐 놈이 성을 낸다는 말이 있습니다. 잘못을 저질러 놓고 오히려 남에게 탓을 돌리며 성까지 내는 것을 비꼬는 말입니다. 일본이 꼭 그 모양입니다. 가해자였으면 자중자애하면서 피해자에게 위로를 건넬 줄 알아야 선진 문화국민이라 할 수 있을 터인데 지금 일본이 하는 행위를 보면 마치 방귀 냄새를 향수라고 우겨대는 것이나 다름없습니다. 가만히 있는 피해자에게 왜곡된 사실을 퍼뜨려가며 아픈 상처에 또 다른 칼질을 해대는 것입니다. 함혈분인(含血噴人)이면 선오기구(先汚其口)라는 말이 이럴 때 어울릴 것 같습니다. 피를 머금어 남에게 뿜으면 먼저 자기의 입이 더러워진다는 말입니다."

원장은 관자놀이에 핏줄을 세워가면서 어린아이를 존조리 타이르듯 말했다. 아침부터 구겼던 인상을 아직도 펴지 못한 채 심히 유감스러운 표정 그대로였다.

"두 나라 사이에는 역사적으로 돌이킬 수 없는 앙금이 있음을 부인할 수 없지요. 그러나 어느 시점에서는 반드시 풀어야 할 과제라고 봅니다. 우리 같은 역사가들의 뒷받침이 있어야지요. 저는 그 일을 마다하지 않을 것입니다. 그러기 위해 한국을 찾아왔으니까요."

"백번 지당하신 말씀입니다. 하지만 꼭 한 가지 들먹이고 싶은 것이 있습니다. 일본은 가해자입니다. 허나 침략의 정의가 불분명하다는 말로 얼버무리며 이를 회피하려 듭니다. 지금 일본이 주변국과 마찰을 빚은 것도 자국이 저지른 씻을 수 없는 업보라고 생각합니다. 모든 것이 일본의 잘못에 의해 기인된 것입니다. 일본이 국제사회에서 신뢰받는 국가가 되려면 진심으로 반성해야 합니다. 후세에게 역사교육을 바르게 시켜야 하고요. 그래야만 아시아인들과 화해가 가능합니다. 그동안 탈아입구(脫亞入歐)(아시아를 벗어나 서구 사회를 지향)와 탈구입아(脫歐入亞)를 반복해온 일본인을 아시아인들은 신뢰하지 못합니다. 마치 겉 다르고 속 다른 까마귀와 같다고 비꼬고 있습니다. 심지어 일본 정부는 길짐승과 날짐승 사이를 왔다 갔다 하다가 결국 양쪽으로부터 버림받은 이솝우화 속의 박쥐가 될 것이라고 조롱을 가하고 있지 않습니까?"

원장은 이치에 맞지 않다는 듯 고개를 살살 흔들고 입가에 조소를 뿌려가면서 노골적으로 비아냥거림을 쏟아내었다. 피해자의 입장에서 국민의 자존심을 염두에 둔 논조였다. 예상에도 없이 듣기에 심히 거북살스러운 말도 거침없이 쏟아내었다.

"물론 가해자 입장임을 망각할 때가 있었지요. 하지만 일본 사람들에게만 문제가 있는 것이 아닙니다. 조선인은 조건 없이 일본을 얕잡아보는 경향이 있습니다. 지금도 일본을 노략질을 해왔던 왜구로 바라보는 것 같습니다. 식량과 재물을 빼앗고 사람까지 잡아다 노예로 팔아넘기는 등 만행을 일삼아 연안과 농어촌 사회를 파괴했다는 기록이 있다면서요. 그리고 임진왜란 때 맺힌 한이라고도 들었습니다. 조선인은 과도한 피해의식이나 과거 집착에서 비롯된 반일 감정을 지나치게 내세우는 경향이 있습니다. 또 전쟁에서 패망한 후 변화된 일본을 인정하려 들지 않습니다. 남의 나라를 침략해본 경험이 없는 민족이어서 그런지는 몰라도 나라마다 고대로부터 숱한 전쟁이 있어왔다는 것을 아셔야 합니다. 약육강식이란 말이 있지 않습니까? 호랑이가 산토끼를 잡아먹었다고 해서 호랑이보고 죄를 지었다고 탓할 사람은 없을 겁니다. 강한 자는 약한 자를 희생시켜 번영하려드는 것이고 약한 자는 강한 자에게 먹이가 될 수밖에 없는 것이 비단 동물에게서만이 아니라 국가 간에도 있었다는 것을 인정해야 합니다. 결국 국가도 힘의 논리에 지배되어 왔습니다. 20세기 초반 일본은 메이지 유신(明治維新)을 이루어 쉽게 근대화되었지만 한국이나 중국은 그렇지 못했습니다. 때문에 힘의 논리로 본다면 제국주의의 식민지로 전락한 것은 필연적일 수밖에 없었던 것 같습니다. 이제 피해의식을 접어두고 전후 일본의 변화를 직시해야 합니다. 그것은 지난 역사가 가져다 준 현실이기 때문입니다. 그렇다고 해서 저는 일본의 역사 왜곡을 찬성하는 것은 아닙니다."

요시다 박사는 도톰한 입술을 굳게 내리다물며 논리적인 수사를 아끼지 않았다. 예전에 볼 수 없던 비장한 결의가 담겨 있는 듯 위엄이 서려있기도 했다. 그것은 양비론(兩非論)적 입장에서 바라본 비판이나 다름없었다. 역사학자 입장에서 일본이 한국을 식민지로 왜 삼았는지 당위성을 힘의 논리로 설파하기도 했다.

"이웃 나라이니 그 어떤 나라보다 밀접한 유대와 협력이 필요한 것이지요. 때문에 아픈 과거를 딛고 새로운 번영의 미래로 함께 나아갈 수 있도록 서로 자중자애 하는 풍토를 조성하도록 힘써야 한다는 것도 잘 알고 있습니다. 그런데 왜곡된 역사를 후손에게 가르치려 들어서는 안 됩니다. 그것은 경제적 선진국일 뿐 도덕적으로 후진국으로 되돌아가는 일입니다.

한국은 단 한 줄도 덧붙이거나 축소하지 않고 사실대로 역사를 가르치고 있습니다. 제가 들은 바에 의하면 일본에도 학자적 양심을 지닌 사람들이 많다고 들었습니다. 그 사람들의 목소리를 귀담아 들어야 합니다."

원장은 사전에 원고를 작성하여 준비해온 사람처럼 나름대로 논리적 체계를 세워 조목조목 따지듯 말했다. 말하는 표정엔 신바람이 쌩쌩 돌았고 생기가 이글거렸다. 역사연구원장이란 미명 아래 은근히 일본의 역사 교과서 편찬을 문제 삼아 맹공을 퍼부은 격이나 다름없었다.

"저도 공감하는 바가 있어 한국에 왔습니다. 두 나라 사이에 얽히고 얽힌 갈등을 해소하는 길은 역사 인식의 공유밖에 없다고 봅니다. 그렇게 된다면 두 나라는 밀접한 유대와 협력 관계로 이어지겠지요. 먼저 역사학자들만이라도 서로 손을 잡고 나아간다면 정치인들도 이에 보조를 같이 해 주리라 확신합니다."

요시다 박사는 어금니를 사리물면서 확신에 찬 목소리로 말했다.

"물론입니다. 비단 앞길이 험난하다 할지라도 반드시 역사학자들이 해야 할 일이 아니겠습니까?"

김 원장도 마치 맞장구를 치듯 고개를 끄덕였다.

"제가 한국에 머무는 동안 무엇보다 조선인의 역사적 정서를 파악했다는 것이 값진 수확이었다고 할 수 있습니다. 다음으론 한국 역사를 한국에서 직접 재조명해볼 수 있었다는 것이 대단히 좋은 기회였습니다. 이제 일본으로 돌아가서 이를 바탕으로 역사 바로 세우기 일에 앞장서도록 노력하겠습니다. 그동안 지도 편달을 아끼지 않으신 원장님께 진심으로 감사드립니다."

요시다 박사는 공손한 어조로 다소곳이 말했다.

"아니지요. 박사님께서는 저희들에게 한일 역사의 공동 인식에 관해 새 지평을 열어주셨습니다. 자국의 속내를 들춰 보여주는 것이 쉽지 않을 터인데도 진실에 입각해 마음을 모아주신데 대해 감사드립니다."

원장도 노고를 치하하면서 감사의 마음을 전했다.

"그렇게 봐주시니 몸 둘 바를 모르겠습니다."

"역사는 어떻게 해석하느냐에 따라 그 의미가 달라질 수 있습니다. 자의적인 해석은 득보다는 독이 될 수밖에 없습니다. 역사의 자의적 해석은 필연적으로 문제를 잉태할 수밖에 없는 현상이라고 해야죠. 둥근 돌도 보는 방향에 따라 달리 보이는 것입니다. 명시적 관점에서 놓고 본다면 전혀 다르게 비쳐질 수밖에 없습니다. 처음에는 극히 단순하고 간단했던 것인데 간극이 벌어지면서 오해를 불러일으키게 됩니다. 나중엔 무설이 되어 생가슴에 피멍을 박은 꼴이 되기도 합니다. 방치하게 되면 후손들에겐 돌이킬 수 없는 화(禍)를 가져다줄지 모릅니다. 역사가가 나서지 않으면 해결할 방법이 없습니다. 그러기 위해서는 두 나라 역사학자들이 머리를 맞대야 합니다. 박사님께서 그 가교 역할을 해주십시오. 후지무라 박사님게 제 염원을 전해주시고 꼭 만나 뵙고 싶다고도 전해주시지요."

원장은 간곡히 애원하듯 매달리며 말했다. 역사연구원의 수장으로 가슴에 묻어두었던 여한(餘恨)을 송두리째 꺼내든 느낌이었다.

"미력이나마 이 일에 앞장서도록 혼신의 힘을 다해볼 작정입니다."

요시다 박사는 결의에 찬 눈빛을 쏟아가면서 말했다. 어금니를 옥물어가며 말하는 그의 인상에는 결연한 의지가 가득 차 있었다.

"후세 교육은 세계 어느 나라도 같은 목표일 것입니다. 미래사회를 대비한 것이기 때문에 신중을 기해야 하겠지요. 모든 교과서도 마찬가지이겠지만 특히 역사교육은 역사과정을 통해 현재와 미래를 바로 인식하고 예측해 볼 수 있는 힘을 길러주는 것이 핵심이라고 봅니다.

때문에 역사교육의 목적은 지식으로서, 교훈으로서, 경험으로서, 국가로서 그리고 발전으로서의 교육이어야 합니다. 어떤 경우에도 왜곡된 역사를 가르친다는 것은 국가적 불행이 될 수밖에 없습니다."

"전적으로 동감입니다. 역사를 가르치는 목적은 일본이나 한국이나 다를 바 없습니다. 그런데 일본은 순간의 인기 영합을 위해 말초신경을 자극하듯 민족적 감정을 부추기며 왜곡된 역사 교과서를 편찬하고 있습니다. 어떠한 경우에도 그것은 잘못된 행위입니다. 그런 역사를 배운 사람이 어떻게 조상들의 지혜를 만날 수 있겠습니까? 왜곡된 공부로는 미래를 향한 바른 안목을 길러줄 수가 없습니다."

하길담 박사가 예리한 눈초리로 정곡을 찔러대듯 비판하고 나섰다. 그는 책언이든 충고든 간에 하고 싶은 말이 있으면 여과 없이 직설적으로 토해내는 이였다. 가슴에 묻어두고 기다리는 법이 없었다.

"한국 사람들이 심각하게 받아들이고 있는 것 중 하나가 바로 일본의 황국사관(皇國史觀)에 입각한 우경화라는 데는 이의를 달지 않겠습니다. 하지만 조선인이 바라본 역사의 관점과 일본이 바라본 관점이 다르다는 것을 이해하셔야 합니다. 한 뱃속에서 나온 형제간도 부모님의 가르침에 대해 의견을 달리 하는 것 아닙니까? 하물며 나라와 나라 사이에 벌어진 일인데 같을 수는 없지요. 일본이 우경화로 나아가게 된 원인에 대해서 조선인도 관심을 가져줘야 합니다. 이웃이면서도 역사적으로 밀접한 관계를 맺는 나라에 대해 너무 인색할 필요가 없다고 봅니다. 그래서 역사 공유를 위한 연구가 필요한 것 아니겠습니까?"

요시다 박사는 조금도 자신의 소신을 굽히려 들지 않았다.

"우리 조선인에게 비춰진 일본의 우경화란 과거 침략의 역사를 정당화하거나 미화하려드는 현상이라 볼 수밖에 없어요. 시냇물도 갑자기 한쪽으로 쏠려 물굽이가 이뤄지게 되면 하안이 깎여 범람하여 유로를 변경시키고 자동차 바퀴도 한쪽이 터무니없이 크거나 펑크가 나면 그쪽으로 쏠리면서 사고가 나게 됩니다. 모두 다 좋은 현상이라 할 수 없습니다. 그런데 현실 문제를 역사적으로 돌리는데 더 큰 문제가 있다고 생각합니다. 20년이 넘도록 계속되는 내수 침체로 겪는 경제문제, 2011년 발생한 동일본 대지진 등으로 일본 사회가 무력해지면서 자신감이 상실된 것이지요. 또한 경제면에서 아시아의 군주처럼 군림해오다 중국이 급성장하면서 불안감과 위기의식이 민족주의에 불을 지폈다고 봐야지요. 더군다나 독도와 센카쿠 열도의 영유권을 둘러싸고 한국은 물론 중국과 갈등을 빚으면서 그 흐름이 빨라지는 느낌입니다. 현실을 냉혹하게 직시해본다면 일본의 우경화란 한국과 아무런 관련이 없습니다. 독주를 너무 많이 마셔 몸을 가누지 못하는 자가 술도가를 탓하는 경우나 다름없습니다. 잘되면 자기 탓이요, 못되면 조상 탓이라고 하더니 일본인들이 자기모순에 빠진 것 같습니다."

입술에 침을 발라가며 유용근 연구원이 따끔하게 일침을 놓고 말았다. 그는 역사 인식에 대한 국민의식의 변화에 대한 연구를 해오는 이였다. 때문에 냉철한 판단력하면 그를 당할 자가 없다고 모두들 입을 모았던 터였다.

"저는 유 연구원의 의견에 동의할 수 없습니다. 일본의 우경화를 단순히 국내 문제로만 보아 넘기기엔 무리인 것 같습니다. 한국과 일본 사이에는 역사 인식 면에 커다란 갭이 있다는 연구 조사가 발표된 적이 있었습니다. 한국 사람들은 어린이부터 역사를 잘 알고 있는 데 반해 일본인은 거의 관심도 없고 알려고 하지도 않는다는 것입니다. 실례로 일본 사람 가운데 일본이 한국을 식민지배했다는 사실 자체를 모르는 사람이 약 20%에 가까웠습니다. 이것을 무엇을 의미하느냐 하면 일본인은 역사적 일에 관심이 없다는 것입니다. 반면 조선인은 100%가 알고 있다고 조사되었습니다. 결과만 놓고 본다면 어느 나라 국민이 역사의식이 투철한지 쉽게 알 수 있는 대목입니다. 물론 피해의식을 갖고 있는 나라이기 때문에 당연한 소리로 들리겠지만 일본이 자기모순에 빠졌다고 말씀하시는 것은 과잉 해석이라 볼 수밖에 없습니다."

마치 집중포화를 얻어맞은 것처럼 비춰지자 요시다 박사는 마뜩찮은 눈길로 바라보며 표정을 움츠렸다. 그는 잠시 숨길을 고르는 듯 생기침을 서너 번 해대고 나서 계속 말을 이었다.

"일방적으로 논리를 비약시키면 보편타당성 면에서 결함이 나타날 수밖에 없습니다. 그것은 곧 괴리로 이어지면서 또 다른 문제를 야기하게 되는 것이지요. 제가 한국에 체류한 까닭이 바로 그런 우를 되풀이하지 않기 위한 연구를 하자는 데 있습니다. 무엇보다 역사를 공유한다는 점에서 유의할 점은 조선인은 피해의식이나 반일 감정을 전면에 내세우는 것을 자제해야 한다는 것입니다."

"물론 지당하신 말씀입니다. 하지만 지금 일본 정치인부터 자중자애하는 마음을 가져야 합니다. 독일의 메르켈 총리가 이스라엘 시몬 페레스 대통령으로부터 명예시민 메달을 받은 것은 눈여겨봐야 할 대목입니다. 역사적 인식이라는 측면에서 조선인이 일본을 어떻게 바라보아야 할 것인지 그 방향을 제시하는 것이기도 합니다."

지금껏 입만 다물고 있던 이필우 연구원이 서양의 예를 들어가며 자연스레 끼어들었다. 서양 근세사를 전공하는 연구원답게 독일의 예를 빗대어 정곡을 찌르고 나선 것이다.

"자, 이쯤 하면 충분한 의견이 오간 것 같습니다. 이 자리에선 역사적 해석의 잘잘못을 가리자는 것이 아닙니다. 요시다 박사께서 한국 체류를 마치고 일본으로 돌아가는 마당에 있어 앞으로 우리들이 해야 할 일이 무엇인지 논의해보자는 것입니다. 이제껏 나눈 사안들이 바로 두 나라 간 역사 인식의 공유라는 관점에서 풀어야 할 과제라고 봅니다. 이제부터는 일본에서 우리와 뜻을 같이 한 역사 연구단체와 우리 연구소가 어떻게 교류해 나아가며 연구를 해야 할지 짚어보았으면 합니다."

기대와는 달리 마치 논쟁으로 비화하는 것처럼 보이자 입막음이라도 하려는 듯 유인원 박사가 말길을 가로막고 나섰다.

"맞는 말이요. 역사의 공유라는 관점에서 우리들이 해야 할 일을 찾아 초석을 깔아보자 그 말입니다. 요시다 박사께서 한국에 오신 것부터서 이미 싹이 트기 시작한 것이라고 봅니다. 시작이 반이라고 했고, 만 리 길도 한 걸음으로 시작된다고 했으니 이제 우리가 싹을 길러 좋은 열매를 맺도록 해야 합니다. 미래의 세계는 국경이라는 개념이 중요하지 않을뿐더러 민족의식도 점점 희석될 것입니다. 때문에 역사적 갈등이 있다고 한다면 우리 세대에서 풀어야 할 과제입니다. 선봉에 서야 할 사람들이 바로 여기 있는 우리들입니다."

원장 김영식 박사가 오른손 주먹을 높이 치켜들며 결연한 표정을 지어보였다.

"이제 우리들의 위대한 과업은 시작되었습니다. 서로 힘을 합친다면 반드시 좋은 결과가 있으리라 확신합니다. 저는 역사학자라는 양심을 걸고 최선을 다하겠습니다. 본국으로 돌아가시거든 역사바로세우기협회장이신 후지무라 교수님께 감사하다는 말씀과 함께 머리를 맞대고 역사를 논의해보고 싶다고 전해주시길 다시 한 번 부탁드립니다."

"잘 알았습니다. 꼭 그렇게 전하겠습니다. 안녕히 계세요."

요시다 박사는 한국의 체류 일 년을 마치고 연구원들과 석별의 정을 나눈 뒤 짐을 꾸렸다.

3
역사의 공유와
우익과의 갈등

　요시다 박사가 한국에서 연구 활동을 마치고 귀국할 날만을 기다
리고 있는 이는 후지무라 박사였다. 심복이나 다름없는 후배를 한국
으로 파견해놓고 그동안 노심초사(勞心焦思) 지내왔던 것이다. 그러나
한 가닥 기대를 저버릴 수가 없었다. 한일 간 역사학자들의 교류의
물꼬를 트고 돌아오리라는 확신 때문이었다. 그는 사전 대비책으로
진보적 역사학자들을 규합 조직화를 꾀해왔다. 역사 교과서를 편찬
하는 데 있어서도 「새 역사 교과서를 만드는 모임」 회원들과 대립각
을 세우며 역사 바로 세우기 활동을 전개해왔다. 「새역모」에서 편찬
한 역사 교과서를 채택하지 말자고 서명 운동을 이끌기도 했다. 비단
역사 분야에서뿐만 아니라 정치 및 사상면에서도 진보적 사조를 전
면에 내세웠다. 국내외적 진보 계열과 교제 폭을 넓히며 확고한 입지
를 넓혀가고 있었다. 하지만 우익 보수세력으로부터 끈질긴 비판과
매도의 대상이라는 낙인이 붙어 다니기도 했다.

아침부터 남서풍이 불어오면서 장대비를 쏟아내고 있었다. 아직 이른 봄인데도 예전에 볼 수 없었던 몰풍스러운 빗줄기가 세차게 몰아쳤다. 후지무라 박사는 억수 같은 빗속을 헤치며 후쿠오카 도시 환상 고속도로를 내달렸다. 농무(濃霧)마저 짙게 깔리면서 운전하기엔 악조건인데도 제한속도를 넘어 힘차게 페달을 밟아대었다. 그가 달려가는 곳은 후쿠오카 공항이었다. 비행기 도착 예정 시각이 얼마 남지 않은 탓인지 연신 시계를 들여다보면서 초조함을 달래려 들었다. 공항에 도착한 그는 마치 개선장군을 기다리는 것처럼 한 아름의 꽃다발을 사들고 대합실로 향했다. 그가 대합실에 이르자마자 세찬 비바람을 헤치고 삼색의 색동 무늬를 새긴 비행기가 미끄러지듯 활주로에 내려앉았다. 인천 발 후쿠오카 행 아시아나 항공 여객기였다. 잠시 후 진회색 바바리 코트를 입고 여행 가방을 끄집은 채 요시다 박사가 게이트 밖으로 나왔다. 후지무라 박사는 달려가 꽃다발을 건네주고서 감격의 포옹을 나누었다.

"타국에서 오랫동안 지내느라 얼마나 수고가 많으셨는가?"

"아닙니다. 좋은 공부를 했던 것 같습니다. 저에겐 다시 올 수 없는 좋은 기회였습니다."

"다행이구만. 어쨌든 반갑고 고맙네!"

"솔직히 한국에 가기 전만 해도 이 분야에 관심이 적었던 것이었는데 지금은 역사학자로서 좋은 경험을 했다는 생각을 지울 수 없습니다. 과거를 잘못 인식하여 미래를 암울하게 해서는 안 된다는 선배님의 주장은 선견지명이었습니다. 일본에서 바라본 것과 한국에서 바라본 역사 인식에는 분명 괴리가 있었음을 발견하고 돌아왔습니다."

요시다 박사는 그간 한국에서 겪었던 소감을 당당하게 피력했다.

말하는 얼굴에 환한 웃음이 번지면서 생기가 넘쳐나는 것 같았다.

"좋은 체험을 하고 오셨군. 역사학자가 풀어야 할 과제를 깨닫고 오신 게로구만. 역사의 대상은 직접 우리들이 지각(知覺)할 수 없는 것이지 않겠는가? 그렇기 때문에 남아 있는 사료(史料)를 통해 보편적 입장에서 고찰하여 과거에 무엇을 어떻게 했는지 규명하는 것이지. 그런데 남의 나라 역사를 우리 나름대로 인식하고 단정해서야…… 한국 역사는 한국 사료를 검토하면서 그 나라 역사학자와 공동인식을 취하는 것이 중요하니까. 그런 측면에서 두고 볼 때 자네는 새 지평을 열고 오신 것이네. 응당 내가 다녀와야 할 일인데……. 감사드리네. 다행히 좋은 기회였다니 앞으로 알찬 성과를 기대할 수 있을 것 같네."

후지무라(藤村) 박사는 부드러우면서도 여유로운 웃음을 지어보이며 감사의 뜻을 전했다.

"감사하다니요? 도리어 선배님 덕분에 안식년 연수를 잘하고 왔지요. 제가 없는 사이 혼자서 협의회를 꾸려 가시느라 얼마나 고생이 많으셨습니까?"

"아니네. 두 나라 간 역사교류의 물꼬를 튼 사람은 자네 아닌가? 이제 우리가 하는 일에 대해 명분을 내세울 수 있을 것 같네. 한국의 역사학자들과 손잡고 있다는 것을 보여줄 수 있으니 떳떳한 일이지 않겠는가."

"저도 한국에 가기 전까지만 해도 일본의 사료에 의존해가면서 한국의 역사를 바라보았던 것입니다. 그건 분명 어리석은 판단이었습니다. 과거의 사실은 객관적인 것인데도 기록된 문헌 사료를 주관적으로 해석하려 들었던 것이니까요."

눈빛이 당장 숙의에 차들면서 무서운 집착에 빠져드는 것 같았다. 그동안 역사 인식에 대해 편협한 사고방식으로 대처해왔음을 자인하고 나섰다.

"자네가 없는 사이 사십 명에 이르는 학자가 우리의 활동에 동조하고 서명했네. 뜻을 같이 한다는 학자까지 포함하면 백 명에 이르고 있으니 희망적이지 않겠는가?"

후지무라 박사는 자신에 찬 시선을 던지며 웃음을 지었다.

"그동안 고생 많이 하셨습니다. 이제부터 혼신의 힘을 다해 돕겠습니다."

"아무튼 고맙네. 자, 어서 가세."

비가 오는 중인데도 승용차는 공항을 빠져나와 후쿠오카 도시 고속 환상선 위로 들어섰다.

"과연 선배님께서는 카쿠레키리시탄의 후손이십니다. 우리가 믿는 하느님께서 좋아하실 것입니다. 용서와 화해로 미래를 밝히고 소망스러움을 가져다주는 약속이 될 것이니까요."

요시다 박사는 차 속에서도 연신 후지무라를 칭송했다.

"하늘에 계신 조상님께서도 기뻐하시겠지. 카쿠레키리시탄의 후손이란 것이 자랑스럽네!"

후지무라 박사도 흡족한 미소를 띠며 입술을 다져물었다. 열브스름한 웃음집에는 의미심장한 표정마저 매달려 있었다.

"제가 한국에서 느낀 것이 있다면 역사 문제를 정치인의 입으로 풀 수 없다는 것입니다. 그런데도 일본 정치인들은 스스럼없이 순간의 인기를 위해 역사를 꺼내들면서 선동하는 것을 볼 수 있었습니다. 연구의 바탕도 없이 객관적 사실을 주관적으로 바라보면서 문제를 일으키는 것 아니겠습니까?"

"제대로 파악하고 오셨네. 칸트는 수단으로서 정치를 할지라도 그 자체적으로 윤리를 추구한다고 했네. 정직이 가장 좋은 정치라는 것이지. 그런데 남의 나라 역사라고 해서 윤리적 판단도 없이 자의적 해석을 입에 담는 것은 자제되어야 하지 않겠는가? 때문에 역사학자들이 나서서 올바른 해석을 내놓아야 한다는 목소리가 커지고 있는 것이네. 이면을 들여다보면 우리 역사가들이 역할을 제대로 하지 못한 까닭도 있다고 보네. 어용 역사 연구가들이 정치인들의 자문을 해주면서 왜곡으로 부추긴 탓도 있으니까. 양심 없는 역사학자가 문제를 일으키고 있다고 볼 수도 있네. 작금의 상황을 보면 그 사람들 때문에 나라와 나라의 간극이 점점 벌어지면서 복잡하게 꼬여 가는 것 아니겠는가?"

후지무라(藤村) 박사는 혀를 쩝쩝 차면서 표정을 구겼다.

"저도 그렇게 생각합니다. 처음 교수가 되었을 적만 해도 어용교수가 무엇인지 별 관심을 두지 않았습니다. 하지만 시간이 지날수록 양심을 구겨가면서 정치인에게 아부하는 학자가 눈에 보이더군요. 학문에 야비한 상술을 부리고 있다고 생각하니 그들이 혐오스럽기도 하고 경멸스럽게 보인 것이 사실입니다."

요시다 박사는 감정을 억누르지 못한 채 핏대를 세워가며 빈정거리는 어투로 말했다.

"맞는 말이지. 역사학자로서 비겁한 침묵은 돌아올 미래를 어둡게 만드는 일일 뿐이지."

후지무라 박사는 기어코 이뤄내고 말겠다는 다짐이라도 하려는 듯 입술을 잘근 깨물었다. "제가 보기엔 예리한 안목임엔 틀림없으나 앞으로 넘어야 할 고비가 많을 것 같습니다. 꼭 그 길을 걸어가겠다는 동기라도 있으셨는지요?"

요시다 박사는 걱정스러운 눈빛으로 바라보며 자못 궁금하다는 듯 미간을 찡그러뜨리며 고개를 갸웃거렸다. 의중을 떠보려는 의도로 비춰지기에 충분했다.

"그저 학자적 양심도 있지만 조상님께서 물려주고 가신 한 맺힌 혼이 아니겠는가?"

후지무라 박사는 나이답지 않게 혼연스럽게 껄껄 웃으며 대답했다.

"제가 보기엔 꼭 그런 것만은 아닌 것 같은데요."

요시다 박사는 계속해서 궁금증이 가득 묻은 똬리를 틀어가며 말했다.

"물론 하느님이 계시기 때문이지. 하느님께서는 자유와 정의와 진리를 위하는 일이 사랑이라 하셨네. 하느님을 의지하며 살다 돌아가셨던 선조들을 생각한다면 가만히 있어서야 되겠는가? 내겐 하느님을 흠숭하는 양심이 있다네. 도덕적으로 책임을 다해야 한다는 감정 말일세."

후지무라 박사는 너그러운 미소를 지어보이며 잠시 침묵 속으로 빠져들면서 화살기도를 잊지 않았다.

우경화의 흐름이 더욱 거세지고 있는 일본에서 진보적이란 평탄치 않은 험난한 길임을 알면서도 조금도 주저하거나 두려워하지 않은 후지무라 박사. 가시밭길을 걷는 것이나 마찬가지임에도 그는 결코 좌절하지 않았다. 거친 세파와 싸워야 하는 고행길임에도 그는 비켜가지 않겠다는 의지를 불태웠던 것이다. 바로 신앙과 조상의 혼이 빚어낸 카쿠레키리시탄 교육을 받은 덕분이었다.

승용차가 미나미구(南區)를 지나 조난구(城南區)를 향해 달려가고 있을 때

"아마 자네한테도 눈에 보이지 않는 압력이 들어올지도 모를 일이네. 그럴수록 입조심은 물론 몸가짐을 바르게 해야 하네."

핸들을 잡고 있던 후지무라 박사가 예상에도 없던 말을 불쑥 꺼내 들었다. 그것은 앞으로 닥쳐올 고난의 암시를 넌지시 던져주는 말이었다.

"압력이라니요?"

"세상이 날로 변해가는 느낌이네. 작년과는 전혀 딴판으로 흐르고 있다니까."

"어떤 면에서 그렇다는 것입니까?"

"보수 세력들이 우리를 타도의 대상으로 여기고 있다는 정보를 입수했네."

후지무라 박사는 애써 태연한 척 표정을 지어보이면서도 불안기를 감추지 못한 눈치였다.

말하는 낯빛이 무겁고 칙칙하게 가라앉은 것 같았다.

"타도라니요? 우리가 뭘 잘못했기에 그렇다는 것입니까?"

"사회가 급격히 우경화되어가는 탓이겠지. 경제가 침체되어 가는 탓도 있지만 대지진으로 인해 사회가 무력화되어 가는 것을 역사의 탓으로 돌리려는 무리들이 준동하고 있네. 사회내부의 모순이 민족주의의 강화로 나타나는 현상이지 않겠는가. 특히 중국과 한국이 급성장함으로 위기의식이 우경화를 부추기는 꼴이지."

후지무라 박사는 못내 걱정이 된다는 듯 은밀스런 미소를 지어보이며 거푸 한숨을 토해내며 말했다.

"지금은 세계가 모든 면에서 글로벌화되는 마당인데 민족주의의

강화라니요? 그래가지고서 어떻게 국제적 지위를 이어갈 수 있겠습니까? 일본은 아시아의 미래를 선도해 나가야 할 막중한 책무를 지니고 있습니다. 그것은 일본의 희망이기도 합니다. 폐쇄적인 민족주의 사고로는 결코 리더가 될 수 없습니다."

요시다 박사는 대뜸 열을 올려가며 목청을 높이기 시작했다. 목소리는 분에 차 있었고 격정에 사로잡힌 사람처럼 얼굴이 붉어지기도 했다.

"그것이 바로 우리의 역할이라니까. 자네와 나는 동지적 유대로 끝까지 함께 나아가도록 하세. 우경화로 나아가는 것도 역사에 대한 참된 지식의 결여에서 비롯된다고 할 수 있지. 역사는 미래의 삶을 위해 바르게 공부해야 한다는 것을 깨우쳐줘야 하니까."

비로소 목소리가 달라지고 있었다. 입술을 도독하게 세워가며 지워버릴 수 없는 굳센 의지의 날을 세웠다.

"저도 각오가 되어 있습니다. 결사보국(決死報國)의 정신으로 임하겠습니다."

참을 수 없다는 듯이 턱살에 골 주름이 잡히도록 이를 악물어가면서 침울하게 혼자 중얼거리듯 말했다.

"이제 자네가 돌아왔으니 뜻을 같이 하는 분들이 한자리에 모일 수 있도록 적극 추진해야 하지 않겠는가? 그리고 우리의 하고자 하는 목표를 만천하에 고하도록 하세. 자네가 행정적인 부분을 맡아주었으면 좋겠네."

"그렇게 해야지요."

"일단은 총회부터 개최해보도록 하세. 총회에서 권역별 책임자와 관심 분야를 중심으로 파트를 나누어야 할 것이네."

"알겠습니다. 제가 힘닿는 데까지 최선을 다하겠습니다."

"고맙네. 수시로 정보를 주고받으며 일을 처리해 나가도록 하세."

"예. 그렇게 하시지요."

진지한 대화를 나누다 보니 승용차는 어느덧 후쿠오카 소토간죠 도로를 벗어나 우메바야시(梅林)를 향해 달리고 있었다.

새로운 학기가 시작되자 후지무라 박사와 요시다 박사는 각각 대학 강단에서 학생들을 가르치는 데 전념했다. 그러면서도 틈을 내어 서로 정보를 교환하며 협의회 구성을 다지는 데 박차를 가하고 있었다. 5월 중순에 총회를 개최하기 위해 준비를 가일층 서두르기 시작했다. 세력 확장은 물론 국민의 지지를 이끌어내는 방안을 강구하는 데 몰두했다. 국민의 지지 기반 없는 활동은 무의미하기 때문이라는 것을 알고 있기에 홍보도 게을리하지 않았다.

하지만 그들에게 먼저 다가온 사람들은 보수 진영의 사람들이었다. 그들의 시선은 하나 같이 싸늘했고 냉소적이었다. 급기야 비판의 목소리를 높여가면서 대립각을 세우기까지 하더니만 반민족적이라는 이유로 규탄 운동을 전개하기에 이르렀다. 반면 평범한 국민들은 아무런 관심도 없다는 듯 무심한 눈길로 쳐다보거나 외면하기 일쑤였다.

시작 당시부터 시련이 닥칠 것이란 예상을 했던 터라 개의치 않았다. 소신대로 밀고 나아가다 보니 지구한 설득이 주효했는지 괄목할 만한 성과를 이끌어내기 시작했다. 날이 갈수록 지지 의사를 보낸 진보적 지식인이 늘어만 가고 있었다. 무엇보다 고무적인 것은 민주당을 중심으로 자유진보 성향의 정치인들까지 지지를 표하고 나섰던 것이다. 지구촌의 일원으로 자립과 공생의 우애 정신에 기초한 국제 관계를 확립하여 신뢰받는 국가를 구현한다는 정책목표에 일맥상통하기 때문이라고 이유를 설명하기도 했다.

싱그러운 생명력이 충만한 5월. 후지무라 박사가 재직하고 있는 규슈 지방 K대학 정문에 "환영 제1회 역사바로세우기협회 창립총회"라는 플래카드가 걸려 있었다. 만일의 사태에 대비하여 정문 양안에는 정복 경찰들이 일렬로 서서 눈을 부릅뜨고 지켜보고 있었다. 경찰들의 감시에도 불구하고 이상스러운 행장을 꾸민 사람들이 사방에서 벅적벅적 모여들었다. 머리에 일장기를 두르는가 하면 얼굴에 8조 욱일기를 그리고 손에는 16조 전범기 피켓을 추켜세운 채 악머구리 끓는 소리를 질러대면서 정문을 가로막았다. 소위 극우 보수단체 세력으로 불리는 이들이었다. 전국망까지 구축한 그들은 후쿠오카 지부에 속한 이들이라고 불렀다.

"역사바로세우기협회원을 처단하라! 처단하라! 처단하라!"

선창자가 확성기를 입에 대고 외쳐대자 회원들은 주먹을 불끈 쥐어 추켜드는가 하면 일장기와 욱일기를 흔들어대며 악을 썼다.

"역사바로세우기협회는 매국노나 다름없다. 당장 회의를 걷어치워라!"

"매국노다! 걷어치워라! 걷어치워라! 걷어치워라!

"역사바로세우기를 주장하는 이들은 학자가 아니다. 강단에서 물러나라!"

"물러나라! 물러나라!"

"자이니치 자손을 처단하라!"

"처단하라! 처단하라! 처단하라!"

"자이니치는 너희 나라로 돌아가라! 너희 나라로 돌아가라! 너희 나라로 돌아가라!"

"일본 국민에게 사죄하고 우롱하는 짓 그만 걷어치워라. 걷어치워라! 걷어치워라!"

"후지무라를 즉각 교수직에서 파직하라! 후지무라를 파직하라! 후지무라를 파직하라!"

그들은 훈련을 받고 온 사람들이나 다름없이 조직적으로 시위운동을 전개하고 있었다.

경찰들이 그들을 가로막고 제지해보려 해보지만 꿈쩍도 하지 않은 채 바락바락 구호만 외쳐대었다. 잠시 2층 셔틀버스 한 대가 정문 앞으로 돌아들었다. 일본 전역에서 모여든 회원들을 후쿠오카 공항에서 태우고 달려왔던 것이다. 차문이 열리자 말쑥한 차림새의 신사숙녀들이 내리기 시작했다. 역사학자는 물론이요 문학과 정치학을 전공한 사람들까지 각계에서 예상외로 많은 수가 한꺼번에 몰려들었던 것이다. 취재에 나선 신문사와 방송사 그리고 출판사 기자들까지 달려들어 서로 뒤엉키는 바람에 혼란스럽기 이를 데 없었다. 때를 만난 보수단체 회원들은 잽싸게 그들을 가로막고 밀쳐가며 구호를 외치기 시작했다.

"역사바로세우기협회원을 처단하라! 처단하라! 처단하라!"

"역사바로세우기협회는 매국노나 다름없다. 당장 회의를 걷어치워라!"

경찰이 그들을 밀치며 만류하고 나서자 실랑이가 벌어지면서 삽시간에 행사장 정문은 아수라장으로 변하고 말았다.

"후지무라는 더 이상 일본 국민의 가슴에 비수를 꽂지 마라!"

"사카타 총장은 당장 교단에서 후지무라를 해고하라!"

"후지무라는 국민에게 사죄하고 할복자살하라!"

"후지무라는 국민을 우롱하지 말고 할복자살하라!"

경찰에 둘러싸인 상태에서도 그들은 발악하듯 외쳐대었다. 회의장으로 들어간 문에서는 경찰이 일일이 신분을 확인하고 쪽문을 통해 안으로 들여보내 주었다. 보수단체 회원들은 일체 들여보내주지 않고 차단에 나섰다. 그들은 더욱 목청을 높여가며 '자이니치 자손을 처단하라.'고 서릿발 같은 악다구니를 퍼부었다.

협의회 개회 시각이 다가오면서 대학 정문은 차츰 한산해지기 시작했다. 경찰과 보수단체 회원들만이 옥신각신 언쟁을 벌이고 있을 뿐이었다.

정문에서부터 한바탕 실랑이를 당한 회원들은 씁쓰레한 표정을 지어가며 대강당 회의실로 모여들었다. 정문과는 달리 회의장 분위기는 차분했고 질서정연했다. 전국에서 모여든 진보적인 지식인들로 회의실이 가득 찬 가운데 플래시 터뜨리는 빛이 뻔적거렸다.

단상 위에는 저명한 역사학자와 역사연구원장 그리고 정치인들이 자리 잡고 있었다. 특히 눈에 띄는 이가 있었다. 초청장 대신 안내장만 보냈는데도 참석한 사람은 오까무라(岡村) 역사 연구소의 대표였다. 보수적 역사학자로서 대표되는 그가 연구원들을 대동하고 찾아왔던 것이다. 일본 정계의 자문 역할은 물론이요 역사 교과서 편찬에도 깊숙이 관여하고 있는 인물이기도 했다. 이미 각오는 해두었지만 막상 그가 다가오자 후지무라 교수는 부쩍 긴장되기 시작했다. 아직은 이르지만 나중에는 가장 유력한 경쟁자이기도 한 그에게 흠이 잡히지 말아야 한다는 강박관념에 사로잡히기까지 했다. 어차피 피해갈 수 없는 거대한 풍랑이라고 하지만 첫날부터 맞닥뜨린다는 생각에 등골에서 소름이 오싹거렸다.

"지금부터 역사바로세우기 창립총회를 거행하겠습니다."

사회자 사카다 K대학 교수가 마이크를 잡고 개회를 선포했다.

"다음은 오늘 이 자리가 있기까지 불철주야로 노력을 아끼지 않고 조직 활성화에 앞장섰던 후지무라 박사님의 환영사를 듣도록 하겠습니다."

"먼 길 오시느라 수고 많으셨습니다. 오늘 이 자리에 함께 해주신 모든 분께 진심으로 감사의 말씀을 올립니다. 솔직히 이토록 대성황을 이뤄주시리라고는 상상도 하지 못했습니다. 관심을 가져주신 데 대해 다시 한번 고개 숙여 감사의 말씀 올립니다."

그는 교탁 옆으로 비켜서서 공손히 인사를 했다. 딱딱하게 굳어있던 표정이 일각에 밝아지면서 생기가 넘쳐나기 시작했다.

"대성황을 이뤄주심은 제가 하고자 하는 일에 대한 성원으로 받아들이고 싶습니다. 저는 교단에서 제 나름대로의 역사관을 피력하곤 했습니다. 역사란 인간이 거쳐 온 모습이나 인간의 행위로 일어난 사실에 대한 기록을 두고 이르는 말이지요. 다시 말씀드리면 과거에 있었던 사람들이 살아온 이야기입니다. 실제로 우리가 역사를 접할 수 있는 것은 연구와 서술을 통해서만이 가능합니다. 연구와 서술도 과거에 있었던 인간의 행위를 대상으로 하기 때문에 직접 우리가 지각(知覺)할 수 없는 것들입니다. 기록된 사실마저도 역사가가 주관적으로 다시 구성해 놓은 것입니다. 그러므로 기록하는 사람에 따라 각각 달리 표현될 수밖에 없습니다. 그렇다고 역사가가 있지도 않은 사실을 조작하거나 왜곡할 수 있는 것은 아닙니다. 역사가는 자신이 중요하다고 여기는 사실에 대해서는 의미를 부여하게 되지요. 다시 말씀드리면 역사 기록에는 역사가의 주관적 해석이 담겨 있다는 의미입니다. 그러면 이미 지나가버린 것을 왜 공부하고 연구할까요? 그것은 과거의 세계를 만날 수 있다는 것입니다. 역사는 과거와 현재와의 대화라고 하는 까닭이 여기에 있습니다. 과거의 세계와 현재의 인간이 만나 대화를 나누는 일이 역사라고 영국의 역사학자 카(E. H. Carr)가 말했습니다. 과거의 사실을 객관적으로 전해주는 일이 바로 역사가의 의무입니다.

현재는 과거의 결과물이기 때문에 역사 속에서 조상의 지혜를 배웁니다. 어려움을 슬기로 극복한 조상을 만날 수도 있습니다. 역사적 경험이 우리에게 지혜를 일깨우고 용기를 북돋워 줍니다. 때문에 역사는 너무 주관적 해석으로 나아가면 안 됩니다. 과거의 조상들이 참되고 좋은 일만 한 것은 아닙니다. 잘한 일도 있고 잘못한 일도 있습니다. 잘한 일에서 우리는 미래의 안목을 배우고 잘못한 일에서는 다시는 그와 같은 우를 범하지 않으려는 성숙한 지혜를 익혀 나아가는 것이지요.

그런데 역사가들 중에는 역사를 자의적으로 해석하면서 역사적으로 흠결인데도 자꾸만 덮어두려는 경향을 보이는 사람들이 있습니다. 사람은 조상들이 저지른 과오에 대해서는 너그러움을 보이며 미화하고 과장하려는 성향을 나타냅니다. 처음에는 그의 틈새가 미미하다가도 나중에는 걷잡을 수 없는 간극으로 커지게 됩니다. 그것을 우리는 왜곡이라 부릅니다. 역사의 왜곡은 후손들에게 지혜를 일깨우려는 기회를 박탈하는 행위입니다.

위와 같은 우를 범하지 않기 위해 탄생한 것이 바로 역사바로세우기협회입니다. 인간의 행위로 일어난 과거 사실에 대해 될 수 있는 한 객관적으로 조명해보자는 취지입니다. 여기에 참석하신 회원님께서는 본 취지를 이해하시고 함께 해주실 것을 믿으며 고결한 성원 부탁드리는 바입니다."

후지무라 박사는 진지한 어조로 역사관에 대한 소신을 피력하고 나섰다. 예상을 뛰어넘는 성원이어서 그런지는 몰라도 얼굴에는 긴장의 빛으로 가득 차 있었다.

"다음은 오까무라(岡村) 역사 연구소 대표이신 원장님께서 여러 연구원과 함께 직접 내방해 주셨습니다. 격려사를 준비해오셨다고 하십니다. 박수로 맞이해주시기 바랍니다."

"안녕하십니까? 오까무라 원장입니다. 저를 귀중한 창립총회에 불러주시고 격려사의 기회까지 주시니 영광으로 생각하며 후지무라 회장님과 모든 회원님께 감사말씀 드립니다.

새가 날아가려면 두 날개가 똑같아야 합니다. 뿐만 아니라 자동차도 두 바퀴 축이 같아야 굴러갈 수 있겠지요. 이제 역사 연구에 있어서도 보수와 진보가 서로 평형을 이루며 함께 나아가야 발전을 가져올 수 있습니다. 그동안 보수적인 역사관이 일방적으로 독주하다 보니 파생된 문제도 많았다는 것을 부인하지 않겠습니다. 후지무라 박사님께서는 인간의 행위로 일어난 과거 사실에 대해 객관적으로 전하는 일이 역사가의 의무라고 말씀해주셨습니다. 때문에 본 협회가 태동하게 되었다고도 말씀하셨습니다. 그리고 조상이 잘못한 사실에 대해서 대충 얼버무리거나 덮어두려해서는 안 되며 다른 말로 포장해가는 일은 후손들이 지혜를 찾아가는 길을 차단하는 행위라고도 말씀하셨습니다. 전적으로 동감을 표하는 바입니다. 우리가 역사를 배우는 까닭은 두 가지 측면에서 생각해볼 수 있습니다. 첫째, 과거의 세계를 접해봄으로써 조상의 지혜를 배울 수 있고 그것을 바탕으로 미래를 슬기롭게 개척해 나아가는 일입니다. 다음으론 국가와 문화의 정체성을 정립하기 위해서 배워야 한다는 견해도 있습니다. 그런데 방금 후지무라 박사님께서는 이점에 대해서 너무 간과하고 계시지 않는가 싶습니다. 지금 진보적 사조의 역사학자들의 주장을 들어보면 역사를 결과만으로 해석하려는 경향이 강합니다. 원인이 무엇인지 정확하게 안다면 결과 해석도 훨씬 쉬워질 수밖에 없습니다. 동기 또는 의도(意圖)에 대하여 야기된 일을 결과라고 한다면 동기 또는 의도와 결과 사이가 때때로 일치하지 않을 수도 있습니다. 예를 들어서 일본이 한국을 병합하게 된 원인이 있습니다. 러시아를 비롯한 서양 제국주의자들이 조선을 넘어다보았던 것을 일본이 지켜주었고 조선의 근대화를 이룩해주려는 의도 때문이었다는 것을 알아야 합니다. 그런데 원인은 간과한 채 결과만을 전면에 내세워 이를 규명해야 한다고 날을 세우는 역사학자들도 있습니다. 인간은 동식물과 달리 단순히 과거를 축적하는 식으로 존재하지 않습니다. 과거 속의 존재 가능성을 의식적으로 회복하여 지금에 와서 문화의 정체성을 높여가는 것이 인간입니다. 본 협회가 과거의 역사성을 바탕으로 국가와 문화의 정체성을 높여가는 데 앞장서주시길 바라마지 않습니다. 다시 말씀드리자면 일본이라는 국가와 문화를 먼저 생각하면서 정체성을 정립해나가는 데 인색해서는 안 된다는 것을 명심했으면 합니다. 동기설(動機說)과 결과설(結果說)이 조화를 이루는 역사 인식이 전개되길 바라면서 다시 한 번 역사바로세우기협회의 탄생을 축하드립니다."

오까무라(岡村) 원장은 엄숙한 어조로 강의하듯 말했다. 그 내용은 어딘지 모르게 날카로운 가시가 도사리고 있다는 생각을 주기에 충분했다. 역사를 바라보는 관점에서부터 대조되는 경향이 뚜렷했고 암암리 보수성을 바탕에 깔아가면서 자신의 정체를 드러내려 들었다.

"드디어 역사를 바로 세우자는 기치 아래 오늘 우리가 한자리에 모였습니다. 이제 첫발을 내딛었습니다. 오늘의 모임이 헛되지 않아야 합니다. 우리는 초심을 잊지 않고 소기의 목적을 달성하도록 다 같이 힘써야 하겠습니다. 그러면 지금부터 질의응답 시간을 갖도록 하겠습니다. 허심탄회한 대화를 통해 서로 의견을 교환해주시면 고맙겠습니다. 사전 질문을 받아 본 결과 총 일곱 분이 질문 내용을 적어 주셨습니다. 그럼 맨 먼저 질의하실 분을 소개해 드리겠습니다. 저 멀리 센다이 도호쿠대학에서 오신 노무라(野村) 박사님이십니다. 박사님께서는 도호쿠대학 문학부와 대학원을 졸업하시고 모교에서 교수로 재직하고 계신 분이십니다. 박사님께 마이크를 건네주시지요."

자리에서 일어나 무선마이크를 건네받은 노무라 박사가 말을 이었다.

"안녕하십니까? 방금 소개받은 도후쿠 대학에 적을 두고 있는 노무라 요이치 교수입니다. 먼저 역사학자의 한 사람으로서 오늘의 만남을 주선해주신 후지무라 박사님과 그 외 임원진께 진심으로 감사의 말씀을 드리는 바입니다. 기조연설에서 박사님은 역사를 자의적으로 해석해서는 안 된다고 하셨습니다. 그렇게 바라보다보면 처음엔 아주 미미하던 틈새도 나중에는 걷잡을 수 없는 간극으로 커진다고 말씀하셨습니다. 꼭짓점에서 멀어질수록 두 직선의 거리는 멀어지는 법이니까요. 그런데 박사님께서는 그것을 역사의 왜곡이라 단정하셨습니다. 꼭 그렇게 말씀하신 까닭이 무엇인지 궁금하며 실례를 들어주시면 고맙겠습니다."

단상에 앉아 있던 후지무라 박사가 일어나 마이크를 잡고서 말했다.

"예. 제가 답변해드리겠습니다. 역사의 자의적 해석이 참 위험한 결과를 초래할 수 있다고 보고 있습니다. 역사란 과거에 있어서 인간 행위를 대상으로 하기 때문에 우리가 직접 지각할 수 없는 것 아니겠습니까? 때문에 과거부터 현재까지 남아 있는 기록문서, 다시 말하면 사료를 매개로 해서 인식되는 것이지요. 해석을 하는 데 있어서 현재를 사는 우리는 과거 세계와 대화를 나눌 수 있을 때 해석이 가능하다고 봅니다. 한 가지 예를 들자면 '니혼쇼키'에 임나일본부설이 나옵니다. 369년부터 562년까지 약 200년간 일본이 한반도의 남부를 지배했다고 했습니다. 그런데 정작 한국의 『삼국사기』에는 나오지 않습니다. 일본의 역사서를 공부한 일본인들은 당연한 것으로 알고 있지만 한국 사람들이 생각할 때엔 생떼를 쓰는 소리로 들릴 수밖에 없습니다. 과거 조선을 식민지배했을 때 이 이론을 바탕으로 일선동조론을 주장했습니다. 지금 두 나라 국민 중에서 이를 믿는 사람은 거의 없습니다. 어떻게 보면 이것은 역사의 왜곡이라 할 수 있지요. 우리의 주장만으로 통하는 세상이 아닙니다. 만일 이와 같은 주장이 계속된다면 나라 간 갈등의 골은 점점 깊어 질 것입니다. 이제 역사는 관계국과 공유하는 방향으로 나아가야 합니다. 우리는 한국과 중국 학자들과 머리를 맞대고 역사를 연구해야 합니다. 주장할 것은 주장하고 공유해야 할 것은 공유하는 자세가 필요합니다. 역사바로세우기란 이와 같은 간극을 줄여보자고 뜻을 모은 학자들의 모임입니다. 답변이 되었는지 모르겠습니다."

"본질적인 면에서 이해가 갑니다만 과연 이웃 나라와 대화를 통해 역사를 공유하는 일이 가능한 것인지 생각해보셨습니까?"

곁에서 듣고 있던 후쿠다 박사가 말꼬리를 붙잡고 나섰다. 그는 오까무라 역사 연구소 연구원이면서 극우 보수 역사 논객이라고 했다.

A급 전범의 후손이어서 뼛골까지 보수 인사라고 이미 정평이 나 있었다.

"역사를 배운 까닭은 건전한 민족의식과 애국심을 길러주는 것뿐만 아니라 인류애의 정신을 체득하여 사회 발전에 공헌할 수 있는 인간 육성에 있다고 할 수 있습니다. 그렇다면 아무리 어렵고 힘든 일일지라도 서로가 진정한 마음의 문을 열고 만난다면 못할 일이 없지 않겠습니까."

이번에는 요시다 박사가 일어서서 별반 의미를 두지 않으려는 듯 헐겁게 대답했다. 좀 비약했는지는 모르지만 미묘한 기미를 알아차리고 정곡을 찔러댈 것처럼 핵심을 피해가지 않았다.

"인류애 정신을 체득하여 사회 발전에 공헌할 수 있는 인간 육성이라고 하셨나요?"

"예, 그렇습니다."

"본 협회가 그와 같은 목적을 향해 나아가길 충심으로 바라마지 않습니다. 그런 뜻에서 한마디 드리겠습니다. 제가 알고 있기엔 본 협회는 역사의 공유화라는 미명 아래 허울 좋은 구실을 보태고 있는 것 같습니다. 단순히 회장 후지무라 박사의 독단적 생각에서 조직되어 가고 있다는 소문이 파다합니다. 그것도 사적인 원한에서 비롯된 일탈된 행동이라고들 말합니다. 진보적 역사 연구라는 말로 그럴듯하게 포장해놓은 것이라는 생각을 지울 수 없습니다."

후쿠다 박사는 입가에 침을 발라가며 조소인지 미소인지 알 수 없는 간살스러운 웃음을 흘려가면서 장중 회원들의 눈길을 끌어당기는 것이었다.

"사적 원한이라니요? 그게 무슨 뜻인지 부연 설명해주시기 바랍니다."

"이미 박사님의 신상 정보가 유포되어 있더군요. 솔직히 터놓고 이야기해봅시다. 신성해야 할 학문이 개인의 사적 감정에 유용된다면 공정성을 잃게 됩니다. 저도 협회가 역사 연구 발전에 기여하길 바라 마지 않습니다. 그러나 박사님의 염려스러운 신상을 털고 가지 않는 다면 기대하기란 쉽지 않을 것 같습니다. 최고의 엘리트 학자라는 칭송도 그리고 그런 이미지도 훼손 될 수밖에 없습니다. 회장님의 고향이 나가사키 현 히라도시 이키쓰키 섬으로 알고 있는 데요. 초창기 기독교가 전래된 곳이면서 조센징 카쿠레키리시탄의 후손이라고 전해 들었는데 혹시 그에 대한 한풀이가 되지 않을까 두렵습니다."

그는 심드렁하게 뒤틀린 얼굴로 눈초리를 뒤틀어가면서 아니꼽살스럽게 물었다. 난데없이 생뚱맞은 고향을 들먹이고 나온 것이었다. 사전에 치밀한 계획을 세우지 않고서야…… 표정에는 냉소적 비웃음을 뛰어넘어 노골적으로 멸시하는 저주의 빛이 가득 채워지고 있었다.

일각에 회의장 분위기가 살얼음판을 걷는 것처럼 긴장감 속으로 빨려 들어가는 것 같았다. 사회자의 낯빛에도 우수가 서려들면서 냉기마저 뿜어져 나왔다.

"예, 맞습니다."

후지무라 박사의 얼굴 근육이 움찔하더니 이내 딱딱하게 굳어지면서 고개를 끄덕였다.

"역사학자라면 먼저 자신한테 진실해야 합니다. 자신의 속심을 은폐해가면서 학문적 양심을 지켜갈 순 없습니다. 회장님은 조상에서 비롯된 사적 원한 관계 틀에서 벗어나지 못하고 계신 것 같습니다. 비록 조상이 조센징이었을지라도 귀화하여 일본인으로 살아가는데 이제야 때 묻은 민족 정서를 꺼내들어야 되겠습니까? 전해들은 바에 의하면 역사바로세우기라는 미명 아래 보수적 역사학자들을 폄훼하려 든다는 것입니다. 듣기 좋은 말로 그럴듯하게 포장하고 있다는 것입니다. 사심을 품고서 이룰 수 있는 것은 아무것도 없다는 것은 만고의 진리입니다."

후쿠다 박사는 마치 목을 비틀기라도 하려는 듯 당당한 말투로 거친 말을 내쏟았다. 맵짠 눈으로 흘겨보며 말하는 표정은 누가 봐도 교만과 오만으로 한껏 버무려놓은 것 같았다. 처음부터 의지를 꺾어놓으려는 의도였는지는 몰라도 학자로서 품위를 떨어뜨리는 말까지 서슴지 않았다. 참을 수 없는 모욕감을 느낀 후지무라 박사는 일각에 안색이 흐려지면서도 허허로운 웃음을 머금은 채 자리에서 일어섰다.

"본 회의와 조센징과 무슨 관계가 있다고 그런 말을 하십니까? 절대로 그럴 일은 없을 것입니다. 숨기려 든 것도 없으려니와 티끌만치도 사적인 감정을 끌어들인 적이 없습니다. 설령 사적 감정이 있다고 할지라도 개입시키기는커녕 단연코 버릴 각오가 되어 있습니다. 진보적 색채를 띠었다고 말씀하시지만 저는 그렇게 생각하지 않습니다. 학자라고 한다면 세상을 넓게 바라볼 줄 아는 안목을 길러야 하고 현실을 직시할 줄 아는 예리하고 정확한 판단력을 갖춰야 합니다. 서두에도 말씀드렸듯이 역사적 해석의 폭을 넓혀가자는 의미입니다. 역사학자는 과거의 사실을 바르게 정립하여 후손에게 물려주는 것이 본연의 임무라고 한다면 이제 폭을 넓혀 포용적인 연구 활동을 할 때가 되었다고 봅니다. 더 나아가 후세에게 떳떳한 역사를 가르쳐 세계 민주시민으로 긍지와 자부심을 드높인 가운데 민족의식을 고취시켜주자는데 있습니다. 그것이야 말로 우리 일본국의 국익에 도움이 되고 국격을 높이는 데 이바지하는 길이지 않겠습니까?"

후지무라 박사는 못내 서운한 눈빛을 감추지 못하고 씁쓰레하게 입맛을 다시며 말했다.

"국익에 도움이 되다니요? 그리고 국격을 높인다는 데 동의할 수 없습니다. 되레 조상들께서 이뤄놓은 찬연한 업적을 깎아내리는 일이지요. 괜히 일본 문화의 정체성을 흔드는 꼴이 되지 않을까 걱정스럽습니다. 서투른 의원이 생사람 잡는다고 어설픈 이론으로 민족의 우월성을 훼손시켜서는 안 되지요. 자긍심에 상처를 입힐 일을 하지 말아야 합니다. 동양에서 유일하게 제국주의를 일으켜 번영을 이룬 나라는 일본밖에 없습니다. 지금의 한국과 대만이 발전한 것도 일본의 식민지배 덕분인데 그들과 역사를 공유한다는 것은 말도 안 됩니다. 그들은 원인을 도외시한 채 결과에만 책임을 지라고 외치고 있지 않습니까? 서투른 논리는 자기모순을 가져오게 되어 있습니다."

이번에는 듣고만 있던 시모무라 나리아키 박사가 말허리를 자르고 나섰다. 샛눈을 뜨고 쳐다보며 말하는 모습이 사람들을 무안쩍게 만들고도 남았다. 내용도 편잔으로 가득 차 있었고 몰정하고 사박스러웠다. 오까무라 역사 연구소 연구원답게 뼛골까지 극우 보수로 물들어 있었다. 말이 연구원이지 실상은 어용학자로 정치인의 자문 역할과 사주를 일삼는 이였다.

"저도 박사님께서 말씀하신 의도를 잘 알고 있습니다. 학문의 입장에서 역사를 공유해보자는 것입니다. 역사연구 분야에서만큼은 우리 일본이 월등히 앞선 것만은 사실입니다. 학문이란 '배우고 물음'으로 앎에 접근해간다는 의미이지요. 학(學)은 단순히 지식을 배우는 것이며 그 지식을 주체적으로 소화해서 나의 것으로 만들기 위해 비판적으로 의문을 가지고 반문해 가는 것이 문(問)이라고 할 수 있습니다. 때문에 늘 의문과 의심을 가지고 비판적으로 접근해 나아가야만 참된 지식을 얻을 수 있는 것 아니겠습니까? 하찮은 미물(微物)에서도 우리는 진리를 발견할 때가 있습니다. 하물며 역사적으로 밀접한 연관성을 갖고 있는 주변국과 역사를 공유하는 것이야말로 역사학자로서 막중한 책무를 이행하는 것입니다. 절대로 국론 분열을 가져오지도 않을뿐더러 국격을 떨어뜨리는 행위가 아니라고 봅니다."

사사키 교수는 조금도 물러설 기세가 아니었다. 속심을 꿰뚫기라도 하려는 듯 비장한 각오가 서린 눈빛으로 바라보며 말했다. 말하는 눈빛에는 면도날 같은 예리한 판단력과 감각이 번쩍거렸다. 조금도 피해가지 않고 정면으로 맞닥뜨리려는 결연한 의지도 엿보였다. 질의응답 순서가 걷잡을 수 없는 방향으로 흘러가면서 마치 정책대결 토론장을 방불케 했다.

"사무총장 요시다 박사님께 묻겠습니다. 지금 한국과 중국이 마치 공동전선이라도 펴는 것처럼 우리 일본에 비난을 퍼붓고 있습니다. 지난날 우리나라로부터 식민통치를 받은 앙금이 남아 있기 때문입니다. 당시만 해도 국제 질서는 힘에 의해 좌우되는 것이었는데도 그것을 인정하려 들지 않습니다. 우리 총리대신께서 야스쿠니 신사를 참배한 것을 두고 말입니다. 그런데도 본 협회는 그들과 역사를 공유해야 한다고 주장하고 있는데요. 과연 그것이 우리 국민의 정서에 맞는 일이라 생각해보셨습니까?"

온건 보수파 역사학자로 곧잘 알려진 인물이며 히로시마 죠가쿠인 대학에서 온 하시모토 고이치 교수가 마치 이의를 제기하듯 질문을 던졌다. 눈초리를 추켜올려 이맛살까지 씰룩거려가며 빈정거리듯 물었다.

"역사를 바르게 정립하지 못했기 때문에 지금까지 이웃 나라와 마찰이 그치지 않고 있다고 봅니다. 제가 한국에서 지내는 동안 느낀

바를 말씀드리겠습니다. 한국인들에겐 반일 감정이란 정서가 깊이 자리 잡고 있었습니다. 그거야 식민지 지배를 받았으니 당연하겠지만 그보다 더 가슴 아프다고 한 것은 정치인들이 함부로 역사 문제를 들먹여가며 민족 감정을 자극하기 때문이라고 말했습니다. 역사적 사안을 인기몰이 전략으로 이용하면서 갈등을 부채질한다는 것입니다. 역사란 인간의 자기 인식을 목적으로 하는 것인데도 정치인들이 정략적으로 이용하는 것이지요. 역사의 본질을 지키는 것은 역사학자들의 책무라고 봅니다. 역사학자들이 나서서 역사의 본류를 찾아 깊어만 가는 갈등을 메꿔보자는 것입니다. 우리가 함께 나서서 힘을 합친다면 국민 정서도 달라지리라 확신하는 바입니다."

요시다 박사는 의연함을 잃지 않으려 애를 쓰면서도 각단지게 설명하고 나섰다.

"열정적인 질의응답 시간이었습니다. 보수와 진보의 논쟁이나 다름없었습니다. 함께 해주신 회원님들께 감사의 말씀 올립니다. 이것으로 질의응답 시간을 마치도록 하겠습니다."

토론이 격전으로 변해가는 낌새를 알아차린 사회자 사카다 교수가 에두르고 나섰다.

보수파 역사학자들이 창립총회에서부터 몰려온 탓에 질의응답 시간이 길어졌던 것이다.

무용한 논쟁으로 시간을 허비하는 것처럼 비춰졌지만 실상은 유익하고 도움이 되었다. 언젠가는 부딪힐 수밖에 없는 단체였기 때문이었다. 이왕 맞을 매라면 일찍 맞는 것이 낫다는 생각으로 치부될 수밖에 없는 일이었다.

4
임나일본부설에 얽힌
허구의 식민사관

협의회가 조직되고 처음 맞는 하계휴가였다.

아직 삼복더위가 맹위를 품어가면서 무더움을 더해주고 있을 때였다. 대낮인데도 먹구름이 하늘을 가린 탓에 세상이 어둠 속으로 빠져들어가면서 억수 같은 장대비가 쏟아졌다.

저 멀리 이와지 섬에서 세찬 바람이 불어오자 집채 크기의 높은 파도가 하얀 물보라를 일으키며 해안가를 작신작신 두드렸다. 바다 위에 떠 있는 간사이 국제공항으로 향하는 한신고속도로에 2층 관광버스 한 대가 공항을 향해 쏜살같이 달리고 있었다. 차에 타고 있는 이들은 역사바로세우기협회원들이었다. 한국에서 열리는 첫 번째 세미나에 참석하기 위해서였다.

지난 겨울 요시다 박사와 김영식 박사가 초석을 깔아두었던 일이 성사 단계에 이르렀던 것이다. 그동안 두 나라 학자들은 메일을 주고받으며 단체협정 조인식은 물론 구체적인 활동 계획 조율에 박차를 가해왔다. 역사를 시대별로 고대사, 중세사, 근대사, 현대사로 나누고 특별히 일제강점기의 역사를 별도로 다루기로 합의를 이뤄놓은 상태이기도 했다.

학자들만도 서른 명에 이르렀다. 일본 유수의 대학 교수들이 대거 참석하게 된 배경에는 첫 만남이라는 의미는 물론이요, 단체협정 조인식을 갖게 된다는 역사적 상징성이 있었다. 그들은 이미 삼일 전부터 오사카 제국 호텔에 여장을 풀고 워크숍을 열어 사전 대비를 해왔던 터였다. 세미나를 앞두고 발제 주제를 중심으로 내용별 토의까지 마친 상태였다.

바다를 가로지른 간사이코쿠사이쿠코렌라쿠교(관서국제공항연락교)에 이르자 해풍이 세차게 몰아치면서 억수 같은 비를 퍼부었다. 비행기 탑승이 시작되었다. 오사카 발 인천 행 아시아나 비행기는 억수 같은 빗속을 뚫고 하늘 높이 날아올랐다. 두어 시간 남짓 지났을 때, 인천 공항 활주로에 비행기가 바퀴를 내밀었다.

공항을 빠져나온 그들은 공항셔틀 버스에 몸을 맡긴 채 88올림픽대로를 달렸다.

기나긴 장마가 걷히고 불볕 무더위가 연일 기승을 부리는 중복. 쉐라톤 그랜드 워커힐 호텔을 감싸고 있는 아차산 자락의 음영 짙은 녹음에서 쓰르라미 울음소리가 자지러지고 있을 때였다. 지난 여섯 달에 걸쳐 미팅을 준비해왔지만 한꺼번에 많은 손님을 맞이한 까닭인 듯 연합 역사연구소 직원들의 발걸음이 아침부터 분주하게 돌아가고 있었다.

7월 26일 화요일 오후 7시.

호텔 연회장에서 일본과 한국의 역사학자들의 운명적 만남이 이뤄지는 순간은 특별한 의미를 부여할 만한 사건임에 틀림없었다. 두 나라 간 불편한 갈등과 대립을 해소하기 위한 첫발을 내딛는 시금석이 될 수 있는 것이기도 했다. 때문에 두 나라 역사학자들은 역사적 사안별로 팀워크를 구성, 수십 차례에 걸쳐 워크숍을 열어 만반의 준비를 해오면서 그날의 미팅을 기다려왔던 것이다.

쉐라톤 그랜드 워커힐 호텔의 연회장. 휘황찬란한 샹들리에 전등에서 불빛을 밝히는 가운데 하얀 원탁 테이블로 두 나라 역사학자들이 모여들었다. 서로들 마주칠 때는 웃는 얼굴로 인사를 하면서도 경직된 표정으로 그저 어렵고 서먹서먹하기만 한 분위기를 자아내고 있었다. 하얀 천이 깔린 원탁 테이블 중앙에는 백합과 장미꽃 장식 꽃바구니가 화려하게 치장되어 있었다. 찻잔과 글라스도 함께 놓여 있었다.

"이번 행사에 사회자를 소개해 올리겠습니다. 규슈지역 H대학에 재직 중인 요시다 박사를 모시겠습니다."

"안녕하십니까? 방금 소개받은 요시다입니다. 사회를 보게 되어 영광으로 생각합니다. 만남이 헛되지 않도록 회원님들의 많은 협조 부탁드립니다. 그럼 지금부터 단체협정 조인 겸 한일 두 나라 역사 토론회를 시작하도록 하겠습니다."

두 나라의 국기가 게양되고 국가가 연주되었다. 연합 역사연구소장 김영식 박사의 환영사 겸 기조연설이 있겠다는 사회자의 목소리가 스피커를 타고 울렸다. 하얀 와이셔츠에 붉은 나비넥타이를 매고 검정 양복을 입은 그가 왼쪽 단상으로 올라왔다. 그는 고개 숙여 인사를 한 뒤 단상의 마이크 볼륨을 조절하고서 말했다.

"안녕하십니까? 저는 연합 역사연구소장 김영식입니다. 더운 날씨임에도 불구하고 먼 길 오신 일본 역사학자님들을 진심으로 환영합니다. 이 날이 있기까지 60년이란 긴 세월이 흘러갔습니다. 한국 속담에는 '팔백 금으로 집을 사고 천 금으로 이웃을 산다.'는 말이 있습니다. 그것은 멀리 사는 일가친척보다 가까운 이웃이 낫다는 것을 의미하는 말입니다. 그렇게 본다면 한국과 일본은 이웃이어서 아주 가까운 친척이나 마찬가지입니다. 또한 옛날부터 그렇게 지내왔습니다. 그러나 내면적 실상은 그렇지 못했습니다. 가까이 산다는 이유로 도리어 원한이 서리고 가슴을 아프게 했던 사연들이 많았습니다. 동반자적 관계를 유지하면서도 갈등과 번민으로 얼룩지게 만드는 역사적 사건도 많았습니다. 숱한 마찰음 속에서 역사적 왜곡도 많았다고 봅니다. 역사의 본질을 지키는 것이 역사학자들의 책무라고 본다면 오늘 이 만남은 더없이 중요한 일입니다. 이제 우리 역사학자들이 머리를 맞대어 그동안 깊게 패어있던 갈등을 풀어갈 방안을 찾아야 할 것입니다. 두 나라 사이에 가로 걸쳐져 있던 장애를 거둬냄으로써 진정한 이웃으로 거듭나길 바라는 마음입니다. 다시 한 번 후지무라 박사님을 비롯하여 역사바로세우기협회원을 환영하는 바입니다."

김영식 박사는 기대에 찬 눈빛으로 애절한 호소를 던지고 나섰다. 역사의 본질을 지키는 것이 역사학자로서의 책무성이라는 것을 강조하기도 했다.

환영인사가 끝나자 만장에서 우레와 같은 박수갈채가 쏟아졌다.

"다음은 일본 회원님들을 대표해서 후지무라 박사님의 답사가 있겠습니다."

하얀 와이셔츠에 초록색 나비넥타이를 맨 채 연한 회색 양복을 입은 후지무라 박사가 앞 단상으로 나왔다. 갸름한 얼굴에 금테 안경이

지적인 매력을 한결 부풀어 오르게 해주었다. 단상에 오른 그는 허리 굽혀 좌중에 인사부터 했다.

"안녕하십니까? 저희들을 따뜻하게 맞이해주신 연합 역사연구소 김영식 박사님을 비롯하여 한국의 회원님들께 충심으로 감사의 말씀을 올립니다. 우리들이 역사를 공부한 까닭은 과거의 세계를 바르게 이해함으로써 성숙된 미래를 약속하기 위함이지요. 과거 없이는 현재가 존재할 수 없으며 미래 또한 있을 수 없는 것입니다. 과거는 미래에 대한 거울이라 부르는 까닭이 여기에 있습니다. 김영식 박사님께서도 말씀하셨듯이 일본과 한국은 지정학적으로 보았을 때 가장 가까워야 할 이웃입니다. 그래서 역사적으로 활발한 교류가 이뤄져 왔던 것 또한 사실이었습니다. 서로 간 접촉 과정에서 좋은 일도 많았지만 있어서도 안 될 일도 많았습니다. 좋은 일은 쉽게 잊히는 것인데 반해 서운했던 일들은 앙금이 되어 마음속에 가라앉기 마련입니다. 앙금을 털어내기는커녕 도리어 차곡차곡 쌓이고 있다는 데 심각한 문제가 도사리고 있습니다. 만시지탄이나마 우리 역사학자들이 나섰다고 생각만으로도 다행이라 하지 않을 수 없습니다.

왜냐하면 그것은 우리의 책무이기 때문입니다. 이제 민족주의에서 벗어나 포용적인 연구를 해야 할 때가 되었다고 봅니다. 우리 후세에겐 떳떳하게 역사를 가르쳐야 합니다. 그렇다고 해서 국경을 뛰어넘어 하나가 되자는 것은 아닙니다. 국가의 보호를 받지 않을 국민이 어디 있겠습니까? 나라의 격을 실추시키는 일은 하지 말아야 합니다. 이제 우리의 만남으로 그동안 강하게 내세웠던 주관적인 해석을 조금씩 줄여가면서 흉금을 털어놓고 역사를 평가해야 할 것입니다.

그럼으로써 우리 후손들에겐 세계 민주 시민으로서 긍지와 자부심을 드높여 주어야 합니다. 첫 숟가락에 배부를 리 없겠지만 얽히고설킨 가닥을 풀어간다면 쉽게 목표점에 도달하리라 확신하는 바입니다. 다시 한 번 환영해주신 모든 분께 진심으로 감사의 말씀을 올립니다."

후지무라 박사는 입술을 잘근 물어가면서 말했다. 엄숙한 분위기만큼 목소리가 낮게 가라앉으면서도 비장한 결의를 보여주려 애를 쓰는 눈치였다. 기조연설이 끝나고 나서 후지무라 박사는 김영식 박사와 함께 단체협정 조인식에 정식 서명했다. 이어 리셉션이 베풀어지면서 호텔 뷔페식 만찬으로 이어졌다.

다음 날. 오전부터 학술 토론 회의가 열리기로 예정되어 있었다. 회원들은 아침식사를 마치자 곧장 소연회장으로 모여들었다.

"편안히 주무셨습니까?"

김영식 박사가 후지무라 박사를 향해 악수를 청하며 안부부터 물었다.

"예. 잠자리가 참 편했습니다."

후지무라 박사가 만족한 웃음을 입가에 그려가면서 반갑게 인사를 했다.

"아무래도 집을 떠나면 잠자리가 편하지 못한 법인데 다행이십니다."

김영식 박사는 회원들에게 다가가 일일이 악수를 청하며 인사를 했다. 후지무라 박사도 한국 회원들을 찾아가 인사를 했다.

"그럼 지금부터 학술 토론 회의를 시작하도록 하겠습니다."

연합 역사연구소 유인원 부장이 개회를 알렸다. 이어 일본 측 협의회 사무총장 요시다 박사가 단상에 올라와 서투른 한국말로 말씀을 청했다.

"그럼 지금부터 고대사에 대한 학술 토론 회의에 앞서 김영식 박사님의 개회 말씀부터 듣도록 하겠습니다."

단상에 앉아있던 그가 열브스름한 웃음을 지으며 단상으로 나왔다.

"드디어 첫 단추를 끼우는 날입니다. 무슨 일이든 첫 단추를 잘 끼어야 한다는 말이 있습니다. 처음이 나쁘면 끝도 나쁠 수밖에 없는 것이고 보면 시작을 잘해야 좋은 결과를 가져올 수 있다는 것입니다. 낙락장송도 근본은 작은 종자였습니다. 십수 년을 기다려온 우리는 오늘 처음으로 좋은 열매를 맺기 위한 작업을 시작합니다. 조상들이 살고 가신 지난 과거를 우리 모두 같은 눈으로 바라보도록 합시다. 자유해석이라는 명분 아래 뒤범벅을 만들어놓은 역사를 바르게 조명해봅시다. 갈등과 대립을 불러일으켰던 역사적 사실을 찾아 허심탄회한 자세로 대화하고 의견을 교환하여 역사의 본질을 찾아 공유하는데 힘씁시다. 이번 만남이 두 나라가 공존공영의 길로 나아가는 중요한 시금석이 되도록 노력합시다. 이것이야말로 두 나라가 평화와 번영의 길로 나아가는 길임을 명심하고 뜻을 모으도록 합시다. 감사합니다."

김영식 박사는 기대에 찬 눈빛을 뿌리며 열변을 토해냈다. 목소리는 애절했고 간절한 마음을 담고 있었다.

"그럼 본격적으로 학술 발표를 갖도록 하겠습니다. 오늘은 먼저 각소위원회별로 집단토의를 거친 뒤 한 곳에 모여 발표하도록 하겠습니다."

사회자 요시다 박사가 소위원회별 학술 집단토의를 알렸다. 구성된 소위원회별로 각 토의장으로 향했다. 그날의 토의주제는 임나일본부설, 광개토대왕 비문해석, 사대주의에 관한 문제였다. 주어진 문제에 관하여 구성원이 수집했던 정보를 중심으로 의견교환과 평가 그리고 정리와 통합의 과정을 거치도록 했다.

소위원회별 진지한 토론이 시작되었다. 역사 공유를 위한 접점을 찾아내기 위한 논의에서는 열띤 공방으로 이어졌다. 휴식시간도 없이 세 시간이 지나서야 겨우 논리적 귀착점에 이른 모습들이었다. 곧바로 점심시간으로 이어졌고 휴식을 취한 다음 대회의실로 모여들었다.

"수고들 하셨습니다. 소위원회마다 열기가 넘쳐흐르고 있는 것을 보았습니다. 그건 무얼 의미하는 것일까요? 두 나라 간 역사학자들의 책무성이 그만큼 엄준하다는 것을 보여주는 대목입니다. 우리가 머리를 맞댄 것이 결코 헛된 일이 아니라는 것을 분명하게 보여주셨습니다. 오늘부터 우리는 두 나라 민족 사이에 걸쳐져 있던 장애를 거둬내는데 앞장서야 합니다. 그럼 시간 관계상 곧바로 발표회로 들어가겠습니다. 먼저 제1소위원회에서 발표해주시겠습니다. 오쿠무라 겐죠 교수님께서 「고대사에 비춰진 두 나라 사이 갈등의 역사」란 주제로 발표하시겠습니다. 교수님은 미야기현 센다이시 도호쿠가쿠인 대학에서 교편을 잡고 계십니다."

사회자는 먼저 오쿠무라 겐죠 교수를 소개했다. 그는 일본에서 고대사 연구에 독보적인 역사학자로 정평이 나있었다. 훤칠하게 큰 키에다가 가냘픈 몸매여서 풍기는 모습이 약해보이는데도 목소리만은 올찼다. 오뚝한 콧날에 엷은 입술 그리고 짧은 턱은 전형적인 일본인 풍골이었다. 그가 단상으로 나와 공손하게 인사를 하고서 준비해온 복사물을 돌렸다.

"안녕하십니까? 방금 사회자로부터 소개 받은 도호쿠가쿠인 대학에서 역사학을 강의하고 있는 오쿠무라입니다. 먼저 이런 자리를 만들어주신 관계자에게 감사의 말씀부터 올립니다. 첫 번째 학술발표자로 나서게 된 것 또한 영광으로 생각합니다. 그러면 나눠드린 유인물과 영상자료를 참고로 해서 말씀드리도록 하겠습니다. 고대사에서 한국과 일본의 역사적 갈등의 중심에 서 있다고 볼 수 있는 것이 바로 임나일본부설이라 할 수 있습니다. 임나라는 말은 한국과 중국 고서(古書)에는 거의 나오지 않지만 일본 고서에 나오며 '미마나'라고 읽습니다. 한반도 가야지방을 두고 이른 말입니다. 일본의 야마토(大和) 정권이 4세기 후반에 한반도 남부지역에 진출하여 백제와 신라 그리고 가야를 지배했다는 학설입니다. 특히 가야에는 일본부(日本府)라는 기관을 두어 6세기 중엽까지 한반도 남부지역을 직접 지배하였다는 것입니다. 역사적 근거로는 니혼쇼키(일본서기:日本書紀)의 '신공기(神功記)'에 기록되어 있습니다. 기록에 의하면 진구황후는 남편인 주아이천황과 함께 '부유한 땅을 얻을 것'이라는 신(神)의 계시(啓示)를 받았다고 했습니다. 주아이천황은 믿지 않아 땅을 얻지 못한 채 사망했지만 진구황후는 믿었기에 땅을 얻게 되었습니다. 그 땅이 한반도 가야국인데 금관가야가 아닌가 싶습니다. 진구황후가 삼한을 정벌하여 땅을 획득했다는 이야기가 다음과 같이 기록되어 있습니다.

200년에 진구황후는 주아이천황의 아들을 임신한 상태로 군대를 이끌고 한반도로 건너갑니다. 임신한 아이의 출산 기미가 보이자 배를 돌로 눌러 출산을 지연시킵니다. 출산을 미룬 채 삼한을 정벌합니다. 201년 5월이 되어서야 출산합니다. 그 후 진구황후의 군대가 신라로 가자 신라의 왕은 저항하지도 않고 항복합니다. 말과 마구를 바치겠다고 맹세합니다. 369년에는 7국과 사읍을 점령 지금 한반도의 경상도와 전라도 그리고 충청도 일부를 복속시킵니다. 그 뒤 임나 즉 가야에 일본부를 설치하여 562년까지 200년간 한반도의 남부를 지배

합니다. 이것이 임나일본부설입니다. 일본과 한국의 조상이 본디 같다고 주장하는 일선동조론(日鮮同祖論)의 바탕이 되는 기록이라 할 수 있습니다."

오쿠무라 겐죠 교수는 준비해온 자료를 읽어 내려가면서 임나일본부설을 설명해주었다. 마치 구비설화 같은 내용이었다. 그러나 그 이면에는 한국인의 가슴에 깊은 치욕적인 상처를 안겨준 역사를 가진 이론이었던 것이다. 조선을 강제 병탄(倂呑)하면서 일본민족이 한민족을 흡수하는 것은 당연하다는 논리로 이용되었던 것이기 때문이다. 대표적인 제국주의 식민사관(植民史觀)이었다.

"그럼 오쿠무라 교수님께서 발표하신 임나일본부설에 보충말씀이나 질의가 있으신 분께서는 손을 들고 말씀해 주시기 바랍니다."

"저는 목포대학교에서 온 이준재 교수입니다. 오쿠무라 겐죠 교수님의 발표내용 잘 들었습니다. 임나일본부설에 대해 자세히 설명해 주셨는데 한일 양국의 고대사에 첨예한 갈등을 일으키고 있는 사안입니다. 결론부터 말씀드리자면 임나일본부설은 허구일 뿐 아니라 역사왜곡에 해당됩니다. 식민통치를 정당화하기 위해 날조된 조작극인 셈입니다. 일본의 야마토 정권이 가야를 지배한 것이 아니라 도리어 한반도 가야국에서 일본 열도로 이주하여 독자적인 세력을 구축했던 것입니다. 가야국의 일본 세력이었던 것입니다. 6세기경부터 점차 가야 본국으로부터 떨어져나가 야마토 왕정에 통합 당했지요."

기골이 헌칠하고 잘생긴 풍채에서 뽑아낸 목소리는 야무지고 당찼다. 마치 대포에서 터져 나오는 것처럼 회의장이 쿵쿵 울리는 것이었다.

이때 대판시립대학 교수 노무라(野村) 박사가 손을 들었다.

"노무라 박사님 말씀하시지요."

"이준재 교수님께서 니혼쇼키가 신화 중심이어서 허구일 뿐이라고 말씀하셨는데 당치 않는 말씀입니다. 그러면 제가 잠깐 니혼쇼키에 대해서 설명해드리겠습니다. 이 역사서는 720년에 완성되었습니다. 고사기와 더불어 7세기 이전의 일본 역사를 기록한 사서로서 고대사 연구에 핵심적 사료입니다. 고대인들이 직접 기록한 것이어서 고대인들의 사유에 보다 접근할 수 있다는 점과 역사를 연대순으로 기록한 통사(通史)라는 점에서 다른 고사서보다 중요한 가치를 지녔다고 할 수 있습니다. 특히 이 책에서는 삼국사기(三國史記)와 그밖에 고서(古書)에서도 볼 수 없는 한반도의 고대사에 관한 사료(史料)가 수록되어 있다는 점입니다. 예를 들면 백제가 여러 가지 선진 문물을 일본 열도에 전한 사실과 가야의 여러 나라가 멸망해가는 과정에 대한 기록은 니혼쇼키의 기록이 유일합니다. 우리가 임나일본부설을 부인하지 못한 까닭이 여기에 있습니다."

노무라 박사는 니혼쇼키를 최고의 고서인양 예찬하고 나섰다. 임나일본부설을 받아들이라는 의도가 농후하다는 생각을 지울 수 없었다.

처음부터 서로의 주장이 긴장감을 팽팽하게 끌어당기는 느낌이 들었다. 일본 학자들은 니혼쇼키에 대한 맹신을 저버리지 못한 가운데 한국 학자들은 이에 대한 비판의 날을 세우고 있었기 때문이다. 이때 광주 조선대학교에서 역사학을 강의하고 있는 이치종 교수가 손을 들었다.

"손을 드신 교수님께서는 자기소개부터 해주시고 발표해 주시지요."

"오쿠무라 박사님의 임나일본부에 대한 발표 잘 들었습니다. 훌륭한 학술발표를 해 주심에 진심으로 감사드립니다. 아울러 노무라 박사님의 니혼쇼키에 대한 설명말씀도 잘 들었습니다. 저는 광주 조선대학교 이치종 교수입니다. 그런데 니혼쇼키 신공기에 실린 진구황후 이야기는 정사라기보다 고담(古談)에 불과하다는 것은 이미 판가름이 난 상태입니다.

먼저 삼국지의 위지 동이전 왜인전(倭人傳)에 의하면 일본에는 당시 야마타이국(耶馬臺國)을 비롯하여 무려 30여 개의 소국이 있었습니다. 일본 열도를 통일하게 될 야마토 국가의 모체가 형성된 것이 5세기입니다. 그리고 일본이라는 국호가 생긴 것도 고대국가가 성립된 6세기 말엽입니다. 고대국가체제를 정비한 것은 야마토(大化, 645) 이후이니 백제와 신라에 비교해 보아도 대략 300년 이상 뒤진 셈입니다. 당시에 생기지도 않은 야마토 국가가 한반도에 출병하였다는 것은 한낱 공허한 이론일 뿐이며 황당하게 꾸며낸 고담에 불과한 것입니다. 삼국사기와 다른 한국 고사에는 그러한 기록이 없다고 하셨습니다. 그거야 당연한 결과일 수밖에 없습니다. 사실이 아닌 것을 정사에 기록할 까닭이 없지 않겠습니까? 일개의 고담을 그것도 일본에서만 존재하는 것을 정사(正史)에 기록하다니요? 제가 보기엔 전혀 사료로서 가치가 없는 것인데도 아니라 쓰다(津田左右吉)와 같은 일본 학자가 주장했던 것입니다. 예를 들면 임신하고 있던 진구황후(神功皇后)가 배에 돌을 눌러 1년에 가까운 기간 동안 출산을 지연시켰다는 것은 말도 안 되는 것이지요. 세 살 먹은 어린 아이들에게 들려줘도 믿지 않을 것입니다. 또 진구황후(神功皇后)의 군대가 신라에 당도하자 신라의 왕은 저항하지도 못한 채 항복했고 말과 마구를 바치겠다고 맹세한 내용도 그렇습니다. 일개의 국가에 적이 쳐들어왔는데 싸워보지도 않고 항복할 임금이 세상천지 어디에 있겠습니까? 그것은 민담(民譚)중에서도 허무맹랑한 거짓된 이야기에 불과할 뿐입니다. 니혼쇼키는 8

세기 초 일본 왕가를 미화하기 위해 편찬된 책이어서 편찬과정에 많은 조작이 가해진 탓에 5세기 이전의 기록은 대체로 신빙성을 인정하기 어렵다는 것이 정설입니다. 한국 학자들이 인정하지도 않는 사료를 가지고 민족적 우월감을 내세우는 것은 바른 태도가 아니라고 봅니다. 그뿐만 아니라 니혼쇼키를 역사서라고 자부하고 있지만 백제의 기년(紀年)과는 약 120년의 차이가 있는 것으로 봐서 연대(年代)기록에 문제를 노출하고 있다는 것이 공통된 의견입니다. 실례로 진구황후가 369년 한반도에 군대를 보냈다고 되어 있습니다. 그 뒤 일본부를 설치 562년까지 약 200년간 한반도 남부를 지배했다고 했습니다. 이를 근거로 하여 일부 일본 역사학자들이 562년을 신라의 멸망 연대로 알고 있습니다. 그러나 실제로 신라가 멸망한 연대는 965년입니다. 연대 설정이 잘못되어 있음을 여실히 드러내는 대목입니다. 더 짚고 나아가야 할 것은 과연 3세기경부터 일본의 고대사회가 외국에 식민지를 건설할 정도로 발전했느냐는 물음입니다. 일본 측 학자들도 쉽게 답을 내놓지 못하고 있습니다. 다만 사료에 의한 것이므로 그렇게 보아야 한다는 주장만 되풀이합니다. 하지만 한국 학자들은 기나이(畿內)의 야마토 세력(大和勢力)이 주변의 일본 열도를 통합하기 시작한 것은 6세기에 들어서 가능했다는 것이 통설이기 때문에 4세기부터 한반도에 식민지를 경영했다는 점은 인정할 수 없다는 주장입니다. 나라의 형태도 갖추지 못했는데 어떻게 식민지를 경영할 수 있었을까요? 이는 내부 성장과정을 고려하지 않고 대외관계를 우선적으로 언급한 일본 고대사의 허점일 수밖에 없습니다. 그런데도 일본 학자들은 사서에도 오기(誤記)가 있을 수 있다고 설명합니다. 단순히 연대적 오기라는데 소신을 굽히지 않습니다. 오기도 오기 나름이지 200년을 앞서 기록한 사서를 오기에 의해 비롯되었다고 해서야 누가 신뢰하겠습니까?

　일본에 이소노카미 신궁(石上神宮)의 칠지도(七支刀)를 통한 임나일본
부설 주장에 대해 말씀드리겠습니다. 일본 덴리시(天理市)의 이소노카
미 신궁(石上神宮)에 보관된 철제 칼로 1953년 일본 국보로 지정되었던
것이지요. 일본 학자들은 송서(宋書) 왜국전(倭國傳)에 나오는 작호로 보
아 일본은 5세기에 외교적인 수단으로 일본과 신라 그리고 임나와 가
야에 대한 영유권을 중국 남조로부터 인정받았다고 주장합니다. 나중
에는 백제의 지배까지 송나라로부터 인정받고자 했다는 내용입니다.
남조(南朝)와 송(宋) 그리고 제(齊)와 양(梁) 나라의 역사기록에 나오는 왜
왕(倭王)의 책봉기사를 예로 들고 있습니다. 왜왕(倭王)이 「왜백제신라
임나진한모한제군사왜국왕(倭百濟新羅任那秦韓慕韓 諸軍事倭國王)」이라는
문건을 올려 관작(官爵)을 인정해줄 것을 송나라에 요청했고 송에서는
백제를 제외한 나머지 지역에 대한 왜의 지배권을 인정하는 칭호를
내린 것으로 되어 있습니다. 그리하여 번국(藩國) 즉 백제가 군사적 우
세와 한반도 남부 지배를 인정하고 야마토 조정에 칠지도를 바쳤다
고 해석합니다. 특히 간 마사토모 교수는 칠지도가 임나일본부(任那日
本府)의 실체를 뒷받침해 주는 증거라고 주장합니다. 그의 주장에 따
르면 진구황후 49년에 신라를 비롯한 7국을 평정하고 한반도에 임나
일본부(任那日本府)를 두었으며, 진구황후 52년에는 백제의 사신이 칠지도
(七枝刀)와 칠자경(七子鏡)을 비롯한 각종 보물을 헌상했다는 내용이 니
혼쇼키에 수록되었다고 했습니다. 그 칠지도가 지금 이소노카미 신궁(石
上神宮)에 보관된 것과 동일하다고 주장합니다. 그러나 어느 기록에도
칠지도(七枝刀)가 칠지도(七支刀)와 동일하다는 근거가 발견되지 않고
있습니다. 더욱이 니혼쇼키의 기록 자체가 고대의 신화를 근거로 편

찬된 것이기 때문에 신뢰도가 낮다는 점에서 그러한 주장은 억지라는데 힘이 쏠리고 있습니다. 공연히 임나일본부설에 칠지도까지 끌어들여가면서 일본의 식민지배를 합리화하려는 의도로 보여집니다. 칼의 명문을 보면 '공후왕(供侯王)'은 '후왕(侯王)'에게 제공 공급되었다는 뜻이므로 백제가 제작하여 제후왕(諸侯王)인 왜왕에게 하사한 것이라고 해석해야 한다는 것이 설득력을 얻고 있습니다. 마지막으로 말씀드리고 싶은 것은 일본 학자들 사이에서도 한반도 남부에 대한 식민지경영과 같은 주장을 한 사람이 거의 없다는 것입니다. 임나일본부의 존재는 야마토조정과는 무관한 것이며 규슈의 지방호족에 의해 설치되었다고 보는 견해도 있고 식민지가 아니라 일본의 출장소 또는 출장기관과 같은 기관이었다고 주장하기도 합니다. 그러나 그것마저 신빙성이 없다고 의심받자 이제는 선사시대부터 가야 지역과 왜와 활발한 교류가 있었다는 주장이 제기되었습니다. 때문에 가야지역에 일부의 왜인들이 집단적으로 거주하게 되었고 이러한 왜인들을 통제하는 행정기관이 임나일본부였다고 하는가 하면 식민지 지배기관이 아니라 가야에 파견된 외교사절이라는 등 다양한 견해로 변질되어가는 것은 스스로 니혼쇼키의 기록이 허위라는 것을 인정하는 것입니다. 어떻게 보면 이준재 교수의 발표처럼 야마토 정권이 백제와 신라 그리고 가야를 지배한 것이 아니라 도리어 한반도 이주민이 일본 열도로 이주하여 독자적인 세력을 구축 가야국의 일본 세력이었다는 이론이 일본에서도 설득력을 발휘해가고 있는 것 같습니다."

이치종 교수는 일본 학자들의 주장을 조목조목 따져가면서 완벽한 논리로 반박하고 나섰다. 정확한 이론을 바탕으로 의표를 겨냥 찔러대는 것 같았다. 일시에 분위기가 살얼음 같이 싸늘해지면서 표정들이 어두워지는 기분이었다.

단상에 후지무라 박사와 나란히 앉아 경청하고 있던 김영식 박사의 이맛살이 실큼하게 오므려지면서 당황한 기색을 드러냈다. 후지무라 박사도 별반 다르지 않았다. 곧장 냉연한 표정을 지어보이자 눈길을 맞춰오던 사회자 요시다 박사가 무언의 사인을 보내고서 곧장 마이크를 입에 가져다 대었다.

"더 부연해서 말씀해주실 분 안 계십니까?"

이치종 교수의 발표가 저변까지 다 훑고 지나갔는지는 몰라도 선뜻 나서는 사람이 없었다. 서로들 얼굴만 쳐다보면서 눈치를 살피려 들었다. 상황을 알아차린 사회자는 순간적으로 재치가 번득거리는 말을 담아내었다.

"지금껏 임나일본부설에 대해 잘 들었습니다. 오늘 한일역사학자들이 이 자리에 함께 한 까닭은 역사적 사건에 대해 진상을 밝히고자 함께 한 것이 아닙니다. 역사적 사건으로 인해 빚어진 갈등을 어떻게 풀어가야 할 것인지 논의해보자는 데 궁극적 목적이 있습니다. 두 나라 학자들이 모이다 보니 서로 간에 국가주의적 발언을 할 수밖에 없는 것 같습니다. 국가라는 테두리 안에서 국민이라는 범주를 벗어날 수 없기 때문입니다. 그러나 우리에겐 학문의 자유가 있습니다. 인간정신의 창조적 성과로서 문화발전에 기여한다는 의미로 이 자유를 보장받고 있지 않습니까? 학문(學問)의 자유는 사상의 자유나 표현의 자유와는 다릅니다. 그 자체가 가지는 객관적인 특성 때문입니다. 따라서 이 자리에서는 국가와 민족이라는 범주에서 벗어나 학문의 자유가 갖는 객관적 특성이라는 관점에서 논의했으면 합니다."

요시다 박사는 성이 차지 않다는 듯 고개를 외틀면서 만족스럽지 못하다는 표정을 지어보였다. 국가주의적 사고를 벗어던지고 허심탄회하게 토론하자고 입술을 다져물며 말했다. 결곡한 어투에서 결연한 의지가 번뜩이는 것 같았다.

"제가 먼저 말씀드리겠습니다."

손을 번쩍 들고 단상으로 나온 이는 나오키 박사였다. 삼십이 겨우될동말동한 앳되고 청순한 얼굴에 단발머리를 나풀거리며 나왔다. 프릴이 달린 연두색 블라우스에 청색 미니스커트를 입은 모습이 예쁘장하면서도 귀염성스러웠다.

"저는 나고야 대학에서 온 나오키 교수입니다. 제가 생각했을 때 임나일본부에 관한 핵심적인 요소는 과연 일본 야마토 정권이 가야국에 임나일본부를 설치·지배했느냐는 것이고 두 번째로는 일본부를 설치·지배했다고 해서 과연 조상이라고 할 수 있겠는가에 대한 물음입니다. 솔직히 고백하자면 저도 얼른 대답할 수 없을 것 같습니다. 먼저 니혼쇼키와 삼국지의 위지 동이전의 사료에 기록되어 있다고 하지만 주장과 반론이 서로 맞서오지 않았습니까?

일테면 사료의 기술과는 달리 연대에 대한 오기, 설화 같은 이야기, 한반도 주민이 일본 열도에 이주하여 세력을 구축했다는 설, 칠지도(七枝刀)와 칠지도(七支刀)가 동일하다는 근거 부족 등으로 의견차를 좁히지 못했습니다. 이는 두고두고 우리 역사가들이 연구해야 할 과제라고 봅니다. 한중일의 고대사를 중심으로 관련 사료를 찾아내야 할 것입니다. 두 번째로 임나에 일본부를 설치했다고 해서 조상이 같다고 할 수 있는가에 대한 물음입니다. 이는 그 어디 사료에 기록되어 있는 것은 아니고 역사학자에 의해 해석 주장된 것입니다. 저는 일본 역사학자입니다. 그러나 이 주장에 대해서는 동의하고 싶지 않다는 것이 저의 학자적 양심입니다. 국가주의적 독단에서 주장된 것이 아니었나 싶습니다. 너무 비약적인 추리에서 비롯된 것이라는 생각을 지울 수 없습니다."

나오키 교수는 일반적인 상식과 예상을 뒤엎는 소견을 불쑥 내뱉었다. 가냘프고 앳된 몸인데도 발하는 다부지고 당찬 기운이 사람들의 시선을 끌어 당겼다.

"저도 그렇게 생각합니다. 어딘지 모르게 석연치 못한 점이 많다는 것을 인정합니다. 대부분 일본 역사가들도 저와 뜻이 다르지 않을 것입니다. 앞으로 우리 역사바로세우기협회에서 만이라도 일선동조론 혹은 동조동근론(同祖同根論) 그리고 내선일체론(內鮮一體論)이라는 이론은 배제하자고 제안하고 싶습니다."

오쿠무라 교수가 처음 주장과는 사뭇 다르게 담갔던 발을 슬그머니 빼들면서 여유롭게 껄껄 거리며 말했다.

"저는 한국인으로서 말씀드린 것이 아니라 역사학자로 말씀드립니다. 앞에서 나오키 교수님께서 들먹이셨듯이 역사해석은 사료를 바탕으로 해야 하는데 일선동조론은 어느 고서에도 기록이 없습니다. 제국주의시절 일본역사학자들이 한일병합의 정당화를 위해 조작해 놓은 것입니다. 이 주장은 한국인의 가슴에 영원히 지워지지 않을 정도로 시퍼렇게 피멍이 든 상처가 되고 말았습니다. 아시다시피 조선은 유교를 숭상하는 모범된 국가였습니다. 중국에서 시작된 유교가 성리학으로 발전하여 조선으로 들어와 빛을 발했던 것을 일본도 인정하고 있지 않습니까? 퇴계 이황의 제자 강항으로부터 성리학을 배운 일본 학자들이 말하길 "조선은 일본보다 우월한 나라"라고 극찬했다고 합니다. 특히 성리학은 가족을 중심으로 하는 혈연 공동체와 국가를 중심으로 하는 사회 공동체의 윤리 규범을 제시함으로써 사회의 중심 사상으로 발전하였던 것입니다. 때문에 조선은 충효(忠孝)는 백행(百行)의 근본이며 인륜(人倫)의 대도(大道)라고 가르쳤던 나라입니다. 오죽했으면 조선은 조상의 묏자리를 살아있는 사람의 집터보다 더 중요시했겠습니까? 그런데 일본은 조선인의 민족적 자존심을 여지없이 짓밟고 말았습니다. 고대시대 한국과 일본이 같은 혈연 집단에 속했으며 일본은 부강한 본가(本家)이며 한국은 빈약한 분가(分家)이고 일본의 시조는 적자(嫡子)요 조선은 서자(庶子)라는 것은 자존심을 짓뭉개고도 남을 민족 폄하 발언이었습니다. 이제 우리 역사바로세우기협회는 임나일본부설과 일선동조론과 같은 이론은 협회에서만 배제할 것이 아니라 두 나라의 역사에서 지워지도록 함께 나서야 할 것입니다."

이준재 교수가 자리에 서서 마이크도 없이 고래고함을 치듯 말했다.

"그러면 이 사안에 대해서는 이쯤에서 마치고 다음 사안으로 넘어가겠습니다. 제2소위원회에서는 광개토대왕 비문을 바탕으로 토론을 해 주셨습니다. 발표자로 지정받으신 회원님께서 앞으로 나오시지요."

이때 하얀 남방셔츠에 청색 넥타이를 맨 백발이 성성한 노신사가 앞으로 나왔다. 단상에 오른 그는 허리 굽혀 공손히 인사부터 했다.

"제2소위원회를 대표해서 단국대학교 역사학과 서봉우 교수님께서 발표해주시겠습니다. 광개토대왕 비문 역시 두 나라 간에 늘 상충된 의견을 보이면서 예민한 문제로 대두되었던 사안이기도 합니다. 힘찬 박수로 맞이해주시기 바랍니다."

"안녕하십니까? 방금 사회자로부터 소개받은 서봉우입니다. 발표하기 전에 먼저 두 나라 역사학자들이 한 자리에 모였다는 것만도 매우 뜻깊은 일이 아닐 수 없다고 생각합니다. 후지무라 박사님께서 역사를 공부한 까닭은 과거의 세계를 바르게 이해하여 성숙된 미래를 약속하기 위함이라고 말씀하셨습니다. 역사는 역사학자들의 전유물도 아니며 또 그렇게 되어서도 안 됩니다. 저는 고대사에서 두 나라 간의 상충된 해석을 가져온 광개토대왕 비문을 통한 임나일본부설을 짚어보고자 이 자리에 나왔습니다."

5
광개토대왕 비문의
진실은 무엇인가?

　"먼저 광개토대왕에 대해 알아보겠습니다. 고구려 제 17대 소수림 왕은 아들이 없었습니다. 그의 동생 이연이 대를 이어 제18대 고국 양왕이 됩니다. 그의 아들 담덕이 일각에 왕자의 신분으로 바뀌게 됩니다. 고국양왕은 열세 살의 담덕을 태자로 책봉했습니다. 일찍 태자로 책봉한 까닭은 나이에 비해 성숙하고 재주가 남달랐기에 미리 왕의 직무를 익히기 위함이었다고 합니다. 담덕은 태자시절부터 군대를 지휘하고 백제 그리고 후연과의 전쟁에 참여하여 용병술을 익혔습니다. 391년 담덕은 열여덟 살의 나이로 왕에 오릅니다. 그가 고구려의 역사를 바꾸어 놓은 제19대 광개토대왕입니다. 그런데 억울하게도 광개토대왕의 시기를 다룬 중국의 역사서 진서 그리고 삼국사기에도 왕에 대한 기록이 매우 빈약합니다. 누구와 결혼했고 자식은 얼마나 두었는지 그리고 39세의 젊은 나이에 세상을 떠난 까닭을 알 수 없습니다. 다만 추측하건데 광개토대왕이 영토를 확장하여 대국을 이루게 된 배경은 조부님 고국원왕을 떼어놓고 생각할 수 없을 것 같습니다. 그가 태어나기 전이었습니다. 백제의 영웅 근초고왕이 고구려 평양성까지 쳐들어왔습니다. 그때 그의 조부 고국원왕이 그 전투에서 화살을 맞고 전사합니다. 이는 고구려 역사상 최대 수치였습니다. 그것만이 아니었습니다. 미천왕이 개척해놓은 황해도 지역을 빼앗기게 됩니다. 이는 뼈에 사무치는 원한을 고구려인들에게 가져다주었습니다. 그의 아들 소수림왕은 아버지의 원한을 기어코 풀어드리겠다고 다짐했던 것입니다. 그리하여 375년부터 연이어 백제를 공격했습니다. 이를 보아온 어린 담덕의 머리엔 고구려의 적은 백제라는 사실이 뇌리에 깊이 각인되어 있었던 것입니다. 때문에 고국원왕의 비극이 영토 확장에 중요한 동기와 지표를 던져주었다고 볼 수 있습니다.

광개토대왕의 어린 시절을 자세히 말씀드린 까닭은 일본에 있어서의 고대국가의 형성이 4세기 전반이라는 것과 한반도를 지배하였다는 사실을 실증할 수 있는 유일하고도 확실한 자료는 실로 광개토대왕 비문에 있기 때문입니다. 일본 고대사에 있어서 광개토대왕 비문이 가지는 의의는 막중합니다. 광개토대왕의 치적 없이는 일본 고대사는 성립될 수 없다고 해도 과언이 아닐 것입니다.”

서봉우 교수는 냉수를 졸금졸금 마셔 입안을 축여가면서 열변을 토하고 나섰다. 입술에 침까지 발라가면서 광개토대왕을 연구하는 전문가답게 단면적 이야기까지도 조목조목 들려주었다.

“그러면 이제 광개토대왕 비문을 바탕으로 해서 임나일본부설을 말씀드리겠습니다. 광개토대왕의 비는 중국 지린성 지안(集安)에 있습니다. 중국에서는 ‘호태왕비’라고 부릅니다. 비는 각력응회암(角礫凝灰岩)으로 되어있고 사면석이며 긴 바위 모습입니다. 대석(臺石)과 비신(碑身)으로 되어 있으며 일부가 땅속에 묻혀 있습니다. 비석의 높이가 6.39m로 한국에서 최대 크기를 보여줍니다. 너비는 1.38~2.00m이고, 측면은 1.35m~1.46m로 불규칙합니다. 머리 부분은 경사져 있고 네 면에 걸쳐 1,775자의 글자로 비문이 새겨져 있습니다. 문화사적으로 의의가 있다는 것은 동양 최대의 비석이고 독특한 사면비(四面碑)란 점입니다. 4면에 명문을 새긴 비는 고구려 특유의 비석 형태이기도 합니다. 또 다른 특기할 만 한 점은 전서기(篆書氣)가 있는 예서체(隸書體)(획이 가장 복잡하고 곡선이 많은 글씨)라는 것입니다. 중국 비석에서도 볼 수 없는 웅장한 서체가 큰 특징이라 할 수 있습니다.

글씨만 보더라도 당시 고구려의 문화가 얼마나 높은 수준에 있었던가를 짐작할 수 있습니다. 비문은 세 부분으로 구성되어 있는데 첫째 부분은 고구려 건국신화와 추모왕 즉 동명왕과 유리왕 그리고 대무신왕 등 1대부터 3대까지 행장(行狀)을 기록해 놓았습니다. 둘째 부분은 광개토대왕 때 이뤄진 정복 활동과 영토 관리에 대한 내용을 연대별로 기록해놓았습니다. 비문에 의하면 64개의 성과 1,400개의 촌(村)을 공파(攻破)했음을 알 수 있습니다. 광개토대왕의 외정이 한반도는 정토복속(정복하여 복종시킴)의 의지를 앞세워 동일세력권으로 만들려 했지만 당시 왜(倭)는 축출의 대상이어서 정토의 대상이 아니었던 것으로 보입니다. 셋째 부분은 능을 관리하는 수묘인연호(묘를 지키는 사람들을 차출하던 가호)의 숫자와 차출방식, 수묘인의 매매금지에 대한 규정이 새겨져 있습니다. 광개토대왕비가 압록강 북쪽에 있다는 사실은 용비어천가를 비롯하여 조선 전기 문헌에 언급되어 있었습니다. 하지만 조선후기까지 비문을 직접 확인한 적은 없었던 것입니다. 그러다가 청의 만주에 대한 봉금제도(封禁制度)(일정한 지역에 들어가지 못함)가 해제된 뒤에야 비로소 알려졌습니다.

비석이 알려지자 여러 서예가나 금석학자들이 탁본을 하러 달려갑니다. 만주에 파견되어 있던 당시 일본 육군 참모본부에 근무하던 사쿠오(酒勾景信)가 광개토대왕의 비문의 가탁본 일명 쌍구가묵본(雙鉤加墨本)을 일본으로 가지고 갑니다. 일본군 참모본부에서는 학자들을 모아 6년에 걸쳐 비문을 해독한 뒤 육군대학 요꼬이(橫井忠直)이에 의해 1889년 회여록(會餘錄)에 공개합니다. 여기서 문제가 발생한 것입니다. 다시 말하면 이 비문에 유리한 기록이 있다고 발표하고부터입니다. 이것이 우리나라 역사뿐 아니라 한일 관계사에 중대한 변화와 문제를 가져오게 되는 빌미가 되었던 것입니다. 공개된 내용에는 일본인들이 주장하는 왜(倭)에 관한 기사가 들어 있는 것만은 사실입니다. 그중 문제가 되는 것은 일본이 백제, 신라 심지어는 가야까지도 그들의 신민으로 삼았다고 하는 이른바 신묘(辛卯)년(391) 기사입니다. 또 하나는 왜가 신라성을 궤멸시켜 신라를 정벌하였다고 하는 이른바 경자(庚子)년(400) 기사라고 할 수 있습니다. 이로써 일본 명치(明治) 정부의 정한론자(征韓論者)들과 일본 군부는 조선을 정복할 절호의 명분을 조선의 금석문에서 얻었다고 주장하였던 것입니다. 사학계에서 다투어 비문과 일본서기에 보이는 신라침공기사를 결부시켜 비문을 이른바「한반도경영」의 확실한 증거로 부각시켰습니다. 여기서 신묘년 기사가 무엇인지 자세히 말씀드리자면 "왜가 바다를 건너와서 백제와 신라 등을 깨고 신민으로 삼았다"는 대목입니다. 왜이신묘년도해파백잔口口신라이위신민(倭以辛卯年渡海破百殘口口新羅以爲臣民)」일본에서는 이를 "백제와 신라는 원래부터 속민으로서 유래 조공하였다. 그러나 왜가 신묘년(391)에 바다를 건너와 백제와 □□, 신라를 파하고 신민으로 삼았다."라고 해석했습니다. 다시 말하면 4세기 후반 신공황후(神功皇后)가 한반도 남부지역을 정벌했다는 일본서기(日本書記)의 기록을 뒷받침하는 것으로 간주했습니다. 그 결과 일본에서 「임나일본부설(任那日本府說)」이 정설로 정착되었던 것입니다. 그런데 문제는 정작 쌍구가묵본(雙鉤加墨本)에 있습니다. 쌍구가묵본(雙鉤加墨本)은 탁본(拓本)과는 달리 비면에 종이를 대고 글자의 윤곽을 떠서 글자가 희게 드러나도록 주위를 먹칠하는 일종의 백묘법(白描法)인데 이것은 비문을 직접 찍어내는 탁본과 달리 임의성이 개재되기 마련이란 데 문제가 드러납니다. 그러면 여기서 삼국시대 광개토대왕의 활약에 대해 더 깊이 들어가 보겠습니다. 광개토대왕은 즉위한 다음해 7월 4만의 군대를 이끌고 백제의 북쪽 지역을 공격합니다. 10여 개의 성을 빼앗아 한강 유역까지 밀고 내려갔지만 백제의 진사왕은 광개토대왕이 병법에 능하다는 말을 듣고 나가 싸우지도 못했습니다. 10월에 백제의 북방을 지키는 요충지인 관미성을 공격했습니다. 관미성은 백제가 자랑하는 중요한 수군 기지였으나 해군을 이용 7개 길로 공격한 고구려의 공격 앞에 무릎을 꿇고 20일 만에 내어주고 맙니다. 관미성 전투의 패전을 핑계 삼아 숙부인 진사왕을 몰아내고 왕위에 오른 아신왕이 여러 차례 고구려를 공격해보지만 제대로 싸워보지도 못하고 항복할 수밖에 없었습니다. 끝내 아신왕은 무릎을 꿇고 고구려 신하가 되겠다고 맹세합니다. 광개토대왕은 백제를 굴복시켰고 황해도와 인천을 중심으로 한 경기도 서부 해안지역과 한강 이북지역을 모두 빼앗았습니다. 그러나 백제는 결코 쉽게 굴복할 약소국이 아니었습니다. 재기를 꿈꾸며 가야와 연합 신라를 공격했습니다. 신라 또한 고구려에 복종하고 있던 터였습니다. 고구려를 공격하기 위한 계책(計策)으로 신라를 공격했던 것이지요. 겁에 질린 신라는 391년에 고구려에 구원을 요청했습니다. 광개토대왕은 백제가 신라를 차지하면 다시 강국이 될 것이라는 우려 속에 대군을 파견했습니다. 또한 대군으로 한반도 남부를 지배해 보겠다는 의도도 깔려 있었습니다. 고구려군은 신라에 가서 이곳에 들어와 있던 왜군을 물리칩니다. 이어서 가야 지방까지 쫓아가 그곳에 있던 왜군까지 완전히 물리쳤습니다. 이때 김해 지역에 금관가야가 고구려에 의해 멸망당해 그들이 일본 열도로 옮겨간 것으로 보입니다. 따라서 비문 그 어디도 니혼쇼키의 임나일본부설의 기록을 뒷받침하고 있다고 볼 수 없습니다.”

서 교수는 입가에 하얀 거품을 물어가면서 열변을 토하고 나섰다. 역사적으로 다단한 내용인데도 차분한 목소리를 앞세워 명쾌한 논조로 말했다.

“서봉우 교수님께서 발표하신 임나일본부설에 보충 말씀이나 질의가 있는 분 계십니까?”

사회자 요시다 박사가 또다시 보충 설명과 질의를 주문받고 나섰다.

“광개토대왕의 비문에 대해 한국 사학자들이 연구해 놓은 내용을 간략하게 설명해주시기 바랍니다.”

와세다 대학 미우라 교수가 일어섰다. 자못 궁금한 눈초리로 쳐다보며 한국 사학자들의 견해를 듣고 싶은 의향을 내비쳤다. 이때 맨 뒷자리에서 손을 들었다.

“예. 고맙습니다. 일어서서 자기소개부터 말씀하시지요.”

“저는 익산에 있는 원광대학교에서 역사를 가르치고 있는 김학송 교수입니다. 먼저 두 나라 역사학자들이 한 자리에 만난 것만으로도 이미 성과를 이뤄냈다고 봅니다. 앞으로 오늘의 초심을 잊지 말고 더욱 발전된 역사연구 활동으로 발전하길 기대해보겠습니다. 아무튼 이 자리에 참석하게 됨을 큰 영광으로 생각합니다."

김학송 교수하면 고대사 연구에선 당대 최고의 학자라고 알려져왔다. 그는 흥분된 목청을 가라앉히려는 듯 생기침을 두어 번 하고 나서 입을 열었다.

"한국 사학자 편에서 말씀드리겠습니다. 한국 사학계(史學界)의 거목 위당 정인보 선생께서 광개토대왕 비문을 해석하신 내용을 보면 일본과 크나큰 차이점이 드러납니다. 문제가 되고 있는 신묘년조의 내용 즉 '왜이신묘년래도해파백잔ㅁㅁ신라이위신민(倭以辛卯年來渡海破百殘ㅁㅁ新羅以爲臣民)'을 일본 학자는 왜가 신묘년(391)에 바다를 건너와 백제와 ㅁㅁ, 신라를 파하고 신민으로 삼았다고 해석했던 것입니다. 도해파(渡海破)의 주체를 일본으로 본 것입니다. 왜가 백제, 신라 심지어는 가야까지도 그들의 신민으로 삼았다는 것입니다. 그러나 정인보 선생을 비롯한 한국 학자들은 도해파(渡海破)의 주체를 광개토대왕으로 보아 새로운 해석을 시도합니다. 도해파의 주어가 광개토왕이며, 이 주어가 비문에 생략되었다는 것으로 구두점을 어디에 찍느냐에 따라서 정반대로 해석된다는 것입니다. 즉 '왜가 신묘년(391)에 왔으므로 광개토대왕이 바다를 건너가 왜를 깨뜨리고 백제와 ㅁㅁ 신라를 신민으로 삼았다.'고 해석하여 일본인들과는 다른 견해를 제시했습니다. 또한 1913년 현지조사 당시 신묘(辛卯)와 도해파(渡海破)라는 5자의 글자는 거의 흔적만 있는 불명확한 글자였습니다. 1981년 이형구 및 박노희 교수의 학술발표에 의하면 비문의 자형의 짜임새와 좌우행과의 비교에서 나오는 자체의 불균형으로 보아 倭는 後를 그리고 '來渡海破'는 '不貢因破'를 일본인이 위작(僞作)한 것이라는 부분이 지적되었습니다. 재일동포 사학자 이진희 교수는 일본이 만주를 침략하기 위해 현대사는 물론 고대사까지 조작 왜곡하여 정당화하기 위한 조작극을 벌였다고 주장합니다. 사쿠오(酒勾)의 쌍구가묵본에는 왜(倭)가 신라성에 가득 차고 신라를 궤멸시켰다(新羅城 □城 倭滿倭潰城)라고 되어 있습니다. 그러나 100년 뒤에 만들어진 탁본에는 신라성에 들어온 왜구가 고구려 원정군에게 크게 궤멸되었다(新羅城 □城 倭寇大潰城)라고 쌍구가묵본과는 완전히 상반된 뜻을 가진 글자가 나왔습니다. 100여 년 전에 석회를 발라 글자를 만들었던 것이 오랜 세월이 지나 석회가 떨어져 나가게 되자 원래의 글자가 되살아난 것이라는 것이 확인되었습니다. 이는 비문을 침략전쟁에 이용하고자 석회를 바르고 가묵본을 가공하는 과정에서 조작했다는 것입니다. 倭를 後로 그리고 '래도해파(來渡海破)'를 '불공인파(不貢因破)'로 해석하면 '백제와 신라는 예로부터 고구려의 속국으로 조공을 바쳐 왔는데, 그 뒤 신묘년(391)부터 조공을 바치지 않으므로 백제와 왜구 그리고 신라를 공파해 신민으로 삼았다.'라는 내용으로 바뀝니다. 이 주장대로라면 일본 사학계의 이른바 「남조선경영론」이 허위로 드러납니다."

김학송 교수의 표정에는 신바람이 날 만큼 생기로 가득 차 있었다. 연회장의 분위기가 일각에 무거워지면서 착잡하게 가라앉기 시작했다. 침묵으로 빠져드는 것을 담방 알아차린 사회자 요시다 박사가 허허로운 웃음을 머금고서 말꼬리를 휘어잡고 나섰다.

"김학송 교수님 수고 많이 하셨습니다. 한국 사학자들이 바라본 광개토대왕의 비문을 자세하게 설명해주셨습니다. 이에 보충이나 질문하실 분계십니까? 있으시면 손을 들고 말씀해 주시기 바랍니다."

"저는 진주 경상대학교에서 온 이하중입니다. 김학송 교수님의 발표내용 잘 들었습니다. 저는 박사님의 말씀에 덧붙이도록 하겠습니다. 비단 한국 학자들뿐만 아니라 중국의 학자들 사이에서도 연구가 활발하게 진행되고 있다는 것을 말씀드리겠습니다. 1984년 왕젠췬(王建群) 박사는 장기간의 실지조사를 통해 연구한 내용을 발표했습니다. 그는 저서 호태왕비연구(好太王碑研究)를 통하여 이제까지 잘못 읽은 부분은 시정하고 탈락된 문자를 복원했다고 주장했습니다. 비문의 총 글자가 1,775자로 확정되었다고도 했습니다. 특히 눈길을 끄는 것은 비문에 등장하는 왜(倭)를 일본 기타큐슈(北九州)의 해적 집단으로 보았다는 것입니다. 따라서 일본의 임나일본부설을 부정했습니다. 아울러 이진희 교수의 석회조작설까지도 비판했습니다. 그러나 그의 연구도 비판을 받고 있습니다. 석회로 도회 부분은 탁본하는 사람들이 고가의 판매를 위한 것이라고 했는데 발견 초기의 탁본은 고가 판매를 위한 것이 아닌 것임에도 조작된 부분에 대한 해명이 부족하다는 것입니다. 아무튼 광개토대왕 비문은 그 주체가 고구려의 광개토대왕이 되어야 한다는 사실에는 그 누구도 토를 달 수 없습니다. 광개토대왕릉비는 아들 장수왕이 만들었습니다. 아버지인 광개토대왕의 업적을 기리기 위해서 만든 것이지 왜를 칭송하기 위해 만들 까닭이 없습니다. 그런데도 일본인들은 마치 자기 나라 임금인 것처럼 확대해석한 것입니다. 절대로 일본은 주체가 될 수 없습니다. 이 비는 한국 고대사의 실상을 풀어줄 수 있을지언정 일본의 고대사를 풀어줄 수 있는 비가 될 수 없습니다. 다만 부수적으로 일본이 등장할 뿐입니다."

이하중 교수는 단박 쾌도난마로 잘라 버릴 것 같은 예리한 눈빛으로 준비된 원고를 또박또박 읽어 내려갔다. 목소리는 다부졌고 자신감으로 그득 차 있었다.

이때 나고야 대학(名古屋大學) 이시하라 도이찌 교수가 단상으로 올라왔다. 반백의 곱슬머리를 서양음악가처럼 기른데다 답실답실한 구레나룻 수염으로 턱을 내리덮은 모습이 퍽 인상적이었다.

"우리 협회가 광개토대왕 비문을 의제에 올려놓고 학술토론을 전개한 까닭은 일본이 4세기 전반에 한반도를 지배하였다는 사실을 실증할 수 있는 유일하고도 확실한 자료가 비문에 기록되어 있다고 본 것이지요. 그것은 일본서기에 기록된 임나일본부설 다시 말하면 한반도경영을 입증한 자료라고 여기기도 했습니다. 그런데 오랜 세월로 인해 마멸된 글자를 판독하기 쉽지 않다는 데 문제가 있습니다. 특히 갈등을 일으켜주는 내용은 신묘년(391)에 있었던 도해파(渡海破)의 주체가 과연 누구로 볼 것인가? 다른 하나는 경자(庚子)년(400) 기사에서 왜만왜궤(倭滿倭潰)와 왜구대궤(倭寇大潰)의 글자 중 어느 것이 진(眞)이며 위(僞)인지 밝혀내는 것이 관건입니다. 이 두 문제를 따로 떼어놓고 토론해보았으면 좋겠습니다."

이시하라 교수는 사안을 각단지게 도막으로 나누어 함께 풀어가자고 제안하고 나섰다. 이에 묵시적인 동의가 이뤄지면서 기노하라 교수가 단상으로 나왔다.

"안녕하십니까? 저는 돗토리에서 온 기노하라 교수입니다. 두 사안에 대해서 발언이라기보다는 한 가지 제안을 드리고자 나왔습니다. 지금 이 자리에서 광개토대왕 비문에 대해 누구의 탁본이 진실한가에 대한 판단은 불가능한 일입니다. 그렇다고 해서 유보하고 넘어가자는 뜻은 아닙니다. 어차피 갈등과 대립을 일으킨 사안이니 우리가 풀어가야 할 과제니까요. 제가 제안 드리고 싶은 것은 우리 협회원들이 탁본 전문가와 함께 지안으로 갔으면 합니다. 오랜 세월에 마모가 심하다 할지라도 우리가 할 수 있는 모든 방법을 동원 시도해 본 다음 다시 논의해 보도록 합시다."

기노하라 교수는 불현듯 어떤 예감에 사로잡힌 사람처럼 눈빛을 이상하게 빛내면서 직접적으로 탁본을 떠볼 것을 요구하고 나섰다.

"기노하라 교수님의 제안에 대해 의견이 있으시면 말씀해주시지요."

"제가 말씀드리도록 하겠습니다. 저는 강원도 춘천 한림대학교에서 왔습니다. 김해석이라고 합니다. 기노하라 교수님의 말씀의 의미를 못 알아듣는 것은 아닙니다. 여기 화면을 보아가며 말씀드리겠습니다."

그는 컴퓨터로 다가가 프로그램을 작동시켰다. 빔 프로젝터에서 빛이 새어나오면서 스크린에 두 편의 사진이 나타났다. 하나는 규장각본의 위작 '왜(倭)'자와 제2면 '왜적(倭賊)'의 '왜(倭)'자의 사진이 선명하게 드러났다. 그는 스크린 앞으로 다가가 사진을 가리키며 말을 이었다.

"이 사진은 이형구(李亨求) 교수님과 박노희(朴魯姬) 교수님께서 지적하신 내용입니다. 이 교수님은 역사 부분을 그리고 박 교수님은 서법을 통해 비문 조작을 밝혀내셨습니다. 먼저 앞 사진의 왜(倭)자와 제2면의 왜적(倭賊)의 왜(倭)자를 비교해보겠습니다. 앞의 왜자는 亻변과 委부 사이에 공간이 없이 붙어 있고 委부의 禾자와 女자의 점유 비율은 1:1이 아니고, 1:3 정도로 女자가 지나치게 크다는 것을 발견하실 것입니다. 또한 亻변이 彳변으로 보이는 한편 파임도 보일 것입니다. 委부의 禾자와 가로획이 지나치게 길고 세로획이 없어 天자 혹은 六자로 변형되어 있음을 느끼실 수 있을 것입니다. 이처럼 왜(倭), 왜적(倭賊), 왜구(倭寇)에서 왜(倭)의 글자결구(일정한 형태로 얼개를 만듦)가 다른 까닭이 무엇이겠습니까? 이는 가탁본 일명 쌍구가묵본(雙鉤加墨本)이어서 위조된 글자라는 것입니다."

그는 신바람이 쌩쌩 돌 만큼 생기가 넘쳐나면서 또 다른 화면으로 넘어갔다.

"이 사진을 잠깐 보시기 바랍니다. 왼쪽에 있는 사진은 1889년에 탁본한 사진이고 오른쪽은 1981년에 탁본한 사진입니다. 왼쪽 사진에는 왜만왜궤성(倭滿倭潰城)이라는 글자가 선명하지만 우측에는 왜구대궤성(倭寇大潰城)이라는 글자가 흐릿하게 보입니다. 까닭은 석회가 떨어져나간 후에 탁본한 내용이기 때문입니다. 이는 사쿠오가 쌍구가묵본을 만들 때 석회를 발라 글자를 바꿔놓았다는 것을 알 수 있습니다. 일본이 유리하도록 왜구대궤성(倭寇大潰城)을 왜만왜궤성(倭滿倭潰城)으로 조작했던 것입니다. 그렇다고 해서 저는 여기서 매듭을 짓자고 하지 않겠습니다. 비록 사진을 보여 드렸지만 이것도 조작되었을 수도 있습니다. 우리가 직접 사료를 판독하기 전에는 의구심을 떨쳐낼 수 없을 것입니다. 비문의 글자가 마멸되었다고 할지라도 우리가 직접 탁본하여 눈으로 확인하는 것이 최고의 방법일 겁니다. 때문에 제가 제안하고 싶은 것은 우리 소위원회가 만주 지안(集安)을 방문 현장에서 직접 탁본하여 사실을 확인했으면 하는 것입니다. 그때까지 본 사안의 논의를 유보하자고 제안하고 싶습니다."

김해석 교수는 불여일견이라는 논리를 내세워 논쟁을 유보할 것을 제안하고 나섰다. 음성이 마치 가녀린 여자처럼 가늘고 여윈 목소리이면서도 열기를 내뿜는 데는 손색이 없을 정도로 올찼다.

"김 교수님의 제안에 저는 동의합니다. 비록 비문의 글자가 오랜 세월 속에 마멸되어 알아볼 수 없다지만 시도해보지도 않고 사진자료로 결정할 일이 아닙니다. 추론해가면서 문제를 해결하자는 것은 우리의 만남을 퇴색시키는 일입니다. 첨단과학 기법을 동원해서라도 반드시 글자를 찾아내야 할 것입니다."

기노하라 교수가 흔연스러운 웃음을 지어보이며 맞장구를 치고 나섰다. 은밀스런 안도감 같은 것을 느낀 모양이었다. 휘황찬란한 샹들리에 전등불에 눈빛이 반짝거렸다. 모두들 피로한 기색이 역력해지면서 묵시적인 동의를 보내고 있었다.

이렇게 해서 두 번째 논제를 논하다 보니 밤이 깊어 가는지도 몰랐다. 둘째 날을 온전히 불꽃 튀는 학술토론으로 보냈지만 그들은 마냥 흐뭇한 표정들이었다. 비행기에 탑승할 때까지만 해도 유다른 갈등과 두려움을 느꼈던 것인데 실상 허물없는 만남에 특별한 의미를 부여할 수 있었던 것이다.

6
사대주의 사상으로 짓밟힌
우리 민족의 치욕

이윽고 셋째 날이 밝았다. 그들은 또다시 회의장으로 모여들었다. 마치 마라톤 경기와 다를 바 없는 **빡빡한** 일정이 되고 말았다. 후지무라 박사가 회의장으로 들어서자 김영식 원장이 다가가 아침인사부터 나누었다.

"편히 주무셨습니까? 잠자리가 불편하지 않았는지 모르겠습니다."

"앞이 탁 트여 한강을 훤히 내려다볼 수 있어 좋았습니다. 잠자리도 괜찮았고요."

"아침 식사는 먹을 만하시던가요?"

"조식(朝食)인데도 한국의 전통 음식이 나와 참 맛있게 잘 먹었습니다."

"좋았다고 하시니 다행입니다."

"모든 것이 치밀한 계획하에 이뤄지고 있다는 인상을 받았습니다. 감사의 말씀을 드립니다."

"아닙니다. 토론이 열기로 가득 차다 보니 시간적 여유로움을 드리지 못해 죄송합니다."

"아닙니다. 우리가 바랐던 것이 바로 이런 거 아니겠습니까?"

"아무튼 모든 것을 긍정적으로 봐주시니 고맙습니다."

회원들이 속속 모여들었다. 사회자 요시다 박사가 마이크를 잡고서

"그럼 어제 이어 세 번째 사안으로 넘어가도록 하겠습니다. 논제는 사대주의 사상입니다."

사대주의란 말이 스스럼없이 울려 퍼졌다.

"조선인은 자기 힘으로 하는 것이 없다. 무력에서도 문명이란 점에서도 자기 힘으로 이룬 바가 없다. 그래서 늘 큰 나라의 눈치를 보고, 큰 나라를 따르는 것을 목적으로 삼는다."

이는 일본의 시라도리라는 사람이 외쳤던 말이다. 식민사관을 주장할 때 쓰던 말. 조선은 스스로 독립할 수 없으므로 누군가의 지배를 받아야 한다는 논리였다. 조선의 중요한 특징 하나가 타율성이라고 넘겨씌웠던 것이다. 그냥 두면 발전할 가능성이 없었기에 일본이 나서서 구해주었다는 것이다. 정체성이론 또한 타율성에서 비롯된 것이었으며 일제가 조선의 침략을 정당화하기 위한 방편으로 활용했던 것이다.

"두 나라 역사학자들의 입에서 끊이지 않는 논쟁거리가 사대주의 사상입니다. 국가의 대외관계에서 나타나는 의존적 성향을 일컫는 말입니다. 발표해주실 분은 유시종 교수님이십니다. 유 교수님은 서울대학교 동양사학과와 동대학원을 졸업하시고 모교에서 직접 후배를 가르치실 뿐 아니라 수많은 권위 있는 논문을 발표 학계에서 명성을 쌓아가고 계십니다."

사회자의 발표가 끝나자마자 특별한 차림의 노신사가 단상으로 올

라왔다. 눈이 부시도록 하얀 모시한복을 떨쳐입고 손에는 태극부채까지 들고 있었다. 차려 입은 품새에서부터 한국의 고전미의 체취가 물씬 풍겨났다. 금테 안경 위로 머릿기름을 발라 빤지레하게 빗었고 반백의 머리 가운데로 가르마가 유난하게 하얗게 빛났다. 단상으로 나온 그는 자리에 서서 넙신 인사부터 하고서 마이크를 거머쥐었다.

"늦게나마 우리나라를 방문해주신 일본 역사학계 교수님을 진심으로 환영하는 바입니다. 앞선 교수님께서 말씀하셨듯이 진즉 이런 만남이 있었으면 오늘날 두 나라가 이다지 어둡고 질척이는 늪 속으로 빠져들지 않았으리라 생각됩니다. 비록 만시지탄일지라도 이런 기회가 주어졌다는 것에 큰 안위를 갖게 됩니다. 사회자께서 소개하셨듯이 저는 유시종 교수입니다. 먼저 사대(事大)란 큰 것을 섬긴다는 뜻이지요. 바꿔 말하자면 대외의존적 성향을 지칭하는 의미로 사용됩니다. 속된 말로는 줏대 없이 남의 충동에 놀아나는 것을 두고 이르는 말이라 할 수 있지요. 그런데 일본은 한국 역사를 사대주의 역사로 매도해 왔습니다. 일명 타율성이란 이론을 꺼내들어 식민적인 사관으로 몰아붙였던 것입니다. 그러나 그것은 동양의 유교권역 국가의 특성을 모르고 하는 지걸임일 뿐입니다."

유시종 교수는 는질거리는 웃음을 지어가면서 부채를 부쳐대었다. 어쩐지 마음이 편치 않은 듯 이마에 맵짠 주름을 그어가면서도 목소리는 사근사근했다.

"유교권역이라는 의미도 어떻게 보면 지리적 환경에 포함된 것 아니겠습니까? 한국은 공룡과도 같은 중국 대륙의 동쪽 자락에 마치 토끼를 매달아놓은 것처럼 바다로 뻗어 있는 작은 반도이기 때문에 지리적 영향을 받을 수밖에 없었던 것 아니겠습니까?"

마츠모토 오사무 교수가 지정학적 위치를 꺼내들어 반론을 펼치고 나섰다. 그것은 지리적으로 사대주의에 매달릴 수밖에 없다는 필연 같은 것이었다.

"조선이 반도국가가 된 것은 고려시대 이후였습니다. 단군 이래 고조선에서는 만주를 지배하고 있었습니다. 고구려 광개토대왕은 만주를 정벌했고 발해도 만주지역에 세워졌던 것입니다. 발해가 멸망하면서 중국 동북지방을 잃었기에 반도의 땅으로 좁혀들었던 것이지요. 강대한 중국과 국경을 맞대고 살아온 탓에 형편에 따라 비위를 맞추고 달래며 살아왔다는 점은 부인하지는 않겠습니다. 그러나 주체적인 역량을 발휘하지 못한 채 외세의 간섭과 힘에 좌우되어 왔다는 역사 인식은 받아들일 수 없습니다."

유시종 교수도 조금도 물러설 기세가 아니었다. 시뻘 웃음을 입가에 매달아가면서 약간 비꼬는 투로 말했다.

"발해가 망한 해는 926년입니다. 그 후로는 한반도를 벗어나본 적이 없지 않습니까? 거대한 중국과 맞서 싸울 수 없다는 것을 깨달았기 때문에 사대주의 정책으로 나아간 것이지요. 예를 들면 명나라의 침략에 능동적으로 맞서고자 요동 정벌에 나섰지만 조선 태조 이성계는 도중에 회군하지 않았습니까? 그가 주장했던 네 가지 불가론이 사대주의를 상징하고 있습니다. 작은 나라가 큰 나라를 거스르는 것은 옳지 않다는 것은 고구려나 발해를 전철로 삶지 말자는 의도가 깔려 있었던 것이지요."

마츠모토 교수도 만만찮게 나오고 있었다. 줄곧 유시종 교수를 향해 수틀린 표정을 지어보이며 따지듯 말했다.

"지금 교수님께서는 사대주의의 근본적인 뜻을 왜곡하고 계시는 것 같습니다. 마치 작은 나라이기 때문에 자연스럽게 속국이 될 수밖에 없다는 논리를 펴시는 것 같은데 사대주의란 그런 의미가 아닙니다. 의존적 성향을 지칭하는 말로써 줏대 없이 남의 충동에 놀아났느냐 아니면 독자적인 문화를 꾸려갔느냐에 초점을 맞춰 바라보아야 할 것입니다. 여기서 한 가지 유념하실 것은 유교권역 국가의 문화적 특색을 먼저 인식하셔야 한다는 것입니다. 유교문화 국가에서는 사대가 국경이나 민족을 초월한 원리로 적용되었습니다. 사(事)는 섬긴다는 좋은 뜻으로 생각해왔습니다. 조선후기 유학자 유식(柳栻)이 지은 시문집 맹자의의(孟子疑義)의 양혜왕편(梁惠王篇)에 이런 말이 들어 있습니다. '어질다는 것은 큰 것이 작은 것을 사랑하는 것이고 지혜롭다는 것은 작은 것이 큰 것을 섬기는 것이다. 큰 것이 작은 것을 사랑하는 것은 하늘을 즐겁게 하는 것이고, 작은 것이 큰 것을 사랑하는 것은 하늘을 두려워하는 것이다.'(惟仁者 爲能以大事小, 惟智者 爲能以小事大, 以大事小者 樂天者也 以小事大者 畏天者也) 또 좌씨전(左氏傳)에 보면 '예라는 것은 작은 것이 큰 것을 섬기고, 큰 것은 작은 것을 사랑하고 양육해야 하는 것이다.'(禮者小事大大字小之謂) 라고 했습니다. 사대(事大)는 사친(事親)이요, 사군(事君)하는 것과 맥을 같이 하고 있음을 나타내는 말입니다. 충효(忠孝)도 일맥 사대와 같은 맥락이라 할 수 있습니다. 유교가 주도적인 지배이념으로 정착된 조선왕조와 중국은 이런 논리 속에 호혜평등의 외교를 유지해왔던 것입니다. 이와 같은 심오한 논리를 무시한 채 조선과 중국의 관계를 사대로만 바라보아서는 아니 될 것입니다. 그런데도 이를 사대주의라고 비판하면서 한민족은 자율적인 역사를 이루어내지 못하기 때문에 외세의 지배와 영향이 필수적이라는 주장은 유교 문화권에서 치정의 원리를 모르고 하는 말입니다."

유시종 교수는 마츠모토 교수의 말꼬리를 집요하게 붙잡고 늘어졌다. 눈빛이 이만저만 날카롭지 않았다. 궁지로 몰릴 것만 같은 마츠모토였지만 그의 옆에는 또 다른 우군이 기다리고 있었다.

"조선왕조는 중국에 조공을 바쳐야 했고 중국 황제로부터 왕을 책봉받았다는 것은 사대주의를 떠나 설명할 수 없습니다. 그것을 두고 호혜평등의 외교를 유지하기 위해서라고 말할 수 있겠습니까? 대소국가 간 의례적 교환이라고 말을 하지만 너무 사치스러운 해명인 것 같습니다. 그것은 분명 사대주의 외교일 뿐입니다. 일본 역사학자들이 사대주의라 부르는 까닭이 여기에 있습니다."

조심스런 목소리로 말결을 따고 나선 이는 이시다 다이치로 교수였다. 입가에 엷은 주름을 잡아가며 눈을 내리깔면서 말하는 모습이 여간 비위를 상하게 만들지 않았다.

"책봉에 관한 문제라면 일본도 자유로울 수 없습니다. 1403년 11월 일본도 명나라로부터 책봉을 받았습니다. 조선과 똑같이 책봉 체제에 들었던 것입니다. 이로 인해 이듬해 7월 조선과 일본은 양 국왕의 명의로 국서를 교환 두 나라 관계가 국가 대 국가의 교린관계로 정형화되었다는 것을 아셔야 합니다."

기다렸다는 듯이 얼른 말꼬리를 감싸 안은 이는 이하중 교수였다. 시원스럽게 벗겨진 이마에 주름살을 폈다 오므렸다 하면서 입을 떼었던 것이다. 마치 흠절을 발고라고 하는 것처럼 의기가 당당해보였다.

토론의 열기가 점점 도를 더해가면서 사람들을 흥분의 도가니로 몰아넣고 있을 때 이시다 세이지 교수라는 이가 자리에서 일어섰다. 후리후리한 키에 시원스럽게 잘생긴 얼굴이었다.

뽀글거리는 머리카락 밑으로 이마에 까만 점이 유독 눈에 띠었다.

생글생글 웃음까지 곁들이니 저절로 호감을 가질 수밖에 없었다.

"제가 마츠모토 교수님의 말씀에 보충설명 드리겠습니다. 조공과 책봉에 관해서는 한 때 일본도 그런 적이 있었지만 조선과는 확연히 달랐습니다. 그럼 조선의 상고시대 역사를 한번 살펴보도록 할까요?"

그는 나누어준 자료를 들춰가면서 기세를 끌어올리려 들었다.

"역사적으로 보면 조선은 태생적으로 사대(事大)를 떠나서는 설명할 수 없습니다. BC 108~BC 107년 전한(前漢)의 무제(武帝)는 위만조선을 멸망시키고 그 곳에 한사군을 설치합니다. 낙랑과 임둔 그리고 진번과 현도를 두고 이르는 말입니다. 이는 전한의 동방지배의 전진기지 역할을 위해서 세웠던 나라들입니다. 물론 흉노족에 대한 견제를 위한 대비책이기도 하지만 한나라의 직할 영토로서 직접적인 통치를 받는 곳이었습니다. 따라서 일본 역사학계는 상고사 중 이 부분에 대해 심도 있게 연구를 해왔던 것입니다. 이때부터 조선사가 기록되었으며 시작되었다는 것이 일본사학계의 연구 결과였습니다. 그 이전으로 거슬러 올라가서는 조선사의 기록을 발견할 수 없습니다. 그렇다면 조선사는 외부인 즉 거대한 중국의 침입으로부터 역사가 시작되었다고 볼 수 있습니다. 때문에 한사군으로부터 비롯된 역사는 당연히 조선인의 주체성을 빼앗을 수밖에 없었을 것입니다. 이를 두고 저는 태생적 사대주의라고 부르고 싶습니다. 한사군은 한민족에게 사대주의 뿌리를 내리게 해두었던 것입니다."

그는 처음부터 끝까지 실없는 사람처럼 허허로운 웃음을 지어가며 베슬거리듯 말했다. 자신감이 넘치는 듯 여유로운 표정까지 지어가며 말하는 모습이 넉살 좋은 느물거림과 다를 바 없었다. 이때 실눈을 흘겨가며 바라보고 있던 하길담 연구원이 벼락같이 단상으로 달려들었다. 성깔 급하기로 치면 누구에게도 뒤지지 않은 그가 비위가 무척 상한 듯 표정부터 구기며 입을 떼었다.

"말씀드리기 전에 질문 한 가지 드리겠습니다. 한사군이란 역사술어를 맨 먼저 사용한 사람이 누구인 줄 알고 계십니까?"

"그거야 잘 모르겠습니다. 하지만 한나라가 위만조선을 굴복시키고 점령 지역의 통치를 위해 4개의 군현을 설치했으니 그렇게 부른 것 아니겠습니까?"

"물론 그렇다고 볼 수 있지만 그것은 우리 민족에겐 울분이 치밀게 만드는 용어입니다. 한사군은 일본이 우리 역사에 타율성을 강조하기 위해 의도적으로 만들어낸 술어입니다."

하길담 교수는 입술을 야슬거리며 되받아치고 나섰다. 내심으론 부글부글 끓는 것처럼 얼굴이 벌그죽죽해지기도 했다.

"한사군이란 말이 조선에서도 통용된 줄로 알고 있는데 마치 일본이 지어낸 것처럼 말씀하셨습니다. 그렇게 말씀하신 경위를 부탁드립니다."

"한 무제(武帝)에 의해 설치된 사군은 불과 30년 만에 낙랑군을 남기고 소멸되었습니다. 낙랑군마저 고구려 미천왕의 공격으로 멸망하면서 고구려에 귀속되었던 것입니다. 더욱이 한나라가 멸망(220년) 후에는 한나라와 전혀 무관한 지역이었습니다. 그런데도 일본사학계 그 중에서도 관학사학자들이 조선을 영구적인 식민지로 만들기 위해 사군을 한사군으로 불렀습니다. 의도적으로 타율성을 강조하여 식민사관으로 활용하기 위함이었던 것이지요. 교수님께서는 아까 한사군 이전에는 자율적 역사기록이 없었다고 말씀하셨는데 그렇게 말씀하신 배경을 다시 한 번 설명해주실 수 있겠습니까?"

하길담 교수가 고개를 꼿꼿하게 쳐든 채 눈을 치켜뜨고서 되물었다.

"한사군이 설치되기 전까지는 한반도에 대한 자율적인 역사기록이 없었다는 것이지요. 한사군이 설치되고서부터 역사가 시작되었다는 의미입니다. 선진 한나라가 침입하여 식민지를 설치하는 바람에 역사가 시작되었다는 의미입니다. 이는 자율이 아니라 타율에 의한 역사라고 할 수 있습니다. 그렇다보니 자연스럽게도 사대사상이란 의식이 녹아들 수밖에 없었을 것입니다."

이시다 세이지 교수는 한 발짝도 물러설 기미가 아니었다. 눈가에 웃음기를 슬슬 모아가면서 약을 올리듯 말하는 모습이 여간 거만해 보이지 않았다.

"그것은 잘못된 시각으로 바라본 역사왜곡일 뿐입니다. 일본에서 발간한 조선사의 길잡이(朝鮮史の栞)라는 개설서에도 그렇게 게재되어 있더군요. 분명히 한사군 이전부터 조선에는 역사기록이 있었습니다. 기원전 2333년에 세워진 단군조선입니다. 그 기록은 일연의 삼국유사에 신화로서 현전하고 있습니다. 그런데 일본 사학자들은 타율성을 강조하기 위해 단군 조선을 부정하려 들었습니다. 일연이 단지 단군신화를 창작해 썼을 거라는 일연창작설까지 말입니다. 그래야만 한사군 이전에 역사기록이 없었다는 자기들의 주장을 정당화할 수 있으니까요. 한사군은 낙랑군을 제외하면 존속기간이 불과 25년 정도밖에 되지 않는 짧은 기간이었는데 역사적 기록을 기대할 수 있었겠습니까? 사마천의 『사기의 태강지리지』에 보면 '낙랑군 수성현에 갈석산이 있는데 만리장성의 기점이다'라는 구절이 나옵니다. 이 수성현이 한반도에 있는 황해도 수안군을 가리키는 것이라면서 만리장성을 황해도까지 끌어들이기도 했습니다. 수성현을 황해도 수안군이

라고 처음 주장한 인물이 일제 식민사학자 이나바 이와기치(稻葉岩吉)입니다. 낙랑이라는 나라의 존재를 내세워 한사군의 역사기록을 강조하기 위함이었지요. 잘못된 식민지배를 정당화하기 위해 구색을 맞추느라 얼토당토않은 기록을 끌어다 남의 역사를 왜곡한 것입니다. 터무니없는 거짓이었고 작금에 중국이 동북공정에 이용할 수 있는 빌미까지 제공한 사안이었던 것입니다."

하길담 교수는 또다시 핏대를 올려가면서 잘잘못을 따지듯 말했다. 관자놀이에 거머리 같은 핏줄이 올똑볼똑 튀어나온 모습은 보는 이로 하여금 민망스러울 정도였다. 신문 같은 으름장에 회의장 분위기가 일순간 냉각되어 가는 기분이었다.

"한 가지 덧붙인다면 한사군은 우리 역사에서 시대구분상 어떤 중요한 기점이 될 수 없습니다. 일본 역사학자들은 한사군을 실체보다 비약시켜 해석하여 상고사 인식을 그르치게 하려했던 의도가 다분합니다. 통치기구도 아닌 채 무역과 통신 업무를 수행하는 상업적 기능의 조계지(租界地)(외국이 행정권과 경찰권을 행사하는 거주지)에 불과했던 것이었는데 마치 조선이 그들의 지배를 받았던 거처럼 확대해석했습니다. 급기야 이를 바탕으로 한중관계의 기본 성격이었던 사대적 의례를 외세의존적 사대주의로 부풀리기 위한 단초로 삼았던 것이지요."

하 연구원은 계속해서 경상도 특유의 억센 억양으로 목소리의 고도를 한껏 끌어올린 탓에 고성대질(高聲大叱)이나 다름없이 들렸다. 영락없이 일본 측 회원들을 당혹스럽게 몰아가려고 작정을 하고 나온 사람이나 다름없어 보였다.

이때 마츠모토 오사무 교수가 언짢은 내색을 감추지 않은 채 또 다시 손을 들고 일어섰다.

"서두에 말씀드렸듯이 사대주의란 힘이 센 나라나 강한 자에게 빌붙어 복종하며 섬기면서 자신의 존립을 유지해가고자 하는 의식이지요. 여기에는 반드시 주체성이 있느냐 없느냐가 판단 기준이 되어야 합니다. 그런데 조선에서 현존하는 가장 오래된 역사책 삼국사기가 사대주의에 입각 서술되었음은 이미 알려진 사실 아닙니까? 조선의 대표적 근대 사학자인 단재 신채호 선생께서도 삼국사기를 '사대주의로 점철된 사서'라고 낙인을 찍은 바 있습니다. 그는 고구려의 수도 지안(集安)을 답사하고 돌아오면서 '지안현의 고구려 유적을 한 번 보는 것이 삼국사기를 만 번 읽는 것보다 낫다.'고 혹평하지 않았습니까? 삼국사기의 기록에 의하면 4세기 이후 고구려와 신라 그리고 백제가 모두 중국의 여러 나라들에 조공을 받치고 책봉을 받으면서 우호관계를 유지했다는 기록이 나옵니다. 그렇다고 본다면 일본 역사학자들의 주장을 비판할 일이 아니지요. 고사서의 기록이 증명해주고 있는데 이를 해석해준 역사학자를 탓할 수는 없는 일 아니겠습니까?"

마츠모토 교수는 입술을 비죽 내밀면서 엷은 조소까지 흘려 차갑게 내 뱉었다. 입술을 뒤덮고 있는 텁수룩한 콧수염 사이로 마치 비아냥거림까지 새어나오는 느낌이었다. 그것은 한국 고대사의 자존심을 여지없이 까뭉개는 것이나 다름없었다. 회원들이 잠시 말을 잃은 채 서로 얼굴들만 쳐다보고 있을 때

"비록 단재 신채호 선생이 그렇게 비판적인 말씀을 하셨다 할지라도 그 내심이야 알 수 없는 일이지요. 일개인의 역사관일 수도 있으니까요. 그러나 앞에서도 말씀드렸듯이 조선과 중국의 관계를 사대로만 바라보아서는 안 된다는 것은 분명합니다. 자기 정체성을 찾으려는 두 나라 간의 지혜로운 단면으로 봐야 합니다."

유시종 교수가 나서서 점잖게 타이르듯 말했다. 그의 눈빛은 어느새 호의적이면서도 여유로움으로 빛나고 있었다.

　　"그렇다면 자주 정신에 입각한 민족적 기상의 표출이라고 보는 칭제건원론(稱帝建元論)과 금국정벌론(金國征伐論)이 김부식과 같은 사대주의자들의 반대로 결국 채택되지 못했던 것이 사대주의가 아니고 무엇이겠습니까? 왕을 황제로 칭하면서 연호를 제정하는 일. 송을 멸망시킨 금나라를 정벌하자고 주장한 것이 결국 사대주의에 가로막힌 것입니다. 고려사회의 민심을 지배해온 도참설을 이용하여 유교주의와 사대주의 세력에 대항한 서경 천도를 주장했던 묘청의 난도 사대주의자들이 가로 막았던 것 아닙니까? 과연 이런 사안도 자기 정체성을 찾으려는 두 나라 간의 지혜로운 단면으로 봐야 한다는 것입니까?"

　　마츠모토 교수는 계속해서 역사적 사건을 꺼내 들먹이며 집요하게 물고 늘어졌다. 상대편을 곤경으로 몰아넣으려 작정을 하고 온 사람처럼 머릿속이 아리도록 논박을 멈추지 않았다.

　　말투가 빈정거리는 것 같아서 장내에 시선들이 모두 싸늘해지고 있었다.

　　"역사적 사건들을 이분법적 구분지(區分肢)로 나눠보는 것은 곤란합니다. 고려시대 역사는 온통 사대주의에 사로잡힌 것처럼 말씀하셨는데 대외관계 인식의 한 특성에 불과할 뿐입니다. 사대주의는 한민족의 민족성일 될 수 없습니다. 일본의 제국주의자들이 조선인의 민족성을 비하(卑下)시키기 위해서 의존적 민족성을 갖고 있는 것처럼 억지로 조작해놓은 것에 불과합니다. 한민족의 참된 정체성을 악의적으로 폄훼하기 위함이었지요. 조선사를 식민통치에 대해 당위성으로 설득하기 위해 지어낸 식민사관일 뿐입니다. 저는 여기서 우리 민족의 우수성에 대해 한마디 자랑하지 않을 수 없습니다. 비록 일본인들의 눈에는 사대주의로 비춰졌다고 하지만 내부적으로 이만큼 민족의 주체성을 지켜온 나라가 없습니다.

거대한 중국 대륙의 문화의 파고(波高) 앞에서도 의복, 음식, 언어, 주거 등 모든 분야에서 전통문화를 고이고이 간직해왔습니다. 특히 한자문화권에 살면서 한자의 의존 없이 독자적인 글자를 만들어 낸 나라가 한국입니다. 한글은 세계에 유래 없는 독창적이고 과학적인 글자라는데 이의를 달지 않습니다. 정보화 시대에 더욱 빛을 발하는 신비로운 글자라는데도 세계가 인정하고 있습니다. 창제자와 반포일을 알며 만든 원리까지 밝혀진 글자는 지구상에 한글밖에 없습니다. 이렇게도 고급문화를 발전시켜온 민족을 사대주의 국가라고 해야 하겠습니까? 일제강점기 당시 일본은 조선의 문화를 말살시키기 위해 1938년 조선교육령을 멋대로 선포하고서 조선어 사용 금지와 잇따른 신문 폐간, 조선글 검열, 창씨개명을 단행했습니다. 그러나 조선은 이에 굴복하지 않았습니다. 도리어 조선어학회를 설립하여 이에 저항해가며 한글을 지켰습니다. 심지어 윤동주는 일본 땅에서도 한글로 시를 쓰다가 죽임을 당했습니다. 죽음을 무릅써가면서까지 문화를 지켜온 민족을 사대주의라고 매도해서야 되겠습니까? 한글과 일본 문자는 같은 표음문자이지만 차원이 다릅니다. 일본어를 표기하는 문자는 한자에서 파생되었고 표기하는 데 있어 한자를 차용해야 합니다. 히라가나와 가타카나를 고안해 사용하지만 카나는 한자의 초서(草書)나 관, 변, 부 등에서 따온 문자입니다. 한자를 마나라고 하면서 진자(眞字)라 하고 카나를 가자(假字)라 하지 않습니까? 한자(漢子)는 진짜 글이요, 일본 민족이 만든 글자는 가짜 글이라 하면서 자기 글을 폄훼하는 나라가 일본입니다. 글자부터 종속관계를 지닌 나라가 한민족을 중국의 사대주의 나라라고 몰아붙이고 있습니다. 한국 속담에 똥 묻은 개가 겨 묻은 개를 나무란다는 말이 있습니다. 이런 경우를 두고 하는 말인지 묻지 않을 수 없습니다."

김용환 교수의 마디마디는 송곳으로 정곡을 찔러대는 것 같았다. 눈꼬리를 가늘게 모으고 뚫어지게 바라보며 말하는 표정은 토론회의 분위기와 도통 어울리지 않았다. 뒤통수가 부끄럽고도 남을 소리…… 핀잔스러움이 짙게 깔려들면서 시비곡절을 따져보자고 열없쟁이 닦아세우듯 말했다.

"경제적인 측면에서도 조선은 동남아시아 여러 나라들과 사뭇 다릅니다. 동남아시아의 나라들은 화교가 경제를 지배하고 있지만 조선에서는 화교의 경제력이 미미합니다. 비록 작은 나라라고 하지만 거대한 중국과 능히 힘을 겨뤄왔습니다. 민족의 주체성도 상실하지 않고 이어온 나라인데 사대주의 국가였다는 것은 어불성설이지요."

어린아이처럼 포동포동 살찐 얼굴이 벌겋게 상기되면서 일장 논박을 계속 이어갔다. 은근히 상대방의 의지를 꺾어놓으려는 의도가 다분해지는 것 같아 장내가 일시에 경직된 분위기로 치닫고 있었다.

"마츠모토 교수님! 질문에 답변이 되었는지 모르겠습니다."

사회자 요시다 박사가 억지웃음을 지어가며 말막음을 하고 나섰다. 오랫동안 쌓여있던 민족의 뿌리 깊은 감정이 튀어나오고 있음을 간파했기 때문이다. 순간 말문을 걸어 잠그고 앉아 듣고만 있던 노(老) 교수가 자리를 박차고 나왔다.

"제가 한 말씀드리겠습니다."

민숭민숭 벗어진 반백의 머리를 쓸어가면서 입부터 열었다.

"본인 소개부터 해주시지요."

"예. 저는 홋카이도대학에서 온 나카야마 이치로(高山一路) 교수입니다. 지금껏 발표해주신 내용을 듣고 있으려니 재판장 같은 느낌이 들었습니다. 엄밀히 말해서 조선이 일본의 식민지가 된 것은 사대주의에 의한 국가의 정체성에 있었다는 것이 지배적 시각입니다. 거대한 청나라가 서방세력 앞에 무릎을 꿇은 것도 같은 맥락이었습니다. 두 나라는 능동적인 변화를 주도하지 못한 채 발전에서 뒤쳐진 것입니다. 근대화로 나아가기 위해서는 필연적으로 거쳐야 할 봉건사회를 거치지 못했습니다. 조선이 그렇게 된 것은 청나라의 눈치만 살피며 지내다가 그렇게 되었던 것이지요. 척양(斥洋)이며 척왜(斥倭)를 외치다가 두 나라 모두 제국주의의 먹잇감으로 전락하고 말았습니다. 이는 사대주의를 빼놓고 다른 말로 대신할 방법이 없습니다. 그런데도 한국은 사대가 아니라 평화적 외교관계였고 외교적 의례관행상이었다고 설명하지만 과연 소국과 대국의 관계에서 독자성을 인정받을 수 있었을까 하는 것입니다. 은근히 스며든 타율성이 국가의 정체성을 키웠다는 것을 인정해야 합니다. 실례로 1910년 한일합방조약을 체결했을 당시 조선은 10세기 말 일본의 수준과 비슷했다고 했습니다."

나카야마 교수는 상대방의 자존감을 있는 대로 짓뭉개 놓기라도 하려는 듯 비꼬는 어조로 말했다. 대중을 선동하려는 듯 웅변 같은 화술로 사람들의 마음을 끌어당겼다. 얼핏 듣기엔 그럴듯한 논리 같지만 결국은 식민지배에 대한 당위성을 부각시키기 위한 전술이었다. 사대주의에서 비롯된 타율성이 정체성을 빚어냈다는 식민사관에 불과할 뿐이었다.

숨을 죽이며 가만히 듣고 있던 박승석 교수가 눈을 치뜨고서 일어섰다. 그는 경제사학자로써 배제대학교에 근무하는 이였다. 심히 못마땅한 듯 노골적으로 입술을 다져물며 입을 열었다.

 "저도 한 말씀드리지 않을 수가 없을 것 같습니다. 나카야마 교수님께서는 근대화로 나아가기 위해서는 필연적으로 봉건사회의 과정을 거쳐야 한다고 말씀하셨습니다. 그것은 서양의 역사 틀에 맞는 제도였습니다. 가톨릭교회에서의 위계서열을 주요 근간으로 하여 형성된 것이 봉건사회였기 때문에 서양에서 발전했던 제도였습니다. 게르만적 사회체제의 로마화로 그리고 로마적 사회체제에서 게르만화로의 과정에서 탄생한 것이 봉건주의적 사회체제였던 것이지요. 봉건사회를 거쳐야 근대적인 사회로 나아간다는 논리가 꼭 모두에게 적용되는 것은 아닙니다. 한국 사회는 서양과는 다른 형태로 발달했다는 것을 말씀드리고 싶습니다.

 한국뿐만 아니라 동양에서는 이와 같은 봉건제도가 뿌리내리지 않았습니다. 다만 일본은 헤이안 시대 말기에 정권을 잡은 사무라이들이 천황을 빈껍데기로 만들어놓고 지방 세력에게 땅을 주어가면서 자신이 천황과 지방 세력의 보호자 역할을 했던 막부시대를 봉건제도라고 불렀지만 엄밀히 말해서 서양과는 다른 차원이었습니다. 조선에도 고려시대에 노비제도가 있었는데 이는 서양의 봉건제도와 유사한 형태였습니다. 서양의 봉건제도보다 먼저 시행되었던 것이지요. 조선 후기 들어 상품화폐경제가 태동하며 자본주의가 발달해가던 시기도 있었습니다. 그렇지만 봉건제도와 다른 형태로 발달했다고 보는 것이 지배적 시각입니다. 때문에 봉건제도가 이뤄지지 못한 탓에 정체되었고 그로 인해 식민지배를 받았다는 것은 궤변적인 논리에 불과할 뿐입니다."

그는 소문난 경제사학자답게 봉건사회에 대한 주장을 머뭇거림도 없이 되받아치고 나섰다. 소탈한 웃음을 지어가며 말하는 표정에는 초연하면서도 여유로움이 한껏 묻어나고 있었다.

　이때 회의장 뒤편에 앉아 있던 가이에다 다다토모 교수가 자리에서 일어섰다. 숯덩이 같은 검은 눈썹에 눈은 부리부리하고 오뚝한 콧날이 강인한 인상을 풍겼다.

　"조선이 발전하지 못하고 정체에 빠진 또 하나의 요인이 있다면 당파성론을 빼놓을 수 없습니다. 조선은 유교를 신봉하는 국가였고 그중에서도 성리학의 대성자인 주희 사상을 옹호했던 것입니다. 주희는 붕당론을 주장했던 이였습니다. 중국의 명왕조가 망하게 된 것은 궁정의 당쟁과 농민 반란으로 집중된 사회모순 때문이었습니다. 조선도 이에 못지않았습니다. 통설로 '조선은 당파싸움 하다가 망했다. 조선 사람은 단결할 줄 모른다.' 말이 일본 사람들의 입에서 저절로 나왔던 것입니다. 분열성이 강한 민족이어서 항상 내분하여 싸워왔다는 논리였던 것이지요. 그것도 혈연, 학연, 지연성과 배타성이 역사적 현실로 반영되어 당쟁주의를 일으켰다고 했습니다. 서로의 이해를 두고 사당(私黨)의 정쟁으로 치달으며 정치적 혼란은 물론 사회적 폐단을 유발했습니다. 정체성을 불러오게 된 예상된 귀결이었습니다. 정체성은 조선왕조를 멸망하게 만들어 결국 식민통치를 감수할 수밖에 없었던 것입니다."

　가이에다 다다토모 교수는 기회를 엿보고 있었던 사람처럼 준비된 자료를 들척이며 느닷없이 조선의 당쟁을 들고 나왔다. 애써 조소적인 표정을 얹어가며 비판적인 어조로 말했다. 일각에 조선 사람들은 모두 싸움꾼이 되고 만 꼴이었다. 자칫했다가는 한국인의 자존심에 구멍이 뚫리고도 남을 일이었다.

　박승석 교수가 또 다시 일어나 마이크를 빼앗듯 받아들고서 얼굴부터 붉혔다. 헛기침으로 목청을 가다듬고서 좌중을 둘러본 뒤 말문을 열었다.

　"세계에서 정치인들 사이에 대립과 경쟁이 없는 나라가 있을까요? 선진국이라 할지라도 정파적 항쟁은 반드시 있어왔습니다. 지금의 일본을 비롯한 민주주의 정치에서도 공개적으로 투쟁 정치가 전개되고 있지 않습니까? 그렇게 본다면 조선시대 당파싸움은 당연한 일이었고 일시적인 현상이었던 것입니다. 당파싸움으로 나라가 망했다는 것은 식민사학자들의 억지스런 주장일 뿐입니다. 조선의 국권 침탈을 정당화하기 위해 정치사를 왜곡하여 이른바 당파성론(黨派性論)을 창출했던 것이지요. 우리가 여기 모인 까닭은 어용학자들의 주장을 바로잡아주자는 데 있지 않겠습니까? 그들의 논리를 대변하는 일은 이제 그만 두도록 합시다."

　박승석 교수는 고개를 뻥등그리며 따끔한 충고 한마디를 던지고 나섰다. 보기엔 다부진 맛이 없어 보이는데도 말투만은 오달졌다. 박승석 교수의 발언이 끝나기를 기다리고 있던 사회자 요시다 박사가 마이크를 받아 들었다.

　"아직도 보충이나 질문하실 분이 많이 계십니다만 시간관계상 오늘은 여기서 마무리 짓기로 하겠습니다. 꼭 발표하실 내용이 있으신 분은 다음 제2차 토론회에서 발표해주시면 고맙겠습니다. 진지한 토론을 해주신 모든 회원님께 사회자로써 감사의 말씀을 올립니다. 열기가 뜨겁게 달아오른 탓에 예정시간보다 약 40분이 지나고 말았습니다. 후지무라 박사님의 강평을 듣도록 하겠습니다."

사회자가 후지무라 박사의 강평을 청하고 나섰다. 단상 맨 앞에 앉아 경청하고 있던 그가 호탕한 웃음을 머금은 채 단상으로 올라왔다.

"먼저 회원님들께서 진지한 토의를 해 주신 데 심심한 경의를 표해 드리는 바입니다. 솔직히 본 협의회를 조직하여 여기까지 오는데 말도 많고 비판도 많이 들었습니다. 그러나 저는 두렵지 않습니다. 협박과 회유를 물리치고 여기까지 온 것은 지난날의 앙금을 털어내고 이제 공존공영의 길로 함께 나아가야 한다는 신념을 버릴 수 없었기 때문입니다. 한국 속담에 '팔백 금으로 집을 사고 천 금으로 이웃을 산다.'는 말을 귀담아 들었습니다. 일본과 한국은 이웃입니다. 조상들이 엮어놓은 역사를 자의적으로 해석해가면서 갈등과 시련의 늪으로 빠져들어서야 되겠습니까? 예수님께서는 우리 인간의 구원을 위해 십자가에 못 박혀 돌아가셨습니다. 이 문제를 풀어내기 위해선 누군가가 십자가를 짊어져야 한다고 생각합니다. 저는 그 길을 마다하지 않겠습니다. 장장 네 시간에 걸쳐 회원님들의 발표를 경청했습니다. 민족적 감정도 노출되었습니다. 국가주의적 발언도 서슴지 않았습니다. 그러나 가슴이 흐뭇합니다. 역사학자들이 얼굴을 맞대어가며 논의해본 적이 없었기 때문입니다. 오늘은 의의 있는 날로 기록될 것입니다. 첫 단추를 잘 끼웠고 희망에 찬 발걸음을 떼었으니 앞으로 좋은 결과로 이어지리라 확신하는 바입니다. 앞으로도 우리 앞에는 숱한 시련과 풍파가 닥쳐 올 것입니다. 그럴수록 우리는 똘똘 뭉쳐 앞만 바라보고 갑시다. 반드시 두 나라가 공동번영의 길로 나아가는데 파수꾼이 되어주시길 간청합니다. 발표해주신 모든 분께 감사의 말씀을 드리겠습니다. 아울러 김영식 원장님과 그 외 한국 측 모든 분들에게 감사의 말씀 올립니다."

후지무라 박사는 화색으로 가득 찬 표정을 지어가며 열변을 토해 내었다. 훈훈한 정감이 한껏 배어난 목소리였다. 회장의 폐회사를 마지막으로 한일 간 역사학자들의 첫 번째 학술토론회가 끝났다. 이틀에 걸쳐 긴 시간 동안 심신이 지칠 법도 한데 실상은 그렇지 않았다. 피로의 기색을 보이는 이가 별로 없었다. 시작할 때처럼 한결같은 표정들이었다.

비록 역사를 공유하기 위한 진보학자들의 토론이라고 하지만 국가적 범주를 뛰어넘지 못했다. 엄연히 국가가 존재하고 있는 것이 현실이어서 국격을 떨어뜨리지 않으려 애를 쓰는 모습들이었다. 이상과 현실 사이에는 늘 괴리가 있기 마련이라는 것을 실감할 수 있었다.

그러나 첫술에 배부를 리 없는 법. 자주 만나다보면 간격의 폭도 좁아지리라는 기대를 안고 성황리에 학술토론회를 마쳤던 것이다.

이틀에 걸쳐 진행해온 토론의 내용은 그 주제가 식민사관(植民史觀)에 관한 내용이었다. 일제강점기 한국인에 대한 통치를 용이하게 하기 위해 일제에 의해 정책적으로 조작된 역사관을 두고 이른 말이다. 19세기 말 도쿄제국대학을 중심으로 한국 역사를 왜곡하기 시작했다. 일본역사학자라고 해서 무조건 식민사관학자인 것은 아니었다. 비록 소수일지라도 한국이 문화사적으로 일본보다 우월한 나라로 인식한 정통사학자들도 있었다. 이를 주자학파라 불렀다. 이에 반해 일본의 역사서 고사기(古史記)와 니혼쇼키(日本書紀)를 맹신적으로 신봉하는 국학파학자들이 식민사관의 주류를 이루었다. 그들은 신공왕후의 신라 정복설과 임나일본부설(任那日本府說)을 내세워 고토를 회복해야 한다고 한국 정벌을 주장했다. 이를 두고 정한론(征韓論)이라 불렀고 이 주장은 천황에게까지 반영되어 식민사관으로 발전했던 것이다. 만세일

계 즉 온 세상이 일본 천황의 한 핏줄이라는 왜곡된 역사관. 일왕 중심으로 세상이 돌아간다는 황국사관과 맥을 같이 했던 것이다. 식민사관은 크게 세 가지 방향으로 나누어지는데 일선동조론(日鮮同祖論) 타율성론(他律性論), 정체성론(停滯性論)으로 대표되었다. 일선동조론은 신공왕후의 신라정복설과 임나일본부설(任那日本府說)을 바탕으로 본래 한국과 일본은 같은 민족임으로 한국은 외세의 침략으로부터 일본의 보호와 도움을 받아야 한다는 주장이다. 한민족의 독자성을 부정하고 일본과의 합병이나 식민지 지배를 당연한 일로 받아들이게 하여 1930년대 일본이 펼친 내선일체(內鮮一體)의 근거로 이용되었다. 이는 다시 만주와 몽골까지 끌어들인 다음 대아시아주의(大亞細亞主義)를 표방하면서 중국 침략을 정당화하는 대동아공영권의 근거로 이용되기도 했다.

타율성론이란 조선은 지리적으로 반도라는 특수성 때문에 외세의 영향에 의해 지배되는 타율적 역사라는 것이다. 중국 식민지배했던 한사군으로부터 역사가 출발했기에 자율적이거나 독립적인지 못했다고 주장했다. 때문에 단군조선을 부정했다. 기자와 위만은 중국인이라는 견해가 일반적이므로, 단군조선을 부정해야 한국사가 시작부터 타율성을 띤다는 것을 뒷받침할 수 있기 때문이다. 만선사관(滿鮮史觀)을 내세워 만주와 조선의 역사는 하나이며 한반도의 역사와 문화는 만주에 종속적이라고 떠들었다. 이는 일본이 한반도와 만주 침략을 정당화하기 위해서였다. 거란과 여진족 같은 북방 민족은 한족에 동화되었으나 한민족은 생존과 독자성을 지키기 위해 사대주의화했다고 억설을 퍼부었다. 따라서 조선은 어차피 타율적이고 종속적인 역사발전단계를 거쳤으므로 일제가 조선을 식민지배하는 것은 당연한 일이었다는 논리였다.

정체성 이론이란 한국이 정치적 사회적 변화를 겪으면서도 능동적으로 발전하지 못했기에 당시의 조선사회가 10세기 말 고대 일본의 수준과 비슷했다고 보는 주장이다. 그 바탕에는 사대주의와 당파성과 같은 잘못된 민족성과 낮은 문화수준이 봉건사회로의 길을 가로막았기 때문이라는 주장을 펼쳤다. 궁극적으로 고대노예제 수준에 머물러 있던 조선을 근대자본제로 발전시킨 것은 일본의 식민지배의 덕택이라고 설파했던 것이다. 이와 같은 식민사관은 일제강점기에 한민족을 옭아매는 식민지 수탈 정책으로 운용되었다. 황국신민화정책을 수립 황국신민선서와 동방요배를 강요하고 모든 가정집에 카미타나(神棚)라고 하는 신이 들어 있다는 상자를 만들어 모시고 수시로 경배하도록 강요했다. 성과 이름을 일본식으로 고치도록 한 창씨개명은 물론, 일본어 교과서를 사용하고 한국어 교육을 폐지하여 우리 문화 말살을 기도하기도 했다. 전쟁 수행을 위해 한국을 인적 자원을 착취하는 병참기지로 활용하는데도 식민사관을 앞세웠다. 강력한 징병제도를 실시 한국인 청장년들을 강제로 연행해가는 것에도 같은 이론을 내세웠던 것이다.

식민사관에 맞서 민족의 우수성과 한국사의 주체적 발전을 강조하기 위해 태동한 역사학이 민족사학이다. 일제의 역사 왜곡과 탄압에 맞서 역사와 종교 그리고 언어 등에 걸쳐 우리 민족문화 수호운동이 일어났다. 당연히 한국사 연구에서도 활발한 연구가 추진되었다. 식민사관에 맞서 한민족의 기원을 밝히고 우리 민족 문화의 우수성과 한국사의 주체적 발전을 강조했던 것이다. 민족사관의 바탕은 실학자들에게서 찾을 수 있다. 조선 후기 이익(李瀷)이 주장한 우리나라 고대사의 정통성(正統性)에 대한 학설을 내세워 임나일본부설을 부정했다. 이를 삼한정통론이라 불렀다. 박은식 선생은 『한국통사』를 저술하여 근대 이후 일제의 침략과정을 서술했고 『한국독립운동지혈사』로써 민족사학을 정립했다. 국가나 민족의 흥망은 '국혼'에 달려 있으며 그 것은 역사에 담겨있다고 주장을 펼쳤다. 국가의 독립을 위해서는 주체적 역사서술과 역사관의 교육이 중요하다고 외쳤던 것이다.

한편 독립운동을 전개했던 신채호 선생은 『독사신론』, 『조선사연구초』, 『조선상고사』 등을 펴내면서 고구려를 비롯한 고대국가에는 민족적 패기가 있었으나 중세로 오면서 사대주의가 깊어졌다는 역사관을 내세웠다. 식민지 아래 민족적 패기를 살리고 독립을 달성하려면 고대사의 연구가 필요하다고 주창했다. 또 역사는 아(我)와 비아(非我)의 투쟁이라는 사관을 내세우고 직접 혁명을 통해 독립이 가능하다고 주장했다.

그 밖에 정인보, 장도빈, 안재홍, 문일평과 같은 분들이 식민사관에 맞서 민족사관을 발전시켰던 것이다.

7
징용이 뿌린 눈물들

어느덧 무더운 여름이 지나고 소슬한 가을바람이 삽상하게 불어올 즈음 굳게 닫혀 있던 상아탑의 정문이 열렸다. 긴 하계 방학이 끝나고 신학기가 시작되자 후지무라 박사는 다시 강단에서 제자들을 가르치는 데 열중했다. 강의 준비에 연구 활동까지 하루 일과가 빡빡하게 돌아가고 있지만 바쁜 와중에도 역사바로세우기협회를 이끌어가는 리더로써 책임을 다해야 했다. 각 위원회의 상황을 파악한 뒤 점검해야 하고 각종 정보를 제공하는 일도 그의 몫이었다. 뿐만 아니라 회원들의 상호친선 도모와 인과관계까지 눈코 뜰 새 없이 바쁜 하루를 지낼 수밖에 없었다. 그러나 이보다 더 중요한 것은 평회원 역할이었다. 돌아올 두 번째 학술토론회를 앞두고 한일 간 역사적 갈등의 정점에 올라있는 징용과 위안부 그리고 독도 문제를 중심으로 활동에 들어갔다. 역사바로세우기협회 일본 측 회원 40명을 대상으로 징용위원회, 위안부위원회, 죽도(독도)위원회로 나누었다. 후지무라 박사는 징용위원회 소속이고 요시다 박사는 죽도(독도) 위원회에서 활동하기로 했다. 각 소위원회에서는 각 사안별로 사료를 수집 분석해야 했고 보관된 정부문서 열람과 동시에 생존해 있는 인사를 탐방하기도 했다. 그리고 역사현장을 직접 방문하는 일까지 위원회에서 책임을 다하기로 했다. 비단 일본 측 회원들만이 아니었다. 한국의 회원들 또한 한국에서 같은 역할을 수행한 뒤 나중에 그 자료를 바탕으로 학술토론회에 임하기로 했던 것이다. 소위원회에서도 각 영역별로 역할을 분담하기로 했다. 후지무라 박사는 징용위원회에서도 일제강점기 당시 조선인의 징용현장을 탐방하는 역할을 맡았다. 5명으로 파트를 구성하여 일본 내 규슈 탄광, 센다이 공항, 마이즈루 항을 탐방하고 바다 건너 남방군도 티니안 섬, 사할린, 지시마 열도 중 구나시리와·에토로프 섬의 징용현장을 직접 방문 자료를 조사하기로 했다. 뿐만 아니라 히다치, 김희로, 우키시마호, 관동 대지진, 나가사키 조선소, 우토르 마을과 같이 징용의 후유증으로 생겨난 사건 현장까지도 다녀올 계획을 세워두었다. 사건이 일어난 배경과 원인은 물론 결과까지 조사하여 그 전말을 밝혀내기로 했다. 위안부 문제 소위원회도 나름대로 사료를 수집하고 정부문서를 열람하며 한국에 생존해 있는 위안부 피해자 할머니를 찾아가 직접 겪은 이야기를 듣기로 했다. 독도 소위원회도 사료를 수집하고 정부문서를 찾아 열람하고 오키섬과 독도를 직접 방문하기로 했던 것이다.

햇덩이가 서산마루에 한 뼘쯤 걸쳐 있을 때였다. 간사이 국제공항 대합실에는 일찍부터 손님을 맞이하러 일본 측 역사바로세우기협회원들이 마중을 나와 있었다. 그 흔한 피켓이나 현수막 하나 없었다. 환영

행사는커녕 도리어 초조와 불안 속에 떨고 있는 눈치였다. 손님을 불러놓고 엉뚱한 불상사가 일어날지 모를 일. 한일역사바로세우기협의회의 학술토론회가 열린다는 정보가 학술지와 매스컴을 통해 알려졌지만 회원들의 입국 시각은 비밀에 부칠 수밖에 없는 처지였다. 극우파 세력이 그 사실을 알게 되면 가만히 있을 리 만무했다. 그렇지 않아도 반한(反韓)감정이 극도에 올라 있는 상태라서 잘못했다간 학술토론을 장담할 수 없을 거라는 예감 때문이었다. 그들은 조마조마한 마음으로 주위의 시선을 살펴가면서 비행기의 도착시간만 기다리고 있었던 것이다. 서쪽 하늘에 붉은 석양이 깔려들면서 바닷물이 눈이 부시도록 벌건 빛깔로 출렁거렸다. 잠시 오사카만을 가로질러 색동옷을 입은 대형 여객기가 날개를 쭉 펴고 늠름하게 날아들었다. 비행기는 삼색의 색동옷을 입은 인천 발 오사카 행 아시아나 여객기였다. 인공섬 관서 국제공항 활주로로 다가선 비행기는 서서히 미끄러지듯 내려앉아 한 바퀴를 돌고서 멈춰 섰다. 후지무라 박사 일행은 초조한 마음으로 사방을 두리번거리며 출입구로 모여들었다. 순간 바다에서 불어온 차가운 바람처럼 긴장이 고조되면서 등짝에 전율이 일기도 했다. 갑자기 극우세력이 들이닥칠지도 모른다는 두려움 때문에 마음이 소마소마했던 것이다. 이윽고 입국절차를 마치고 김영식 원장을 비롯한 한국 측 회원들이 함빡 웃음을 머금은 채 줄줄이 게이트를 빠져나왔다. 6개월 만에 다시 만난 그들은 웃음 진 얼굴로 악수를 나누었다. 비록 환영행사는 생략했지만 간단한 꽃다발을 건네주는 것으로 끝을 맺었다. 공항에서 단체사진을 찍은 그들은 곧바로 관광버스에 올랐다. 아무런 불상사 없이 무사히 공항을 빠져나올 수 있어 다행스러웠던 것이다. 버스는 오사카만을 따라 길게 뻗어있는 한신고속도로로를 세차게 내달렸다. 공장들이 다닥다닥 들어찬 해안을 지나 오사카성이 바라다 보이는 제국호텔에 여장을 풀었다.

저녁을 마친 김영식 박사와 그 일행은 오사카성 관광에 나섰다. 현존하는 일본성 중 가장 보존이 잘되어 있고 규모가 큰 성이 오사카에 있었다. 1583년 도요토미 히데요시가 수운이 편리한 우에마치 대지에 천하 쟁탈의 거점을 마련하기 위한 성을 축성했다는 것이다. 두 번이나 소실되었으나 1931년에 재건되었다고 했다. 성내에는 도요토미 히데요시의 목상을 비롯해 귀중한 자료가 여럿 보관되어 있었다. 관광을 하면서도 김영식 박사 일행은 마음이 심히 편치 않았다. 1592년, 조선이 도요토미 히데요시의 대륙 침략의 망상의 첫 번째 제물이 되었다고 생각하니 걸음을 내딛을 때마다 울분이 치밀어 올라 다리가 휘청거리는 느낌이었다.

하룻밤을 오사카에서 보낸 회원들은 지체 없이 다음날 오전부터 대연회장에 모였다. 한일 두 나라의 역사적 갈등과 대립에 정점을 찍고 있는 사안들이어서 시간을 예상할 수 없었다.

"안녕하십니까? 후지무라 요이찌입니다. 먼 길 오신 회원님을 진심으로 환영하는 바입니다. 날씨도 차가운데 오시느라 수고 많이 하셨습니다. 잠자리가 편해야 하루가 편한 법인데 편히 주무셨는지 모르겠습니다. 아무튼 이렇게 다시 만나 뵙게 되어 반갑습니다. 지난여름 저희들이 한국을 방문했을 때 베풀어주신 후의에 늦게나마 다시 한 번 감사의 말씀 올립니다. 화기애애한 분위기에서 일한 고대사를 중심으로 열띤 토론을 전개했었습니다. 이제껏 없었던 일을 시도했던 것이어서 결과가 무척 좋았다는 반응들이었습니다. 역사 인식에 있어 변환점이 되었으리라 확신합니다. 저도 그랬으니까요. 우리는 이제 한 배를 타고 하나의 목적지로 향해 달려가고 있습니다. 갈등과 대립의 멍에를 벗겨내야 합니다. 지금 학계나 정치권에서 우리를 주시하고 있습니다. 우리의 역할이 두 나라 간 역사 문제에 중대한 영향을 끼치게 될 것이라는 예단을 하고 있기 때문입니다. 우리는 현실에 만족하지 않고 미래를 향해 달려가야 합니다. 갈등과 대립을 후손에게 물려줘서는 안 됩니다. 공존공영의 길은 물론이요 평화와 번영을 누리도록 도와주어야 합니다. 공존번영을 가로막고 있는 역사를 우리는 파헤쳐야 합니다. 두 나라는 민주주의 국가이기 때문에 학문의 자유가 법으로 보장되어 있습니다. 절대로 후난을 두려워할 필요 없습니다. 역사란 과거의 기록만을 두고 부르는 말이 절대로 아닙니다. 기록된 사료를 평가하고 비판하는 일도 역사로 포함된다는 것을 우리는 명심해야 합니다. 이제 국가주의적 사고의 틀에서 조금씩 벗어날 때가 되었습니다. 두려워하거나 어려워하지 말고 소신 있게 자기 소견을 말씀해 주시기 바랍니다. 지난번보다 심도 있는 토론이 이뤄지길 기대해봅니다. 감사합니다."

일본 측 회장 후지무라 요이찌 박사의 환영사로부터 둘째 날 행사가 시작되었다. 그는 다정스런 정감을 뿌려가며 인사말을 건넸다. 이어 한국 측 김영식 박사가 단상으로 올라왔다.

"안녕하십니까? 김영식 인사드리겠습니다. 1583년 도요토미 히데요시는 수운이 편리한 우에마치 대지에 천하 쟁탈의 거점을 마련하기 위해 오사카 성을 축성했습니다. 오사카 성이 훤히 바라다 보이는 이곳에서 제2차 학술토론회를 전개할 수 있도록 힘써주신 후지무라 요이찌 박사님을 비롯하여 모든 회원님께 감사의 말씀드립니다. 앞서 후지무라 박사님께서 우리는 국경을 초월해서 같은 배를 타고 같은 목표점을 향해 달려가고 있다고 말씀하셨습니다. 비록 세찬 바람이 불어와 우리의 배가 풍랑에 휘말릴지라도 우리는 동요하거나 항해를 멈춰서는 안 됩니다. 우리가 사는 세상은 한 세대에 불과합니다. 그러나 역사는 후손들에게 유구히 계승됩니다. 갈등과 대립 그리고 반목의 역사를 전해줄 순 없습니다. 진실에 입각하여 바르게 전해줌으로써 진정한 이웃사촌으로 오순도순 살아가도록 해줘야 합니다. 우리는 그와 같은 사명으로부터 자유로울 수 없습니다. 함께 탄 우리의 배가 기필코 목적지에 이르도록 다함께 노력합시다. 감사합니다."

김영식 박사는 침착하고도 또박또박한 목소리로 정겹게 인사말을 했다. 절절한 호소와 같은 것이었다. 우렁찬 박수 소리가 끝나자 말을 이었다.

"토론에 앞서 오늘의 사회를 맡아주실 분을 여러분께 소개해드리겠습니다. 지난여름 한국에서는 일본 측 요시다 박사님께서 사회를 맡아주셨습니다. 오늘은 한국 측에서 맡도록 하겠습니다. 유인원 박사님 앞으로 나오시지요. 유 박사님께서는 한국의 연합역사연구소 부장님이십니다. 큰 박수로 맞이해주시기 바랍니다."

후지무라 박사가 유인원 박사를 소개하자 밝은 표정을 지어가며 앞으로 나왔다. 그는 서울대학교 동양사학과와 동대학원을 졸업하고 대학에서 교편을 잡다가 역사연구소로 옮겨 부장을 맡고 있는 이였다.

"방금 회장님으로부터 소개 받은 유인원입니다. 만남 자체로도 중요한 의미를 갖는 일이지만 이왕지사 좋은 자리가 마련되었으니 양국 간 불신의 벽이 허물어지는 계기가 되었으면 좋겠습니다. 한국 속담에 천리 길도 한 걸음부터라는 말이 있습니다. 비록 얽히고설킨 실타래처럼 꼬여 있는 역사라 할지라도 실마리를 더듬어 한 올씩 차

근차근 풀어간다면 분명 좋은 결과가 있으리라 확신하는 바입니다. 숨겨진 역사의 함의를 찾아낸다는 마음으로 토론에 임해주시면 화해(和解)의 신(神)은 우리의 손을 들어주실 것입니다. 회원님들의 많은 협조 부탁드리는 바입니다."

유인원 박사는 좌중을 향해 허리 굽혀 인사와 함께 격려사도 잊지 않았다.

"그럼 지금부터 징용이란 사안으로 학술토론을 시작하겠습니다. 의견을 제시하거나 반론을 펴고 싶을 땐 발언이 끝난 다음 사회자의 허락을 득한 다음 발언해주시기 바랍니다. 먼저 징용이 무엇인지 그리고 왜 두 나라 사이에 갈등과 대립을 일으키는 사안인지 나정수 박사님의 기저 말씀부터 듣기로 하겠습니다."

"징용이란 국가권력으로 말미암아 국민을 일정한 업무에 강제적으로 종사시키는 일을 두고 부르는 말입니다. 조선을 식민지배했던 일본제국은 노무수급조정령과 주요 사업장 노무관리령을 제정 징용제도로써 부족했던 노동력을 보충했던 것입니다. 여기서 두 가지 형태로 나눠 생각할 수 있습니다. 먼저 지원에 의한 징용 형태가 있는가 하면 국가의 강제 차출에 의한 징용이 있었습니다. 어찌하던 간에 두 가지 다 노동력을 착취한 것이기 때문에 광의적으로 해석하면 징용에 해당된다고 볼 수 있겠습니다."

"그렇다면 징용이 왜 두 나라 사이를 갈등과 대립으로 몰고 갔는지 한국 측에서 먼저 의견을 제시해 주시기 바랍니다."

"제가 말씀드리겠습니다. 저는 한국 조선대학교 이치종 교수입니다. 1910년 8월 29일 한일합방조약에 의해 한국의 통치권을 빼앗은 일본은 가혹한 경제수탈을 일삼았습니다. 이로 인해 생활터전을 박탈당한 조선인은 생계를 위해 일본으로 건너가기 시작했습니다. 대부분 돈을 벌기 위해 현해탄을 건넌 것입니다. 그들이 현해탄을 군이 건너야 했던 까닭부터 짚어볼 필요가 있습니다. 일본이 조선을 강점하고부터는 전체적으로 소작농이 80%에 이르렀습니다. 소작꾼들은 농사를 지어 5할을 소작료로 지불해야 했습니다. 거기에다 지조(地租) 및 각종 공과금, 용수료 및 수리조합비, 토지공사 및 수선비 등으로 24~26%를 또 제하고 나면 농사를 지어도 품값도 되지 못했습니다. 때문에 겨울을 넘기기 어려운 실정이었습니다. 젊은이들은 하는 수 없이 징용 지원서에 도장을 찍고 일본으로 갔습니다. 하지만 돈을 벌기는커녕 노예살이나 다름없는 고통이 그들을 기다리고 있었습니다. 그런데도 현해탄을 넘는 조선 젊은이가 늘어만 간 것은 그만큼 생활이 어려웠기 때문입니다. 일본은 값싼 노동력으로 조선의 젊은이를 토목공사장과 광산에 투입하여 마음껏 부려먹을 수 있었습니다. 부족한 노동력을 쉽게 해결하여 국가경제를 키워갈 수 있었으니 얼마나 좋았겠습니까? 하지만 그것도 잠시 뿐이었습니다. 넘쳐나는 노동자 때문에 자국의 실업률이 증가하기 시작하자 한 때는 유입 억제정책을 쓸 때도 있었습니다. 1928년 7월엔 거주지 경찰서장이 발행하는 도항증(渡航證) 없이는 일본에 건너갈 수 없도록 강력한 제제를 가했습니다. 그러다가 류탸오후(柳條湖事件)사건으로 만주 침략전쟁을 일으키고 나서는 인력이 부족해지자 방향 전환을 꾀하게 됩니다. 조선인을 북방지역과 만주로 이주시키기로 하고 아예 그곳에 정착을 추진하기도 했습니다. 1937년에 중일전쟁이 발발하자 노동력 수요가 폭발적으로 늘어가게 되었습니다. 그땐 인력동원을 외치고 나섰습니다. 하지만 전시라서 지원자가 급감하자 1938년 4월에는 국가총동원법이라는 칼을 빼들었습니다. 강제적으로 노동력을 착취하겠다는 법을 제정·공포한 것입니다. 이 법에 의해 끌려간 조선 젊은이들을 두고 강제징용대상자라 부릅니다. 그들은 탄광과 광산 그리고 토건공사와 군수공장으로 끌려간 뒤 가혹하게 노동력을 착취당했습니다."

이 교수는 비탄에 빠져든 목소리로 침통한 표정까지 지어가며 말했다.

"저는 도후쿠가쿠인대학 오쿠무라 겐죠 교수입니다. 이 교수님의 징용이란 사안에 대해 설명 잘 들었습니다. 그런데 말씀 중에서 초창기에 통치권을 빼앗은 일본이 가혹한 경제수탈을 일삼았다고 하셨습니다. 그러면서 생활터전을 박탈당한 조선인이 생계를 위해 일본으로 건너갔다고도 하셨어요. 나중에는 돈을 벌기 위해서라고 덧붙이셨습니다. 저는 이 교수님 의견에 동조할 수 없습니다. 물은 높은 곳에서 낮은 곳으로 흐르고 사람은 돈이 있는 곳으로 모여들기 마련입니다. 그래서 사람을 경제적 동물이라 부르는 것 아닙니까? 당시 일본은 산업이 급속도로 발달하여 노동력에 대한 수요가 급증했지만 조선에는 일자리가 없었던 것이지요. 때문에 현해탄을 건너보려고 안달을 했다고 합니다. 돈을 벌기 위함이었습니다. 이를 징용이라 한 것은 너무 비약된 해석이라 하지 않을 수 없습니다. 그리고 생활터전을 박탈당했다고 말씀하셨는데 그것은 무엇을 의미하는 것입니까? 결국 농토를 빼앗았다는 말씀으로 들리는데. 그러나 역사적 사료에 농토를 빼앗았다는 기록은 없습니다. 너무 과대포장이 아닌지 묻고 싶습니다."

오쿠무라 교수가 시쁜 웃음을 은근슬쩍 지어 보이며 말했다. 어딘지 모르게 말투며 표정이 오만으로 가득 찬 느낌이었다. 돈을 벌기 위해 자주적 도일(渡日)까지 징용으로 간주하는 것을 문제 삼고 나섰던 것이다.

"맞는 말입니다. 당시 소작농이 약 80%에 이르렀다고 말씀하셨습니다. 소작료가 5할에다 각종 공과금을 제하고 나면 소작인들의 수입이 약 25%에 불과하다고 하셨습니다. 그것은 조선의 사회구조와 지배구조에 의한 것이지 일본의 식민지배와 결부시킬 일이 아니라고 봅니다. 일본이 조선을 지배함에 있어 토지를 빼앗은 일은 없었습니다. 때문에 소작농이 늘어난 것과 식민지배와는 아무런 관련이 없었습니다."

미야자키 이사오 교수가 불쑥 일어나 핏대를 세워가며 따지듯 말했다.

"비록 토지를 빼앗지는 않았다 할지라도 식민지배 이전만 해도 부담이 되지 않았던 새로운 제도가 생겨나기 시작했습니다. 지조(地租)는 물론이요 용수와 수리조합을 명목으로 내세워 터무니없는 세금을 거둬갔던 것입니다. 한 가지 가닥을 짓고 넘어가야 할 것이 소작농이 늘어난 것과 식민지배와는 상관이 없다고 하셨는데 꼭 그렇게만 해석할 일이 아닙니다. 일본은 1908년 동양척식주식회사를 설립했습니다. 회사설립 당시만 해도 출자분의 토지 1만 7714정보였습니다. 그러나 1913년에는 4만 7147정보로 늘어났습니다. 그 후 조선에서 토지조사사업이 완료된 뒤 국유지를 불하받는 혜택을 누리며 1920년에는 9만 700여 정보에 달했습니다. 불과 10여 년 만에 일곱 배로 늘어난 것입니다. 그것은 무엇을 의미하겠습니까? 조선 농민들이 그 숫자만큼 농토를 잃었다는 증거입니다. 특히 강조해서 말씀드리고 싶은 것은 회사의 토지가 전라남북도와 황해도 그리고 충청남도의 곡창지대에 집중되었다는 점입니다. 동양척식주식회사는 농민들로부터 기름진 농토를 거둬들이기 위해 세워졌던 것이지요. 조선의 젊은이들이 일본으로 도항하도록 부추겼던 정책이었음을 알 수 있습니다."

성미가 급한 하길담 교수가 사회자의 발언권도 없이 마구잡이식으로 발언에 나섰다. 못마땅한 듯이 미간에 내 천(川)자를 그려가며 은근히 반박의 논질을 던졌던 것이다.

"그것은 사실적 논리가 아닙니다. 전혀 반대로 말씀하셨습니다. 1908년 일본이 동양척식주식회사를 설립했던 것은 사실입니다. 회사가 토지를 매수한 까닭이 있었습니다. 조선 농민 중에서 농사짓기를 포기한 사람들이 속출했습니다. 반면 일본인들은 조선으로 농업이민을 떠나려는 이가 늘어만 갔습니다. 나중에는 조선으로 가겠다고 아우성을 치는 바람에 무조건 받아들이지 못할 정도였으니까요. 동양척식주식회사는 이런 일본인의 농업이민계획을 실천하는 데 있었습니다. 그런데 하 교수님께서는 동양척식회사의 설립목적에 대해 오해를 하고 계시는 것 같습니다. 더군다나 조선인의 농사짓는 터전을 박탈했다고 말씀하신 것 그리고 일본이 값싼 노동력으로 국가경제를 키워갈 수 있었다고 말씀하신 것은 너무 비약적인 해석이라 하지 않을 수 없습니다."

미야자키 교수는 나설 일이 아닌데도 퉁명스러운 어조로 말했다. 입가에 게거품까지 물어가며 마치 반격을 하듯 날을 세우는 것 같아 보였다.

"미야자키 교수님께서는 동전의 한 면만 들여다보고 계십니다. 동양척식주식회사가 설립된 주목적은 정치적인 것에 비중을 두었던 것입니다. 대륙침략의 일익을 담당하기 위해 설립된 회사였습니다. 일본인의 농업이민계획을 실천한 것은 농사를 짓기보다는 조선의 주요도시뿐만 아니라 농촌에도 일인(日人) 집단촌락을 건설해 조선 지배의 거점으로 삼으려 했던 것이지요. 때문에 조선을 침략하는 데 도움이 될 만한 사람들을 엄선해 불러들였습니다. 그들은 포악한 일도 서슴지 않아 조선인의 감정을 상하게 했던 이들이에요. 토지를 배당받았으면서도 농사를 짓기보다 조선인에게 소작을 주어 착취했습니다. 목적에 어긋나다 보니 일본인의 촌락 건설은 수포로 돌아가고 말았습니다."

하길담 교수의 눈빛에는 물러설 기색이라곤 조금도 보이지 않았다. 마치 생트집을 걸고넘어지는 사람처럼 핏대를 세워가며 말했다. 작심이라도 하고 온 사람처럼 일본인의 포악했던 잔인함까지 까발리며 신경을 자극했던 것이다.

장내의 분위기가 한껏 달아오르면서 장내가 온통 수런거리기 시작했다. 사사건건 토를 달아가며 밀고 밀리는 접전이 일어나는 모양새로 치닫고 있었기 때문이었다.

이때 유난히 키가 큰 노다 마쓰오 교수가 벌떡 일어섰다.

"회사의 설립 목적이 무엇인지 알고 말씀하시는 것입니까?"

일어서자마자 마뜩찮은 눈길로 덤덤히 바라보면서 질문을 던졌다.

"'식산흥업의 길을 열고 부원을 개척하며 민력의 함양을 기도하여 조선인으로 하여금 문명의 혜택을 입게 한다.'였습니다. 비록 조선이 식민지배를 받았다고 해도 동양척식주식회사는 자기 역할을 다했다는 역사가들의 추후 평가였습니다. 까닭은 취지에 어긋난 일을 한 적이 단 한 차례도 없었던 것으로 알고 있습니다. 그런데도 착취했다고 매도하는 것은 역사학자로써 올바른 해석이 아니라고 봅니다."

그는 변명하기라도 하듯 혼자서 자문자답을 계속하고 있었다. 이맛살을 찌푸려가며 상대방을 짓눌러 놓을 것 같이 바라보면서 말했다.

"잘 알았습니다. 징용의 방법에 대해서 양쪽의 의견을 들어보았습니다. 열띤 토론에 감사말씀드립니다. 이쯤에서 다음으로 넘어가도록 하겠습니다."

사회자 유인원 박사가 서둘러 입막음을 하려 들었다. 하지만 노다 교수가 자리를 박차고 일어나 강마른 성미로 달려들었다.

"아직 제 말은 끝나지 않았습니다. 도항증이란 말이 나왔으니 반드시 짚고 넘어가야 할 게 하나 있습니다. 일본은 1928년 7월에 조선인이 도항증이 없인 현해탄을 건너지 못하도록 했습니다. 도항증은 첫째 신분을 확인하기 위해서 발급했던 것입니다. 조선 젊은이들이 뗏목을 타고 물밀 듯이 밀려들다 보니 이를 감내하기 어려웠던 것입니다. 그것은 갑자기 사회문제로 비화될 수밖에 없었던 사건이었습니다. 임금(賃金)이란 수요와 공급에 의해 결정되는 것인데 밀항자가 넘치다 보니 공급이 수요를 앞질러 자연스럽게 떨어질 수밖에 없었다고 합니다. 저임금을 받고도 일을 하겠다고 몰려들었던 것이지요. 그러나 일본은 그들을 버리지 않고 일자리를 마련해주었습니다. 부랑아를 구해준 셈인데도 가혹하게 노동력을 착취했다는 것은 생억지나 다름없는 말입니다. 영락없이 몸 주고 뺨 맞는 꼴이라고 해야 할 것 같습니다. 거주지 경찰서장이 도항증(渡航證)을 발행했던 제도는 노동에 대한 수요와 공급을 조절하기 위한 정책이었지요."

노다 교수는 웃음기마저 사라진 이마에 갈매기 같은 주름을 잡아가며 시시비비를 따지고 달려들었다. 조금도 물러서지 않은 채 일본의 정책을 옹호하고 나섰다.

"저는 생각을 달리하고 싶습니다. 과연 일본이 조선을 식민지화하지 않았는데도 조선의 젊은이들이 도항에 나섰을까 생각해볼 대목입니다. 밀항에 나선 까닭은 무엇보다 식량 부족에서 찾아야 합니다. 조선은 고대로부터 농본정책을 국가의 시책으로 삼아 국가산업발전과 민생안전을 기해왔기에 식량 부족을 겪지 않았습니다. 그러다가 1910년에 조선이 식민지화되면서 일본은 토지조사사업과 산미증식계획을 세웠습니다. 그 결과 국내 미곡생산이 비약적으로 발전한 것만은 사실이었습니다. 때문에 양곡의 국내 생산은 인구증가율을 상회하고도 남았습니다. 그랬지만 연간 1인당 소비량은 오히려 감소했던 것입니다. 조선의 양정이 일본의 식량 수급과 미가(米價) 조절을 위한 조정 역할로 변질되었기 때문이었습니다. 조선에서 생산되는 미곡의 일정량을 우선적으로 일본으로 반출했습니다. 수출이란 명목이었지요. 문제는 식량이 남아서가 아니라 일본의 식민지 정책에 의한 이른바 기아 수출이었다는 것입니다. 그것마저 부족했던지 일본은 1939년 미곡배급조합통제법이라는 것을 제정했습니다. 미곡의 시장 유통을 금지하고 조선인들의 자가 소비량까지도 헐값으로 강제공출을 하기 위한 법이었습니다. 나중엔 미곡 공출실적이 저조하게 나타나자 1943년에는 또 다른 식량관리법을 제정하여, 미곡뿐만 아니라 맥류, 면화, 마(麻)류, 고사리 등 40종류에 이르는 품목에까지 적용했습니다. 전시군량 확보를 위해 강제공출은 물론 무력을 사용해가며 강압적 수탈까지 동원했습니다. 쌀을 빼앗긴 조선인들은 굶주릴 수밖에 없었습니다. 이때 생겨난 말이 보릿고개였습니다. 봄이 되면 식량이 바닥나 쑥을 뜯어 밀가루나 보릿가루를 버무려 죽을 쑤어먹었던 것입니다. 특히 1939년에는 혹심한 한해(旱害)가 찾아들어 생산량이 급감했습니다. 그런데도 일본은 예년과 똑같은 양의 미곡을 가져갔습니다. 극심한 식량 부족을 겪을 수밖에 없었습니다. 세 사람

중 한 사람이 영양이 부족하여 부황증에 걸렸다고 합니다. 당시 조선 일보 기사에 '먹고 싶어도 먹을 것이 없고, 입고 싶어도 입을 옷이 없어 방랑 신세가 되어 산야나 노변에 쓰러져 친척과 친구의 간호도 받지 못한 채 외로이 인생행로에 종언을 고하는 자가 연년이 거수(巨數)에 이르고 있다.'라는 글이 실렸다 했습니다. 보릿고개가 피고개보다 훨씬 심하다고 해서 춘풍기풍춘색궁색(春風飢風春色窮色)이라는 말도 생겨났습니다. 일본은 부족한 식량을 메꿔준다고 하면서 만주에서 콩이나 피를 들여왔습니다. 그런데 그것은 동물용 사료나 다름없는 것들이었습니다. 그것마저 배급해주었던 것입니다. 배고픔을 달랠 길 없던 조선인들의 반발이 커지자 총독부는 공출량을 미리 할당하고 부락 연대책임 하에 납부하게 하는 부락책임공출제 등을 시행하기에 이르렀습니다. 이렇게 본다면 조선인이 일본으로 도항하게 된 것은 결국은 식량 부족이었습니다. 따라서 교수님의 말씀 즉 임금에 관한 수요와 공급의 논리는 전혀 설득력이 없는 말입니다. 또한 부랑아를 구해준 셈이라는 데 절대로 동의할 수 없습니다. 먹을 것을 빼앗아 굶겨놓고 불쌍하다고 먹지 못 할 것을 가져다주면서 일을 시켰는데도 착취가 아니었다는 것은 역사를 제대로 인식하지 못한 데서 비롯된 것 같습니다."

염 교수는 마치 작정하고 나온 사람처럼 당당히 시비곡절을 가려보자는 듯 고개를 늘어 뜨려가며 말했다. 노다 마쓰오 교수를 향해 흘금흘금 곁눈질을 해가면서 격찬 목소리를 쏟아냈던 것이다.

"예. 지금까지 발표해주신 모든 분께 진심으로 감사의 말씀을 올립니다. 이제껏 지원에 의한 징용실태에 대해 토론해보았습니다. 본 토론이 가져다 준 효과는 대단히 크다고 봅니다. 과거에 있었던 역사적 사안을 다시 한 번 재조명해보는 좋은 기회가 된 것 같습니다. 그럼 이 문제는 이쯤 해두고 앞으로 내딛도록 하겠습니다. 이번에는 강제 동원을 통한 징용실태에 대해 토론을 해보도록 하겠습니다. 먼저 한 국 측 서봉우 교수님께서 개요부터 말씀해주시겠습니다."

"안녕하십니까? 지난여름 제1차 토론회에서 광개토대왕 비문에 얽힌 내용을 발표했던 단국대학교에 근무하는 서봉우 교수입니다. 다시 만나 뵙게 되어 반갑습니다. 서두에서 언급되었듯이 징용이란 국가에 의 해서 강제적으로 노동력을 착취당한 것을 두고 이르는 말이라 했습 니다. 일본은 조선을 식민지화한 다음 지원에 의한 인력동원은 물론 이요, 강제적 동원도 실시했던 것이지요. 강제로 동원된 사례를 보면 다음과 같습니다. 일본은 중일전쟁이 일어나기 전만해도 부족한 노 동력을 보충하기 위해 조선의 젊은이들을 동원 값싼 노동력으로 토 목공사장과 광산에 투입하려 했습니다. 처음에는 지원을 통해 이뤄 졌던 것입니다. 그러나 1937년 중일전쟁이 발발하고 나서부터는 전 시 또는 전쟁에 준할 사변의 경우에 국방의 목적을 달성하기 위해 국 가의 모든 힘을 유효하게 발휘할 수 있도록 인적 물적 자원을 통제 운용하기 위해 국가총동원법을 제정 공포했습니다. 이 법이 발효되 자 국민 징용령을 실시하면서 강제동원에 나섰던 것입니다. 1939년 부터 45년까지 강제로 동원된 조선인은 113만 혹은 146만 명에 달한 것으로 조사되었습니다. 동원된 젊은이들은 주로 탄광, 금속광산, 토 건공사, 군수공장에 투입되어 가혹한 노동조건 밑에 혹사당했습니다. 국민학생까지 군사시설공사에 동원했습니다. 44년에는 여자정신대 근 무령을 발표 12세에서 40세까지 여성 수십만 명을 강제징집하여 군수 공장에서 일을 시키거나 군대 위안부로 보내는 만행을 저질렀습니다."

서 교수는 스크린을 통해 화면상에 나타나는 정보를 짚어가면서 조목조목 설명해주었다. 어딘지 모르게 낯빛에 어두움이 깔려들면서 표정이 밝지 못했다. 한 모금의 물로 목을 축이고 나서는 계속 말을 이어 나아갔다.

"이번에는 일제강점기 당시 징병제에 관한 내용을 말씀드리겠습니다. 징병제란 국가가 국민에게 강제적으로 병역의 의무를 지우는 의무병역 제도를 두고 이르는 말입니다. 일본은 1937년 중일전쟁이 확전되자 조선 청년들을 그대로 방치하는 것보다 병력으로 흡수하는 것이 현실적이라고 착안했던 것입니다. 이를 위해서 1938년 2월, 칙령 제95호「조선육군특별지원병령」을 공포했습니다. 만 17세 이상 된 자로서 소학교 졸업 이상의 학력을 가진 자는 육군 특별지원병으로 지원할 수 있도록 했던 것입니다. 말이 지원일 뿐 경찰서와 각 행정기관과 어용단체를 앞세워 지원을 강요하고 부추김으로써 해당자들이 지원하지 않을 수 없는 상황으로 몰고 갔습니다. 이어 1943년 7월 칙령 제108호로「해군특별지원병령」까지 공포, 8월부터 시행함으로써 해군지원병도 동원되었습니다. 다음 단계로 나타난 것이 이른바 학도지원병입니다. 1943년 10월 병역법 일부를 개정하여 고등학교 또는 전문학교 이상 재학 중의 법문계(法文系) 학생에 대한 징집유예제도를 폐지하였습니다. 이에 따라 그간 징집유예를 받고 있던 일본의 법문계 학생들이 같은 해 11월 일제히 입대하였습니다. 이 조치로 국내외를 통해 4,385명의 해당자들이 일제히 일본군으로 끌려갔던 것입니다. 1943년 8월부터 시행한 개정병역법에 의해 전면적 징병제 실시단계로 들어간 결과 1945년 일제 패망 때까지 침략전쟁에 끌려나간 숫자는 총 36만여 명에 달했습니다."

서봉우 교수는 징병제에 대해 설명해 주었다. 가슴 아픈 사연들……. 마디마디마다 억울한 심정이 담긴 목소리였다. 내려뜨는 눈언저리 골 주름이 유난히도 처연하게 보였다.

이때 오쿠보 신지 교수가 자리에서 일어서면서 입에 침부터 발랐다.

"서 교수님의 징병제 사례 잘 들었습니다. 징병제를 논하려면 먼저 제국주의를 들먹이지 않을 수 없습니다. 이는 침략에 의하여 영토를 확장한다는 점에서 팽창주의와 동일한 의미로 사용되고 있습니다. 제국주의를 논하려면 19세기 말에서 20세기 초로 거슬러 올라가지 않으면 안 됩니다. 유럽에서 식민지 전쟁이 극에 달한 시기였습니다. 산업혁명으로 고도의 경제성장을 이루고 난 열강들은 그 성장의 배출구를 찾기 위해 식민지 쟁탈전에 나섰습니다. 자국의 이익을 위해 민족주의적 감정을 부추겼던 것이 사실입니다. 열강은 다른 나라가 강해지는 것을 가만히 두고 보지 않았습니다. 무기를 개발하고 생산력을 증가시키며 징병제를 도입했습니다. 아시아 국가로는 유일하게 일본이 이에 가세했던 것이지요. 일본의 식민지배를 받고 있었던 탓에 조선에서도 징병제가 실시되었던 것이지요. 시대적 상황에 따라 어쩔 수 없었던 것입니다. 지금에 와서 그때의 상황을 이해할 순 없습니다. 거론하는 것 자체가 어리석을 뿐입니다. 당시의 시대적 상황이 그리했던 것입니다."

작달막한 키에 이마가 시원스럽게 벗겨져 유리판처럼 번들번들한 오쿠모 신지 교수가 콧등에 걸친 금테 안경을 밀어 올려가면서 말했다. 불행했던 시대적 아픔을 들춰내가면서 징병제의 당위성을 옹호하고 나섰다.

"제가 오쿠보 교수님의 말씀에 첨언해두고 싶은 것이 있어 일어섰습니다."

까실까실한 구레나룻이 볼을 뒤덮어 개성이 뚜렷하게 비쳐진 이가 불뚝 일어서며 톡 쏘는 소리를 내질렀다. 그는 나가토모 준지 교수였다. 이상스럽게도 찢어진 눈초리로 장내를 휘둘러보는 모습이 여간 성에 차지 않은 것 같았다.

"솔직히 말씀드려 한국에선 강제징집을 했다고 하지만 실제는 지원자들에 의한 동원이었습니다. 당시 조선 젊은이들은 할 일이 없어 빈둥대며 밥만 축내는 건달들이었습니다. 그대로 방기(放棄)하는 것보다 병력으로 흡수하는 것이 현실적이라 판단 아래 취해졌던 정책이었습니다. 국민 대다수의 의견이나 주장이 있었을 뿐 아니라 젊은이들이 원했기에 가능한 일이었습니다. 그런데도 학도병 중 일부는 반란과 집단탈출을 모의하기도 하고 항일대열에 가담하기도 했습니다. 1944년 8월에 있었던 대구 제24부대 학병들의 집단탈출사건과 동년 11월에 발각된 평양사단(平壤師團) 부대 학병들의 반란은 대표적 반군사건이어서 일본에 큰 충격을 주었던 것입니다. 또한 일부는 중국으로 탈출해 광복군(光復軍)이니 또는 조선의용군(朝鮮義勇軍)이란 이름으로 항일운동을 했습니다. 남방 전선에서는 미군 측에 투항하고 역으로 일본을 공격하기도 했지요. 도대체 어느 나라 군인으로 병영에 나아갔는지 묻지 않을 수 없습니다. 조선은 일본의 식민지로써 일선융합(日鮮融合)을 이루고 있었는데도 자국을 공격하는 이적행위도 서슴지 않았습니다."

삐뚜름하게 흘겨보며 말하는 모습에는 어딘지 모르게 도도하고 오만함이 물씬거렸다. 강제침탈로 인해 식민지배를 당한 나라의 설움 같은 것은 염두에도 없는 사람 같았다.

이때 한선운 교수가 자리를 박차고 일어나 앞으로 나왔다. 대뜸 고개를 살래살래 흔들어대더니 울뚝 화를 내며 말끝을 휘어잡을 태세였다.

"나가토모 교수님께서는 강제징용을 부정하고 계십니다. 그렇지만 실제는 그렇지 않았습니다. 전시(戰時) 중인데 군인이 되고 싶은 사람이 세상천지 어디 있겠습니까? 전쟁터에 나서면 죽는다는 것을 뻔히 알면서 지원했다는 것은 분칠한 자기류의 궤변에 불과합니다. 한국 속담에 백문(百聞)이 불여일견(不如一見)이란 말이 있습니다. 그럼 여기서 당시 강제징용을 다녀오신 노옹의 영상자료를 보고나서 말씀드리도록 하겠습니다. 본 영상자료의 주인공 존함은 박하진 옹이며 금년 춘추 91세입니다. 옹은 24세 때 강제 징집 당했다가 실제 전쟁터에 끌려가 살아남은 분입니다. 이번 토론회에 직접 모시고 오려했으나 노구인 데다 전쟁 중에 입은 부상후유증으로 한쪽 다리를 제대로 쓰실 수 없기 때문에 영상으로 준비했습니다. 혹시 의혹을 불러일으킨다거나 미심쩍다 싶으면 옹에게 직접 전화를 걸어보셔도 되겠습니다. 서툰 일본어로 녹음한 점 양해바랍니다."

잠시 회의장에 소등(消燈)이 이뤄지면서 박하진 옹의 모습이 스크린에 비쳐지기 시작했다. 옹의 얼굴은 우글쭈글 주름살로 가득 찬 가운데 거뭇거뭇한 저승꽃도 피어 있었다. 녹화를 시작하자 말문이 막힌 듯 합죽한 입만 옴죽거렸다. 잠시 갈쌍갈쌍 맺혀드는 눈물을 손등으로 닦아내고서 이내 입을 떼기 시작했다.

"저는 전라남도 보성군 옥평리 세동에서 태어났습니다. 박하진이라고 합니다. 삼대독자 귀한 자손이었으나 유복자로 태어난 까닭에 부친의 얼굴조차 보지 못한 채 자랐습니다. 태어나기 두 달 전 부친께서 유명을 달리하셨던 것입니다. 부친께서 일찍 세상을 떠나신 것도 나라 잃은 설움에서 비롯되었던 것입니다."

옹은 말을 하다말고 또다시 눈시울에 맺힌 이슬방울을 닦아내었다. 잠시 다소곳이 고개를 수그리고 있다가 물 한 모금으로 목을 축이고서 말을 이었다.

"삼일운동이 일어나고 한 달 뒤였습니다. 그러니까 1919년 4월이었겠지요. 한양에서 시작되었던 독립운동의 기운이 이곳 보성에까지 스며들었던 것을 눈치챈 것 같습다.

4월 7일 보성 장날에 있었던 일입니다. 여느 때와 마찬가지로 저의 부친께서는 동네 어른들과 함께 장에 나가셨는데 장마당 문전에서부터 이상하리만큼 사람들이 웅성웅성 거리며 시끌벅적하더랍니다. 순간 범상치 않은 일이 벌어지고 있음을 눈치챌 수 있었답니다. 솔직히 저의 부친께서는 독립운동이 무엇인지 잘 모르셨던 것이지요. 잠시 후 어떤 젊은이가 다가오더니 품속에서 태극기를 꺼내어 나눠주면서 잠시 후 자기를 따라서만 하라고 말해주었답니다. 내막도 모른 저의 부친은 태극기를 받아들고 그들을 따라 만세를 불렀답니다. 대한독립만세를 서너 번 따라 부르고 있을 때 갑자기 총소리가 나더니 일본 헌병들이 몰려왔답니다. 총소리가 울리자 사람들은 풍비박산이 되었고 장마당이 아수라장으로 변했답니다. 나중에 들은 바에 의하면 일본의 조작극이었던 것입니다. 혹시 독립운동이 일어날까봐 미리 겁을 주기 위해 꾸며냈던 것이었는데……. 헌병들은 태극기를 들고 있는 사람들을 향해 마구잡이식으로 방망이를 휘둘러대더니 이어 굴비 두름처럼 엮어 경찰서로 끄집고 갔다고 했습니다. 저의 부친도 그 중 한 사람이었습니다. '태극기는 어디서 구했느냐?' 그리고 '누구의 지령을 받았느냐?'고 물으며 마치 콩 타작을 하듯 뭇매질을 해대는 통에 초주검이 되어 정신이 잃었다고 하셨습니다. 하루 만에 풀려나긴 하셨지만 얼마나 매를 맞으셨는지 경찰서 문턱을 온 걸음으로 넘을 수 없을 정도였다고 했어요. 네 발로 기다시피 집에 오시다가 그만 냇가에 쓰러져 계실 때 길을 가던 사람들이 신음소리를 듣고 달려가 집으로 모시고 왔답니다. 집에 들어오셨을 땐 반송장이란 말이 딱 어울리더랍니다. 어머니께서는 곧장 산속을 헤집고 다니시며 약초를 캐시고 할머니께서는 밤을 새워가며 간호에 매달리신 덕에 상처는 나았지만 뼛속으로 스며든 골병이 문제였던 것입니다. 나중에는 온몸이 퍼렇게 변해가더니 일 년도 못 되어 돌아가시고 말았습니다. 돌아가신 지 2개월 만에 제가 태어났던 것입니다. 저는 편모의 슬하에서 자랐습니다. 손위 누나들은 모두 출가하고 제 나이 열일곱 살 때 회천면 남평문 씨 집안으로 장가를 들었습니다. 일찍 혼인한 까닭은 징용엘 가지 않기 위해서였습니다. 혼인한 사람은 징용엘 가지 않는다고 해서 조혼이 성행했습니다. 가정을 꾸린 저는 조모님과 어머님을 모시고 오붓하게 살고 있었습니다. 그러나 집안에는 늘 고통의 그림자가 걷히지 않고 있었습니다. 자기네들이 꾸며낸 조작극이면서도 독립만세를 부른 후손이라고 해서 감시는 물론 사사건건 부당한 간섭을 해왔습니다. 그것만이 아니라 부당한 착취를 당하기도 했습니다. 농사를 지어놓으면 터무니없이 지조(地租)와 용수료(用水料)를 물리기도 했습니다. 불공평하리만큼 많은 공출미를 수탈당하기도 했습니다. 얼토당토않은 일로 부역을 부과하기도 했습니다. 마을 이장도 언뜻하면 트집을 잡고 넘어지면서 마을에서 외톨박이로 내몰아갔습니다. 그것들은 하나같이 독립운동을 하면 이와 같은 고통이 따른다는 것을 마을 사람들에게 보여주기 위한 계략이었던 것입니다.

1943년 5월이었습니다. 중일전쟁이 일어나자 일본은 국가총동원법을 공포했습니다. 국민징용령을 실시하면서 젊은이들을 대상으로 강제동원에 나섰습니다. 그러나 저는 안심하고 있었습니다. 기혼자는 제외시켜왔기 때문에 해당 없는 줄로 알고 있었습니다. 그랬던 것인데 시행령이 바뀌고 말았습니다. 기혼자도 동원할 수 있다고 말입니다. 조혼으로 인해 대상자가 부족하다 보니 은근슬쩍 하루아침에 바꾸고 말았던 것입니다. 그래도 기혼자인데다 노인들을 모시고 살아가는 삼대독자라서 설마 했지요. 예감은 여지없이 저를 비켜가고 말았습니다. 강제동원명단의 첫 번째 줄에 제 이름이 올라 있었습니다. 독립만세를 부른 자손이라 해서 저를 징용으로 내몰았어요. 자신들의 조작극으로 꾸며낸 덫에 걸려 부친께서 억울하게 돌아가셨는데도 대를 이어 불이익을 주었던 것입니다. 입영통지서를 받아든 순간 하늘이 무너지고 땅이 갈라지는 비통함을 느꼈습니다. 더욱 가슴을 아프게 했던 것은 당시 입영자는 모두 전장으로 간다고 했습니다. 살아 돌아오기란 소가 바늘귀를 꿰는 것보다 어렵다는 소문이 쫙 퍼졌기 때문이었습니다. 소식을 접한 조모님과 모친께서 식음을 전폐하며 눈물바람으로 날밤을 새우셨습니다. 일순간 집안은 초상집과 다름없었습니다. 칠순이 넘은 조모님과 오십을 넘긴 모친을 남겨두고 떠나는 것도 비통스러웠지만 만삭에 이른 아내를 남겨두고 전장으로 떠나간다는 것은 육신이 갈기갈기 찢어지고 뼈가 마디마디 동강나는 극통 그 자체였습니다. 가녀린 여자들만 남겨두고 끌려가느니 차라리 그 자리에서 죽여줬으면 하는 것이 솔직한 심정이었습니다. 입영 날이 다가오자 할머님께서는 '무슨 놈의 팔자가 삼대가 과부가 되어야 하느냐?'고 탄식을 쏟아내시다가 그대로 몸져눕고 말았습니다. 어머니께서는 읍사무소로 달려가셨습니다. 제발 입영만을 거둬달라고 사정을 해보셨지만 하릴없는 짓이었습니다. 돌아온 것은 독립만세를 부른 항일가족이라서 이번 징용을 기회삼아 황국신민이 되어야 한다는 잡도리뿐이랍니다. 어머니께서는 급히 누님들을 부르시더니 하늘이 무너져도 징용에 보낼 수 없다고 목청을 높였습니다. 당장 잡혀갈지라도 당장 누님을 따라가라고 하셨습니다. 누나와 함께 밤을 새워가며 산속 길을 내리 달렸습니다. 누님 집은 벌교읍 장암리 바닷가 마을이었습니다. 80리 길을 걷다보니 하루가 꼬박 걸렸습니다. 누님 집으로 숨어든 나는 우리에 갇힌 돼지처럼 구석방에 들어앉아 나날을 보냈습니다. 실로 견디기 어려운 날들이었습니다. 한 곳에만 머무를 수 없어 30리 떨어진 작은 누님 집으로 옮겨 다녔습니다. 제가 누님 집에 숨어 지내는 동안 저의 집에는 순사들이 날마다 들이닥쳐 집 식구들은 달달 볶더랍니다. 어머니를 대신 감옥으로 보내겠다고 엄포를 놓기도 했답니다. 하루에도 몇 번씩 가택수색을 해가며 늙으신 어머님께 아들을 찾아내라고 머리를 끄집으며 닦달질을 했다고 합니다. 만삭의 아내를 떠밀어 넘어뜨리는 일까지 몰염치한 행위도 서슴지 않았답니다. 그들은 제가 숨을 만한 곳을 사방으로 수소문을 했던 것입니다. 처갓집은 물론 외갓집까지 뒤지다가 누님 집으로 체포망을 좁혀오고 있었는데 저는 알지 못했습니다. 1943년 9월 10일 새벽녘. 조각달이 존재산 마루에 걸려 있을 때였습니다. 그날도 저는 구석방에 꼼짝도 하지 않은 채 숨어 있었습니다. 아직 어두움이 물러가지 않았는데도 순사들이 물밀 듯이 집을 덮쳐왔습니다. 담을 뛰어넘어 온 헌병보조원들이 집안을 에워싸고 '박하진 빨리 나오라! 이미 알고

왔다! 너는 포위되었다.'라고 소리쳤습니다. 독 안에 든 쥐나 다름없게 된 저는 모든 것을 단념한 채 밖으로 나왔습니다. 마당에는 자그마치 여섯 명의 헌병보조원과 순사가 버티고 서 있었습니다. 피신한 지 석 달 만이었습니다. 저는 꽁꽁 묶여 경찰서로 끌려갔습니다. 집안 식구들 얼굴도 보지 못한 채 열흘 만에 강제입영(入營)길에 올랐습니다. 먼저 거제도로 데려갔습니다. 65사단 20연대 보병단에 배속되어 초년병 훈련을 3개월 받았습니다. 훈련이 끝나자 결사의 선언식이라는 것을 거행했습니다. 그것은 죽기를 각오한다는 의식이었습니다. 손톱과 발톱 그리고 자른 머리카락을 봉투에 담도록 했습니다. 까닭은 살아생전 각자의 유물(遺物)이 될 수도 있다면서 집으로 보낸다고 알려주었습니다. 계급장을 단 군복을 입고 맨 처음 실시한 것은 궁성요배라는 일이었습니다. 천황폐하를 위해 목숨을 바칠 각오가 되어 있다는 선서와 함께 문안인사를 드리는 예식이었던 것입니다.

곧바로 배를 타고 부산으로 갔습니다. 부산 부두에는 군함이 대기하고 있었습니다. 우리는 군함을 타고 망망대해로 나아갔습니다. 캄캄한 밤이 되어 도착한 곳은 사세보 군항이었습니다. 그곳에서 보름동안 또 다른 훈련을 받았습니다. 대부분 배에 오르내리면서 전쟁을하는 훈련이었습니다. 열엿새 째 되는 날 거대한 수송선 함대가 장병들을 태우고 출항했습니다. 한 척에 3백 명씩을 실은 함정 5척이하늘의 공중 보위를 받으며 항해를 시작했습니다. 하루를 꼬박 새워가며 도착한 곳은 대만(臺灣) 기륭항이었습니다. 그곳에서 3일간 머무른 다음 곧바로 간 곳은 필리핀의 산페르난도라는 항이었습니다. 열대지방에 속한 곳이라 몹시 무덥고 습했습니다. 필리핀은 원래 미국의 식민지라 했는데 1942년부터 일본이 빼앗았다고 알려주었습니다.

항구에 기착하여 배에서 내리자 '여기는 미국과 치열한 전쟁 중에 있
는 나라다. 언제 미국 비행기가 날아와 폭격을 가할지 알 수 없는 일
이다. 잘못했다간 몰살당할 수 있다. 최후라는 각오로 이곳에서 싸워
이겨야 한다. 물러설 곳이란 바다밖에 없다. 항상 전투태세를 갖추고
행동하도록 하라.'고 중대장이 확성기를 통해 알려주었습니다. 그때
부터 머리끝이 솟구치면서 긴장이 몰려들었습니다. 말이 떨어지기도
전에 미국 비행기가 날아와 폭격을 가하기 시작했습니다. B-29 폭격
기라고 했습니다. 함정에서 대공사격을 해보지만 당해낼 도리가 없
었습니다. 한 척의 배에 폭탄이 떨어져 불이 붙어 훨훨 타올랐습니다.
배에 실어놓았던 양식과 탄약 그리고 무기들이 고스란히 바다 밑으
로 수몰되고 말았습니다. 인명피해도 속출했습니다. 수많은 장병이
사망하는가 하면 바다 밑으로 수몰되기까지 처참하기 이를 데 없는
상황이 벌어졌던 것입니다. 밤이 되자 함정은 다시 항해를 시작했습
니다. 한나절이 지나서야 항구에 닿았습니다. 이번에 기착한 곳은 바
탕가스라고 했습니다. 그곳에서는 비행기 공습보다 미군 탱크의 공
격이 염려된다고 했습니다. 어둑어둑했을 때 하선했습니다. 우리는
해안선을 따라 동쪽 산기슭으로 숨어들었습니다. 그곳은 수도 마닐
라로 가는 길목이어서 일본군 요새가 있었습니다. 바다 건너 민도로
섬은 미군이 장악하고 있다고 했습니다. 삼일 째 되는 날 민도로 섬
을 탈환하기 위해 총공격이 시작되었습니다. 작은 군함을 타고 칼라
판으로 진격했습니다. 함대의 함포사격이 섬을 향해 불을 뿜어댔습니다.
번쩍번쩍 섬광이 일면서 밀림이 폭음으로 진동했습니다. 함포사격이
이뤄질 때는 우리는 첩첩한 숲속에 매복해 있다가 사격이 멈추면 적
의 진지를 공격하는 작전이었던 것입니다.

우리 소대는 소총과 수류탄으로 무장한 채 숲을 헤치며 한 발짝 한 발짝 앞으로 나아갔습니다. 비단 우리 소대뿐만이 아니었습니다. 사방에서 한꺼번에 목표지점을 향해 공격하는 전술이었습니다. 소총으로 불을 뿜어대는 동시 수류탄까지 투척해가면서 공략한 끝에 미군 탱크부대를 함락시키고 말았습니다. 첫 번째 전투에서부터 빛나는 성과를 올렸던 것입니다. 다행히 우리 소대원들의 피해는 없었습니다. 밤이 되자 다시 부대로 돌아왔습니다. 날마다 전투 명령이 떨어졌습니다. 미군은 B-29 폭격기로 포격을 하며 탱크를 앞세워 공격을 해왔습니다. 그럴 때면 바위나 굴속으로 숨어 있다가 잠잠해지면 벌 떼처럼 달려들기도 했습니다. 길고 긴 전쟁이 석 달 동안 이어지고 있었습니다. 민도로 섬은 서부 해안지역을 제외하고는 거의 험준한 산악 밀림이었습니다. 태곳적부터 밀림이 우거져 함부로 들어갔다간 얼른 나올 수 없었습니다. 하루는 동부지역 노잔호(Naujan Lake)부근 밀림 지역으로 진격했습니다.

군함에서 막 하선을 끝내고 야산으로 숨어들 때였습니다. 벌써 미군의 탱크가 해안에 배치되어 있었던 것인데 그걸 몰랐던 것입니다. 미군이 군함을 향해 집중포격을 가해왔습니다. 바다에 떠 있던 군함에서 불길이 솟구치기 시작했습니다. 화염에 휩싸인 채 수면 밑으로 가라앉은 군함을 바라보면서 밀림 숲으로 몸을 숨겼습니다. 이번에는 탱크에서 내뿜는 불덩이가 우리를 향했습니다. 수류탄과 소총으로 탱크를 향해 불을 뿜어보았지만 당해낼 재간이 없었습니다. 우리 소대는 일단 산속 바위틈으로 몸을 숨기기로 했습니다. 밀림 속에서도 험준한 암벽단애가 기다랗게 펼쳐져 있었습니다. 소대장의 외침소리를 듣고 따라갔습니다. 중첩으로 포개져 있는 밀림 속 바위동굴이었습니다. 미군의 탱크에서 내뿜는 괴성과 함께 섬광이 밀림 속에서 번쩍거렸습니다. 다행히 날아드는 포탄을 피할 수 있는 깊은 굴이어서 안심은 되었습니다. 그곳으로 숨어들었을 땐 24명 중 19명뿐이었습니다. 여섯 명이 길을 잃었거나 포탄에 맞았을지도 모를 일이었습니다. 밀림을 헤치며 찾을 수도 없는 일이어서 슬픔이 젖어들면서 말이 나오지 않았습니다. 그것도 잠시뿐이었습니다. 생사의 기로에 들어섰다는 불길한 두려움이 밀려들면서 오들오들 떨 수밖에 없었습니다. 군함마저 포탄에 맞아 물속으로 침몰 된 상태여서 중대장의 지시를 받을 수도 없었습니다. 영락없이 줄 떨어진 두레박이 된 꼴, 살아남은 19명 중 조선에서 끌려간 징용자가 14명이었고 만주 사람이 2명 나머지는 일본 사람 소대장과 분대장들이었습니다. 그날은 굴 밖으로 나오지도 못한 채 비상식량으로 목숨을 부지했습니다. 그런데 문제는 이틀이 지나도 군함이 나타나지 않았다는 것입니다. 불에 타면서 침몰했으니 다른 군함이 오리라고 믿고 있었던 것인데 소식이 깜깜했습니다. 폭격기가 지나가기도 하고 또 다른 전투기가 쌕쌕이며 날아다녔습니다. 간혹 총소리가 울리기도 하면서 탱크엔진소리가 산속까지 날아들어 밖으로 나갈 수도 없었습니다. 그럭저럭 비상식량으로 3일은 버틸 수 있었습니다. 그러나 나흘째 되는 날부터는 비상식량도 떨어져 허기에 지쳐 기운이 쫙 가라앉기 시작했습니다. 산속에서 꼼짝없이 굶어죽을 수밖에 없는 처지였습니다. 죽을 고비에 이르면 악만 남는다고 하더니 이판사판이나 다름없었습니다. 굶어 죽으나 포탄에 맞아죽으나 마찬가지라는 생각밖에 나지 않았습니다. 어두움이 밀려오자 우리는 밖으로 나왔습니다. 캄캄한데도 죽기 살기로 밀림을 헤치며 산 아래로 내려갔습니다. 커다란 노잔호가 나왔습니다. 호숫가에는 드문드문 밭이 있었습니다. 원주민이 심어놓은 고구마밭이었습니다. 닥치는 대로 고구마를 캤습니다. 날것으로 그냥 배를 채웠습니다. 옷을 벗어 자루를 만든 다음 고구마를 담아 다시 숲속으로 돌아왔습니다. 군함이 돌아올 때까지 고구마로 목숨을 부지하자고 위로를 해가면서 이를 악물었습니다. 원주민 중에 미군의 간첩이 많다고 들었습니다. 그들에게 발각되기라도 하면 미군의 대포 공격을 면치 못할 것이기 때문에 낮에는 밖에 나오지 못한 채 굴속에서 숨어 지냈습니다. 밤이 되면 밀림 속은 산안개가 자욱하게 내려앉았습니다. 굴속에서 지낸지 열흘 만에 군함이 왔었고 기진맥진 초주검이 다 되어 배에 올랐습니다. 부대에 돌아와 숨도 고르기 전에 또다시 명령이 떨어졌습니다. 1944년 3월, 우리는 다시 소형 군함을 타고 또 다른 전쟁터로 향했습니다. 그곳은 루손 섬이라고 말해주었습니다. 그런데 우리 배가 항구에 닿기도 전에 미군에 에둘러 싸이고 말았습니다. 작전을 간파한 미군이 이미 요새를 장악하고 기다리고 있었던 것인데도 알지 못했던 것입니다. 하늘에서는 비행기가 폭격을 가하고 육지에서는 탱크가 그리고 뒤에서는 대형군함이 불을 뿜으며 다가왔습니다. 순식간에 독에 든 쥐 꼴이 되고 말았습니다. 끝까지 저항하자는 편과 투항하여 목숨만은 살려야 한다는 편으로 나뉘었습니다. 그러나 잠시 머뭇거리는 순간 깨를 볶듯 총소리가 숲속을 집어삼켰습니다. 저는 그 자리에서 총을 맞고 의식을 잃었습니다. 그 뒤론 아무것도 알 수 없었습니다. 제가 의식을 차렸을 때는 천막 같은 병원 막사였습니다. 그런데 이상한 것은 일본 사람들이 아니라 미국 사람들이 저를 도와주고 있었습니다. 알고 보니 그곳은 미군의 임시 병원이었습니다. 내 다리는 붕대로 챙챙 감겨져 있었습니다. 저를 데려다 죽이지 않고 치료를 해주는 것이 무척 궁금했고 까닭을 알 수 없었습니다. 먹을 것도 충분히 주었습니다. 소고기 통조림과 빵은 물론이요, 치즈와 주스까지 생전 먹어보지 못했던 음식들이었습니다. 비록 몸을 다쳤지만 지옥에서 천국으로 온 기분이었습니다. 징용으로 끌려간 뒤 사람대접 한 번 받아본 적이 없었는데…… 조선 사람이라고 해서 마치 짐승만도 못한 취급을 받았던 것인데…… 무시와 냉대 그리고 차별은 말할 것도 없거니와 먹는 것마저도 주먹밥 한 덩이를 던져주는 것이 고작이었던 것인데…… 미국 사람은 일본 사람들과는 달라도 너무 달랐습니다. 생명을 소중히 여기는 사람들이었습니다.

막사에서 보름 정도 있다가 군함에 태워져 마닐라 포로수용소로 갔습니다. 부상병이라서 수용소에서도 병원에서 지냈습니다. 다른 이들은 전쟁준비를 위한 일을 시켰습니다. 총을 손질하고 대포를 닦는 일이었습니다. 저는 비록 불구자일지라도 포로수용소가 너무 좋았습니다. 우선 배불리 먹을 수 있었기 때문입니다. 소고기 통조림과 빵이었습니다.

수용소에 들어온 지 1개월이 지났을 때였습니다. 그제야 저의 부상상태를 알 수 있었습니다. 총탄이 정강이를 관통한 탓에 오른쪽 다리가 두 동강이 나고 말았다고 했습니다. 뼈를 연결하는 수술을 세 차례에 걸쳐 했다고 하지만 지팡이를 짚지 않으면 걸을 수 없게 되었던 것입니다.

포로수용소로 들어온 지 17개월이 지나갈 무렵이었습니다. 일본이 미국에게 항복했다는 소식이 날아들었습니다. 전쟁이 끝났기에 포로들을 본국으로 송환한다고 했습니다. 들먹이기도 싫은 일본으로 다시 데려다 준다는 것이었습니다. 보름 후에 마닐라 수용소를 떠나 일본 사세보 항구로 되돌아왔습니다. 군대를 해산한다고 하면서 7원씩을 나눠줬습니다. 징용으로 끌려간 후 처음 받아본 돈이었습니다. 이어 시모노세키에서 조선으로 가는 연락선을 태워줬어요. 징용으로 끌려간 지 22개월 만에 귀국선에 올랐지만 마음만은 편하지 않았습니다. 어쩐지 나만 살아 돌아온다는 생각에 견딜 수 없는 죄책감에 사로잡히는 기분이었습니다. 헤아릴 수 없는 조선인이 무참히도 죽어가는 모습을 보았던 것입니다. 산속에 시체를 버려두고 그냥 왔는가 하면 바닷물에 집어던지는 것까지도 두 눈으로 보았습니다. 동료들의 얼굴이 떠오를 땐 눈물이 앞을 가로막았습니다. 일본은 진정으로 잘못을 반성하고 용서를 청해야 합니다. 징용피해자들에게 배상해야 합니다. 그것만이 천벌(天罰)을 면할 수 있는 길일 것입니다."

비록 스크린에 비친 영상이지만 박 옹은 가슴에 북받쳐 오르는 감정을 이기지 못한 채 눈물을 글썽여가며 말했다. 땅이 꺼질 것 같은 한숨도 내쉬어가면서 한탄을 토해내었던 것이다.

스크린에 불빛이 사라지자 모두들 처연한 심회에 빠져든 표정들이었다. 눈가에는 물비늘이 아롱거리는가 하면 손수건을 꺼내 눈시울을 닦아내는 이도 많았다. 일시에 허탈감에 빠져들면서 숨소리 하나 들리지 않을 만큼 정적만이 흐를 뿐이었다. 이때 스피커에서 적막을 휘저어놓을 목소리가 날아들었다.

"작고하신 분도 많이 계십니다만 아직도 산증인이 생존해 계십니다. 비록 한일 협정이 맺어져 국교가 정상화되었다고 하지만 아직도 해결되지 못한 것이 너무나도 많습니다. 제국주의 야심 앞에 너무나도 많은 분들이 희생되었기 때문입니다. 전장에서 생을 달리하신 분은 물론이요,

고국으로 돌아오지 못한 동포에 대한 수효가 얼마인지 데이터가 나오지 않았습니다. 자료를 쥐고 있는 나라는 일본입니다. 일본은 하루라도 빨리 정확한 숫자를 밝혀야 할 것입니다. 추측컨대 징용으로 끌려간 사람이 여자 정신대를 포함하여 학도동원까지 약 200만 명이 훨씬 넘는다고 추측하고 있습니다. 과연 그분들은 누구를 위해…… 무엇 때문에 남의 나라 군인이 되어 싸우다 죽어갔는지 그리고 고국에도 돌아오지도 못하게 되었는지 까닭을 일본은 밝혀야 합니다. 단순히 제국주의적 약육강식과 적자생존이라는 말로 얼버무릴 일이 아닙니다. 일본은 아직껏 식민지 수탈을 공식 시인하지도 않았고 그것과 관련한 어떤 보상도 하지 않았습니다. 피해국에게 진정한 사과와 배상 없이는 천년이 가도 상처는 아물지 않을 것입니다. 두 나라가 화해하며 공존공영의 길로 나아가려면 먼저 진실을 밝힌 뒤 잘못에 대해 사죄가 이뤄져야 합니다."

한선운 교수가 딱딱하게 굳어진 표정을 지어가며 기탄없이 일본을 비판하고 나섰다. 토론의 물줄기라고 하기엔 너무도 야멸차게 몰아붙이는 발언이었다. 마치 벌집을 건드려놓은 듯 장내가 술렁술렁 동요가 일어나면서도 서로의 명암이 엇갈리는 것 같았다. 눈살을 찌푸리는가 하면 속이 후련하다는 듯 득의에 찬 미소를 흘리기도 했다.

눈치하면 도갓집 강아지보다 앞서는 유인원 박사가 장내 분위기를 모를 리 없었다. 얼굴에 간살웃음을 띠어가며 말을 이었다.

"시간 관계상 징용에 관한 사항에 대해선 이정도로 마치겠습니다. 이제 징용의 후유증으로 생겨난 문제에 대해 논의해보기로 하겠습니다. 징용제도는 너무나도 많은 문제를 야기해 놓았습니다. 수많은 조선의 젊은이가 죽었는가 하면 고국이 해방되었는데도 돌아가지 못한 채 타국에서 떠돌고 있습니다. 그러면 사안별로 하나씩 조명해보도록 하겠습니다. 먼저 의견을 제시해주실 분께서는 앞으로 나와 주시기 바랍니다."

사회자 유인원 박사의 말이 바닥에 떨어지기도 전에 자리에서 일어난 이는 진주 경상대학교에서 온 이하중 교수였다.

"안녕하십니까? 다시 만나 뵙게 되어 반갑습니다. 저는 한국 진주 경상대학교에서 온 이하중 교수올시다. 징용의 후유증으로 생겨난 문제에 대해 논의해보자고 하셨습니다. 제가 생각하기엔 징용으로 생겨난 후유증이야 말로 너무나도 많습니다. 이 문제만 가지고도 한 달 아니라 일 년을 두고 토론해도 끝이 보이지 않을 것입니다. 그렇다고 그냥 넘어가자는 말이 아닙니다. 한국인의 가슴속에 첩첩히 맺혀 있는 한스러움 중 하나가 징용입니다. 지금 이 순간에도 제게는 송곳 쑤심질을 당하는 것 같은 아픔이 밀려듭니다.

고름을 가만히 놓아둔다고 해서 살이 되지 않습니다. 도리어 있는 살조차도 썩어가는 것이지요. 두 나라 사이에 고름과도 같은 징용 문제. 이제 짜내야 합니다. 징용으로 파급된 사건하면 먼저 떠오르는 사건이 관동대지진입니다. 관동대지진이란 1923년 일본 관동지방 다시 말하면 시즈오카(静岡) 그리고 야마나시(山梨) 지방에서 일어난 대지진을 두고 이르는 말입니다. 사료(史料)에 의하면 12만 가구의 집이 무너지고 45만 가구가 불탔으며, 사망자와 행방불명이 총 40만 명에 달했다고 합니다. 실로 어마어마한 참사인 것만은 틀림없었습니다. 계엄령까지 선포되었던 사건이었으니까요. 그런데 정작 문제는 죄 없는 조선인에게 터무니없는 올가미를 뒤집어씌운 일이었지요. 지진으로 인한 국민의 불만을 다른 데로 돌리기 위해 조선인과 사회주의자들이 폭동을 일으킨다는 소문을 퍼뜨렸던 것입니다.

　내무성 경보국장 고토(後藤文夫)의 명의로 조선총독부에 타전된 전문을 보면 '동경 부근의 지진으로 인한 재난을 이용해 조선인이 각지에서 방화하는 등 불순한 목적을 이루려고 함. 동경 시내에서 폭탄을 소지하는가 하면 석유를 뿌리는 자도 있다. 동경에서는 이미 일부 계엄령을 실시하였으므로 각지에 있어서도 충분히 주밀한 시찰을 가하고, 조선인의 행동에 대하여는 엄밀한 단속을 가해 주기 바란다.'라고 되어 있습니다. 이는 결국 일본인들을 격분하게 만들었고 자경단(自警團)이란 단체를 조직하여 관헌들과 함께 구타는 말할 것도 없고 무자비하게 살육을 자행했던 것입니다. 허무맹랑한 소문이 유포되어 일본 전역으로 퍼져 나갔고 전국에 걸쳐 계엄령이 확대되면서 '조선 문제에 관한 협정'이라는 것이 극비리에 결정되었던 것입니다. 협정 내용을 보면 '첫째, 조선인의 폭행 또는 폭행하려고 한 사실을 적극 수사해 긍정적으로 처리하라. 둘째, 풍설을 철저히 조사해 이를 사실화하고, 될 수 있는 대로 긍정하는 방향으로 유도하라. 셋째, 해외에도 적화 조선인이 배후에서 폭행을 선동한 사실이 있다는 것을 선전하는 데 노력하라'는 지령을 내렸습니다. 이는 조선인이 일으킨 폭동이라는 것을 날조해서 알리는 내용이었습니다. 타국으로 끌려가 숨소리도 내지 못하고 고된 노동에 시달린 이들에게 얼마나 억울하고 서러울 일이었겠습니까? 학살 방법에서도 야만의 극치를 보여줍니다. 자경단은 죽창과 일본도(日本刀)로 찌르는가 하면 곤봉과 철봉으로 도망치는 조선인들의 머리를 무차별 내리쳤습니다. 심지어 경무서내로 도망친 조선인들까지 쫓아와 찔러 죽이는데도 일본 관헌은 방조했다고 합니다. 자경단뿐만이 아니었습니다. 당시 가메이도 경찰서에는 300여 명의 조선인이 격리 수용됐는데 당시 목격자 나환산(羅丸山)씨로부터 전해들은 바에 의하면 일본군은 사건 당일 조선인을 세 명씩 불러내 입구에서 총살했다고 했습니다. 총소리 때문에 인근 사람들이 두려워하자 총 대신 칼로 죽이라고 명령했고 군인들이 일제히 칼을 빼 나머지 90여 명을 한꺼번에 죽였다고도 했습니다. 임신한 여성도 있었는데 부인의 배를 갈라 아기까지 처참하게 죽였다는 것입니다. 이는 인간이기를 포기한 행위나 다름없는 천인공노할 짓이었습니다. 학살당한 숫자가 제대로 파악되지 않고 있습니다. 다만 대한민국 임시정부 산하의 독립신문 기자가 조사하여 보고한 바에 의하면, 동경에서 752명, 가나가와 현에서 1,052명, 사이타마 현에서 239명, 지바 현에서 293명, 그 밖 지역까지 합하면 6,661명이 피살된 것으로 되어 있습니다. 이들 가운데 상당수는 시체조차 찾지 못했다고 합니다. 이런 천인공노할 만행을 저질러놓고 그냥 덮어둔 채 선진국인양 떠들어댄들 누가 알아주겠습니까? 지구상에 인류가 살아있는 한 그것은 씻을 수 없는 오점으로 남을 수밖에 없을 것입니다. 고름은 상처를 째고 짜내야 합니다. 상처를 째지 않고서는 고름은 나오지 않습니다. 일본은 상처를 째는 아픔으로 자성(自省)을 해야 합니다. 그리고 용서를 청해야 하며 응분의 책임도 져야 합니다. 그것이 선진국 시민으로 나아가는 길이지 않겠습니까? 나환산 씨는 억울하게 희생당한 영혼들의 넋을 위해서라도 관동 대학살에 대한 진상 규명이 하루빨리 이뤄져야 한다고 했습니다. 진심으로 일본의 사과를 받고 해원이 이뤄지길 바란다는 호소도 잊지 않았다고 합니다. 희생된 현장을 찾아가 국화꽃 한 송이 바치는 마음이 진정으로 회개하는 일이라고 일러주면서 세상을 떠났다고 합니다."

이하중 교수는 북받쳐 오르는 흥분을 가누지 못한 듯 얼굴마저 발개졌다. 상기된 얼굴로 가쁜 숨을 몰아쉬면서 마치 벌침을 한 방 쏘아주듯 따끔한 충고도 잊지 않았다. 듣는 이들의 표정이 서로 엇갈렸다. 한국 측 회원들의 표정이 일각에 침울해지는가 하면 일본 학자들 중에는 듣기가 거북살스러운지 얼굴 근육이 경직되어 가는 사람도 있었다.

이때 유난히 키가 작은 이가 앞으로 나왔다. 짧은 턱에 거뭇거뭇한 턱수염이 더부룩하고 엷게 맞물린 입술이 전형적인 일본인의 특징을 유감없이 드러내보였다. 단상에 오른 그는 손에 들고 있는 자료부터 펴들고서 입을 뗐다.

"이하중 교수님 말씀 잘 들었습니다. 저는 홋카이도대학 마츠모토 이치오 교수입니다.

교수님께서는 관동대지진 당시 일어난 사건을 일방적으로 매도하는 것 같아 민망스러워 자리를 피하고 싶었습니다. 비록 천재지변이라고 하지만 실제적 피해자는 일본이었습니다. 이 진재(震災)로 인해 12만 가구의 집이 무너지고 45만 가구가 불탔으며, 사망자와 행방불명이 총 40만 명에 달했습니다. 총 피해액만도 65억 엔에 이르렀던 것입니다. 지금에 와서 어찌 그때의 정황을 생생하게 알 수 있겠습니까? 당시 사고 현장은 아비규환의 생지옥이었다고 전해지고 있습니다. 그 와중에 불순분자들이 끼어들어 기회를 엿보고 있었습니다. 좌익 세력들이었지요. 때를 만난 그들은 사회주의를 부추겼던 것입니다. 노동운동가 히라사자와 게이시치(平澤計七), 사회주의 지도자 오스기 사카에(大杉榮) 부부 등이었습니다. 이때 진보적 인사 수십 명이 검거되었고 사형이 집행되었던 것이지요. 그런데 조선인들이 이들과 결탁 동조세력을 규합하고 있었습니다. 타국에 기거하면서 불순세력과 손을 잡았다는 것은 용서받지 못할 짓이었지요. 그들은 징용자가 아니었기에 징용으로 파생된 문제라 볼 수도 없습니다. 일자리를 찾아 일본으로 건너왔던 이들이었습니다. 조선인 유학생들도 다수 포함되어 있었다고 했습니다. 지식도 갖추고 있었기에 일본이 사회주의가 되길 바라고 있었다고 봐야할 겁니다. 수사결과를 보면 '조선인들이 폭동을 일으키고 방화를 일삼았으며 우물에 독을 넣으려 했던 것'이라고 밝히고 있습니다. 유언비어가 아니었습니다. 좌익세력과 함께 처단 된 것이지요. 오죽했으면 자경단이란 단체가 발족되었겠습니까?"

마츠모토 교수는 입술을 샐그러뜨려 내심 못마땅하다는 표정을 지어가며 말했다. 이하중 교수를 향해 눈살을 꼿꼿하게 세워 흘금흘금 꼬나보기도 했다.

"그것은 왜곡된 시선으로 바라보고 계신 것입니다. 그 어떤 사료에도 한인들의 소요가 있었다는 기록은 없습니다. 당시 일본은 법치국가였습니다. 노동운동가와 사회주의 지도자와 같은 진보적 인사들은 재판을 통해 사형시켰습니다. 하지만 조선인에 대해서는 자경단이란 단체가 창과 칼로 무자비하게 살육을 벌였는데 법치국가에서 과연 있을 법한 일입니까? 그동안 일본은 그 책임을 관헌에게 묻지 않고 자경단으로 돌리는 데만 급급해왔습니다. 그들에게 책임을 물어 재판에 회부했다고 말해오지만 그것은 변명에 불과했습니다. 엄격히 말해서 눈가림을 위한 요식적인 재판이었던 것입니다. 증거 불충분이라는 이유로 자경단원들을 곧바로 석방한 일이 이를 증명했던 것입니다. 속이 훤히 들여다보일 일을 해놓고 법적 운운하는 것은 염통에 털 난 사람이 아니고서야……."

이하중 교수는 조금도 물러설 기세가 아니었다. 마디마디 조목조목 짚어가면서 반박조로 논박하듯 매몰차게 몰아붙였다.

"이 교수님께서는 역사학자의 역할을 망각하고 계신 것 같습니다. 과거에 있었던 일을 기록하는 것만이 아니라 시대적 상황을 면밀히 분석하고 판단하여 평가하는 일도 역사학자가 해야 할 일이라고 했습니다. 가령 집에 불이 났는데도 소방서에 신고했으니 느긋하게 절차를 기다려야 한다는 말은 합당한 논리가 아니지요. 우선 불부터 끄고 봐야 하지 않겠습니까? 오죽했으면 자생적으로 자경단이 조직되어 진압했겠습니까?"

이번에는 미야자키 이사오 교수가 딱딱하게 굳은 표정을 지어가며 말했다.

"그것은 일종의 변명에 불과한 말씀입니다. 법치주의 국가에서 있어서는 안 될 일을 저지른 것이지요. 그렇게 하기까지에는 철저한 국수주의가 바탕에 자리 잡고 있었기에 그런 악독한 짓을 저질렀다고 봐야지요. 조선인을 무시하고 차별하는 제국주의적 태도 말입니다."

한선운 교수가 다시 자리에서 불쑥 일어나 버럭 언성을 높여가며 매서운 책망을 쏟아내었던 것이다.

이때 이시원 박사가 곰살가운 웃음기를 머금은 채 마이크를 가져다 대었다. 그는 청주 서원대학교 교수로 재직 중이었다.

"이제 관동대지진에 대해서는 어느 정도 밝혀진 것 같습니다. 대충 요약해서 말씀드리자면 먼저 조선인들이 일본 사회주의자들과 연계되었다는 사료적 증거가 없다 보니 한 세기가 다 지나가도록 구차한 변명만 잔뜩 늘어놓은 꼴이 되고 말았습니다. 외람된 말씀으로 한마디 드리자면 법치국가에서 재판도 없이 사람을 학살한다는 것은 온

당치 못한 일이었습니다. 죄를 지었으면 정식 재판에 의해 처벌해야지 잔악한 학살로 이어진다는 것은 떳떳하지 못한 오점일 수밖에 없습니다. 이는 일본 민족의 비인간성과 잔악성만 부각될 뿐이어서 반드시 해결이 필요한 사안입니다. 만일 당시에 달리 해결 방도가 없어 살육을 저질렀다고 한다면 그에 합당한 사료를 공개하며 양해를 구해야 할 것입니다. 그것은 조선을 위해서가 아니라 일본인들이 자신들의 명예회복을 위해서 꼭 필요한 일이지요."

예상에도 없었던 이 박사가 말꼬리를 자르면서 뛰어들었다. 편향적인 발언이라는 비판을 받기에 충분한 내용이었다. 너무 매정스럽게 몰아붙이는 까닭에 모두의 눈길이 그에게 저당 잡힌 꼴이 되고 말았다. 범주에서 벗어나고 있음을 알아차린 유인원 박사가 눈을 번쩍거리며 재치 있게 말허리를 돌려세우고 나섰다.

"관동대지진에 관한 사안은 이것으로 마치고 넘어가겠습니다. 첨언하실 내용이 있으면 나중에 기회를 드릴 터이니 말씀해주시기 바랍니다. 그럼 어느 분께서 다음 의견을 제시해주시기 바랍니다."

유 박사는 다음으로 바턴을 넘기고 나섰다.

이때 손을 든 이는 대구 계명대학교 최현 교수였다. 반백의 머리를 목까지 길게 늘어뜨려 색다른 매력을 더해주는 이가 성큼성큼 앞으로 나왔다.

"저는 대구 계명대학교에서 온 최현 교수입니다. 관동대지진에서 비롯된 역사적 사건내용 잘 들었습니다. 어찌되었던 간에 수많은 인명을 살상했다는 것은 잘못되었던 것이었지요.

인간의 생명을 신성하다고 여겼다면 그리도 모질게 살육을 자행했을까 싶습니다. 비록 당시엔 죄의식 없이 저질렀다 할지라도 지금 생각하면 끔찍한 일이었습니다.

　제가 이 자리에 선 것은 또 다른 조선인의 학살사건을 짚어보고자 함입니다. 비단 조선 징용자는 관동대지진에서뿐만 아니라 여러 곳에서 집단학살을 당했습니다. 탄광과 공사장에서 일을 하다 목숨을 잃기도 하고 맞아죽기도 했습니다. 탄광에서 죽을 땐 땅속에 그대로 매몰했고 바닷가에서 죽으면 시신을 바다에 내다버렸습니다. 공사장에서 죽으면 산속에 집단매장을 했습니다. 이렇게 죽어간 사람들의 숫자가 정확하게 파악되지 않고 있습니다. 또한 공사가 끝난 후에는 기밀을 유지하겠다는 명목으로 집단적인 학살을 자행했던 것입니다. 그 대표적인 곳이 평양 미림비행장 공사장입니다. 여기에서 800명을 그리고 지시마열도(千島列島 : 쿠릴열도)에서 5천여 명을 집단학살했습니다. 남방군도 섬으로 끌려간 경우에는 일본군의 후퇴와 함께 조선인을 굴속에 가둬놓고 폭탄을 터뜨려 무참하게 학살했습니다. 티니안 섬에는 한국인 위령비가 세워져 있습니다. 1914년에 비행장을 만들었는데 조선 징용자를 끌어다 일을 시키고 나중에 무차별 학살했던 곳입니다.”

　최 교수는 관가에 발고(發告)하러 온 사람처럼 눈초리를 마늘모로 세워가면서 말했다. 목소리는 침울하게 가라앉아 있었고 울먹이는지 코맹맹이 소리로 들리기도 했다. 모두가 하나같이 뭉클한 감회에 잠겨들면서 숨소리를 죽여가고 있었다.

　“그것만이 아닙니다. 일본인은 건설 현장마다 ‘사람의 피가 많이 섞여야 공사가 성공한다.’고 외쳤습니다. 사람의 목숨보다 공사가 더 중요하다는 인명 경시 풍조였던 것이지요. 과연 자기네들 동족한테도 그렇게 대했는지 묻고 싶습니다. 여기 조선인 근로자가 잔인하게 죽어갔던 공사장을 소개하겠습니다. 오사카와 나라를 연결하는 이코마 터널공사였습니다. 조선에서 데려온 젊은이들을 강제로 동원해가면서 건설했습니다. 공사 도중 낙반 사고가 발생하여 조선인 노동자 152명이 매몰되었습니다. 그 중 20명을 구출하지 못해 사망했습니다. 문제는 이보다 더 많은 노동자가 죽었다는 데 있습니다. 그것은 폭행과 가혹행위 때문이었습니다. 사고로 죽은 것이야 어쩔 수 없는 일이지만 산 사람을 폭행으로 죽이다니요.

인두겁을 쓰지 않고서야 어찌 그런 일을 저지르겠습니까? 인면수심(人面獸心)이었던 것이지요. 터널이 완공된 후에 조선인의 귀신이 출몰한 까닭에 사고가 많이 난다고 주민들의 원성이 들끓었다고 합니다. 원통하게 죽은 영혼들이 저승에 들지 못하고 구천을 떠돌기 때문이라고 했답니다. 일본 정부는 길 옆 보덕사에 한국인 희생자 무연불위령비를 세워 조선인들의 넋을 기렸다고 했습니다. 1992년에 스미이의 『다리가 없는 강』이라는 책에 그 내용이 잘 나타나 있습니다. 일본 열도를 충격에 휩싸이게 했던 책이었습니다. 조선 노동자를 잔인하게 학살했다는 사실을 스스로 증명한 책이기도 했으니까요. 그런데도 일본은 이 터널공사 대표 오바야시 구미에게 책임을 묻지 않았습니다. 죄 없는 노동자를 무자비하게 죽이고 은폐했음이 밝혀졌는데도 쉬쉬 넘어가고 말았습니다. 일본인을 죽였다고 해도 그냥 넘어갔을까 깊이 생각해볼 대목입니다."

최 교수는 이코마 터널 공사장에서 비탄에 죽어간 조선인의 한스러움을 여과 없이 쏟아내고 말았다. 눈가에 이슬이 선연히 맺혀들었고 목소리는 비창에 잠겨들고 있었다. 듣는 이의 가슴을 뭉클하게 만들고도 남을 사건이었다.

"자꾸 학살 학살이라고 말씀하시는데 무고한 생명을 일부러 죽였 겠습니까? 공사장에서 작업을 하다 돌발적인 사고로 인명 손상이 일 어날 수 있었을 것입니다. 역사학자께서 학살이라고 말씀하신 것은 어쩐지 비학(非學)에 가깝다는 느낌을 지울 수 없습니다. 그리고 죽어 간 사람들의 숫자가 파악되지 않고 있다고 말씀하셨는데 보덕사에 세워진 위령비에 기록되어 있는 걸로 알고 있습니다. 그리고 일본 정 부는 90년 6월 강제징용 조선인 총수를 66만 7천 6백 48명으로까지 공식 발표했던 것입니다."

홋카이도 대학에서 온 데즈카 고이찌 교수가 일어서서 담담한 표 정을 지어가며 말했다. 그는 외모에서 풍기는 고상한 맛과는 달리 말 솜씨가 양은그릇처럼 가볍다는 인상을 지울 수 없었다. 열없이 웃어 가며 빈정거리는 말투가 퍽 어색해보인 까닭이었다.

"그것은 잘못된 수치입니다. 39년부터 45년까지 강제 동원된 조선 인은 113만 혹은 146만 명에 달하는 것으로 조사되었습니다. 여기에 다 44년에 여자정신대근무령에 따라 12세에서 40세까지의 여성 수십 만 명이 군수공장이나 군대 위안부로 끌려갔으니 약 200만 명에 이 른다고 보아야 할 것입니다. 어찌했던 간에 정확한 숫자를 파악하지 못한 채 두 나라 간 엇박자가 나도록 만든 쪽은 일본 정부였습니다."

최현 교수가 데즈카 교수를 향해 핀잔스럽게 몰아세웠다. 그의 말 이 끝나기도 전에 또 다른 이가 손을 높이 쳐들었다. 급한 성미부터 대뜸 추켜세우는 것 같았다. 서양사학을 전공했으면서도 일본사에 조예가 깊은 이필우 박사였다.

"저는 꼭 짚고 넘어가야 할 사건 하나를 들고 이 자리에 섰습니다. 솔직히 이 사건은 진상규명은커녕 있는 듯 없는 듯 호지부지 묻힌 내용입니다. 때문에 잘 알려지지 않았습니다.

일본은 태평양 전쟁에서 패전국이 되었음에도 조선인을 떼죽음으로 몰고 가는 일을 저질렀습니다. 까닭은 전범의 재판과 관련 재일한국인들의 폭동을 우려했기 때문입니다. 1945년 8월 24일이었습니다. 조선인 노동자를 부산으로 송환하라는 명령에 따라 해군함정 우키시마호는 조선의 강제 징용인을 태우고 아오모리현 오미나토항을 출발 부산항으로 향했습니다. 그런데 배는 아무런 예고도 없이 중부 연안 교토 마이즈루항으로 갔습니다. 항구에 정박하자마자 폭음과 함께 함정이 두 동강이 나면서 침몰하고 말았던 것입니다. 조선인 승선자는 3,725명이었으며 사망자 524명이고 나머지는 거의 실종자라고 일본 정부가 공식발표했습니다. 생존자 증언에 의하면 조선인이 7,000명이 넘었다고 말했습니다. 최소한 5,000명 이상 사망했다는 자료도 있습니다. 승선했던 조선인들은 홋카이도와 아오모리 현 등 일본 동북지방으로 끌려가 강제노역을 했던 노동자들이었습니다. 조국의 광복 소식과 함께 꿈에 그리던 귀국의 감회에 젖어 있던 그들에게 생벼락을 내려친 꼴이 되고 말았던 것이었습니다. 이를 두고 우키시마호 사건이라 부릅니다. 사고 원인에 대해서 두 가지 설이 좌충우돌하고 있는 형국입니다. 미군 기뢰로 인한 침몰이라는 설과 일본 해군장교들이 부산에 도착했을 때 보복이 두려워 일부러 폭파시켰다는 설이 그것입니다. 그러나 대부분 후자에 비중을 두고 있다고 합니다. 원인이야 어떻든 간에 그것은 일본이 책임져야 할 일이라는데 이의를 달 사람은 없을 것입니다. 그것은 일본 함정이었고 일본이 데려다 부려 먹었던 노동자들이었으며 예정에도 없던 마이즈루 항으로 갔기 때문입니다.

그런데도 일본은 아직도 원인이 밝혀지지 않았다고 하면서 미제의 사건이라고 대변합니다. 한편으론 미국이 부설한 기뢰에 인한 것이라 자기들은 책임이 없다고 회피하고 있습니다.

교토 지방법원은 한국인 생존자 15명에게 일본 정부가 300만 엔씩 총 4500만 엔을 배상하라는 판결을 내렸지만 진상은커녕 공식적 사과도 없으며 되레 국가는 징용자에 대한 수송책임이 없다며 배상을 이행하지 않고 있습니다. 이제 일본은 더 이상 억지를 부리지 말아야 합니다. 진상을 낱낱이 밝혀야 하고 생존자는 말할 것도 없거니와 죽은 모든 이의 명단을 공개해야 합니다. 그리고 그에 합당한 배상을 해야 합니다. 제국주의의 야욕에 의해 비롯된 일인데도 미국을 탓하는 것은 양심도 없는 철면피한이나 다름없습니다."

이필우 박사는 마치 결전장에 나선 용사처럼 입술을 악물어가면서 말했다. 고뇌에 찬 얼굴에는 알 수 없는 증오가 이글거리기까지 했다. 비장하고도 공격적인 언사로 일본 정부를 신랄하게 비판하고 나섰던 것. 또다시 장내의 분위기가 싸늘하게 식어가고 있었다. 이때 고바야시 데츠카 교수가 서거운 웃음을 머금고 단상으로 나왔다.

"이 교수님께서 잘못 해석하고 계시는 것 같습니다. 조선인을 떼죽음으로 몰고 가고자 하는 일도 아니었고 한국인들의 폭동을 우려했던 것도 아니었습니다. 교토 마이즈루 항으로 갔던 것은 중간 귀착점에서 급유와 함께 휴식을 취하고자 잠시 정박했던 것입니다. 불의의 사고로 인해 귀한 생명을 잃은 것은 어찌했던 잘못된 일이었지요. 그런데 교수님께서는 일본 해군장교들이 부산에 도착했을 때 보복이 두려워 일부러 폭파시켰다는 설에 비중을 두신 것처럼 말씀하셨는데 그것은 개인적 추단에 불과한 일이지요. 패전국 입장인데 4,740t

이나 되는 군함을 폭파시키겠습니까? 말씀과 같이 7,000명이 탈 정도의 함정이었다면 어마어마한 자산인데 폭파시켰겠습니까? 패전국으로 빚더미에 올라앉은 나라에서 감히 그런 일을 저지르겠습니까? 분명 미군 기뢰와 충돌하여 침몰했으리라는 것이 설득력을 얻고 있는 까닭입니다. 엄밀히 판단해본다면 한국은 미국을 상대로 배상청구를 해야 합니다. 일본도 침몰된 함정에 대한 보상요구를 해야 한다고 생각합니다. 일본이 항복을 했는데도 미국은 만내에 부설한 기뢰를 치우지 않았기 때문입니다. 그리고 배상이란 말이 나왔으니 부연설명을 드리자면 2차 세계대전에 따른 일본의 배상에 관한 청구권문제는 1952년 대일청구권요강의 세목에 제시되어 있습니다. 총 여섯개의 항으로 되어 있는데 여기서 다 열거할 수는 없고 그 중에서 징병과 징용을 당한 조선인의 급료와 수당에 관한 보상금이란 항목으로 명기되어 있습니다. 1962년 11월 12일 한국의 김종필 특사와 오히라 마사요시(大平正芳) 일본외상의 비밀회담 끝에 가까스로 합의가 이루어졌던 것입니다. 협정이 정식 조인됨으로써 일단락되었던 것이지요. 때문에 이로 인해 징용자의 개인에 대한 배상책임도 소멸되었다고 봅니다. 어찌했던 간에 우키시마 호 사건으로 수많은 사람이 희생되었다는 것은 한없이 안타까운 사건이었음에 틀림없습니다. 그 때 돌아가신 분들에게 고개 숙여 명복을 빌어야 하겠습니다."

고바야시 데츠카 교수가 흥분에서 깨어나지 못한 사람처럼 입가에 게거품을 부글거려가면서 열변을 토했다. 변명을 늘어놓은 것 같기도 하고 한편으론 사실에 입각해서 사안을 밝히려 드는 것 같기도 했다. 눈썰미가 예민해 보이더니 물러설 때와 다가설 때를 아는 사람 같았다. 그러나 원인을 캐려는 것 따위엔 관심을 두지 않으려는 듯 말꼬리가 다른 데로 휘어지고 있었다. 일본 정부를 대변하러 나온 사람이라는 착각 속으로 빠져들게 만들기도 했다.

"일본 정부는 한일 청구권 협정에 의해 징용자 개인에 대한 배상책임은 소멸됐다는 입장입니다. 그러나 저는 그렇게 보지 않습니다. 법적 근거를 가진 최소한의 청구내역이었을 뿐입니다. 35년에 걸쳐 식민지배 아래 조선인이 당한 정신적 고통과 물질적 손해에 대한 보상은 포함되지 않았다는 것이 법리적 해석입니다."

이필우 박사의 얼굴에 싸늘한 냉기가 흐르고 지나가는 것 같았다. 냉갈령을 뿌려댈 것처럼 목소리를 높이 쳐들고 나섰다.

"세월은 한 자락의 부질없는 바람일 뿐 문제를 해결해주지 못합니다. 다시 한 번 말씀드리지만 진실을 얼버무리는 것은 역사 앞에 죄인이 되는 것입니다. 희생당한 자는 누구였으며 그리고 몇 명이 죽었는지 분명히 밝혀야 합니다. 사람의 생명을 가볍게 봐서는 안 됩니다. 세상에 태어나 타국으로 끌려온 것도 서러울 일인데 떼죽음을 당하게 해놓고 모르쇠로 일관한다는 것은 인간으로써 도리가 아닙니다. 처지를 바꿔 생각해 봐야 합니다. 내 가족이 타국으로 끌려가 떼죽음을 당했다고 생각해보십시오. 가만히 있을 사람이 있겠습니까? 천벌을 받아 마땅할 악덕을 저질러놓고 남의 탓으로 돌려야 되겠습니까?"

이필우 박사의 눈매가 점점 날카로워지기 시작했다. 마치 맨살을 베어낼 것 같은 서슬 퍼런 눈빛으로 상상에도 없었던 뜻밖의 오기진 말들을 쏟아내었다. 뇌리에 송곳니를 박는 것처럼 예리하고도 시퍼런 섬광을 몰고 오는 다그침이었다.

"우키시마 호 사건에 관한 토론은 이것으로 마치고 다음으로 넘어가겠습니다."

사회자 유인원 박사가 시계를 들여다보면서 말끝을 옆으로 돌리고 말았다.

"저도 한 말씀드리겠습니다."

예상에도 없던 원장 김역식 박사가 말꼬리를 휘어잡고서 불쑥 일어섰다. 웃음집을 매달고 살던 사람이었는데 표정이 돌처럼 굳어지자 모두 벙한 눈으로 그를 쳐다보았다.

"징용으로 인해 파생된 문제는 너무나도 많습니다. 그중에서도 빼놓을 수 없는 것은 사할린에 거주하는 조선인 문제 그리고 지금도 일본국에서 차별을 받아가며 살고 있는 자이니치 문제입니다. 틈만 나면 일어나는 혐한(嫌韓)시위에 대해서도 그냥 넘어갈·일이 아니라고 봅니다. 비록 역사학자들이 나선다고 해서 해결될 일은 아니지만 관심마저 멀리할 수는 없습니다. 우리는 정부로 하여금 문제해결에 나서라고 촉구해야 할 위치에 있다고 봅니다."

원장은 관자놀이에 실핏줄을 부르르 떨어가면서 한스러운 심서(心緖)를 꺼내들었다. 굳어진 입술 사이로 새어나오는 목소리엔 부싯돌을 맞부딪친 것 같은 싸늘함도 몽실몽실 거렸다.

감히 원장이 나서서 그와 같은 주장을 하고 나설 줄이야 진정 몰랐던 것이다. 예상에도 없던 원장의 말에 후지무라 박사의 표정이 당혹감을 감추지 못하면서도 초조로워지고 있었다.

그는 슬그머니 자리에서 일어나 마이크를 입에 가져다 대었다.

"사할린에 거주하는 조선인에 대한 책임소재에 대해 의견이 분분하여 왔던 것이 사실입니다. 식민주의가 할퀴고 지나간 뒤 남겨놓은 잔영이라 하지 않을 수 없을 것입니다. 원래 사할린은 러시아와 일본인이 함께 사는 땅이었습니다. 1875년 사할린과 지시마 교환조약으로 사할린이 러시아 영토로 넘어갔습니다. 그러다가 1905년 러일전쟁에서 일본이 승리하자 러시아는 포츠머스 조약에 의해 사할린 섬 중 50도 이남의 땅을 일본에 할양함으로 일본 영토가 된 것이지요. 일본은 1938년부터 조선 징용자들을 이곳에 투입 석탄광산을 개발하고 항만을 건설했습니다. 동원된 인원만 해도 약 15만 명에 이르렀던 것입니다. 그 후 2차 세계대전 말기에 11만 명이 일본으로 재배치됨에 따라 사할린을 떠났고 약 4만 명이 남게 되었던 것입니다. 일본이 전쟁에서 패하자 소련은 1945년 8월 11일 이 섬을 점령했습니다. 1951년 일본은 일체의 권리를 포기했었습니다. 여기서 문제가 발생했던 것입니다. 약 4만여 명이 돌아오지 못하고 그곳에 남아 있기 때문입니다. 소련은 노동력 확보를 위해 억류 조치를 취했습니다. 반세기가 지난 지금까지 러시아의 비인도적인 처사로 아직 귀국하지 못하고 있습니다. 다행히 1992년부터 한국 정부에서는 영구 귀국사업을 전개 2007년까지 2,221명의 한인 1세가 한국으로 영구 귀국했습니다. 현재 2만 8,260명이 거주하고 있는 것으로 파악되고 있습니다."

후지무라 박사는 사할린과 지시마열도(千島列島 : 쿠릴열도)의 현장 조사위원답게 구체적인 자료와 숫자를 열거 해가며 말했다. 마치 교단에서 강의를 하듯 씁쓸하고도 공허한 웃음을 흘리면서 쉬엄쉬엄 그간의 사정을 들려주었다.

이때 설익은 수박 속처럼 얼굴빛이 볼그족족한 이가 홍분기를 감추지 못하고 일어섰다. 순천대학교 역사학과 교수 이필오 교수였다.

"박사님께서는 사할린과 일본에서 살아가는 조선인을 식민주의가 할퀴고 지나간 잔영이라고 말씀하셨습니다. 저도 그렇게 생각합니다. 일본은 조선인을 데려다 고용했으면서도 뒤처리를 제대로 마무리 짓지 못했던 것입니다. 사할린 영토를 러시아에 넘겨주면서 조선 징용자에 대해 국적 박탈 조치를 취했기 때문입니다. 일방적으로 버린 것이나 다름없는 행위였습니다. 조선 징용자들은 포로나 다름없이 사할린에 갇히게 되었던 것이지요. 달면 삼키고 쓰면 뱉는 식의 일본 사람들의 유린(蹂躪) 때문에 해방이 되어도 고국으로 돌아오지 못했습니다. 노동력이 부족했던 소련은 쾌재를 불렀다고 했어요. 그들을 억류해가면서 일을 시켰기 때문입니다. 엄밀히 따져보면 돌려보내지 않은 소련을 탓할 일이 아닙니다. 전적으로 일본의 무책임에서 비롯되었던 것입니다. 과연 자기 나라 민족이었다고 한다면 그렇게 방치했을까요? 분명 민족적 차별이었던 것입니다."

이 교수는 분통을 터뜨리듯 말했다. 비정한 현실 앞에 호탄(浩歎)이라도 하려는 듯 입술을 다져물며 일본을 규탄하고 나섰다.

"원장님과 이필오 교수님 말씀 잘 들었습니다. 어찌 했던 간에 타국에 억류되어 고국으로 돌아가지 못했던 것은 불행한 일이었습니다. 지금까지 조선인이 사할린에 억류 당하게 된 까닭에 대해 알아보았습니다. 이번에는 일본에 거주하는 자이니치들에 대해 토론해보도록 하겠습니다. 자이니치란 생계를 위해 일본으로 건너갔거나, 강제 징용에 의해 끌려갔다가 일본에 머무른 조선인들을 두고 부르는 말입니다. 그들은 일본 사회에서 차별을 받으며 살아왔습니다. 조센징이라는 말은 곧 차별의 대명사였던 것입니다. 앞에서 언급되었다시피 관동대지진 때도 조센징은 무차별 학살당했습니다. 그러면 여기서 민족적 차별을 겪고 있는 자이니치의 삶에 대해 두 나라 간 입장을 들어보도록 하겠습니다. 먼저 한국 측 손인희 교수님 말씀하시지요."

"제가 먼저 말씀드리겠습니다. 저는 익산 우석대학교에서 온 손인

희입니다."

가냘픈 몸매에 청초한 아름다움이 물씬거리는 젊은 여교수가 공손히 허리를 굽혀 인사를 했다. 진한 핑크색 털옷정장을 입은 그녀는 몇 안 되는 여자 교수 중 한 사람이었다.

"패전 후 일본은 재일한인에게 철저히 차별정책을 시행했습니다. 선거권과 피선거권까지 박탈했습니다. 그보다 가혹한 것은 1947년 「외국인 등록령」이란 법을 만들어 등록증을 발급한 뒤 소지하도록 한 것입니다. 기한을 연장할 때마다 지문날인까지 받아냈습니다. 한국 정부에서 강력히 반대했고 일본인들 중에서도 동참하는 사람이 늘어나자 폐지되었던 것입니다. 외국인으로 등록시켰으면서도 후손들에게 일본학교 취학을 강요하는 이중적인 태도를 보였습니다. 조선학교 폐쇄령까지 내렸습니다. 그럼에도 일부 고등학교에서 재일한인의 입학을 받아들이지 않겠다고 했습니다. 결국 한인 후손은 교육을 받을 수 없게 만드는 처사였던 것이지요. 설령 학교를 졸업했다 할지라도 조선인은 취직이 되지 않았습니다. 있어서는 안 될 엄청난 민족차별행위였습니다. 1952년 샌프란시스코 강화조약에 의해 일본이 독립국 지위를 회복하자 재일한인에게 일본 국적을 박탈한다고 발표했습니다. 당초 본인의 희망에 따라 일본의 국적을 선택할 수 있다고 해놓고 약속을 헌신짝처럼 버린 것입니다. 그것은 무엇을 의미하느냐 하면 재일조선인은 전후보상법에서 배제되고 사회보장제도의 혜택에서 제외시키려는 의도였습니다. 재일한인들에 대한 편견과 냉엄한 차별은 여러 가지 사건을 낳고 말았습니다. 그 중 대표적인 것이 히타치제작소 사건입니다. 1970년 재일한인 청년 박종석 군이 대기업인 히타치제작소(日立製作所) 입사시험에 합격했습니다. 그런데 조선인의 후손이라는 이유로 입사가 취소되어 외국인에 대한 차별이라는 사회적 이슈로 떠올랐습니다. 박군의 동창생들이 '박군을 지키는 모임'을 결성 억울함을 호소했습니다. 일본의 양식(良識) 있는 지식층이 이에 동조하기 시작, 전국으로 확산되었으며 히타치 제품 불매운동이 일어났던 것입니다. 박군은 재판을 통해 입사를 인정받을 수 있었습니다. 이것을 계기로 재일한인들은 자신감을 얻고 갖가지 권익을 요구하는 운동을 전개했습니다. 어차피 같은 땅에서 살아가야 할 처지인데 차별해서 득 볼 것이 뭐가 있다고 어리석은 짓을 저지르는지 알 수 없는 일입니다. 안개를 잡으려고 허공을 움켜쥐는 사람들과 다름없는 짓이지요."

손인희 교수는 가냘파 보이는 인상임에도 눈매만은 매섭게 빛났다. 빛나는 눈빛에는 분함의 울부짖음이 솟구치는 것 같고 목소리엔 원망으로 가득 차 있었다. 이때 눈매가 또렷하고 콧날이 오뚝하며 입술이 도톰하게 생긴 이가 자리에서 일어섰다.

"사람이 살다보면 가까운 이웃과도 척(隻)을 지고 사는 경우가 있습니다. 하물며 두 나라 민족에게는 강렬한 민족 감정이 자리 잡고 있기 때문에 사소한 일에도 예민한 반응을 불러일으킬 수 있겠지요. 어차피 귀화를 거부한 채 일본에서 외국인으로 살아간다는 것은 이념과 현실 사이에 괴리가 있기 마련이니까요. 한인들은 차별로 여기고 있을 겁니다. 재일한인 중 일본 최고 명문 도쿄대학 교수가 된 강상중 교수마저도 자신이 차별받고 살고 있다고 느꼈답니다. 그는 세상에서 재일교포로 태어나 사는 것이 가장 고민스러운 일이었다고 말했습니다. 재일한인이라는 꼬리표를 떼고 도망치고 싶을 때가 많았답니다. 그래서 한국을 방문 한국의 보통 사람들이 어떻게 살고 있는

지 관찰해가며 의식을 조사해보았답니다. 열등의식도 없이 그저 일상적으로 잘살고 있음을 보고서 그 콤플렉스에서 벗어났다고 했어요. 일종의 자의의식이었던 것이지요. 차별이라기보다는 일종의 의식의 차이에서 생겨난 노이로제 증상이라는 것을 알아차렸답니다."

오토모 요시토 교수가 대수롭지 않은 일이라는 듯 덤덤한 소리를 내뱉었다. 한 사람의 예가 전체를 대변하는 것처럼 착착 달라붙은 찰진 소리를 꺼내들었던 것이다.

"오토모 교수님께서는 결국 재일한인 차별이 별것 아니라는 듯 말씀하셨습니다. 의식의 차이에서 비롯되었다고 하셨는데 저는 그에 동의할 수 없습니다. 민족적 차별에 의해 저질러진 사건들이 끊임없이 발생했던 것입니다. 대표적으로 권희로 사건을 들 수 있습니다. 권희로씨는 1928년 권명술과 박득숙 사이에 태어났습니다. 세 살 때 아버지가 세상을 떠나고 어머니가 넝마주이를 하며 가족의 생계를 꾸려왔다고 합니다. 그가 6살 때였습니다. 어머니가 재혼하면서 김으로 성을 바꿨습니다. 그는 소학교 때부터 심한 민족차별에 시달리며 자랐습니다. 차별은 결국 그에게 중퇴를 가져다주었습니다. 조선인은 학교를 다닐 것이 못된다고 외치며 13살에 책가방을 내팽개쳤답니다. 학교를 그만 둔 후로는 가출에 가출을 거듭했습니다. 배가 고파 음식을 훔쳐 먹다가 수차례 감옥에 들어갔다 나오기도 했습니다.

그는 결혼도 그리고 사업에도 실패하고 일정한 직업도 없이 떠돌아다녔습니다. 마흔 살이던 1968년 2월 20일 야쿠자 2명이 '조센징, 더러운 돼지새끼'라고 놀리는 바람에 격분을 참지 못하고 라이플총으로 그들을 사살했습니다. 그리고는 다이너마이트와 실탄을 갖고 도주했습니다. 가와네 온천장에 있는 후지미야 여관으로 들어간 그는 투숙객들을 인질로 잡고 경찰과 대치하다 4일 만인 24일에 검거되었습니다. TV 등을 통해 그 상황이 생생하게 중계되었습니다. 그는 한국인에게 차별을 가하는 경찰관들을 고발하기 위해 사건을 일으켰다고 주장했습니다. 결국 경찰의 사과를 받아냈지만 8년간의 재판 끝에 무기징역을 선고받고 구마모토형무소에 수감되었습니다. 그로 인하여 민족차별이 이뤄지고 있음이 일본은 물론 한국에까지 크게 이슈화되었습니다. 이를 안타깝게 여긴 한국의 박삼중 스님께서 석방후원회를 꾸려 노력한 결과 1999년 31년 만에 석방되었습니다. 외국인 장기수는 법적으로 국외 추방토록 되어 있는 일본법에 따라 그는 한국으로 왔습니다.

이뿐만 아닙니다. 우토로 마을 사건도 민족 차별을 단적으로 보여주고 있습니다. 1941년 일본 정부는 교토 우지시에 군비행장 건설을 하면서 조선의 강제 징용자들을 투입했습니다. 일본이 패전국이 되자 건설이 중단되어 그대로 방치하고 말았습니다. 조선인들은 뱃삯을 구할 수 없어 고국으로 돌아가지 못하고 그곳에 주저앉았다고 합니다. 사람이 도저히 살 수 없는 척박한 불모지 땅이었지만 억척스럽게 터를 닦아 무허가 정착촌을 일궈냈습니다. 그런데 문제는 닦아놓은 터전을 일본 정부가 빼앗아 닛산자동차 그룹에 넘긴 것이었습니다. 닛산 그룹은 또다시 부동산 회사에 전매했습니다. 결국은 불법거주가 되어 퇴거를 강요받았습니다. 불모지의 땅을 맨주먹으로 일궈놓으니까 빼앗는 행위는 너무 잔인하고 비정한 짓이었습니다.

그것은 일본 정부가 민족차별을 일으킨 사건이었습니다. 2011년 60가구 180명의 한인이 억울하게 살고 있는 것이 알려지면서 한국 정부가 토지일부를 매입했습니다. 그런 다음에야 일본 정부가 그곳에 공영주택을 짓겠다는 계획을 밝혔다고 합니다. 차별은 나와 다르다는 인식에서부터 출발합니다. 그리고 사소한 편견이 차별을 불러오기도 합니다. 일본이 진정한 선진문화민족이 되려면 민족적 차별의 벽을 허물어야 합니다. 남에게 차별을 가한다는 것은 자기도 차별의 대상이 될 수 있다는 것을 암시해주는 일입니다."

이필오 교수가 눈가에 잔주름을 슬며시 모아가면서 씁쓰레한 웃음을 흘려대며 말했다. 모두가 민족차별에서 야기된 사건들이었다. 말하는 표정에 추연한 기색이 역력하면서 강한 억양이 뒤섞이고 있었다. 장내가 또다시 무거운 침묵 속으로 빠져들면서 모두가 처연한 눈빛만 뿌려댈 뿐이었다. 그런데도 사쿠라다 요시오 교수가 느물거린 웃음을 지으며 단상으로 올라왔다.

"저희들도 현지답사를 통해 김희로 사건을 추적해보았습니다. 일본인들에게 자성을 촉구한 사건이라는 데는 이의를 제기할 수 없을 같습니다. 그러나 인간의 사고는 쉽게 편견과 속단에 빠져들기 때문에 잘못을 저지를 수 있다고 봅니다. 그러나 차별을 받고 자라는 것이 도리어 약이 될 수도 있습니다. 숫돌에 갈수록 칼은 날카로워지는 법입니다. 어려운 여건 아래 끊임없이 수양하고 단련해야 훌륭한 재능을 발휘할 수 있습니다. 그런 점에서 저는 신화(神話) 같은 성공실화 한편을 준비했습니다. 어려운 환경 속에서도 강인한 정신력으로 성장하여 입지전적 인물이 되신 분입니다. 비록 재일한인이지만 만인으로부터 존경과 신뢰를 한 몸에 받으며 일본 경제를 이끌어가고 있습니다. 손정의 회장이 그 주인공입니다. 조부께서는 식민지 시절 밀항선을 타고 일본으로 건너와 광산 노동자로 전전하다 조선인들이 모여 사는 가난한 마을에 정착 가축을 기르며 살았다고 했습니다. 부친께서는 생선행상으로 생계를 꾸려가며 부동산 사업을 시작했답니다. 손 회장도 어렸을 땐 자이니치 후손이라고 해서 무척 차별을 받고 자랐다는 것입니다. 그럴 때마다 복받치는 설움을 참아가며 이를 악물었답니다. 차별을 피해보고 싶어 야스모토 마스요시라는 일본식 이름으로 개명까지 했답니다. 후쿠오카 명문 고등학교에 입학한 뒤 1학년 때 미국으로 영어연수까지 떠났답니다. 연수가 끝나자 일본으로 돌아와 곧바로 자퇴하고 검정고시를 통해 고교과정을 마쳤습니다. 그리고 곧바로 미국으로 유학을 떠났습니다. 1975년 미국 홀리네임즈 대학교에 입학하고서 일본 이름을 버리고 다시 한국식 이름 손정의를 되찾았다고 합니다. 버클리대 경제학부로 편입한 뒤 250여 건의 발명을 해냈습니다. 일본어를 입력하면 영어로 번역해 주는 번역장치를 개발해 1백만 달러의 계약금을 받고 팔기도 했습니다. 1980년 캘리포니아 오클랜드에 유니손 월드를 설립했으나, 귀국하겠다는 부모와의 약속을 지키기 위해 일본으로 돌아왔습니다. 일본에서 소프트웨어 유통회사이자 IT투자기업인 소프트 뱅크사를 설립하여 2013년 재산 규모 69억 달러로 일본의 세 번째 갑부가 되었습니다. 포브스는 자산 가치 470억 달러, 매출 380억 달러의 전 세계 148위 기업에 소프트뱅크를 올려놓았습니다. 비록 민족적 차별을 받았다고 하지만 그것이 되레 백절불굴의 강인한 정신력이 되었던 것입니다.”

사쿠라다 요시오 교수가 눈가에 연한 미소를 모아가면서 마르도록 손정의 회장을 칭양하고 나섰다. 타고난 넉살인지는 몰라도 예상에도 없던 일변을 토해냈던 것이다.

“저도 가슴 뿌듯하게 생각합니다. 초인적 의지가 아니고서야 이뤄낼 수 없는 일이지요. 조선인은 게으르고 미개한 민족이어서…… 일본이 식민지배한 것은 축복과 근대화의 기회였다고 놀려대는 민족의 틈바구니에서…… 세계적인 기업을 일으킨 성공신화에 저절로 고개가 숙여집니다. 그런데 얼마 전 반갑지 않은 소식을 접했습니다. 도쿄의 한인 타운이 있는 신주쿠에서 시위가 있었다고 합니다. 전범기를 앞세운 극우파 보수주의자들이 거리를 활보하면서 중국인과 한국인에게 차별을 선동하는 혐오스러운 구호를 외쳤다고 합니다. 잘되면 자기 탓이요, 못되면 조상 탓이라고 한다더니 경제 침체를 한국과 중국의 탓으로 돌린다고 합니다. 심지어 중국인과 한국인을 추방하라고 악다구니를 써가며 시내를 누볐다는 뉴스를 들었습니다. 그들은 일본 극우보수파였다고 했어요. 반면 그들의 주장에 맞불을 놓는 일본 사람들도 있다고 했습니다. 양심과 지식을 겸비한 사람들로서 선민(善民)들의 외침 소리도 들렸다고 했습니다. '너희들은 뭐하는 사람들이냐? 같은 하늘 아래 사는 것이 부끄럽다! 일본 사람들의 인격을 더럽히지 마라!'고 땡고함을 치더랍니다. 그럴 때면 서로 충돌도 벌어졌다고 합니다. 이와 같은 일이 빈번하게 일어나면서 한인 타운에 살고 있는 재일한인들의 생활이 위축되어 간다고 했습니다. 갈수록 손님이 줄어들면서 가게마다 고사(枯死) 직전이라고 했습니다. 급기야 한류 백화점이 법정관리를 신청하기에 이르렀다고 합니다. 대형 상점뿐 아니라 중소규모 가게들도 줄줄이 문을 닫고 있는 형편이라고도 했습니다. 극우파들 머릿속에는 'JAPANESE ONLY'라는 생각밖에 없다고 합니다. 독일의 독재 전범 아돌프 히틀러 총통의 생일날에 도쿄 이케부쿠로(池袋)에서 나치 깃발을 휘날리며 가두 행진을 했다고도 들었습니다. 다시 제국주의로 돌아가 주변국을 침략하자는 외침인지도 모를 일입니다. 사쿠라다 교수님께서 말씀하셨듯이 지금은 얼쑤

이즘(earthism) 시대입니다. 일본 보수파들은 아직도 국수주의에 사로잡혀 자국(自國)을 세계로부터 고립시켜가고 있습니다. 국제적 고립은 미래가 없다는 것을 알아야 합니다."

임지숙 교수가 입술을 덜덜 떨어가면서 일본 극우파들의 시위를 문제 삼고 나섰다. 부풀어 오른 감정을 억누르지 못하고 불만스러운 어운으로 말했다. 배꽃 같은 얼굴에 쌍꺼풀진 눈과 오뚝한 콧날이 슬그머니 일그러지기도 했다. 눈에는 젖가슴을 베어내고도 남을 시퍼런 불빛이 선뜩거리기도 했다.

"어느 집단에서나 예상을 벗어나는 사람들이 있기 마련이지만 아직도 국수주의(國粹主義)의 독견(獨見)에 사로잡혀 활개를 치고 다니는 그들에게 저도 실망을 느끼지 않을 수 없습니다. 일종의 자아도취에 빠진 자들이라 할 수 있지요. 과거의 허상에 사로잡혀 미래를 내다볼 줄 모르기 때문이지요. 역사는 미래의 번영을 위한 하나의 과정이라는 것을 깨우쳐주고 싶은 것이 솔직한 심정입니다. 그 어떤 사상의 가치도 영원할 수 없는 것이어서 맹목적으로 추종하는 것은 바람직하지 못하다는 것도 가르쳐주고 싶을 따름입니다."

계속해서 임지숙 교수는 극우파 보수주의자들을 공개적으로 비난했다. 고아(高雅)한 미모에서 풍기는 매력과는 달리 냉소적 말투로 통렬하게 후려치듯 말했다. 상상을 초월하는 그녀의 공격적인 발언은 모두를 의아스럽게 만들고 말았던 것이다.

이때 또다시 후지무라 박사가 나서서 망설여온 속내를 털어놓기 시작했다.

"일본에서 극우 보수세력은 소수에 불과합니다. 그들의 사상에 동조하는 사람들도 갈수록 줄어들고 있습니다. 분열과 대립으로 몰고 가는 세력이라고 해서 국민들로부터 외면당하고 있는 것이지요. 교수님께서 지적하셨듯이 그들은 국수주의의 독견에 사로잡혀 있습니다. 큰 강을 이루려면 수많은 도랑물이 소리를 멈추고 함께 모여야 한다는 것을 그들은 모릅니다.

분열을 막고 모두가 굳게 단결해야 한다는 것을 망각하고 있습니다. 그렇게 되기까지 도의적인 면에서 바라본다면 우리 역사학자들도 자유로울 수 없습니다. 역사의식을 제대로 판단할 수 있도록 지도했는지 반성해야 할 것입니다. 역사라는 것이 무엇인지 바르게 이해하고 올바르게 인식할 수 있는 능력을 키워주는 것이 역사교수의 몫이기 때문입니다. 또한 한편으로 생각해보면 그것은 우리들에게 분발을 촉구하고 있는 것인지 모를 일입니다."

후지무라 박사는 임지숙 교수의 발언에 인색하거나 토를 달려하지 않았다. 전혀 상상하지도 않았던 것인데 사실 그대로 거리낌 없이 자성을 촉구하는 말부터 꺼내들었던 것이다. 일본에서 극우보수 세력들은 진보역사학자들을 발가락 무좀이나 다름없이 여기려 들었다. 근질근질 가려운 것처럼 사사건건 트집을 잡고 넘어지기 때문이었다. 무서워서가 아니라 상대할 만한 가치가 없어서 피하는 것인데도 도통 눈치도 없이 막무가내로 시비를 걸어오기도 했다.

"오전 동안 한일 두 나라를 갈등과 대립으로 몰고 가는 징용이라는 사안을 가지고 토론을 전개했습니다. 열정적으로 참여해주신 회원님께 감사의 말씀을 드립니다. 어느새 점심시간이 되었습니다. 맛있게 식사하시고 오후 2시부터 이 자리에서 또 다른 주제로 토론을 이어가겠습니다."

8
인륜을 저버린 패악무도의
일본군과 위안부

　"가을비가 추적추적 내리는 오후였습니다. 서울 종로구 중학동 주
한 일본대사관 앞에 시민단체의 수요 집회가 열렸습니다. 매주 수요
일마다 위안부 문제해결을 위한 집회가 계속 이어져 왔던 것입니다.
그날은 1천 50번째였던 것인데 특별한 손님들이 찾아왔습니다. 일본
오사카를 중심으로 2009년 출범한 단체였습니다. 일본 정부에 위안
부 문제 해결을 촉구하는 결의안 채택 운동을 벌이며 사죄와 배상도
요구해온 양심 있는 지성인들이었습니다. 그들은 '양심을 지키는 나
라야말로 밝은 미래가 있고 국제적 신뢰도 얻을 수 있습니다. 우리들
은 일본군 위안부 역사를 부정하는 나라의 국민이 되고 싶지 않습니
다.'라고 구호를 외쳤습니다. 30명의 회원으로 구성된 그들은 오자마
자 서투른 한국말로 '저희들은 수요시위를 주관하기 위해 새벽에 일
본에서 왔습니다.'며 '수요시위가 시작한 지 21년이 지났는데 아직까
지 문제 해결이 되지 않은 것에 대해 일본 국민으로서 진심으로 사죄

합니다.'라고 고개를 숙이기까지 했습니다. '국경도 민족도 뛰어넘어 평화롭게 살 수 있는 세상을 만드는 것이 정부와 저희의 목표이며 군국주의를 저지하는 것이 저희들의 임무입니다. 일본 정부에 위안부 문제 해결을 강력히 요구합니다.'라고 비판의 목소리를 높였습니다. 그뿐만 아니었습니다. 위안부 피해자와 관련해 망언을 일삼고 있는 하시모토 도루 오사카 시장을 비꼬는 「미래에의 문을 두드리자」는 연극도 올렸습니다. 군 위안부를 성 노예로 볼 수 없다고 망언을 했던 하시모토 시장이 위안부 피해자 할머니들로부터 면담을 취소당하는 과정을 마당극으로 재구성한 내용이었습니다. 극이 끝난 뒤 '할머니들은 전쟁범죄가 다시 일어나는 것을 막기 위해 되돌리기 싫은 기억을 스스로 증언하고 있다.'며 자기들도 할머니들을 위해 어떤 시련에도 지지 않고 열심히 하겠다고 다짐했습니다. 다나카 나오토 씨는 한국 시민들이 위안부 문제에 얼마나 관심을 가지고 있는지 궁금했는데 예상보다 많은 분들이 오신 것을 보고서 놀라지 않을 수 없다고 했습니다. 끝나는 마당에는 위안부 문제가 해결되어 할머니들이 길거리에서 시위하는 일이 더 이상 없기를 바란다는 소감까지 밝혔습니다."

이는 사회자 유인원 박사가 들려준 네트워크 회원의 활동 사례였다. 그는 토론의 분위기를 끌어올리기 위해 다나카 나오토씨의 이야기를 들려주었던 것이다.

"들려드린 사례와 같이 지금부터는 일본군 위안부 문제에 대한 토론으로 들어가겠습니다. 징용 못지않게 한일 간 갈등을 야기하고 있는 역사적 사안입니다. 두 나라가 공존공영의 길로 나아가기 위해서는 반드시 해결하지 않으면 안 될 초미의 관심사이기도 합니다. 반대를 위한 반대가 아니라 진솔한 대화와 토론을 통해 소기의 목적이 달성될 수 있는 방안을 제시해주시기 바랍니다. 그럼 먼저 한국 측 김용우 교수께서 모두 발언을 해주시겠습니다."

"안녕하십니까? 저는 대한민국 울산대학교에서 동양사학을 강의하고 있는 김용우 교수입니다. 먼저 위안부라는 말이 왜 두 나라 간의 갈등을 야기하고 있는 사안인지 역사적 배경부터 살펴보아야 할 것 같습니다. 처음에는 위안부라 부르지 않았습니다. 정신대라고 불렀지요. 정신대란 나라를 위해 몸을 바치는 부대(部隊)라는 뜻입니다. 일제에 의해 노동인력으로 징발당한 사람들을 두고 불렀습니다. 남녀 모두 그 대상이었는데 농촌정신대, 보도정신대, 의료정신대, 근로정신대 등이 있었습니다. 이 중에서 여성으로만 구성된 경우를 여성정신대라고 부르기도 했습니다. 여자정신대는 성적 욕구만을 채워주기 위해 모집된 것만은 아니었습니다. 두 부류가 있었습니다. 하나는 군수 공장이나 방직 공장으로 데려가 부족한 노동력을 보충하기 위한 근로정신대와 군인들의 성적 쾌락을 채워주기 위한 위안부로 나눠졌습니다.

그런데 엄격한 구분은 없었던 것으로 보입니다. 처음 시작 당시에는 근로정신대로 차출되었던 것인데 나중에는 위안부로 끌려간 경우가 많았다고 했습니다. 때문에 여자정신대 하면 위안부를 지칭하는 용어로 굳어졌습니다. 위안부도 처음에는 종군위안부(從軍慰安婦)라 불렀습니다. 그 말의 뜻은 위안부가 마치 자발적으로 일본 군인들을 따라다녔다는 의미를 내포하고 있습니다. 일본 정부가 자신들의 책임을 회피하기 위해 지어낸 까닭에 정치적인 목적이 농후한 말이었습니다. 지금은 사용되지 않을 뿐 아니라 사용해서도 안 될 말입니다. 그러면 언제부터 일본이 식민조선의 여성들을 상대로 성을 착취했는지 알아야 할 것입니다.

일본은 한일합병이 된 1910년부터 조선의 여성을 일본으로 데려갔습니다. 프랑스에서 처음 실시했던 공창(公娼)제도가 19세기 중반에 이미 도입되어 성행했기에 조선 여성에게 매춘행위를 시키기 위해서였습니다. 정신대가 생겨나기 전부터 조선 여성들이 일본으로 건너가 몸을 팔았던 것입니다. 그러던 것이 1932년 상해사변이 일어나고부터 일본군이 중국 여성을 상대로 강간을 저지른다는 원성이 높았습니다. 무고한 시민에게 강간 행위를 서슴지 않은 까닭에 반일 감정이 고조되기 시작했습니다. 그 대책의 일환으로 오카무라 야스지 중장은 전쟁터에 위안부를 끌어들일 계략(計略)을 세웠습니다. 그는 곧바로 본국의 나가사키 지사에게 군대위안부 유치를 요청했습니다. 공식적으로는 전쟁터에 위안부를 끌어들이는 시발점이 되었던 것입니다. 그때부터 일본은 정신대 구축을 본격적으로 추진했습니다. 중일전쟁이 전면전쟁으로 확대된 후인 1937년 8월 일본은 각료회의를 통해 「국민정신 총동원 실시 요강」을 가결하여 여성도 전쟁에 참여하도록 법적인 체제를 갖추게 했습니다. 전쟁터에서 군인들의 성적 욕구를 채워주기 위해 식민지 국가의 여성들을 동원하기 위한 요강을 만들었던 것입니다. 일종의 성적 노예집단의 구성요건을 갖춘 것이나 다름없는 요강이었습니다. 1938년까지 위안부 모집은 도시 지역의 여공이나 식당 종업원 등 인신매매수법으로 이루어졌습니다. 1939년 제11군 병참병원군의관으로 있던 아소(麻生徹男)소위는 「화류병(성병)과 위안부에 관한 의견서」에서 성병 예방과 위안부의 자질 향상을 강조하면서 위안부의 연령은 어릴수록 좋고 일본인보다 조선인을 선호한다고 말했습니다. 까닭은 조선은 유교를 신봉하는 국가라서 처녀들이 순결을 생명으로 하는 까닭에 초심자가 많아 성적 매력을 더해주기 때문이라는 것입니다. 그중에서도 나이가 어릴수록 좋다는 말도 덧붙였습니다. 1940년까지는 군의 허가를 받은 매춘업자들이 경찰이나 면장의 안내를 받으며 농촌의 어린 여성들에 접근, 특수간호부나 군 간호보조원을 모집한다고 꾀어 모집했습니다. 일본 정부가 본격적으로 강제적동원의 단계로 들어간 때는 1941년 7월부터입니다. 「국민근로보국 협력령」을 공포 14~25세의 여성에게 연간 30일 이내의 국민근로보국 대 협력활동을 하도록 했습니다. 이때부터 여자몰이가 본격화되어 지원과 동원을 위한 강연회와 회의로 이어졌습니다. 조선총독부는 조선의 도와 군 그리고 면에까지 동원 칙령을 은밀히 하달하고, 면장 책임 하에 위안부를 동원하도록 압력을 가했습니다. 간호보조나 군수공장의 여공 등으로 일하게 해준다고 속여가면서 사람몰이를 시작했던 것입니다. 그러나 그 방법이 통하지 않았습니다. 1942년 8월에는 국민징용령 제2차 제정에 따라 강제징용을 법적으로 제도화했습니다. 특별요원 진출에 관한 조회라는 문서에 따르면 병사 29~35명당 1명의 군대위안부가 계획되어 그 수를 배당하기도 했습니다. 인원수를 산출한 뒤 면사무소 등 관공서를 통해 '군인의 심부름을 한다.'는 말로 속여 10대 후반에서 20대 전반의 조선 여성을 모집 강제 수송해갔습니다. 일명 처녀사냥으로 위안부를 충원했던 것입니다. 그러나 이로도 여의치 않자 여성들도 근로정신대라는 이름으로 동원되었습니다. 그러나 언제부터 끌려갔고 그규모가 어떠했는지는 정확히 알지 못합니다. 1937년 중일전쟁 때부터 본격적으로 끌려갔을 것으로 예상되며 17만~20만 명으로 추정할 수 있습니다. 80% 정도가 조선 여성이었을 것으로 예상됩니다. 대부분 가난하고 교육받지 못한 여성들이 많았습니다. 물론 그렇지 않은 여성도 있었지만 해외에서 돈을 많이 벌게 해준다는 거짓말에 속은 여성들이었습니다. 부모가 빚을 져서 갚을 길 없는 여성들이 선급금을 받고 동원에 참가하기도 했습니다. 처음 끌려간 곳은 일본 도야마와 시즈오카 등지였습니다. 국내에서는 대구와 부산 그리고 광주 등 군수공장과 방직공장에서 임금도 받지 못한 채 하루 14시간 이상의 장시간 노동력을 착취당했다고 했습니다. 한편 위안부로 끌려간 여성들은 중국과 일본 그리고 동남아시아 지역으로 각각 나누어진 채 군부대로 향했습니다. 군의 감시와 통제 아래 군인들의 성적 도구로서의 역할을 수행했던 것입니다. 미얀마, 트랙 섬, 필리핀, 티니안 섬, 마리아 군도, 수마트라, 셀레베스, 인도네시아, 오키나와 등에 위안소가 있었던 것으로 나타나고 있습니다. 위안소는 군 당국이 준비했으며 유지와 관리도 담당했던 것으로 보입니다. 위안소가 부족했을 때는 민간인의 집이나 사찰까지도 위안소 시설로 이용되었다고 합니다. 일본군 규정에 따라 엄격하게 운영된 위안소에서 아침부터 밤까지 군인들을 상대해야 했습니다. 하우스 마스터(House Master)로 불리는 위안소장의 관리 아래 계급별로 정해진 군인들을 시간대로 맞았습니다."

김 교수는 우람한 체구에 뱃집마저 두둑하여 첫인상이 덕성스럽기 그지없어 보이는데도 겉모습과는 사뭇 달랐다. 깊은 심곡(心曲)에 묻어놓았던 애달픈 사연을 되돌리려는 듯 매서운 목소리로 몰아붙이고 나섰다. 그는 위안부에 대해 수많은 논문을 발표한 사람답게 회한이 서려든 감정을 불어넣어 가며 말했다.

"먼저 김용우 교수님의 모두 발언을 들었습니다. 그러면 위안부라는 사안이 도대체 무엇이기에 끝없는 대립적 갈등을 몰고 오는 것인지 진지하게 논의해보아야 할 것 같습니다."

유인원 박사도 마찬가지였다. 웃음기를 멈춘 채 애절한 호소부터 토해내는 것이었다.

그때 앞으로 나온 이는 교토대학의 오지마 고이찌 교수였다. 넓죽한 광대뼈에 유난스럽게도 기다란 주걱턱이 퍽 인상적이었다. 양털처럼 고슬고슬한 턱수염이 짧게 엉겨 붙어 야릇한 매력을 풍기기도 했다.

"오지마 고이찌 교수입니다. 김용우 교수님의 말씀 잘 들었습니다. 그러나 발언 중에 동의할 수 없는 내용이 꽤 많이 포함되어 있었습니다. 마치 일본 정부가 나서서 위안부를 동원했고 관리한 것처럼 말씀하셨습니다. 그것은 교수님의 주관적이면서도 임의적인 해석이라고 볼 수밖에 없습니다. 비단 저뿐만이 아닙니다. 1996년 6월 4일 오쿠노 세이스케 법무대신은 일본 국회의원 연맹 창립 축사에서 위안부에 대한 일본의 입장을 밝혔습니다. 군대위안부는 상행위에 참가한 사람들로서 이뤄진 것임으로 강제성이 없었다는 것이 일본 정부의 공식입장이라고 분명히 말했습니다. 각료회의를 통해 「국민정신 총동원 실시 요강」을 가결한 뒤 여성도 전쟁에 참여하도록 법적인 체제를 갖추게 되었다는 것은 무슨 근거를 가지고 그렇게 말씀하셨는지 묻지 않을 수 없습니다."

그는 마뜩찮다는 듯 금테 안경 너머로 날카로운 눈빛을 뿌려가면서 말했다.

"예. 오지마 교수님께서는 위안부의 강제동원에 대해 부연설명해주셨습니다. 법무대신의 발언을 인용 일본 정부의 공식입장까지 덧붙여주셨습니다. 위안부란 여성들이 돈을 벌기 위한 상행위에 불과했을 뿐이지 정부가 관여하지 않았다는 말씀이었습니다. 이에 대해 이의가 있으신 분께서 말씀해주시지요."

사회자 유인원 박사가 오지마 교수의 발언을 개괄적으로 설명하고 나섰다.

이때 자리에서 일어선 이는 서현 교수였다. 단발머리에 테 없는 동그란 안경을 끼고 있는 그녀는 서울 동덕여자대학교 교수로 몇 안 되는 여성회원 중 한 사람이었다.

"일본 정부의 각료들은 서로 엇박자의 소리를 내고 있습니다. 대시들마다 내각을 통솔하고 있는 관방장관의 담화와 사뭇 다른 망발을 늘어놓고 있습니다. 1993년 8월 고노 요헤이(河野洋平) 관방장관은 일본군 위안부에 대한 일본군과 군의 강제성을 인정했습니다. 위안소는 당시 군 당국의 요청에 의해 설치된 것이며 위안소의 설치와 관리 및 위안부 이송에 관해서는 일본군이 관여했다고 인정했습니다. 아울러 위안부들에게 사과와 반성의 마음을 올린다는 말도 덧붙였던 것입니다. 그런데 법무대신의 발언은 고노 담화 내용을 버선짝 뒤집듯 했습니다. 과연 누구의 말이 일본의 공식적인 입장인지 알 수 없습니다. 강제성을 인정하고 반성과 사죄를 표명해놓고도 또 한편으로는 이를 부정하는 말을 쏟아내는 것은 무슨 심사인지 모르겠습니다. 일본은 두 개의 정부로 구성되어있는 것 같습니다. 고노 담화를 견지하겠다고 말하다가도 헌신짝 버리듯 딴 소리를 해대는 것을 보면 과연 누굴 믿어야 할지 헷갈릴 때가 많습니다."

서현 교수는 성에 차지 않은 듯 불만스러운 어운으로 말했다. 토론장 분위기가 갑자기 냉기류에 휩싸여들면서 사람들의 시선이 모두

오지마로 향했다.

"일본 정부는 고노 담화를 부정하지는 않습니다. 총리께서도 견지하겠다는 뜻을 밝힌 바 있습니다. 2007년 3월 11일 NHK 일요토론에 출연 고노 요헤이(河野 洋平) 담화를 계승해 나간다는 것이 일관된 자세라고 분명히 말했습니다. 그러나 위안소가 군 당국의 요청에 의해 설치 및 관리 그리고 이송되었다는 증거가 발견되지 않고 있습니다. 군 당국이 관여했다면 구체적 공문서나 증언자가 있을 터인데도 아직 찾지 못하고 있는 것을 보면 오쿠노 세이스케 법무대신의 입장이 설득력을 얻고 있습니다. 아마도 고노 관방장관은 당시 공창제도와 같은 사회적 배경을 이해하지 못하고 말씀하신 듯합니다. 위안소는 여성들이 금전이나 기타 보상을 받고 성적인 서비스를 제공하는 일을 하는 경영입니다. 당시 군부대 주변에는 이런 공창업소가 무척 많았던 것으로 알려지고 있습니다. 그런데 여성을 전장으로 끌고 갔다고 하는 것은 이치에 맞지 않는 말입니다. 몸을 파는 여성들이 넘쳐나는데 굳이 데려갈 까닭이 없겠지요. 그런 비도(非道)를 저지를 정부가 어디에 있겠습니까? 1997년 1월 24일 가지야마 세이로쿠 관방장관께서 일본 정부는 그러한 일을 한 적이 없었다고 분명히 밝혔습니다. 이는 일본 정부의 일관된 입장입니다."

오지마 고이찌 교수는 조금도 물러날 기색이 없어보였다. 그는 또다시 가지야마 관방장관의 발언을 꺼내들었다. 은근히 입가에 엷은 냉소를 모으는가 하면 보름달 같은 눈망울을 야슬야슬 굴려가면서 말했다.

"고노 담화를 견지하겠다고 하면서도 발견된 자료가 없다고 말하는 것은 이율배반적인 처사라 할 수 있습니다. 속 다르고 겉 다른 이

중성을 드러내고 있는 것이지요. 1992년 1월 군대가 위안소의 감독과 통제에 관여했다는 육지밀대 일지가 발견되자 고노 담화를 발표했지 않습니까? 그 문서는 태평양 전쟁 당시 공포된 「여자정신대근무령」에 관한 법령이 기록된 문서였습니다. 조선 여성을 정신대로 강제동원한 것은 일본 국왕의 재가에 의해 이뤄졌다는 것이 명백해졌던 것이지요. 그 전까지만 해도 군의 개입사실을 거부하고 민간 상행위로 돌렸던 것을 뒤엎는 귀중한 자료이기 때문입니다. 그런데도 일본 정부는 아직까지 그에 대한 해석을 내놓지 않고 있습니다. 해석은커녕 발견되기 전으로 되돌아가 은폐하려는 자세를 취하고 있을 뿐입니다.”

김정웅 교수가 우선 윽박질러 놓고 보자는 심산인지 콧등에 걸친 검은 테 안경을 추켜올려가면서 맵살스러운 눈빛을 쏘아가며 말했다. 정정당당히 시비곡절을 가려보자는 듯 약간 언성을 높이기도 했다. 턱살을 쳐들어 차돌처럼 싸늘하게 굳은 표정을 지어보이기도 했다.

“여기는 정부 관료들을 대변하고자 모이는 곳이 아닙니다. 우리는 역사학을 전공한 사람들입니다. 역사학자들은 사료를 바탕으로 과거 사건에 대해 사적 사실의 진의를 엄격히 판별하는 사람들입니다. 그런데 지금 이상스러운 논쟁을 하고 있는 것 같습니다. 마치 정치적 사안을 다루는 국회의사당 같은 착각이 들 정도입니다.”

성미가 급한 하길담 연구원이 갈퀴눈으로 째려보며 힐난하고 나섰다. 이맛살을 치몰며 말하는 표정은 모두의 심기를 불편하게 만들고도 남았다. 일각에 장내가 긴장감으로 빠져들면서 서로들 숨을 죽인 채 눈알만 치굴리며 사방을 두리번거렸다.

“물론 정부를 대변하기 위한 모임이 아니라는 것을 잘 알고 있습니다.

그러나 어차피 두 나라가 겪고 있는 갈등을 해소하려면 우리 역사학자들의 힘으로만 어렵습니다. 정부의 정책이 절대적입니다. 역사학자들은 역사적 진의를 판별하고 평가한 다음 정부정책에 반영하도록 건의하거나 자문에 응하는 역할이 고작이지요. 그렇기 때문에 정부 정책에 관심을 가질 수밖에 없지 않습니까? 아베 신조 총리께서도 말씀하셨습니다. 고이즈미 준이치로(小泉 純一郎) 전(前) 총리 및 하시모토 류타로(橋本 龍太郎) 전(前) 총리가 위안부들이 받은 마음의 상처와 고생에 대해 사죄의 편지를 보낸 바 있다면서 자신도 변함이 없다고 말했습니다.

그것만이 아닙니다. 2007년 4월 23일에는 관저출입기자단과 인터뷰에서 위안부 피해자들이 겪은 쓰라린 경험에 대해 동정의 마음을 표하며, 당시 그러한 처지에 놓인 것에 대해 사죄의 마음도 표한다고 밝혔습니다. 같은 해 4월 27일 일미 정상 공동기자회견에서도 총리로서 당시의 위안부가 놓여 있던 상황 등을 고려하여 진심으로 동정 말씀드리며, 극도의 고난과 희생을 감수해야만 했던 상황에 대해 가슴 깊이 애도를 느낀다고 재차 강조했습니다. 일국의 총리가 지난 역사적 사안에 유감을 표하고 사과했으면 그것으로 매듭을 지어야 하지 않겠습니까? 그런데도 여자정신대근무령이란 법령 한 구절을 인용하며 마치 그것이 직접적인 증거자료나 되는 것처럼 말씀하셨습니다. 법령이란 오늘 제정했다가도 내일 폐기될 수 있는 것이고 실천할 수 없는 것도 있지 않습니까?"

오지마 교수는 느질거리듯 비웃어가며 소신을 조금도 굽히려들지 않았다. 고개를 끄덕끄덕 이며 말하는 본새가 어쩐지 빈정거리는 모습으로 비춰지기도 했다. 토론에 대한 매너도 없는 듯 계속해서 정치인들을 들먹이며 은근히 갈등의 책임을 한국 측에 전가하려는 의도가 농후해 보였다. 알고 보니 진보적 역사학자라기보다는 정치인들에 대한 자문역할을 하는 사람으로 더 잘 알려진 이였다. 그의 발언이 끝나자마자 한국 측 회원들 좌중에서 수런수런 거리는 소리가 들리더니 한꺼번에 여러 사람이 손을 들고 일어섰다.

"한 분씩 차례대로 발표해주시기 바랍니다. 그럼 먼저 서현 교수님부터 말씀해 주시지요."

사회자가 서현 교수를 가리키며 말했다.

"오지마 교수님 말씀 잘 들었습니다. 그런데 교수님께서는 총리의 사과로 모든 것이 일단락된 것으로 봐야 한다고 말씀하셨습니다. 그것을 사과로 받아들이라는 말에 너무나도 어처구니가 없어 말이 나오지 않습니다. 본디 사과는 특정 행위에 대한 잘못했던 진상을 명확히 밝혀야 하고 앞으로는 그러한 일을 하지 않겠다는 의지표현이 있어야 합니다. 위안부에 대한 사과라고 한다면 피해 보상 및 조치 내용까지 구체적으로 밝혀야 진정성 있는 사과라고 할 수 있겠지요. 아직 진상을 밝히고자 하는 의지마저 보이지 않고 있는데 사과라니요?

아베 총리는 2006년 10월 3일 위안부에 대한 일본의 기본적 입장은 고노 담화를 계승하고 있다고 했습니다. 이어 같은 해 3월 16일 '정부가 발견한 자료 중에는 군이나 관헌에 의한 이른바 강제연행을 직접 나타내는 기술은 발견되지 않았다.'며 각의 결정을 거친 정부 답변서를 내놨던 것입니다. 또 같은 해 4월 7일 미일 정상 공동기자회견에서 '위안부 여성들이 극도의 고난과 희생을 감수해야만 했던 상황에 대해 가슴 깊이 애도를 느낍니다. 일본의 총리로서 사과를 표명하고자 하며, 그들이 그러한 상황에 처했다는 사실에 대한 사과를 표명합니다.'고 말했습니다. 총리의 발언이 때에 따라 오락가락 번복된 진술이 되어서야 되겠습니까? 더군다나 주변국들의 만류에도 불구하고 야스쿠니 신사를 참배하는 등 갈등을 조장하는가 하면 최근에는 '군 위안부 문제제기는 비방 중상'이라는 어처구니없는 주장을 내놓았습니다. 더 나아가 '잘못된 사실을 나열해 일본을 비방 중상하는 것에는 사실로 냉정히 반론하겠다.'고 말했다고 합니다. 이에 힘을 실어주기라도 하듯 일본의 우익 야당 유신회는 한술 더 떠 '역사 문제 검증 프로젝트 팀'을 꾸리고 고노 담화 수정을 위한 캠페인까지 벌이며 아베 내각에 힘을 실어주었습니다. '종군 위안부는 없었고, 강제연행 역시 말도 안 되는 오해'라는 망언까지 쏟아내었던 것입니다. 일개 국의 총리가 이랬다저랬다 해가면서 속 다르고 겉 다른 이중성을 드러낸다면 국가의 체면이 손상된다는 것은 불을 보듯 뻔한 것이지요. 지도자는 역사 인식부터 바르게 정립해야 하고 투철함을 보여야 하지 않겠습니까? 주관 없이 왔다 갔다 하는 역사 인식으로 인격추락은 말할 것도 없거니와 피해국들과 갈등만 자초하는 꼴이 되고 말았습니다.

독일정부는 2차 대전 학살 희생자에게 2조 천억 원 규모의 배상을 진행하며 그 배상 범위를 동유럽 피해자 8만 명으로 넓혔습니다. 부끄러운 과거를 반성하는 독일의 노력은 과거사를 끊임없이 왜곡하고 있는 일본과는 너무 대조적입니다. 한국에는 정신대문제대책협의라는 단체가 있습니다. 위안부로 끌려가 고초를 당하고 돌아오신 피해자들을 중심으로 1990년 11월 16일 일본군 위안부 문제의 진실을 규명하고 생존자들을 지원하기 위해 37개 여성과 시민 그리고 종교 및 학생단체들이 연합해서 결성했던 것입니다. 비단 한국만이 아닙니다.

타이완과 필리핀 그리고 인도네시아에도 동일 목적으로 단체가 조직되어 한국과 보조를 맞추고 있습니다. 모두 한결같이 일본 총리의 행보에 실망감을 드러냈습니다. 위안부 문제는 일본이 저지른 범죄행위였기 때문에 일본 정부가 책임을 져야 한다는 것입니다. 죄를 지었으면 진정으로 사과하고 그에 합당한 배상을 해줘야 한다는 것이 공통된 견해입니다. 속 빈 강정 같은 말로 진실을 대충 얼버무리며 넘어가려하면 여우를 피하려다 호랑이를 만나는 꼴이 될 것입니다. 이제 아픈 상처에 소금을 뿌려대는 막말은 그만해야 합니다. 그동안 일본은 가슴살을 째고 소금을 치고도 남을 망언을 너무나도 많이 퍼부어댔습니다. 일본 정치인이 위안부에 대해서 그 어떤 말을 한다고 해도 곧이들을 사람 지구상에 하나도 없습니다. 이제 가슴살을 째고 소금을 처대는 망언은 그만 멈춰야 합니다. 피를 머금어 남에게 뿜으면 먼저 자기의 입이 더러워진다는 것을 알아야 합니다. 진실을 밝히고 진정으로 사죄해야 합니다.

　속 다르고 겉 다른 일 그만해야 합니다. 미국이란 강자 앞에서는 꼬리를 내리고서 비위를 맞추는 척 하다가 돌아서서는 자신의 발언마저 헌신짝처럼 벗어던지는 소신 없는 지도자의 탈을 벗어던져야 합니다. 때문에 정신대문제대책협의회는 위안부 범죄 인정과 진상규명, 공식 사죄와 법적 배상, 일본 역사교과서의 사실기록, 위령탑과 사료관 건설, 책임자 처벌이 이뤄질 때까지 세계만방에 알리며 투쟁하겠다는 것이 확고한 신념이라 말했습니다."

　서현 교수는 감히 범접할 수 없을 정도로 위엄이 서린 표정을 지어가며 일본 지도자들의 태도를 비난하고 나섰다. 참을 수 없는 분노가 앙금이 되어 입술을 뚫고도 나올 만큼 맹렬한 저항으로 비춰졌다. 범상한 짐작으로는 그 깊이를 헤아릴 수 없으리 만큼 심사가 뒤틀려 있음을 간파할 수 있을 것 같았다. 같은 여성으로서 뼈저린 상흔에 대한 분노의 폭발 같은 것이었다.

서현 교수의 발언이 끝나자마자 손을 들고 일어선 이는 강희도 교수였다. 일어서는 표정이 밝지 못했다. 발그족족한 눈두덩을 쎌룩거리면서 일어서는 모습에서 비감한 심사를 읽을 수 있었다.

"고노 담화를 견지하겠다고 하면서도 강제연행에 관여하지 않았고 증명할 수 있는 자료가 발견된 것도 없다고 하셨습니다. 그리고 여자 정신대근무령의 법령 한 구절이 마치 직접적인 증거자료나 되는 것처럼 말씀하셨는데 그렇다면 저는 실제 위안부 생활을 겪은 분의 증언을 직접 들려드리겠습니다. 한국인의 위안부 피해자의 증언이라면 믿지 않을 것 같아 제3국인의 증언을 녹취했습니다. 호주 남부 애들레이드에는 얀 루프 오헤른(Jan Ruff O'Herne) 할머니가 살고 계십니다. 할머니는 소녀 때 네덜란드령 동인도에 살고 있었답니다. 어렸을 때부터 수녀가 되는 것이 꿈이어서 인도네시아에 와서도 수녀원에서 생활하고 있었답니다. 1942년 인도네시아를 침공한 일본군은 난데없이 괴한처럼 수녀원을 침입하여 잠자는 원생들을 무자비하게 끌어갔다고 했습니다. 아닌 밤중에 홍두깨를 내미는 꼴이어서 속옷 차림으로 끌려간 이도 있었답니다. 붙들려간 원생만도 250명에 달했다고 했어요. 처음 갔던 곳은 낯선 군대 막사 같은 곳이었는데 가자마자 방에다 가두고서 옷부터 벗으라고 무지막지한 폭행을 가했다고 했어요. 벗지 않으려고 애를 써봤지만 말로 표현할 수 없는 폭행을 가함과 동시에 억지로 벗기더랍니다. 방망이로 내려치고…… 담뱃불로 지지고…… 일본도로 찌르고……

그러고 나서는 차마 짐승만도 못한 짓…… 두들겨 패가면서……
살인마나 다름없는 짓으로 강간을 자행했답니다. 인정사정도 없이
처녀성을 빼앗았다고 했어요. 더욱 치를 떨게 한 것은 원생들은 처녀
들이라고 해서 일본군 장교들이 먼저 겁탈을 하더랍니다. 장교들부
터 앞장서서 그 짓을 저질렀으니 졸병들이야 오죽했겠습니까? 인간
으로서 영원히 저주를 면할 수 없을 거라고 말하는 도중에도 울부짖
었습니다. 그때 오혜른 할머니 나이 열일곱이었답니다.

순결한 처녀의 정조를 유린당한 채 수녀의 꿈마저 빼앗겼던 것이
지요. 그 후론 종일 방에 가둬놓고 밤낮으로 일본군들이 들락거리며
성의 노리갯감으로 삼았다고 했어요. 반항하기라도 하면 인정사정
없이 폭력을 가하는가 하면 먹을 것도 주지 않았답니다. 하루는 성
병 검사하러 온 일본 의사에게 애원을 했답니다. 강제로 끌려왔으니
상부에 알려 돌아갈 수 있도록 해달라고 애원했답니다. 그런데도 그
의사마저 그 짓을 서슴지 않더랍니다. 일본 민족은 말단 군인에서부
터 장교까지 하물며 의사마저도 인류를 저버린 패역무도(悖逆無道)한
인간들이었다고 했어요. 인면수심(人面獸心)이 아니고서야 어찌 그토
록 영독한 짓을 하겠느냐고 혀를 내둘렀습니다. 지구상에서 가장 무
법적이고 잔인한 민족은 일본인이라고 힘주어 말하더군요. 손톱만
큼도 인격을 찾아볼 수 없는 민족이라고 목소리도 높였어요. 피도 눈
물도 없는 치한배가 일본 민족이라고 울부짖었습니다. 지옥 같은 비
참한 생활이 1년하고도 3개월 동안 지속되었답니다. 그러던 중 1945
년 일본이 전쟁에서 패했다는 소식을 접했다고 했습니다. 그것은 당
연한 귀결이었고 일본이라는 나라는 영원히 지구상에서 없어져야 한
다고 모두가 소리 높여 외쳤답니다. 처참할 정도로 신체적 만신창이

가 된 그녀는 수녀의 꿈을 송두리째 빼앗긴 채 호주로 가게 되었답니다. 다행히 지인의 소개로 영국인과 정식 결혼하여 가정을 꾸렸다고 했습니다. 그러나 가정을 이뤄 살면서도 가슴에 납덩이를 매달아 놓고 사는 것처럼 마음 한구석은 울분으로 가득 차 있었다고 했어요. 수치심 때문에 가족 간에도 말을 하지 못한 채 살 수밖에 없었다는 것입니다. 생각하면 할수록 악머구리 끓듯 화가 불끈불끈 치밀어 오른 세상을 살았답니다. 일본의 일자만 들먹여도 분한 마음이 치솟으며 치가 떨려 견딜 수가 없다며 울먹였어요. 그러던 중 1년 전 호주 방송 뉴스에 한국 위안부 피해자들의 피맺힌 절규의 모습을 보았답니다. 순간 그녀는 심경을 달리했다고 말했습니다. 도저히 울분을 참을 수 없어 당장 남편에게 지난날의 슬픔을 낱낱이 알렸답니다. 그리고 남편과 함께 길을 나섰답니다. 수녀원에서 함께 끌려갔던 동료들을 찾기 위해서였답니다. 이리저리 사방팔방으로 수소문을 해보았지만 지난날에 부끄러움을 감추려드는지는 몰라도 찾지 못했다고 했어요. 하는 수 없이 혼자서라도 위안부의 참상을 알리자고 팔을 걷고 나섰다면서 일부러 인터뷰를 자청했던 것입니다. 그녀는 위안부라고 표현한 것은 일제의 강제성을 완화하려는 의도라며 일본군의 성 노예라고 말해야 한다고 목소리를 높였습니다. 일본 정부는 지금이라도 조상이 저지른 과거 전쟁 범죄 행위를 인정해야 하고 배상해야 한다고 외쳤습니다. 아베 총리가 진정으로 사과하고 배상할 때까지 결코 죽지 않겠다고 그리고 죽을 수도 없다고 울분을 토했습니다. 그리고 죽을 때까지 일본의 만행을 알리는 데 몸을 아끼지 않겠다고 했어요. 이 같은 증언이 있는데 그 무슨 변명이 필요하겠습니까? 사려 깊지 못한 사과는 되레 위안부 피해자들을 두 번 울리며 죽이는 행위입니다. 이제 일본은 머뭇거리지 말고 진실된 마음으로 용서를 청해야 합니다. 강간범의 후손이란 것은 떳떳한 명예가 될 수 없습니다. 피해자들에게 백배사죄의 뜻을 전함으로써 독일 국민처럼 선진 문화국민으로 숭앙은 받지 못할지라도 부끄러운 민족으로 영원히 기억되지 않길 바랄뿐입니다. 변명만 늘어놓다가 실기하게 되면 진정성이 훼손될 뿐 아니라 마지못해 하는 것처럼 굴복으로 비춰져 별무효과일 것입니다.

역사를 반성하는 것은 결코 자신이 지은 잘못에 대한 회개가 아닙니다. 조상이 저지른 허물일 뿐입니다. 허물을 털고 가는 일은 잘못을 두 번 다시 되풀이하지 않겠다는 의지표현이기도 합니다."

서현 교수는 눈시울을 붉혀가며 한편의 역사드라마를 보여주는 것처럼 네덜란드 오헤른 할머니의 한 맺힌 삶을 들려주었다. 심장이 갈기갈기 찢어져 나가고 사지가 얼어붙어버릴 것 같은 비참한 과거사였다. 그것은 처절한 여성의 절규이기도 했다. 비창(悲愴)한 마음을 억제하지 못한 서 교수는 눈시울을 적셔가며 애원하듯 말했다.

모두들 서 교수에게 눈길을 저당 잡히고 말았다. 얼굴 표정들이 비통에 젖어들면서 무거운 침묵마저 엄습해 오는 것이었다. 치욕과 절망과 배반의 기억들만이 맴도는 눈빛들…… 엷은 한숨 소리만이 장내를 채워가고 있을 뿐이었다. 돌덩이처럼 굳어진 표정 사이로 숨소리만이 가늘게 터져 나올 뿐인데 김지숙 교수가 심사를 불뚝 세우고서 일어섰다.

"아베 정부는 강제로 연행했다는 증거가 없다고 말해왔습니다. 실제적 증거가 있는데도 속내를 속이고 있었던 것입니다. 전쟁이 끝난 후 위안부 강제동원 사실을 법원 판결에서 인정한 사례가 있습니다.

종전 후 BC급 전범 군사재판에서 사형 1명을 포함해 일본군 장교 7명과 군속 4명이 유죄판결을 받았습니다. 12년형을 받은 전 육군 중장의 판결문에는 1944년 일본군 장교의 명령으로 인도네시아 자바섬 스마랑 주에 수용돼 있던 네덜란드인 여성 35명을 강제 연행했다. 연행한 뒤 4개 위안소에 배치했고 신체적 위협을 가해 성매매를 시켰다는 증거가 명시되어 있었습니다. 교도 통신에 의하면 전직 중장이 1966년 일본 이시카와 현 현청에서 위안부가 되겠다는 승낙서를 받을 때 다소간의 강제가 있었다는 진술을 포함시켰다고 보도했습니다. 이처럼 상세하게 기록되어 있는데도 증거가 없다고 발뺌하는 것은 지도자로써 국격을 무너뜨리는 짓입니다. 그것은 피해국을 무시하기보다 일본의 국민을 우습게 여기는 소치라고 볼 수밖에 없습니다."

김 교수는 스스럼도 없이 아픈 내력을 송두리째 까발리고 나섰다. 은근이 협박이 되어 귀청을 흔들어대는 형국이 되고 말았던 것이다. 냉랭한 미소만이 하염없이 흐를 뿐이었고 장내의 분위는 다시 한 번 무겁게 가라앉고 말았다.

"예. 김지숙 교수님의 증언에 관한 발언 잘 들었습니다. 역시 여성이라서 그런지 몰라도 예민한 반응을 보이시는군요. 이번에는 일본 측으로 마이크를 넘겨보겠습니다."

"위안부라고 한다면 정도의 차이가 있을지라도 2차 세계대전 당시 미군과 영국군도 마찬가지였습니다. 독일도 그랬던 것으로 알고 있습니다. 뿐만 아니라 한국전쟁 당시에도 위안부를 두었다고 했습니다. 월남 파병 당시 한국군도 베트남 여성을 상대로 성폭력을 일으켜 원성이 들끓었다는 것은 잘 알려진 사실이었지 않습니까? 또한 한국 정부는 1970년대부터 미군 기지촌을 조성했으며 관리해왔던 것이지요.

그런 측면에서 바라보면 한국도 여성 성범죄에선 자유로울 수 없을 것입니다. 전쟁이 있는 곳에는 반드시 위안부를 곁에 두고자 했다는 것이야말로 전통의 소산이었던 것입니다. 역사가 이를 증명하고 있습니다.

그런데도 미국이나 영국 그리고 독일정부가 과거 위안부 문제로 사과했다는 소리 들어보셨습니까? 오직 일본만이 저지른 것처럼 매도하고 있습니다. 가해자 일본 그리고 피해자 한국인 것처럼 도식주의적인 방법으로 바라보는 것은 옳지 않습니다. 더욱이 증거가 입증될만한 문서가 발견되지 않았는데도 일부의 증언만을 내세우는 것으로는 해결될 수 없습니다. 증거가 될 만한 그 어떤 것도 발견되지 않았습니다. 그렇다고 해서 책임을 회피하려드는 것은 아닙니다. 역사학자들이라면 입증할 문서를 찾는데 앞장서야 할 것입니다. 사료 없는 역사적 해석은 한낱 공염불에 불과하기 때문입니다. 나는 괜찮고 남의 똥은 더럽다는 잘못된 편견의식부터 극복해야 위안부라는 문제로 야기된 갈등이 풀릴 수 있다고 봅니다."

검정색 짧은 치마에 연한 연두색 반팔 블라우스를 입은 다카하카하야오 여교수가 마이크를 넘겨받자마자 상서롭지 않은 내용들을 거침없이 뱉어내었다. 마치 트집거리를 잡은 것처럼 눈초리를 날카롭게 세워가며 말했다. 가냘파 보이는 인상인데도 맵짠 눈으로 흘겨보면서 암팡지고 다부진 소리를 쏟아내었다. 여성인데도 불구하고 부끄럼도 스스럼도 없이 성범죄를 송두리째 흔들어놓고 싶은 심사를 부리려 들었다. 곁에서 지켜보고 있던 이하원 교수가 벽력같은 소리를 지르며 벌떡 일어섰다. 무슨 확신이 여물어가는 듯 누르스름한 봉투를 열고 더듬적더듬적 하얀 문서를 꺼내들고는 마이크를 입에다 가져다 대었다. 눈가에 미세한 주름을 판득 세워가며 조급한 어조로 말문을 열었다.

"저도 다카하카 교수님의 말씀에 전적으로 동의합니다. 확실한 증거를 입증할만한 서류가 발견되지 않은 것은 사실입니다. 위안부라고 내세우는 사람들이 과연 실제 위안부였는지 못 믿겠다고 하셨습니다. 어떻게 보면 당연한 말씀입니다. 일본군이 그렇게 만들어놓았으니까요. 당시 일본 형법에는 '국외로 이송할 목적으로 사람을 매매 혹은 유괴를 금지하고 이를 어긴 자는 2년 이상의 징역에 처한다.'라는 조항이 있었습니다. 본인의 의사에 반해 나라 밖으로 여성들을 이송하는 건 명백한 불법행위로 간주했던 법입니다. 위안부 동원이란 이법에 위반되었던 것입니다. 때문에 불법을 지시하는 문서를 만들었을 가능성도 없었고 설령 만들었다 할지라도 패전 후 이를 가만히 놓아두었을 리 만무했을 것입니다. 패전 당시 일본 관방 문서과의 한 직원의 다음과 같이 증언했습니다.

'내무성의 문서를 소각하라는 명령이 내려왔다. 나중에 어떤 사람들에게 어떤 폐를 끼칠지 모르기 때문에 선택하지 말고 전부 태우라는 명령이어서 뒤뜰에서 삼일 밤낮으로 활활 하늘을 그을리며 태워버렸다.'고 말했습니다. 그의 증언이 사실이라면 위안부를 강제 동원했다는 공문서는 지구상 그 어디에도 존재할 까닭이 없습니다. 설령 보존하고 있었다고 할지라도 꼭꼭 감춰놓았겠지요. 긁어 부스럼을 낼 그런 바보스러운 짓은 하지 않을 겁니다. 그런데 세상엔 비밀이 없기 마련입니다. 비록 명단은 알 수 없지만 위안소에서 벌어졌던 사실들이 속속 밝혀지고 있습니다. 미 육군 심리전투단이 1944년 10월 작성한 일본군 포로 매춘심문보고서 49호(Japanese Prisoners of War

Interrogation on Prostitution 49)는 일본군대의 위안소 운영 실태를 보여주는 중요 자료입니다. 보고서를 들여다보면 당시 일본군 위안소에서 벌어진 내용들을 심도 있게 전해줍니다. 다카하카 교수님께서는 위안부라고 내세우는 사람들의 증언만으로는 불충분하다고 하셨습니다. 그런데 그분들이 하신 말씀과 보고서의 내용이 아이러니컬하게도 그대로 일치하고 있다면 그걸 어떻게 해석하시겠습니까? 국내 최고령 위안부 피해자인 김복득 할머니의 증언록 『나를 잊지 마세요』의 내용과 거의 일치합니다. 그뿐 아닙니다. 일본군 위안부 피해 할머니가 일본을 찾아 피해 참상을 증언하고 있습니다. 그분들이 억지로 꾸며댄 증언이라고 보십니까? 그분은 글자를 해독하지 못한 사람들입니다. 그분들의 말씀도 매춘심문보고서 내용과 들어맞습니다. 다만 자신이 직접 경험했기에…… 그리고 잊을 수 없었기에…… 가슴에 묻어놓았기에…… 입으로 전하고자 노구를 이끌고 일본까지 가신 것입니다. 할머니의 일본 방문은 일본 중학교 교사의 초청으로 이뤄졌습니다. 자국의 어린 학생들에게 위안부 참상을 알려야 하겠다며 비용까지 마련해주었다고 합니다. 일본 젊은 세대와 기성 세대에게 위안부 피해 참상을 전하고 피해 배상과 명예 회복을 위한 관심을 호소하겠다고 했답니다. 그래도 확실한 증거가 없다고 우겨대시겠습니까? 또 다른 자료가 있습니다. 일본군 위안부가 전시(戰時) 동원 체제의 일환으로 일본군 주도 하에 여러 차례 조직적으로 동원됐음을 보여주는 자료가 새로 발견되었습니다. 1942년 7월 일본군 위안부들을 따라 버마로 가서 1944년 12월 귀국할 때까지 위안소의 관리인으로 일했던 조선인이 남긴 일기가 그것입니다. 그 일기에 의하면 일본군 부대가 위안소와 위안부들을 끌고 다녔던 사실이 드러납니다. 위안부 동원에 일본 정부나 군이 관여하지 않았다는 주장을 정면으로 반박하는 것입니다. 그뿐만이 아닙니다. 1988년 위안부 피해자들이 제기한 소송의 1심 판결문에서 일본 야마구치 지방법원은 '식민지의 미성년자를 대상으로 본인의 의사에 반해 위안소로 연행한 뒤 군인과 성교를 강요했던 것은 반인도적이고 매우 추악한 행위였음이 명백하다.'는 판결을 내놓았습니다. 진실은 언젠가는 드러나기 마련입니다. 만시지탄일지 모르나 지금이라도 진상을 밝혀야 합니다. 아베 총리가 나서서 진심어린 사과와 법적 배상을 추진한다면 역사적으로 위대한 지도자의 반열에 오를 것입니다. 인류의 평화에 기여하는 정치인으로 기억될 것입니다. 그것은 여성의 인권신장에 크게 공헌할 수 있기 때문입니다. 그러나 그대로 감춘 채 기회를 놓친다면 여성에 대한 성폭력을 해결하지 못한 역사적 사건으로 남게 될 것입니다. 솔직히 저는 아베 총리께서 인류의 보편적 가치를 실현하기 위한 고도의 정치력을 발휘 노벨평화상을 받는 정치인이 되길 기대해봅니다."

별로 유쾌할 사안이 아닌데도 여유만만하게 미소를 지어가며 말했다. 증거를 찾지 못했다고 우겨대던…… 불편스러워했던…… 숨겨왔던…… 사안의 담장을 당차게도 허물고 나섰던 것이다. 표정에서부터 언행까지 늘 만인의 귀감이 되어주었던 그였지만 정작 예민한 사항에서는 속심까지 털어내고 말았다. 매듭을 풀어낼 방법을 훤히 읽어버린 듯 여기서 그치지 않고 살얼음을 밟듯 슬슬 눈치를 살피며 말꼬리를 이어갔다.

"위안소 제도도 한 가지의 형태만 있는 것이 아니었습니다. 군이 직접 운영하는 군 직영 위안소도 있었고 업자를 두고 관리 감독하는 군 전속 위안소 그리고 성매매업소를 군이 지정해서 이용하는 위안소 등 이렇게 세 가지의 종류가 있었다는 것입니다. 위안부들도 한 곳에만 머물지 않았습니다. 군 직영 위안소에도 있다가 다음에는 전속 위안소로 보내기도 하고 처음부터 성매매업소에 매여지낸 경우도 있었습니다. 일본군은 성매매업소 형태의 공창을 가장 원했다고 합니다. 그럼 지금부터 매춘심문보고서 49호에 기재된 내용과 피해자의 증언을 바탕으로 당시 위안소에서 벌어졌던 사실을 짚어보도록 하겠습니다. 보고서에 의하면 위안소는 군대가 주도한 유례없는 인신매매 현장으로 철저한 규정이 있었다고 했습니다. 끌려간 여성들은 군 기지에 마련된 위안소에서 최소 하루 12시간 이상 군인들을 상대해야 했고 공식적으로 쉬는 날도 없었답니다. 부대에서 요일별로 스케줄까지 편성했다는 것입니다. 위안소를 찾은 군인이 너무 많은 까닭에 불평이 새어나오기 시작했던 것입니다. 예를 들면 일요일은 사령부, 월요일은 기갑부대, 화요일은 공병부대, 수요일은 신체검사로 휴무, 목요일은 의무대, 금요일은 포대, 토요일은 수송대와 같이 요일을 정해주었습니다. 하지만 장교들은 일주일 내내 이용하는 것이 허용되었다고 했습니다. 군인이 위안소에 머무를 수 있는 시간은 30분이고 콘돔을 착용하지 않은 자는 여자를 가까이 할 수 없었습니다. 월 3회 가량 정기적으로 성병 검진을 받아야 했고 외출과 같은 사적인 행동은 엄격히 금했습니다. 위안소를 찾을 적마다 몸값을 지불하면 이름이 적힌 2인치 크기의 티켓을 받고 대기했다고 합니다. 들어갈 적마다 신분과 계급을 기재하기도 했답니다. 간혹 만취한 군인들이 들어와 행패를 부린 탓에 이들을 거부할 권한이 허용되었다고 했습니다. 주일뿐 아니라 하루의 일과도 편성해주었다고 합니다. 사병은 오전 10시부터 오후 5시까지 1.5엔, 하사관은 오후 5시부터 9시까지

3엔이며 장교는 오후 9시부터 자정까지 5엔이었습니다. 나이 어린 처녀들은 하루 30에서부터 100명에 이르는 군인을 상대해야 할 정도였답니다. 이는 말로 형언할 수 없는 육체적 고통과 수치심이었던 것이지요. 때때로 탈출을 시도하는 위안부들도 있었으나 감시자들에 의해 총에 맞아 죽는 경우도 있었고 스스로 목숨을 끊은 이도 부지기수였다고 합니다. 도주방지와 질서유지를 위해 헌병대와 경비담당부대원들이 순찰하면서 관리와 감시를 병행했고 당직 장교까지 배치되었다는 것입니다. 하우스 마스터는 소녀들이 계약 당시 진 빚에 따라 수입의 50-60%를 차지했습니다. 매달 소녀들은 평균 1500엔을 벌었지만 최소 750엔 이상을 떼었습니다. 그 외도 하우스마스터들이 음식과 생필품을 비싼 값에 공급해주고 중간에 가로채기도 했습니다. 때문에 남는 것은 거의 없었습니다. 오직 군인들의 성적 노리갯감 역할만 했던 것이지요. 뼈저린 상흔만 안은 꼴이었습니다."

이 교수는 차마 입에 담을 수도 없을 정도로 추접스럽고 비속하게 굴었던 일본군의 비인도적인 처사를 거침없이 내리 쏟았다. 흉금(胸襟)을 털어놓으려 작심이라도 하고 나온 사람처럼 준비해온 자료를 들춰내며 결연히도 목소리를 높였다. 원망스럽고 저주스럽다는 듯 눈가에 납덩이를 매단 사람처럼 딱딱하게 굳어진 눈빛을 쓸어가면서 말했다. 또 다시 장내가 숙연히 가라앉으면서 침울한 분위기 속으로 빠져들고 있었다. 사회자도 얼른 마이크를 잡지 못하고 의식이 마비된 사람처럼 멍한 표정을 지어보였다. 그러나 일본 학자들 중에는 아무렇지도 않다는 듯 허접스런 표정을 지어보이는 이가 있는가 하면 냉소적인 비웃음을 머금는 이…… 시큰둥한 표정으로 바라보는 이…… 또 다른 이는 눈빛을 송곳처럼 날카롭게 세워 신경질적인 반응을 보이는 이도 있었다.

"이하원 교수님 말씀 잘 들었습니다. 이 교수님은 마치 위안부의 하우스 마스터와 같습니다. 어찌 그리도 세세한 내용까지 알고 계십니까? 그런데 미 육군 심리전투단이 작성한 보고서가 마치 위안부에 대한 고증사료(考證史料)나 되는 것처럼 말씀하셨는데 그건 일종의 설문에 의한 조사결과일 뿐입니다. 다시 말씀드리지만 여기는 역사학자들의 토론장입니다. 아까 하길담 연구원께서 말씀하셨습니다. 우리는 역사학을 전공한 역사학자들이라고요. 과거에 있었던 사안은 어디까지나 사료(史料)를 바탕으로 접근해야지 공신력도 없는 일개의 보고서 내용을 가지고 논쟁을 벌여서야 되겠습니까? 여기 모인 목적이 무엇입니까? 역사를 바르게 정립하여 두 나라의 공존공영을 돕자는 데 있지 않습니까? 지금부터라도 사료를 발굴해서 역사적인 진실을 가려내고 평가해야 할 것입니다. 아직까지 사료가 발견되지 않은 것은 일본 정부나 군 당국이 군 위안부에 대해선 직접 관여하지 않았다는 증언이 설득력을 얻고 있는 것으로 봐야 할 것입니다. 이하원 교수님께서 일본이 패전으로 인해 뒷일이 두려워 문서를 소각했다고 말씀하셨습니다. 설령 보존되어 있다고 하더라도 공개할 까닭이 없을 것이라고도 하셨습니다. 얼른 듣기엔 일리가 있다고 느껴지는 대목이기도 합니다. 그러나 일본 정부를 지나치게 비하하는 말씀입니다. 세계 제2대 경제대국을 건설한 선진국 국가에서 국가 문서를 소각시키다니요? 그건 있어서도 안 되고 있을 수도 없는 일입니다. 매춘부들의 돈벌이까지 기록해둔 정부가 어디에 있겠습니까? 당연히 문서가 존재할 까닭이 없지요."

다카하시 마쓰로 교수가 반박성명이라도 할 것처럼 냉큼 일어서서 논리적으로 따지고 달려들었다. 금빛이 번쩍거리는 안경테 사이로 엄위에 찬 눈빛을 뿌리며 말했다. 신바람이 쌩쌩 새어나오는 느낌이 들 정도로 입술을 실기죽거리기까지…… 말하는 모습에는 빈정거림이 묻어나고 있었다.

"말씀대로 매춘부들이 돈을 벌기 위해 갔다고 합시다. 그런데 왜 위안부가 통제받아야 했을까요? 가령 월 3회 정기적으로 성병검진을 받아야 했다는 것…… 위안소를 찾은 군인들의 신분과 계급을 기재한 일…… 과연 이런 일들이 자발적으로 이뤄졌으리라 추론할 수 있을까요? 거기다가 위안소를 찾은 군인들의 계급별 시간 편성, 하루에 상대해야 할 군인들의 배정인원, 도주방지와 질서유지를 위해 헌병대와 경비담당 부대원들이 순찰하면서 관리했다는 것은 군부대의 철저한 규정에 의해 유지되었던 부분임에 틀림없습니다. 비단 미 육군 심리전투단의 심문보고서 내용만은 아닙니다. 위안부로 다녀온 피해자 중 열이면 열 사람의 증언을 들어봐도 천편일률적으로 증언내용이 같습니다. 그것은 분명 관권에 의해 통제되었음을 단적으로 보여주는 증거이며 문서화되었음을 시사(示唆)해주고 있습니다. 그런데도 문서가 없다고 우겨대는 것은 책임 회피의 일면을 보여주는 것에 불과합니다. 문서를 소각해놓고 얼버무리려들지만 실상은 이미 드러났습니다. 여기서 한 가지 덧붙인다면 인간이 동물과 다른 것은 도의적인 삶을 살아가기 때문이라는 것입니다. 도의적 삶이란 책임을 질 줄 아는 삶입니다. 책임은 자유로운 의사에 의해 어떤 행위를 할 수 있음에도 불구하고 위법한 행위가 되었을 때 가해지는 비난을 두고 하는 말입니다. 그런데 일본은 도의적 책임에서 자유로울 수 없습니다. 자신들의 침략 야욕에서 빚어진 것임에도 책임을 전가하려는 것은 비겁한 행위입니다. 식민지배에 시달렸던 민족의 인격을 여지없이 짓밟는 행위라고 볼 수밖에 없습니다."

가시가 돋친 말로 자문자답하듯 발언한 이는 백태규 교수였다. 일제강점기 때 호남 일대에서 의병활동을 펼친 애국지사 세심당 백홍인 선생 후손답게 준엄하게도 꾸짖듯 말했다. 얼굴에는 감히 범접할 수 없을 정도로 위엄이 서려 있었던 것이다.

"솔직히 세계 제2대 경제대국이라고 자랑을 하면서 위안부 문제에 대해서 그다지도 옹졸하고 인색한 까닭을 모르겠습니다. 위안부 문제는 여성에 대한 성폭력 문제요, 인격적 살인행위였습니다. 때문에 일본은 반인륜적 행위를 저지른 민족이라는 멍에에서 자유로울 수 없습니다. 이런 올가미에서 벗어나지 않는 한 경제대국에 걸맞은 지위를 누리기란 쉽지 않을 것입니다. 지구상에 살고 있는 모든 사람들이 위안부 문제는 일본이 저지른 성범죄라는 것을 이미 알고 있습니다. 때문에 인도주의적 차원에서 일본을 호의적으로 바라보지 않고 있는 까닭이 여기에 있습니다. 문제해결이 어렵고 힘든 것도 아닙니다. 피해자 할머니들의 요구사항을 들어보면 간단하다는 것을 알 수 있습니다. 진정으로 일본이 자기 잘못을 뉘우치고 사죄하여 가슴에 맺혀 있는 한을 풀어달라는 것입니다. 그리고 배상을 통해 명예를 회복시켜주길 바라고 있을 뿐입니다. 일본은 가난한 나라에 원조를 제공하면서도 정작 자기들이 지은 범죄로 빚어진 위안부 문제를 피해가려는 까닭을 도무지 알 수 없습니다. 여성의 인권을 유린했던 반인권적 민족이라는 불명예를 안고 살아가려는 까닭을 도저히 이해할 수 없습니다. 역지사지로 생각했으면 합니다. 내 자녀가 그런 꼴을 당했다고 했을 때 모르쇠 하겠는지…… 묻고 싶을 뿐입니다. 산고(産苦)를 겪지 않고서는 옥동자를 얻을 수 없습니다. 비록 순간적 자존감에 아픔이 따르더라도 이제 떳떳하게 사과하고 배상을 통해 명예를 회복시켜줘야 합니다. 그것만이 잃었던 명예를 회복하는 길이요, 미래의 번영을 가져오는 것임을 명심해야 할 것입니다. 세상을 악으로 다스릴 수 없다는 것은 불멸의 진리입니다. 악을 인식하는 능력은 인간에게만 있으며 선의 결핍 때문에 생겨난 것입니다."

백태규 교수는 진정을 애절히 호소하듯 말했다. 머리가 아찔하도록 충격적으로 다가오는 말…… 맹렬한 저항마저 느껴지게 하는 말…… 반일 감정이 앙금처럼 가라앉게 만드는 말…… 설득에 찬 말의 마디마디가 심금을 세차게 두드려주는 것이어서 회원들의 표정들이 기묘한 긴장 속으로 빠져드는 것 같았다.

분위기가 싸늘하게 돌아가는 낌새를 눈치 챈 유인원 박사가 부러 생기침을 서너 번 하고 나서는 분위기를 바꾸려 말허리를 돌리고 나섰다.

"지금까지 고노 담화를 중심으로 과연 군 당국이 위안부에 관여했는지 토론해보았습니다. 그것은 결국 일본 정부가 위안부에 대한 범죄 인정과 진상규명에 나서라는 주문이었던 것 같습니다. 마치 일진일퇴의 공방전 경기를 보는 것과 다름없었습니다. 계속해서 위안부의 전후의 삶과 배상에 대해 토론을 해보겠습니다. 이것 또한 신경줄을 첨예하게 끌어당기고도 남을 사안이기도 합니다. 대립과 갈등의 정점에 서 있기 때문에 어필도 많으리라 여겨집니다. 그러면 먼저 일본 측에서 모두 발언 겸 주장을 피력해주시기 바랍니다."

기다렸다는 듯이 벌떡 일어선 이는 오지마 교수였다. 미세하게 흩어져 나오는 눈빛만 보아도 무슨 생각으로 일어섰는지 대충 읽을 수 있을 정도였다.

"일본 정부의 입장은 앞에서 언급되었듯이 공창제도와 같이 행해졌던 일이었고 위안부들이 군을 상대할 때마다 돈을 받았습니다. 미육군 심리전투단이 보고서에서 밝혔듯이 사병은 1.5엔, 하사관은 3엔, 장교는 5엔을 받았다고 하지 않았습니까? 해웃값을 받고 몸을 파는 여자라는 것이 자명한데도 배상을 해달라는 것은 앞뒤가 맞지 않은 말입니다. 화대를 받지 않았다고 한다면 피해자라 할 수 있지만 돈을 받고 몸을 팔았으니 피해자가 아닙니다. 그런 측면에서 바라본다면 잘못을 저지른 것도 아닌데 배상을 하라는 것은 이치에도 맞지 않습니다. 외국인을 고용하게 되면 고용주와 별도로 국가에서 또 다른 임금을 지불해야 한다는 논지와 무엇이 다르겠습니까? 그것은 이중으로 임금을 지불하는 것이나 다름없지요. 세상에 그런 법이 어디에 있습니까? 국가배상이란 국가의 잘못된 행위로 인하여 손해를 입혔을 때 이뤄지는 것입니다. 이에는 확실한 증거가 있어야 가능하겠지요. 1952년 4월 28일에 발효된 샌프란시스코 강화조약에 의하면 중국과 한반도에 대한 일본의 근본적인 전쟁 책임이 불문에 부쳐졌습니다. 그것만이 아닙니다. 1965년의 한일 청구권 협정 제2조 제1항에 의해 개인의 청구권 문제까지 포함해서 책임이 완전히 그리고 최종적으로 해결되었습니다. 위안부 개인에 대한 배상책임도 소멸되었다는 것이 일본 법조계의 해석이기도 합니다."

오지마 교수는 빗장이 풀린 사람처럼 조소를 가득 담은 표정으로 는질거리며 말했다. 호기로운 웃음살에 빈정거리는 눈빛이 얕잡아보는 태도로 비쳐지기도 했다.

한국 측 회원들에겐 어렴풋하게 남아있던 예감이 순식간에 싹 뭉개지는 것 같아 기분이 썩 좋지 않게 만들었던 것이다. 결국은 위안부는 공창제도여서 업자들의 경영이었다는 주장만이 도시듯 되풀이된 꼴이었다.

"오지마 교수님께서는 아직도 위안부의 강제동원에 동의하지 않으시군요. 때문에 법적 책임이 없다고 말씀하셨습니다. 위안부 형태가 일률적이었다고 생각하신 것 같습니다. 다시 말씀드리자면 공창제도였기 때문에 국가의 책임이 없다는 말씀이셨습니다. 저도 공창제도는 부인하지 않겠습니다. 그러나 그것은 일부에 불과한 일이었습니다. 피해 당사자가 살아계시며 증언을 쏟아내고 있는데도 믿지 않은 것은 경직된 독선(獨善)에 불과합니다. 비안(秘案)을 꾸며대며 교묘히 피해가려고 하고 있을 뿐입니다. 이제 언어유희(言語遊戱)를 멈추고 진정성을 보여주어야 합니다. 진상을 규명하고 사죄해야 하며 피해자들에게 국가가 배상해야 합니다. 후세에게 역사를 가르칠 때도 정의에 입각해서 가르쳐야 합니다. 거짓을 가르치려 들어서는 안 됩니다. 그렇다면 왜곡된 교과서도 진실로 되돌려놓아야 할 것입니다."

김용우 교수는 눈꼬리를 가늘게 끌어 모아 게슴츠레 눈을 뜨고 따끔하게 쏘아붙였다. 애절한 넋두리 같기도 하면서 강온 양면 전술을 펼치는 것 같았다.

"김 교수님께서는 일본 정부를 너무 가혹하게 매도하는 것 같습니다. 일본 정부도 1992년 7월과 1993년 8월 2차례에 걸쳐 제2차 세계대전 당시 일본군 군대위안부 문제에 대한 진상을 조사하여 결과를 발표한 적이 있었습니다. 일본 방위청 방위연구소 도서관에서 발견된 위안소 관련 자료에 의하면 일본군이 일부분 관여했으며 강제성을 띠었다는 것입니다. 때문에 일본 정부는 그 부분에 대해서는 공식적으로 사과했습니다. 그러나 법적 책임에 대해서는 이미 종결되었다는 것이 일본 정부의 입장입니다. 단지 그 자료만 가지고 범죄 사실을 인정하고 진상을 규명해야 한다는 것은 너무 비약된 논리라는 판단에서입니다. 피해자 보상에 관한 문제는 오지마 교수께서 밝혔듯이 샌프란시스코 평화조약과 한일협정으로 이미 끝났다는 것이 일본 정부의 입장입니다. 한국 정부도 일본 정부에 대해서 배상을 요구하지 않는다는 방침을 천명하지 않았습니까? 1993년 3월 김영삼 대통령께서는 '도덕적 우위의 관점에서 정부 대 정부 차원의 물질적 보상 불 요구 방침'을 발표했습니다. 피해자에 대한 실질적 지원을 정부 차원에서 구제 조치로 실시하겠다고 말했습니다. 1998년 4월에는 외교통상부 대변인 성명을 통해 일본 정부에 대해 정부차원의 배상을 요구하지 않는다고 하면서 대신 진정한 사과와 반성을 촉구한다는 성명을 발표한 것으로 전해졌습니다. 일본 정부도 법적 책임은 없지만 도의적인 책임까지 회피할 생각은 없는 것으로 알고 있습니다. 무라야마 도미이치(村山 富市) 총리의 특별담화를 통해 사과와 반성의 뜻을 나타내는 조치로서 민간기금을 통한 위로금 지급구상을 시사했던 것입니다. 그래서 1995년에 여성을 위한 아시아 평화 국민기금을 설립했습니다. 한국, 타이완, 필리핀의 위안부 피해자 285명에게 위로금을 지급한 바 있습니다. 또 일본 정부는 국가 차원의 보상책임은 할 수 없다 할지라도 보상소송엔 예외일 수 있다는 입장입니다. 1998년 김덕순 씨 등 위안부 출신 한국인 여성이 제기한 손해배상 소송에서 야마구치 지법 시모노세키지부가 전후 보상 재판과 관련해 처음으로 국가의 책임을 인정해 원고 3명에게 총 90만 엔을 지급하라고 위자료 지급판결을 내렸습니다. 이는 일본 사법사상 처음으로 군대위안부에 대한 손해배상 청구를 일부 인정한 판결이었습니다. 하지만 2심 재판에서 히로시마 고법은 보상은 입법부의 재량적 판단에 맡겨진 것이라며 1심 판결을 뒤집었습니다. 2003년 3월 일본 최고재판소에서 원고패소 판결이 확정되었기에 보상이 이뤄지지 못했던 것입니다."

사쿠라다 신이치 교수가 허공을 좇고 있는 시선들을 일각에 끌어모았다. 만장을 압도하고도 남을 언변으로 뭇 시선을 잡아당겼던 것이다. 너무나도 아픈 배반의 내력을 다시 한 번 확인한 셈이었다. 비정하리만큼 황폐해진 사람이라는 생각을 버릴 수 없는 내용이었다.

"사쿠라다 교수님은 아직도 상황판단에 소극적인 자세를 취하고 계신 것 같습니다. 지금 생존해 계신 피해자는 많지 않습니다. 살아 돌아오신 분이 많지 않은 탓이기도 하지만 노령에 운명을 달리하신 분이 늘어만 가고 있습니다. 천신만고 끝에 고국의 품에 안긴 분들이지만 지울 수 없는 심신의 상처를 입은 분들이라서 비분을 곱씹으며 지내야 합니다. 아무런 잘못도 없이…… 자신의 의지와 상관도 없이…… 무슨 죄를 지었다고 이국 만리로 끌려가 저주와 비애를 가슴에 담고 돌아와야 하는 것인지…… 가족 앞에 떳떳이 나서기 어려워 평생 숨어 지내야 했던 그 마음을 누가 알아주겠습니까? 그래도 이분들은 행복한 편이었습니다. 고국의 땅을 밟아보지도 못한 채 비명에 가신 분들…… 그리고 돌아오는 방법을 몰라 낯선 타국에서 살다가 비참하게 죽어간 분들도 많았습니다. 일본군은 자신들의 잘못을 숨기기 위해 위안부들을 한데 모아놓고 학살을 자행하기도 했습니다. 동굴 속으로 몰아넣어놓고 불을 지르는가 하면 폭탄을 터뜨리기까지…… 한 때는 성의 만족을 취하기 위해 노리갯감으로 여기던 여인들을 무참하게도 살육을…… 울며불며 사정을 해대는 여인들을 향해 총격을 가하는가 하면 일본도로 젖가슴을 갈기갈기 찔러 죽였다고 합니다. 그것만이 아니었습니다. 비분과 고통을 참지 못하고 스스로 목숨을 끊는 분들도 많았다고 합니다. 그런데도 피해자만 있을 뿐 가해자가 아니라고 우겨대는 일본은 참으로 뻔뻔스럽습니다. 위안부 문제는 일본과 관련 당사국만의 문제가 아닙니다. 세계 곳곳에서 항의 집회가 열리고 일본에 대한 규탄이 끊이지 않고 있습니다. 그런데도 정작 일본은 손해배상소송을 기각하고 말았습니다. 비록 여론에 구애받지 않고 살아가겠다고 하지만 나중에는 국제적 신뢰를 잃어 벼랑으로 몰리게 될 날이 반드시 온다는 것을 알아야 합니다. 유엔 인권 위원회는 2008년 위안부는 국제법상 불법이었기 때문에 일본 정부가 피해자에게 사죄하고 존엄성을 회복시켜야 하며, 피해를 준 관련자 중 현재 살아있는 사람을 처벌해야 하고 피해자에게는 적절한 보상을 해야 한다는 보고서를 채택했습니다. 미국 하원 국제관계위원회에서도 레인 에번스(Lane Evans) 의원이 제출한 군대위안부 문제에 대한 결의안이 만장일치로 통과되기도 했습니다. 뿐만 아니라 마이클 혼다(Michael Honda) 의원이 제출한 군대위안부 결의안도 만장일치로 통과되었습니다. 결의안 내용을 보면 '위안부는 분명 성 노예화임이 명백함으로 일본 정부는 공식 인정하고 사죄하며 역사적 책임을 수용할 것을 촉구한다.'라고 되어 있습니다. 뿐만 아니라 일본 총리에게 여성에 관한 국제사회의 권고를 따르는 동시에 미래세대에게 사실대로 교육시킬 것을 촉구했습니다. 오죽 했으면 일본계 미국인이 나서서 조상의 나라에 비수를 던지겠습니까? 비단 미국만이 아닙니다. 2007년 11월 네덜란드 하원에서도 군대위안부 결의안이 만장일치로 통과되었습니다. 이 결의안에서는 네덜란드 정부가 일본 정부에 대해 위안부 강제동원에 대한 책임을 인정토록 요청할 것을 요구하였습니다. 이어서 2007년 11월에는 캐나다 하원에서 군대위안부 결의안이 만장일치로 통과되었으며, 결의안에서는 일본 측에 군대위안부의 존재를 부정하는 주장을 공개적으로 취소할 것과 피해자에게 사과할 것을 요구하였습니다. 2008년 10월 유엔의 인권위원회는 「시민적 정치적 권리에 관한 국제규약(B규약)」에서 국가별 보고서를 발표하여 일본 정부가 취할 조치에 위안부 문제를 명시하기도 했습니다. 이제 일본은 위안부 문제로 점점 고립화의 길로 빠져들고 있습니다. 최근 스위스 제네바 인권이사회의 토론에서 일본의 행태를 강도 높게 비판했다고 합니다. 반인륜적 전쟁범죄를 저질러놓고 반성은커녕 되레 막말과 도발로 피해국에 2차 가해를 저지르고 있다는 것입니다. 한국의 외교부 장관이 위안부 문제를 공식적으로 언급하자 국제 사회의 분노가 한 군데로 모아지는 기류라고 말했습니다. 한국이 국제무대에서 위안부 문제를 들먹이기는 이번이 처음이라고 합니다. 그만큼 한국 정부는 일본 정부를 신뢰하며 당사자국끼리 해결하길 바라고 있었습니다. 국제적으로 퍼져나가는 것을 원치 않았던 것입니다. 그러나 일호반점의 성의도 없는 탓에 참는데도 한계가 있는 법이어서 국제적 이슈화에 나섰다고 했습니다. 이제 위안부 문제는 한일 두 나라 간의 문제가 아니라 국제사회 대 일본의 구도로 바뀌었습니다. 자승자박(自繩自縛)이란 말이 있습니다. 자기의 줄로 자기 몸을 옭아 묶는다는 뜻으로, 자기가 한 말과 행동에 자기 자신이 옭혀 곤란하게 됨을 비유적으로 일컫는 말입니다. 지금 일본을 두고 하는 말 같습니다."

하길담 연구원은 기묘한 승자와 같은 여유로움이 묻어난 어투로 어린 아이 어르듯 말했다.

입가에 엷은 조소가 어리면서 빈정거림을 넘어 시비에 가까운 말까지 쏟아내었다. 그것은 일본 측 회원들을 궁지로 몰아붙이려는 의도임에 틀림없어 보였다.

"일본이 국제적으로 고립되어 간다는 말에 저는 동의할 수 없습니다. 국제적 지위로 보나 경제력으로 보나 일본을 고립시킬 수 있는 나라는 지구상에 없습니다. 아무런 관련이 없는 나라가 위안부 문제를 들먹이는 것은 외교적 대의를 저버리는 처사일 뿐입니다. 판단이야 자유로울 수 있지만 그것을 결국 도움은커녕 국가 간 신뢰감만 떨어뜨리는 행위입니다. 결국 위안부 문제는 일본과 당사자국끼리 정치적으로 해결해야 합니다. 여론몰이를 하고 나섰다간 역풍을 맞을 수 있습니다."

사쿠라다 교수가 불길한 경고와 같은 말을 되뇌고 나섰다. 허허로운 웃음기를 매달아가면서 오기진 어조로 말했다. 그렇다고 해서 하길담 교수가 쉽게 물러날 사람이 아니었다. 기세를 당당하게 세우려는 듯 생기침으로 목청을 가다듬고서 말을 이었다.

"어둠이 짙을수록 빛은 더 밝기 마련입니다. 아무리 숨기고 또 숨기려고 해도 진실은 언젠가는 드러나게 되어 있습니다. 거짓이 때에 따라서는 유익한 것일 수 있지만 신은 거짓으로 유익을 도모하는 것을 바라지 않기 때문에 오히려 해가 될 수 있습니다. 똥을 가려둔다고 해서 냄새가 사라지는 것은 아닙니다. 일본 정부는 진실을 한사코 덮어두려 하지 말고 꺼내들어야 합니다. 의도적으로 은폐해왔다는 것이 들통이라도 난다면 국제사회로부터 비난과 질책을 받는 것은 물론이요, 국가 위신이 크게 실추될 수밖에 없을 것입니다. 모든 일에는 때가 있는 법입니다. 때를 아는 사람이 천하를 다스릴 수 있다고 했습니다. 때를 놓치면 호미로 막을 것을 가래로 막아야 하기에 돌이킬 수 없는 후환이 따르기 마련입니다. 지금이라도 늦지 않았다고 봅니다."

하길담 교수는 고개를 외로 비틀어가며 훈계조의 말투로 퉁겨대었다. 눈딱부리처럼 세모지게 눈을 부릅뜨고서 거침없이 내리쏟아내는 빈정거림에 모두들 혀를 내두를 지경이었다. 그러나 사쿠라다 교수는 뻔질뻔질한 눈매로 쳐다만 볼뿐 아랑곳하지 않는 기색이었다. 도리어 심드렁한 낯빛으로 표정을 일그러뜨리며 또 다른 입정을 달고 나섰다.

"도대체 무엇을 가지고 진실이라 하는지 알 수 없습니다. 사료가 없는데 어떻게 알 것이며 판단하겠습니까? 다시 말씀드리지만 당시 조선 여자들은 돈을 벌기 위해 일본으로 물밀 듯이 몰려왔어요. 몸을 팔아서라도 돈을 벌려고 했던 것이지요. 그러다보니 공창을 찾게 되었던 것입니다. 더 많은 돈을 벌기 위해 군부대 공창으로 간 여자들이 위안부라는 사실은 문서에 기록되어 있어요. 사람이 살다보면 좋은 일은 감춰지고 서운했던 일은 잊히지 않은 것이 인간사입니다. 위안부에 관한 것도 그렇습니다. 좋았던 일은 들먹여지지 않고 힘들고 고통스러웠던 것들만 부각시켜 문제 삼으려 합니다. 당사국이 아닌 제3국 나라 사람들은 피해국의 말만 듣고 일본이 못된 짓만 한 것으로 알고 있습니다. 별것도 아닌데도 침소봉대해가면서 떠들어댑니다. 일본은 그런 나라가 아닙니다. 일본 사람들은 하찮은 작은 일에도 정성을 들여 혼을 다하는 민족정신을 갖고 있습니다. 무의미한 일이라 보일지라도 일본 사람들은 최선을 다해냅니다. 특히 집단주의가 강해서 법을 잘 지키는 민족입니다. 역사적인 진실을 은폐한다는 것은 천부당만부당한 말씀입니다. 진의가 의도적으로 왜곡된 까닭에 너무 시달림을 받고 있습니다. 일본은 국제사회로부터 비난과 질책을 받을 만한 짓은 하지 않았습니다. 때문에 국가 위신이 실추될 일도 없습니다. 일본은 경제대국으로 아시아에서 유일하게 G7 가입국입니다. 국제사회에서 그 역할을 충실히 이행해오고 있을 뿐입니다."

우사카와 신지 교수가 난데없이 법치국가를 운운하면서 일본 민족을 치켜세우고 나섰다. 표정부터가 워낙 야살스러워 듣는 이로 하여금 느물거리는 속웃음이 저절로 솟구치게 만들었다. 그는 일본 도야마대학 문학부에 재직하면서 자기는 진보적인 역사학자임을 표방하곤 했던 이였다. 그러나 사상적 경향은 대체로 국수주의적 사고에 젖어 있었다. 특히 일본 민족을 폄훼하기라도 하면 참지 못하는 민족주의 기질이 다분하다고 정평이 나 있었다. 아니나 다를까 자만심에 빠진 사람처럼 쏟아내는 눈빛이 마치 석양빛처럼 자글자글 거렸다.

"우사카와 교수님께서는 사안의 본질을 덮어두고 호도하려 들고 계십니다. 지금은 지은 잘못에 대해 속죄의 논의이지 민족성을 따지자는 것이 아닙니다. 말씀대로라면 민족성이 올곧으니 법을 어기지 않았다는 논지인 것 같습니다. 그러나 위안부 문제는 민족성과 상관없이 역사적으로 저지른 범죄행위였습니다. 교수님의 말씀대로라면 일본은 겉과 속이 판이하게 다른 민족인 것 같습니다. 법을 잘 지키는 민족이라면서 청순한 처녀들을 데려다 성노리갯감으로 삼았으니까요. 굴러가는 달걀에도 멈출 수 있는 모가 있다고 하더니만 일본에도 양심 있는 지성인들이 계셨습니다. 저는 이 자리를 빌려 그분에게 찬사를 드리고자 합니다. 무라야마 토미이치 일본 제81대 전 총리께서는 총리로 재직 당시 전후 50주년의 종전기념일인 1995년 8월 15

일 무라야마 담화를 발표했습니다. '식민지 지배와 침략으로 아시아 제국의 여러분에게 많은 손해와 고통을 줬다. 의심할 여지없는 역사적 사실을 겸허하게 받아들여 통절한 반성의 뜻을 표하며 진심으로 사죄한다.'는 담화였습니다. 비록 일제강점기 당시 강제동원 피해자에 대한 배상 문제와 군 위안부 문제 등은 언급되지 않았지만 일본의 식민지배에 대한 가장 적극적인 사죄였던 것입니다. 그분께서 얼마 전 한국을 방문하여 일본 관료들을 향해 고언(苦言)을 서슴지 않았습니다. 내용인즉 '지금 일본에서는 이상한 망언을 하는 사람이 많은데 정말 부끄럽다.'고 서두를 꺼낸 뒤 '일본 국민들은 과거에 나쁜 짓을 했다는 것을 잘 알고 있다. 한국 국민들이 이해해주길 바란다.'고 말했습니다. '일본이 역사를 직시하고 반성해야만이 미래지향적인 한일관계가 구축되며 98년 한일 공동선언 정신에 입각해 과도한 언동을 자제하고 힘을 합쳐야 한다.'고 목청을 높였습니다. 여기서 공동선언이란 한국의 김대중 대통령과 일본의 오부치 총리가 서명한 공동선언을 뜻합니다. 일본군 위안부 문제에 대해 '위안부 제도는 여성의 존엄을 빼앗은 말로 형언할 수 없는 잘못을 저질렀기에 일본이 해결해야 한다.'고 선언했던 것입니다. 무라야마 전 총리는 위안부 피해자들을 만났을 때 낯을 들 수 없었다고 했습니다. 고개만 숙였을 뿐 말이 나오지 않았답니다. 다음은 양심적인 지식을 행동으로 보여준 분을 소개해 드리겠습니다. 일본 메이지대 문학부 야마다 아키라(山田郞) 교수이십니다. 교수님께서는 정부 관리들에게 다음과 같이 간곡히 충언한 바 있습니다. '일본 정부가 발견한 자료에 위안부 강제연행을 보여주는 기술이 없다는 사실과 위안부 강제 연행이 없었다는 것과는 별개의 문제'라는 것입니다. 결국 강제 연행이 있었지만 자료가 발견되지 않았다는 것입니다. 그리고 위안부에 대한 아베 정권의 입장이 위안부 진실 왜곡의 출발점이 되고 있다고 지적했습니다. 그는 '여성들이 자유의사에 따라 위안부가 됐다.'는 논리로 변질되고 궁극적으로는 '위안부가 일반적인 매춘과 같다.'는 주장으로 왜곡돼 통용되고 있다고 꼬집었습니다. 여러 증언들이 있는데 관헌의 자료만으로 판단하는 것은 위험한 것이라고도 지적했습니다. 그는 역사학자답게 역사인식 문제는 국제적 신뢰관계 구축의 토대라고 강조했습니다. 다음에는 일본군 위안부 강제동원의 책임을 회피하려는 일본 정부에 맞서온 일본 시민운동가 한 분을 소개하겠습니다. 여성들의 전쟁과 평화자료관의 와타나베 미나(渡邊美奈) 사무국장입니다. 국장님은 위안부 문제는 정치문제가 아닌 인권 문제라면서 정치적 다툼의 불씨가 되는 상황으로 이어지고 있다고 비판했습니다. 피해자를 도외시한 채 국가의 위신을 실추시키는 측면이 있는 것처럼 보여 안타깝다고도 했습니다. 일본 정부는 국제적으로 위안부 제도의 실태가 성 노예 제도로 인식되고 있다는 점을 모르고 있다고 꼬집기도 했습니다. 마지막으로 구마모토 현에 거주하고 있는 다나카 노부유키(田中信幸) 씨의 증언을 들려드리고 끝내도록 하겠습니다. 다나카 씨는 태평양 전쟁 참전 당시 부친 무토 아키이찌가 쓴 일기를 한국에 기증해왔습니다. 일기에는 중일전쟁 당시 중국에 있던 군 위안소를 찾은 기록이 담겨있습니다. 일본이 위안소를 운영한 거증자료의 하나가 된 일기는 지금 서울 여성인권 박물관에 전시되어 있습니다. 기록된 바에 의하면 위안부란 일본군의 성욕을 처리하는 소모품에 불과했다고 것입니다. 이러한 사실적인 기록이 있는데도…… 일본국민이면서 정부를 비판하고 있는데도 일본 정부는 눈과 귀를 막고 있습니다. 그분들이 일본이 경제대국으로 아시아에서 유일하게 G7 국가라는 것을 모르고 있어서 비판 대열에 참가하고 있을까요? 아니면 국제사회의 일원으로서 역할을 충실히 이행하지 못하고 있어서 충언하고 있을까요? 저는 이분들을 두둔하고자 함이 아닙니다. 그분들의 책임 있는 양심을 높이 사고자 할 뿐입니다. 인간은 사회생활을 하면서 자신의 행위에 대해 도덕적인 감정을 느끼게 됩니다. 이것을 양심이라 하지 않습니까? 양심은 스스로 그 행위에 대해 평가하는 마음에서 생겨납니다. 양심은 의무와 밀접히 연결되어 있습니다. 의무를 다할 때는 맑아지지만 그것을 거부할 때는 번뇌하게 됩니다. 스토우의 소설 하나가 남북전쟁에 결정적인 역할을 한 것처럼 이분들이야말로 양심과 지성을 대표하는 사람이라 하지 않을 수 없습니다. 밀알이 땅에 떨어져 자신이 썩어야만 싹을 피어 올리듯이 자신을 버리고 양심을 지키는 밀알과 같은 사람들이라 하지 않을 수 없습니다. 이제 일본 정부는 눈을 뜨고 귀를 열어야 합니다."

이제껏 말을 아끼고 있던 김충환 교수가 점잖고 신중한 자세로 준비된 자료를 읽어 나아갔다. 뼛속으로 절절히 스며들 것 같은 하소연들…… 역사적 내용이라기보다는 정치적으로 예민한 부분들을 망설임도 없이 토해내었다. 비위짱 긁어주는 내용임에도 초연함을 잃지 않으려는 듯 감정내색을 드러내지 않으려 무진 애를 써보였다. 마치 무덤 앞에 선 망부석처럼 눈망울만이 야릇한 빛을 뿜어낼 뿐이었다. 일본 측 회원들의 표정이 못내 얼음덩이처럼 굳어지기 시작하더니 이내 수런거리는 소리가 터져 나왔다. 두려운 눈초리로 옆얼굴만 지켜보고 있었다. 충동적인 감정 변화를 잠재우지 못한 요시무라 하찌오 교수가 벼락 같이 손을 들고서 입을 떼었다.

"어느 집단이든 반대파가 있기 마련입니다. 종교에는 이단이 그리고 국가에도 이적단체가 존재하기 마련입니다. 고까운 생각이나 행동을 보여줌으로써 사람들의 시선을 끌어당기려드는 사람들입니다. 물론 양심에 따라 나름대로 행동했다고 자부하기도 합니다. 무라야마 전 총리를 비롯해서 몇 사람들은 양심 있는 지성인이라고 칭송받았지만 일본인의 입장에서 바라보면 이적 행위일 뿐입니다. 나름대로 옳고 그름을 판단했던 일이었으니 제가 나서서 탓할 일은 아닙니다. 하지만 반드시 짚고 넘어가야 할 것은 사람은 지위가 높을수록 신중한 처신이 요구된다는 사실입니다. 일개국의 총리를 역임하신 분이 한국을 방문한 자리에서 자국을 향해 비판의 화살을 겨눴다는 것은 모양새가 좋지 않아 보입니다. 원로 정객(政客)이라면 후배 정치인들을 바르게 이끌어줘야 할 의무가 있다고 봅니다. 잘한 일에는 칭찬을 그리고 잘못했을 때는 모름지기 따끔한 충고 한마디 정도 건네주는 것이 도리 아니겠습니까? 그런데도 편협한 사고에서 벗어나지 못한 채 자신의 처세를 스스로 훼절(毁節)하는 모양새였습니다. 그런 까닭에 일본인들이 원로 정치인 무라야마 전 총리를 신뢰하지 못하겠다고 합니다. 정부 일각에서 고노 요헤이(河野洋平) 담화에 대해 이의를 제기하고 나서는 것도 이런 맥락에서 비롯된 것입니다."

요시무라 교수는 예상하고 있던 쪽과는 거리가 꽤 있어 보였다. 심기가 불편하다는 듯 짙은 반달눈썹을 꿈틀거리고 미간에 쌍 주름을 그어가며 말했다. 끝내는 고노 요헤이 담화에 화살을 겨누고 나섰던 것이다.

고노 요헤이 담화란 1993년 8월 고노 요헤이(河野洋平) 당시 관방장관이 일본군 위안부에 대한 일본군과 군의 강제성을 인정한 담화를 두고 이르는 말이다. 위안소는 당시 군(軍) 당국의 요청에 의해 설치된 것이며, 위안소의 설치와 관리 및 위안부 이송에 관해서는 일본군이 관여하였다고 발표했다. 아울러 위안부들에게 사과와 반성의 마음을 올린다고 말하였다. 이것은 일본의 과거반성 3대 담화 중 하나라고 불렸다. 그 이전에도 1982년 당시 미야자와 기이치(宮澤喜一) 관방장관이 교과서 기술 시 한국, 중국 등 이웃 국가를 배려하겠다는 담화를 발표했는데 이가 첫 번째였다. 고노 담화 후에 나온 담화가 바로 한국을 방문 회견을 한 무라야마 총리의 담화이다. 그는 1995년 8월 당시 총리로써 태평양 전쟁 종전 50주년을 맞아 '식민지 지배와 침략으로 아시아 제국의 여러분에게 많은 손해와 고통을 줬다. 의심할여지없는 역사적 사실을 겸허하게 받아들여 통절한 반성의 뜻을 표하며 진심으로 사죄한다.'라고 식민지 지배와 침략의 역사를 인정하고 총체적인 사죄와 반성의 뜻을 표명한다고 발표했다. 무라야마 전 총리를 향해 무차별 공격을 퍼붓자 토론장은 갑자기 후끈 달아올랐다. 심도 깊은 토론보다는 인신공격으로 치닫는 기분이었다. 마치 독한 술에 취한 사람처럼 게슴츠레한 눈으로 바라보고 있던 김충환 교수가 기어코 시비를 걸고 나섰다.

"솔직히 말해서 무라야마 전 총리를 비판해서는 안 됩니다. 비록 위안부에 대해서는 논평을 보류했으나 그분만큼 식민지배와 침략 역사를 인정한 담화가 없었습니다. 그 이후 일본의 모든 정권들은 무라야마 담화를 계승한다는 입장을 밝혔던 것입니다. 그러나 1990년대 경제 불황으로 빠져들자 일본 사회가 전반적으로 보수화되면서 실질적인 계승이 이뤄지지 않았던 것입니다. 그러나 2009년 9월 16일 제93대 일본 총리로 취임한 하토야마 유키오(鳩山由紀夫)는 무라야마 담화를 실제로 계승하겠다고 밝혀 화제가 되기도 했습니다. 또한 A급 전범이 합사된 야스쿠니 신사를 대체할 국립추도시설을 짓겠다는 공약을 펼치기도 했습니다. 자민당 정권이 들어서면서 상황이 달라졌습니다. 고노 담화에 수정을 가하겠다고 숨은 뜻을 내비쳤습니다. 급기야 검증할 조사팀을 구성하겠다고 밝히기까지 했던 것입니다.

새로운 담화를 발표할지에 대해선 알 수 없으나 일본 내부는 물론 주변국가에까지 정치적으로 엄청난 파장을 몰고 온 것만은 틀림없습니다. 전임자의 정책에 대해서 선을 긋고 주변국과 외교상 갈등을 야기시키는 것은 바람직한 태도가 아니라고 봅니다. 지도자라고 해서 다 역량이 있는 것은 아니지만 마치 뇌옥에 갇힌 소심증 환자를 보는 것 같습니다. 평화를 추구한다는 것은 쉽지 않습니다. 그런 지도자가 된다는 것은 더더욱 힘든 일입니다. 그러나 일개국의 지도자라고 한다면 불신과 증오의 장벽을 허물어 가려는 지도력을 발휘해야 할 터인데…… 세계의 평화를 추구하는데 앞장서야 할 터인데…… 위대한 지도자가 되기보다는 A급 전범인 외할아버지 후손임을 자랑스러워하는 소시민으로 남고 싶나 봅니다.”

김충환 교수는 상대국의 지도자를 비난하는 것은 학자로서 품의에 어긋남을 알면서도 노골적으로 푸념을 늘어놓았다. 듣는 이들의 마음이야 아예 염두 밖의 일로 제쳐놓은 사람이나 다름없었다. 일본정객들을 비하하는 발언을 서슴지 않았던 것이다.

“저희들도 그 점에 대해서는 염려스럽습니다. 정치적 쟁점이라 우리 역사학자들의 논쟁거리가 되어서는 아니 되겠지요. 하지만 정치란 모든 대립을 조정하고 통일적인 질서를 유지시키는 작용이라는 관점에서 바라본다면 역사도 정치의 산물일 수밖에 없으니 정치가의 태도를 수수방관만 해서는 안 될 일이지요. 때문에 저희 역사학자들 사이에서도 우려의 목소리가 나오고 있습니다. 역사적인 사안에 대해서 전임 정부의 뜻을 계승하지 않고 자의적으로 해석하여 뒤집으려든 것은 바람직한 태도라고 볼 수 없습니다. 총리가 바뀌었다고 역사적 평가가 달라지는 것은 무책임하기 짝이 없는 정치일 뿐입니다."

오지마 고이찌 교수가 일어서서 자국의 총리를 비판하는 자세를 취하고 나섰다. 양털처럼 고슬고슬한 턱수염을 쓸어가면서 말했다. 일본 측 회원들 사이에서 두런거리는 소리가 커지면서 눈빛이 의외롭게 돌아가고 있었다.

"저도 알고 있습니다. 한번 내린 역사적 평가를 함부로 뒤엎는 것은 이치에 맞지 않지요. 때문에 지식인들이 집단적으로 반대의사를 표시할 예정이라고 했습니다. 여기 참석하고 계신 회원님들께서도 이에 동참하신 분들이 많습니다. 하야시 히로후미(林博史) 간토가쿠인(關東學院)대학 교수와 고하마 마사코(小浜正子) 일본대학 교수 등이 중심이 돼 고노 담화의 유지발전을 위한 공동서명운동을 전개하고 계십니다. 지금까지 참여한 수만 해도 1천300명을 넘었다고 도쿄신문이 보도했습니다. 서명한 교수들은 하나 같이 고노 담화를 부정하는 것과 재평가하는 것은 국제사회관계에 심각한 긴장을 불러일으킬 수 있다고 우려했습니다. 차라리 고노 담화의 정신을 구체화해 피해 여성의 명예와 존엄을 회복시켜주는 것이 미국, 유럽, 아시아 등 여러 나라와의 우호 관계를 유지 발전시키는데 필수일 거라고 강조했습니다.

이와 같은 입장을 정리해서 정부에 촉구할 것이라고 말했습니다. 일본 내 군 위안부 연구의 선구자 요시미 요시아키(吉見義明) 주오(中央)대 교수는 '고노 담화가 인정한 것에서 일보 후퇴도 용납할 수 없다.'며 오히려 군과 정부의 책임을 더욱 명확히 해야 한다고 선을 그었습니다. 그는 아베 정권의 논법은 일본군 위안부 제도와 관련한 군의 강제성을 부정함으로써 일본 정부의 책임이 없다고 주장하는 것이라며 군과 관헌이 자행한 폭력과 협박을 사용한 연행이 없으면 강제성이 없고 결국 일본 정부의 책임이 없다는 것이라고 분석했습니다. 아녀자들이 약취와 유괴 그리고 인신매매에 의해 군 위안소로 끌려간 것은 분명하다면서 군 시설이었던 위안소에 여자들이 끌려온 것을 알게 됐을 때 풀어주지 않은 것 자체가 문제라고 했습니다. 군이 관리·감독하는 위안소에 넣은 것은 군에 의한 강제가 아니고 무엇이냐고 되물었습니다. 이처럼 일본 내 지식인들이 반대를 하고 있다는 것은 곧바로 위안부의 강제성을 인정하는 것입니다. 정권이란 영원하지 않습니다. 잘못했다간 나중에 심판의 대상이 될 수 있는 것 또한 정권입니다. 순간 인기를 위해 역사의 죄인으로 기록되지 않기를 바랄 뿐입니다. 위대한 세기의 인물들은 투철한 역사의식에서 비롯되었다는 것을 알아야 합니다. 다시 말하면 단선적 역사 인식의 오류에서 벗어난 자들만이 세계 역사의 주인이 되었다는 것을 알아야 할 것입니다."

이하원 교수가 전혀 예상 못했던 사실을 하나하나씩 들먹여가며 열변을 토해내고 말았다. 마치 귀청을 휘어잡기라도 할 듯 장중하면서도 격렬한 감정을 섞어가며 신바람을 쌩쌩 일으키자 회원들의 눈빛이 동조적으로 반사되기 시작했다. 그것은 종당에 실망스러움을 불러들이지 말라는 협박성 발언이었던 것이다.

"그것만이 아닙니다. 야마시타 요시키(山下芳生) 일본 공산당 서기국장의 발언을 주목해볼 필요가 있습니다. 제2차 세계대전 당시 문서는 전부 소각되었기 때문에 위안부 피해자들의 증언을 검증할 방법이 없다고 하면서 고노 담화를 부정하려드는 것은 비겁한 일이라고 아베정부를 비난했습니다. 남아 있을 리 없는 것을 왜 거론하느냐는 것입니다. 해서는 안 될 일을 무리하게 밀어붙이다 보니 국론만 분열되어가고 있다고 했습니다. 지금이라도 늦지 않았으니 역사 인식의 오류에서 벗어나 죄인으로 기록되지 않기를 충정(衷情)된 심정으로 바라보고 있다는 말도 잊지 않았습니다. 진실을 감추려다 남을 속이는 것은 산토끼 잡으려다가 집토끼까지 잃는 법이라 말했습니다. 일본이 국제사회에서 위상을 지키는 길은 역사학자들의 진정어린 충고를 듣고 진실을 밝히는 것뿐이라는 것을 알아야 할 것입니다."

서현 교수가 어느 새 틈 사이를 비집고 끼어들더니 말꼬리를 낚아채듯 붙들어 잡고서 입부터 떼었다. 비판에 충고를 덧씌워가면서 모두의 시선을 끌어당겼던 것이다.

이때 말쑥한 차림새의 초로의 신사가 앞으로 걸어 나왔다. 시가대학 교수로 일본 역사학계의 거목으로 숭앙받고 있는 기시다 요미오 교수라고 했다.

"만일 일본 정부가 위안부를 강제 연행했다고 한다면 그것은 국제법상 인도주의에 반하는 중대한 범법행위였음에 틀림없습니다. 당시 문서가 소각되었기 때문에 증언을 검증할 방법이 없다고 하지만 그것은 말도 안 되는 소리일 뿐입니다. 만일 정부에서 개입했다고 한다면 중앙관서에만 있는 것이 아닐 것이기 때문입니다. 각 지방관서에 지시가 내려갔을 터이고 전국 관청에 퍼져 있을 것인데 그걸 다 소각할 수 있었을까요? 그리고 소각을 지시했다고 한다면 그 지시 사항의 공문 또한 존재할 터인데 그것마저도 발견되지 않고 있는 것으로 봐서 문서를 소각했다는 것은 쓸데없는 풍문에 불과한 것입니다. 한국 정부가 그걸 모를 리 없습니다. 정부 차원에서 물질적 보상을 청구하지 않은 까닭을 눈여겨봐야 할 것입니다. 문서가 존재하지 않는다는 것을 알아차리고 물질적 보상을 포기한 것입니다. 그런 측면에서 바라본다면 한국 정부는 참 현명하다고 할 수 있습니다."

첫인상에서 풍기는 맛이 가혹할 정도로 냉연해 보이는 것이었다. 빳빳하게 곧추세워진 휘움한 장지눈썹이 써늘함까지 더해주었다. 단상에 오르자마자 얼굴을 홀끗 한번 치올려보고 나서 위압적인 목소리를 내뿜었다. 카랑카랑한 목소리에는 서릿발 치는 냉갈령이 한껏 담겨 있었다. 기시다 교수는 물 한 모금으로 목을 축인 뒤 곧장 마이크를 입에서 떼지 않았다.

"일본 정부가 고노 담화를 발표하니까 중국에서 강제 동원했다는 자료가 발견되었다고 우겨댑니다. 중국 지린성 기록보관소에서 6건의 사료를 포함 총 25건의 일본군 위안부 관련 사료가 있다는 것이지요. 문서는 일본 헌병대가 작성했다면서 109명의 일본군 위안부 가운데 한국인 위안부가 36명이었다는 내용도 담겨 있다고 했습니다. 그런데 검토한 바에 의하면 정부문건이 아니었습니다. 누가 언제 기록했는지 그리고 위안부에 대한 구체적인 내용이 기록되어 있지 않아요. 이상스러운 것은 그 안에 만주중앙은행의 전화 기록이 들어 있다고 했어요. 당시 일본군이 공금을 사용해 위안부를 모집한 자료라고 말합니다. 솔직히 말해서 전화번호부와 위안부 모집과 무슨 상관이 있겠습니까? 관련이 없는 것인데도 그럴듯하게 둘러대었던 것입니다. 요즘 한국과 중국이 공동전선을 펴가며 일본에 대항하는 형국이라고 합니다. 과거사 문제로 두 나라가 똘똘 뭉쳐가고 있다는 것이 신문에서 화두가 되고 있습니다. 중국 관영 언론이 아베 총리를 강한 어조로 비판하면서 제국주의 침략 피해국인 한국과 중국이 공동으로 대응해야 한다고 촉구하고 나선 것입니다. '역사는 거울이다. 아베의 사악한 구상은 파멸을 초래하게 될 것'이라는 과격한 선동 구호까지 등장했습니다. 한편으로는 테러범 안중근의 기념관을 건립하겠다고 나서자 한국의 대통령이 긍정적으로 평가했다고 합니다. 여기서 한 걸음 더 나아가 중국의 최고 지도자가 독일에서 일본의 과거사를 맹비난했습니다. '제2차 세계대전 당시 일본군이 중국 난징(南京)을 점령했을 때 사망한 중국인 수가 30여 만 명에 달한다.'고 말입니다. '역사를 망각하는 자는 영혼에 병이 든다.'라는 빌리 브란트 수상의 말을 인용하기도 했습니다. '과거를 망각하지 말고 미래의 스승으로 삼자.'는 말도 덧붙였습니다. 이는 일본 정부를 자극하기에 충분한 발언이라고 봅니다. 한국 정부 또한 위안부 기념일을 제정하고 국제사회에 위안부 참상을 알리는 작업도 본격화하겠다고 했습니다. 이런 일련의 행보들은 이웃 나라 간에 대립구도를 키워가겠다는 부담스러운 의도일 수밖에 없습니다. 지도자일수록 이성을 잃을 일을 해서는 안 됩니다. 한 때 제국주의 지배를 받았다고 해서 앙갚음을 하겠다는 것은 잘못된 정치 철학입니다. 동물세계에서 약육강식의 법칙이 철저하게 적용되듯이 1870년부터 20세기 초에 걸쳐 나타난 제국주의 논리를 이해해야 합니다. 무력으로 영토를 확장한 뒤 다른 민족을 식민지의 제물로 삼았던 팽창주의가 한때는 만연했다는 사실을 이해해야 합니다. 유럽의 백인들은 황인이나 흑인보다 정신적으로 그리고 신체적으로 우월하므로 아프리카나 아시아를 지배하는 건 정당한 일이라고 주장했습니다. 그것은 신성한 의무라고 간주하기도 했습니다. 당시 한국이나 중국은 개방의 길로 나아가지 못한 탓에 제국주의 식민지배를 받을 수밖에 없었습니다. 만일 일본이 한국을 지배하지 않았다고 한다면 서양의 다른 제국주의자들이 가만 놔두지 않았을 것입니다. 이러한 관점에서 역사를 조명해보면 한국이 일본에 대해 적대감을 가져서는 안 됩니다. 필연적으로 발생할 수밖에 없었던 역사적 현상을 앙갚음의 대상으로 여긴다면 두 나라 간 역사는 점점 꼬이게 될 것입니다. 국가 간에 신뢰가 망가지게 되면 복원하는 것은 그보다 어렵다는 것을 알아야 할 것입니다."

기시다 교수는 오기로 낯빛을 가득 채워놓고서 야살스럽게도 얄기죽거리는 웃음으로 진득한 여유를 드러내 보이며 말했다. 게거품이 부격거리는 가운데 시비에 가까울 정도로 한중 두 나라를 싸잡던 비난이 나중에는 오히려 회유조의 설득으로 변해가는 것이었다. 그러나 듣는 이에겐 빈정거림을 유발하는 것이고 역설적 논리여서 상당히 거북살스러웠다.

이에 질세라 또다시 김충환 교수가 벌떡 일어섰다. 상냥했던 표정을 싹 지워버린 채 목울대를 파도처럼 꿈틀거려 마른 침을 삼켜대고서 사람들의 시선부터 끌어당겼다.

"저는 기시다 교수님의 역사관에 동의할 수 없습니다. 지금 한중일 삼국에서 벌어지고 있는 역사적 문제를 제대로 인식하지 못하고 계신 것 같습니다. 그것은 역사의 주체와 객체를 혼돈해가면서 남의 탓으로 돌리려는 발상인 것으로 비춰질 뿐입니다. 19세기 후반에서 20세기 초에 제국주의가 팽창했던 것은 누구나 다 아는 사실입니다. 특히 서방 선진국들은 수많은 식민지를 두고 지배해왔습니다. 식민지라고 하면 그 지역의 주권이 원주민에게서 다른 나라로 넘어간 것을 두고 이르는 말입니다. 그러나 지금은 거의 독립주권 국가가 되었습니다. 독립된 후에도 지배국과 피지배국 사이 과거사로 갈등을 겪은 나라는 별로 없습니다. 일예로 대영제국의 식민지였던 영연방을 눈여겨볼 필요가 있습니다. 영국제국의 식민지에서 독립한 나라들로 지배국의 이름을 따 특수 관계로 맺어져 있는 구성국이 영연방 국가입니다.

모두가 평등한 관계에서 통일적인 국제법상의 권리 의무를 획득한 결합국가들입니다. 현재 49개 국가가 가입되어 있습니다. 영국은 이들 영연방 국가들과 친밀한 관계를 가지고 이중 17개국은 영국 여왕이 그 나라의 원수를 겸하고 있으며 2년에 한 번씩 영연방 수뇌회의가 열리기도 합니다. 회원국들은 민주주의와 인권 그리고 법질서 등을 공동 가치로 추구하고 있으며 4년마다 올림픽대회 중간 해에 「엠파이어 앤드 코먼웰스 게임스」(영 제국 연방경기대회)를 개최하여 서로 친선을 다지고 있습니다. 그들 나라에선 식민지배로 인한 후유증이나 갈등을 찾아볼 길이 없습니다. 도리어 식민지배가 국가의 발전은 물론이요 국가 간 결속력을 다지는데 큰 역할을 하고 있습니다. 그러나 한국과 일본은 식민지배로 인해 발생한 사안을 두고 너무나도 큰 갈등을 겪고 있습니다. 일본은 한민족에게 돌이킬 수 없는 상처를 입혀 놓았습니다. 일본의 식민지배에선 민주주의와 인권이란 그 어디에도 찾아볼 수 없습니다. 폭력과 인권 유린만이 존재할 뿐입니다. 그 후유증으로 인해 마치 고대 희랍의 도시 국가인 아테네와 스파르타처럼 견원지간으로 지내고 있지 않습니까? 모든 것은 일본 때문입니다. 그러면서도 진실을 밝히기는커녕 진정한 사과와 반성도 거부하고 있습니다. 심지어 아베 총리는 태평양 전쟁을 일으킨 일본인 A급 전범들에게 극동군사재판소(도쿄재판)가 부과한 형벌은 국내법을 토대로 내려진 형이 아니라고 우겨댑니다. 다시 말하면 범죄자가 아니라는 것입니다. 전쟁을 일으켜 천인공노할 죄를 저지른 이들에게 죄가 없다니요? 해괴망측하고 부도한 논리여서 피해국 국민들의 가슴에 대못을 박아놓고 그것도 부족해서 지짐질까지 해대는 행위입니다. 국제적으로 침략전쟁의 책임을 개인에게 묻는 예는 도쿄 재판에서 처음 시도했던 것입니다. 이는 전쟁을 방지하려는 정책적 견지에서 당연하다고 보는 견해가 지배적이라는 사실을 인정해야 합니다. 총리의 잘못된 역사 인식과 법리 논쟁 때문에 주변국과의 마찰이 그치기는커녕 도리어 확대재생산되고 있습니다. 부동(浮動)적이면서도 소시민적(小市民的)인 역사 인식에서 비롯된 편협한 사고에서 비롯된다고 볼 수 있습니다. 역사의 가치는 '인간이 무엇을 해왔는가?'그리하여 '인간이란 무엇인가?'를 가르쳐주는 데에 있다는 것을 가르쳐주고 싶습니다. 총리의 잘못된 역사 인식 때문에 지금도 국제사회의 비판여론이 들끓고 있다는 것도 말해주고 싶습니다. 에드 로이스 미국 연방하원 외교위원장이 아베 총리를 준엄하게 꾸짖었습니다. 과거사를 반성하고 일본군 위안부 피해자에 대한 사과를 촉구하는 성명도 발표했습니다. 아베 총리는 역사로부터 교훈을 배워야 한다고 직격탄을 날리기도 했습니다. 미 국무부 대변인은 아베 총리를 향해 실망스럽다고 말했습니다. '미국의 입장은 변하지 않았다. 공개적이든 비공개적이든 미국의 입장을 일본에 전했다.'고 강조했습니다. 미국 캘리포니아 주 글렌데일에는 일본군 위안부 피해 기림 소녀상이 건립되어 있습니다. 그런데 일본 우익 정치인들이 소녀상이 미국과 일본의 우호를 해친다고 철거를 주장하고 나섰습니다. 이에 대하 캘리포니아 주 로스앤젤레스 일대에 거주하는 아시아계 미국 시민들이 기림 소녀상을 지키겠다고 팔을 걷어붙였습니다. 중국계와 한국계는 물론 심지어 일본계까지 나선 까닭을 눈여겨보아야 할 대목입니다. 일본계이면서도 조국의 태도에 반기를 든 것입니다. 중국계 미국시민연맹 회원 존 지는 소녀상을 철거하라는 것은 마치 미국 곳곳에 산재한 유대인 학살 추모 시설을 없애라는 요구처럼 황당하다면서 소녀상은 전쟁 범죄에 대한 역사교육의 장소이므로 반드시 지켜야 한다고 목소리를 높였습니다. 일본 제국주의가 저지른 반인륜적 범죄를 온 인류에게 알려야 하기에 소녀상을 지킬 것이라고 역설했습니다. 소녀상 철거 소송을 제기한 일부 일본계를 강력하게 규탄하고 일본 정부의 진정한 반성을 촉구하는 데 한 목소리를 낸 것이 눈길을 끕니다. 몬카와 대표는 '미국 땅에 유대인 집단 학살 추모 시설이 있다고 해서 독일인이 불쾌하게 여기고 마음의 상처를 입었다는 말은 들어보지 못했고 오스만 제국의 아르메니아인 학살 추모비가 미국 땅에 세워져서 미국과 터키의 동맹에 금이 갔다는 말은 없다.'고 말했습니다. 글렌데일 소녀상이 미국과 일본의 우호를 해친다는 일본 우익 정치인들의 발언을 정면으로 반박한 것입니다. 특히 니케이보상운동이란 단체는 어릴 때 와이오밍 주의 황무지에 있는 수용소에 끌려갔다면서 하지만 미국 정부는 충분히 사과하고 보상했는데 일본 정부는 왜 그러지 못하느냐고 반성 없는 일본 정부를 성토하기도 했습니다. 이 단체는 제2차 세계대전 때 미국 정부가 수용소에 가둔 일본계 미국인들이 만든 인권 단체입니다. 한발 더 나아가 로스앤젤레스 차이나타운 개업 의사 페드로 챈은 차이나타운에도 소녀상을 세우고 싶다고 말했고 글렌데일에서 40년 동안 살았다는 중국계 주민은 소녀상은 우리 주민과 학생, 교사들에게 과거 어떤 일이 있었는지를 가르쳐줬다면서 소녀상을 세우고 지켜준 글렌데일 시의원에게 고맙다고 감사의 말까지 전했습니다. 미국은 흑인 노예와 원주민에 저지른 만행을 반성하고 보상했으며 학교에서 이를 가르치고 있다고도 했습니다. 이것만이 아닙니다. 미국 뉴욕 주 의회에서 통과된 위안부 결의안을 비석으로 만든 기림비가 뉴욕에서 처음으로 건립됐습니다. 뉴욕 주 의회 상하원에서 각각 통과된 위안부 결의안을 새겨 넣은 위안부 기림비가 18일 뉴욕 주 나소카운티 메모리얼파크에 모습을 드러냈습니다. 호주의 시드니에서도 소녀상을 건립하겠다고 나섰습니다. 일본의 거듭된 역사 왜곡에 맞서 호주 집권 자유당 여성위원회에서도 소녀상 건립을 지원할 뜻을 밝혔다는 것입니다. 소녀상은 백인 소녀가 손을 맞잡은 형태로 위안부 피해자 오혜른 할머니가 모델이 될 것이라 했습니다. 이제 세계가 과거사 반성 없는 일본을 질타하고 나선 것입니다.

솔직히 말해서 일본이 지극히 도덕적으로 문화 선진국이라면 자신들이 소녀상을 세우려할 것입니다. 저지른 잘못을 회개하는 뜻에서…… 그리고 다시는 이와 같은 범죄를 저지르지 않겠다고 다짐하는 뜻에서…… 그리고 모두에게 용서를 청하는 뜻에서…… 그러나 일본은 반대로 나아가고 있습니다. 비겁하게도 진실을 감추려고 온갖 공작을 꾸며대고 있습니다.

어차피 진실이 밝혀지면서 배상하고 사죄를 하게 될 터인데도 정의를 속이려 듭니다. 인심 잃고 온갖 추태를 부린 다음에 마지못해 한다면 공과(功課)가 사라지고 없을 것입니다. 다시 한 번 강조 말씀드립니다. 일본은 독일인에게 배워야 합니다. 문제를 신사적으로 해결하려는 선진문화민족의 참모습을 배워야 합니다. 과거에 저지른 상처와 참상에 대해 솔직하게 고백하고 속죄하려는 태도를 말입니다. 오늘날 평화와 번영을 이끌면서 존경까지 한 몸에 짊어지고 있는 독인들의 참모습을 거울삼아야 합니다. 스스로 불행하고자 하는 사람은 남에게 불행과 신경질밖에 줄 수 없습니다. 먼저 자신이 정의롭고 행복해야 남에게 정의와 행복을 줄 수 있습니다."

김충환 교수는 한바탕 일본 측 회원들의 속을 휘저어놓고자 작심하고 나온 사람처럼 존조리 타이르듯 말했다. 오긋한 눈으로 장내를 훑어보면서 실버들 가지처럼 나긋나긋한 목소리로 신경 줄을 슬슬 긁어대었다. 있는 대로 비위짱을 뒤집어 놓고 말겠다는 듯 야살스럽기까지. 모두들 급소에 생침을 맞은 사람들 마냥 가시눈으로 쳐다보는가 하면 술렁술렁 동요가 일어나면서 수군덕거리는 소리가 들리기 시작했다. 비단 일본 측 회원뿐만이 아니었다. 누가 들어도 민망스럽기 그지없는 내용들이어서 장내가 발깍 뒤집혀진 느낌을 주기에 충분했다. 진실은 언젠가 제 모습을 드러내놓게 마련인 것이고 보면 김 교수의 발언에 깊은 의미가 담겨 있다는 생각을 지울 수 없을 것 같았다.

열띤 토론이라기보다는 논쟁으로 치닫는 것 같은 분위기로 반전하자 사회자 유인원 교수가 마이크를 입에 가져다 대었다.

"예민한 사안이라서 그런지 몰라도 진지함 속으로 빠져든 느낌입니다. 시간이 한정되어 있는 관계로 이쯤에서 토론을 멈췄으면 좋겠습니다." 유인원 박사가 물길을 돌리고 나서는데도 이하원 교수가 다시 일어서서 마이크를 달라고 손을 내밀었다.

"한 가지 제안을 드리고 싶어 다시 일어섰습니다. 지금 나눔의 집에 모여 살고 계시던 위안부 피해자들께서 유명을 달리하신 탓에 생존해계신 분이 많지 않습니다. 그분들은 실제적 피해자이며 증거자이십니다. 머지않아 실제적 증거가 사라지고 말 것입니다. 그분들의 증언을 들어보면 천편일률적으로 내용이 같습니다. 입을 맞추기 위

해 꾸며낸 말이 절대로 아닙니다. 일본이 진정 위안부 문제 해결에
의지가 있다고 한다면 문서만 탓할 것이 아니라 그분들의 증언을 받
아들여야 합니다. 그리고 사료로 인정해야 합니다. 그런데 지금의 일
본 태도는 개 보름달 보듯 하는 태도입니다. 말로는 위안부 문제를
해결하고 싶다고 하면서도 정작 해야 할 일에는 관심은커녕 회피하
려 듭니다. 일본의 태도를 보면 털끝만큼이라도 진정성을 찾아보기
힘듭니다. 오죽했으면 교사가 자국의 정부를 향해 양심선언을 하겠
습니까? 제안드리고 싶은 것은 우리 역사학자들만이라도 피해자 할
머니들을 방문하여 증언을 듣도록 하는 것입니다. 만시지탄일지 모
르나 두 나라 역사학자들이 그분들의 증언을 모아 사료화(史料化)했으
면 합니다. 그리고 그 내용을 역사적으로 공유화해가면서 후손들에
게 가르치도록 합시다. 다시는 그와 같은 여성에 대한 성범죄가 인류
역사에 일어나지 않도록 우리가 앞장서도록 합시다."

이 교수는 마음의 정리를 하고 왔는지는 몰라도 애절한 슬픔을 호
소하듯 충언을 아끼지 않았다. 피해자 할머니들의 상황이 몹시 절박
하게 돌아가고 있음을 깨우쳐주는 것이었다. 가뭄 속 단비와 같이 시
원함을 뿌려주는 느낌이 들 정도로 모든 이를 흡족하게 만들었다. "저
는 고노 도이찌 교수입니다. 전적으로 이 교수님 의견에 동의합니다. 피
해자 할머니의 증언보다 더 실증적 사료는 없을 것입니다. 우리 역사
학자들은 명예나 지위를 우선시하는 정치인과는 사뭇 다릅니다. 우
리가 해야 할 일은 자유와 정의와 진실에 입각해서 학문을 추구하는
데 있습니다. 역사적 사안에 대한 진실 규명은 우리의 의무이자 몫입
니다. 그런 관점에서 비춰볼 때 위안부 피해자를 방문하여 진술한 대
화를 나누는 것은 현실적 제안일 뿐 아니라 유익한 판단이라 생각됩

니다. 이때를 놓친다면 다시는 그와 같은 실증적 자료를 들을 수 없기 때문입니다. 그리고 또 한 가지를 덧붙이자면 지난 번 한국 박근혜 대통령께서 과거사 왜곡 문제로 갈등을 빚는 한중일 간의 공동 역사 교과서 발간을 제안하셨습니다. 동북아 평화협력을 위해 먼저 역내 국가들이 동북아 미래에 대한 인식을 공유해야 한다고 하면서 독일과 프랑스 그리고 독일과 폴란드가 했던 것처럼 협력과 대화의 관행을 쌓아가자고 하셨습니다. 국경을 초월하여 역사를 공유하자는 의미에서 공감하는 바입니다. 공존공영으로 나아가기 위한 수준 높은 지도력에서 비롯되었다고 할 수 있습니다. 우리가 추진하는 활동과 같은 맥락이기에 이 자리를 빌려 우리 역사바로세우기협회의가 앞장서서 협조해야 한다는 말씀을 드리고자 합니다."

도이찌 교수는 흥분된 기분을 가라앉히지 못한 채 입가에 미소를 떠올리며 말했다. 역사학자로서 피해갈 수 없는 임무인 까닭에 벅찬 감동이 장내를 뜨겁게 채워가고 있었다.

"저도 한 말씀 드리겠습니다. 위안부 문제를 풀어가기 위해선 두 나라 정부는 물론 역사학계에서도 머리를 맞대고 대화해야 합니다. 대화와 타협 없이 상대국을 굴복시키기 위해 제3국을 끌어들이는 일을 자제해야 하겠습니다. 예를 들면 당사자 간 타협도 없이 과거 역사기록물을 유네스코에 등재키로 시도하는 것과 같은 것입니다. 결국 그와 같은 방법으론 해결할 수 없습니다. 뿐만 아니라 한국은 위안부 문제를 만화로 제작 프랑스 앙굴렘 만화제에 출품시켰습니다. 약 17,000명의 관람객이 다녀갔다고 합니다. 그들에겐 구경거리를 주었을망정 정작 당사자인 일본과는 갈등의 골만 키워줄 뿐이지 도움이 되지 않습니다. 역사문제는 결코 감정싸움으로는 해결되지 않습니다. 당사국들끼리 머리를 맞대고 풀어야 합니다."

　풍골이 준수한 기시다 요미오 교수가 그냥 넘길 일이 아니라는 듯 서운한 감정을 감추지 못한 채 시비에 가까운 엄포를 늘어놓았다. 한국 정부에서 추진하고 있는 일제강점기 강제동원 기록 실태를 세계기록문화유산으로 등재하는 방안의 내용을 염두에 두고 하는 말이었다.

　한국 정부는 위안부의 피해실상을 세계인에게 알려 약자에 대한 참혹한 성범죄가 일어나서는 안 된다는 교훈을 전하기 위해 위안부 관련 역사기록물을 유네스코에 등재키로 추진한다고 발표했다. 위안부 문제는 인류 보편적 가치인 여성인권문제와 직결되는 문제인 만큼, 다시는 같은 비극이 반복되지 않도록 교훈으로 삼아야 하기 때문이라 설명했다. 또한 기시다 박사는 한국 만화가들이 일본군 위안부를 소재로 프랑스 앙굴렘 국제만화페스티벌에 출품한 사실에 대해 비판적 시각을 드러냈다. 세계 최대의 만화축제인 제41회 프랑스 앙굴렘 국제만화페스티벌에 일본군 위안부 피해자 만화기획전이 4일간의 일정으로 열렸던 것이다. 페스티발 최대 후원 국가인 일본은 위안부 문제를 왜곡한 작품을 전시하려고 했지만, 조직위원회가 정치적 의도가 있다고 판단해 개막 전날 부스를 철거함으로써 말할 수 없는 수모를 당했다. 한국만화기획전은 예술인들이 기억과 역사에 대해 비평한 예술적 작품이지만, 일본에서 설치한 부스는 극적인 정치적 성향을 띠고 있어 만화축제에 걸맞지 않았기 때문이라고 밝혔다. 19명의 한국 만화작가가 20여 편의 만화와 4편의 동영상을 선보인 전시회였다. 인류의 기본권이나 인륜이라는 입장에서 일본군 위안부 문제를 들여다볼 수 있는 좋은 기회였다는 것이 참가자들의 공통된 소감이었다.

9

강치로 살이 찐
시마네현 오키섬을 가다

한국의 역사바로세우기협회 독도위원회 소속 김정만 박사 일행 여섯 명이 이른 새벽 먼동이 희끄무레 밝아 오기 시작할 때 인천 발 오사카(大阪) 행 아시아나 비행기 트랩에 올랐다. 그들은 오사카 간사이 국제공항에서 비행기를 갈아타고 요나고로 갈 요량이었다.

해외 나들이라고 하지만 마음만은 이루 말할 수 없을 정도로 무거웠다. 중차대한 역사적 사명을 띠고 장도에 올랐기 때문이다. 창공에 올라 바라보니 아침 햇살에 동해의 푸른 물이 눈이 부시도록 번뜩였다. 너르디너른 바다를 내려다보고 있노라니 어느새 섬나라 일본이 저 멀리 나타나기 시작했다. 두 시간 남짓 지났을 때 비행기는 간사이 국제공항 활주로에 바퀴자국을 그려내고 있었다. 곧바로 일본 항공 국내선 비행기를 갈아타고 나카우미 호수를 지나 요나고 공항 활주로에 미끄러지듯 사뿐히 내려앉았다. 아직은 초봄이라서 공항으로 불어오는 바닷바람은 싸늘한 편이었다. 대합실로 들어서자 일본 측 회원 6명이 벌써 기다리고 있었다.

"먼 길 오시느라 수고하셨습니다. 다시 만나 뵙게 되어 반갑습니다."

손을 내밀어 악수를 청하는 이는 요시다 박사 일행이었다.

"많이 기다리셨지요? 기다리느라 수고하셨습니다."

"아닙니다. 저희들도 도착한지 얼마 되지 않았습니다."

"저희 일행부터 소개해드리겠습니다. 이분은 다카하키 오카다 교수입니다. 일본대학 역사학과 교수이지요. 다음은 요시노 노리 교수입니다. 이분은 무라야마 스즈끼 교수로 도야마대학 교수이십니다. 저분은 다카하시 이치로 교수이십니다. 후쿠오카 대학에 계십니다. 그리고 마지막으로 다카하시 요시로 박사입니다. 역사연구소 연구원으로 계십니다."

요시다 교수는 일행을 일일이 소개해주었다.

"저도 함께 온 일행을 소개해드리겠습니다. 먼저 저는 역사연구소에 근무하는 김정만이라고 합니다. 제 옆에 분은 경기대학교에 근무하시는 신도기 교수이십니다. 그 옆에는 호서대학에 서진호 교수이시고요 그 옆에는 우석대학교 노진영 교수이십니다. 그리고 제 오른쪽에 계신 분은 강원대학교 신호철 교수이십니다. 마지막으로 맨 끝에 계신 분은 인천대학교에서 오신 유성진 교수이십니다."

김정만 박사가 한국에서 함께 간 일행을 간단하게 소개해주었다. 소개가 끝나자 서로들 악수와 함께 인사를 나누었다. 공항 대합실을 나온 그들은 발아래 널리 펼쳐진 나카우미 호수를 바라보며 마쓰에로 향했다. 호수가로 나오자 갯내어린 짭짜래한 냄새가 코끝을 감싸쥐었다.

"봄이 턱밑에 다다랐지만 이곳은 바닷가인지 아직 바람이 차갑습니다."

요시다 교수는 날씨를 꺼내들고서 말문을 열었다.

"아무래도 그럴 수밖에 없겠지요."

"이곳은 시마네현 동북부에 위치하고 있는 자연공원입니다. 1964년 현립자연공원으로 지정되었습니다. 공원 구역은 키요미스사를 중심으로 하는 지구, 국민보양온천지로 지정되어 있는 사기노유온천 지구, 갓산토다성(月山富田城) 성터를 중심으로 하는 갓산 지구까지 3개 구역으로 나뉘어 있지요. 특히 키요미스사는 깊은 자연림 속에 자리하고 있는 천태종의 고찰이어서 주변 풍광이 아름답습니다. 사기노유온천은 중세부터 이용되어 온 유명한 온천입니다. 백로가 날아와 다리 상처를 치유했다는 전설에 따라 불려온 온천으로 1964년 국민보양온천으로 지정되었습니다. 해발고도 197m의 갓산은 12세기 말에 축성되었던 갓산토다성의 성터가 있는 곳으로 유명합니다. 정상에는 벚꽃의 명소로도 알려져 있으나 개화철이 아니라서 아쉽습니다만 아름다운 나카우미 호수가 바라다보여 운치 있는 풍경을 자아냅니다. 이왕 오셨으니 온천도 하시면서 관광명소도 한번 둘러보시고 가시기 바랍니다."

요시다 박사는 나카우미 호수를 가로 질러 놓인 도로를 달리는 버스 안에서 시마네 현에 대해 자세히 설명해 주었다.

"고맙습니다. 오다 보니 관광명소를 찾아오는 꼴이 되었군요. 마치 바다 위를 떠가는 기분입니다."

"우리가 가고 있는 곳은 마쓰에입니다. 시마네 현청이 자리 잡고 있는 곳이지요. 그곳에도 신지호가 있습니다. 둘레만도 45㎞이고 최대 수심 6m나 되는 해적호입니다. 일본에서 7번째로 큰 호수인 동시에 백경에 선정된 경승입니다. 2005년 국제습지조약(람사르 조약)에 등록된 습지이기도 합니다. 이곳은 1963년에 다이센오키 국립공원에 편입되어 있어 일본에서도 이름난 관광지입니다. 이 기회에 꼭 구경하고 가시기 바랍니다."

"아무튼 탐방할 수 있도록 이끌어주셔서 감사합니다."

"아닙니다. 당연한 일이지 않겠습니까? 제가 이곳을 방문토록 요청한 것은 우리는 역사바로세우기협회 독도소위원회 회원이기 때문입니다. 그냥 사료만 의지해가면서 토론에 임할 것이 아니라 관련지역을 실제적으로 탐방하는 것도 중요한 일이라고 생각합니다. 다시 말씀드리지만 오늘 오신 곳은 혼슈 남서부에 있는 시마네 현입니다. 일본에서 죽도(독도)까지 가장 가까운 곳이기도 합니다. 알고 오셨겠지만 1905년 시마네 현 의회 소속 의원들이 죽도를 현 부속 도서로 고시했던 것입니다. 그날이 2월 22일이었습니다. 의회는 그해 3월 16일 조례안을 통과시키고 그 다음해부터 2월 22일을 다케시마(竹島)의 날로 정해 행사를 개최해왔습니다. 제1회 행사는 1906년에 열렸습니다. 오늘 제 9회 행사가 열리는 날이기 때문에 함께 해보고자 회원님들의 방문을 요청했던 것입니다."

"잘 알았습니다. 다케시마의 날 행사내용은 대개 어떤 것들입니까?"

"솔직히 저도 아직 참관해보지 못했습니다. 지인들에 의하면 죽도 반환요구를 위한 지사의 연설과 초빙인사의 강연으로 이어진다고 합니다. 이어 2부에서는 죽도 알리기를 위한 각종 행사가 열린다고 합니다."

"그렇군요. 정부인사는 참석하지 않습니까?"

"이제껏 지역행사로 진행되었는데 작년에는 지역출신 중의원과 정부 관료도 참석했다고 합니다."

김정만 교수는 고개를 끄덕여 알았다는 표정을 지어보였다.

"죄송스런 말씀이오나 혹시 신변에 위험을 느낄 수도 있으니 이점 유의하시기 바랍니다."

"그게 무슨 말씀이십니까? 신변에 위험이라니요?"

"정보에 의하면 일본의 극우파 회원들이 이곳으로 몰려들었다고 합니다. 혹시 한국에서 온 사람들이라고 하면 행패를 부릴지 모르겠습니다. 만일에 대비해서 저희들과 함께 행동하셔야 합니다. 개인행동은 삼가시는 것이 좋을 듯합니다."

요시다 박사의 표정이 갑자기 싸늘하게 굳어지면서 착잡한 심경을 털어놓았다.

"그렇게 해야지요. 잘 알았습니다."

"그들은 자기들만 애국자인양 막무가내로 거친 행동을 일삼습니다. 법을 뛰어넘은 짓도 마다하지 않기 때문입니다."

"조심해야 하겠군요."

그들을 태운 미니버스는 오하시강 줄기를 따라 마쓰에 시에 들어섰다. 시마네 현청이 바라보이는 언덕길로 들어서자 멀리서도 금방 알아볼 정도로 살벌한 분위기가 감돌기 시작했다. 차 지붕 위에 사방을 향해 옥외 스피커를 매단 차들이 눈에 띄었다. 일장기와 전범기(욱일기)를 휘날리며 우렁우렁한 쇳소리를 토해내면서 신작로를 질주하고 있었다.

"죽도는 일본 땅이다! 조센징을 몰아내자! 죽도 문제는 국제사법재판소 판결로 해결해야 한다!"

차창을 열고 외쳐대는 선동구호는 마치 전쟁 중이라는 것으로 착각할 정도였다.

"일본에 숨어든 독도수호대 단체들을 당장 처단하라! 처단하라! 처단하라!"

또 다른 곳에서는 작은 호텔과도 같은 집을 에워싼 채 마치 서슬이 퍼런 도끼날로 찍어 낼 것처럼 악의에 찬 구호를 뿌려대었다. 알고 보니 한국의 독도수호대 회원들이 투숙하고 있는 집 앞에서 악다구니를 써댔던 것이다. 그들은 다케시마의 날 행사에 대한 항의방문차 하루 전 한국에서 직접 찾아온 이들이었다.

"조심하셔야 합니다. 비록 일본 사람일지라도 저 사람들은 우리를 표적으로 삼기도 합니다. 진보적 학자라는 이유때문이지요. 여기서는 굳이 한국인이라는 신분을 밝힐 필요가 없습니다. 저희들은 다케시마의 날 행사를 통해 죽도에 관한 자료를 취득하면 되니까요."

무라야마 스즈끼 교수가 심각한 표정을 지어가며 말했다. 모두들 알았다는 듯 고개를 끄덕일 뿐이었다. 그들은 신지호수 식당에서 그곳의 명물 바지락 요리로 중식을 끝내고 곧바로 시마네 현민회관 대강당으로 향했다. 행사장 입구에는 『죽도문제 100문 100답』이라는 책을 소개하면서 죽도가 일본 영토임을 선전하고 있었다. 죽도를 상표로 하는 죽도쌀, 죽도술, 죽도빵 등을 판매하고 있었다. 죽도자료실에서는 회도와 지도로 보는 죽도라는 주제의 특별전을 전시하고 있었다. 그들은 역사학회원이라는 이름으로 등록을 마치고 현관으로 들어섰다. 현관에는 금속 탐지기까지 설치되어 삼엄한 경비태세를 갖추고 있었다.

잠시 후 기념식이 시작되었다. 시마네 현청, 시마네 현 의회, 죽도북방영토반환요구운동시마네현민회의가 주최하고 있었다. 주최 측 400명에 일반 참가자 200명이 운집한 가운데 먼저 시마네 현 지사가

내빈 소개와 환영인사를 했다. 이어 죽도북방영토반환요구운동 시마네 현민회 회장의 죽도영토수복을 위한 요망서 낭독과 체험자 증언 그리고 죽도영토권 확립을 위한 기성동맹회장 결의표명이 있었다. 이어 죽도에 관한 역사적 고찰이라는 주제로 다쿠쇼쿠대학 국제학부 교수의 강의로 이어졌다. 이어 도카이대학 교수의 국제법상 독도는 일본 영토라는 주제의 강연이 계속 되었다. 내용은 거의가 독도를 불법으로 한국이 점령하고 있다는 비판적인 내용들이었다. 반드시 수복해야 할 영토라는 의지를 불태우려 들었다.

우익역사학자들의 편협한 역사 인식을 그대로 전해주는 것 같았다. 무차별적인 선동을 해댐으로써 모든 이의 박수갈채를 받았다. 그들의 주장대로라면 한일 우호관계가 완전히 망가지지 않을 수 없다는 생각을 지울 수 없었다.

이튿날 회원들은 러일전쟁이 끝난 뒤 본격적으로 물개와 독도 자원을 수탈하기 위한 전초기지였던 오키섬을 찾았다. 시마네 현에서 북쪽으로 80Km 떨어진 섬. 여객선에 오른 뒤 2시간 반 남짓 지나자 나카마치 항구에 닿았다. 일본이 오늘날까지 독도 영유권을 주장하게 된 원인을 제공한 섬이 바로 오키섬이다. 그들은 오키섬의 역사자료관부터 찾았다.

"인구가 겨우 일만 오천 명에 불과한 섬에 역사자료관까지 갖춰놓다니요? 독도와 무관하지 않은 것 같은데요."

우석대학교 노진영 교수가 궁금증을 자아내는 듯 고개를 외오빼며 물었다.

"그렇다고 봐야지요. 이 섬으로부터 북서 157km 위치에 죽도가 있습니다. 때문에 러일전쟁이 끝난 뒤 본격적으로 죽도의 물개사냥이 이곳에서부터 이뤄졌던 것입니다. 일명 죽도강치라고 부르는데요. 죽도에는 강치가 많았습니다. 가죽을 얻으려는 무분별한 남획으로 그 수가 급격히 줄어들어 20세기 초에 전멸한 것으로 보입니다. 강치를 잡던 시대에는 이곳 오키섬이 부자의 섬이라고 각광을 받았습니다. 그뿐 아니라 중세부터 어업의 섬으로 번영을 누려왔던 곳입니다."

무라야마 스즈끼 교수가 오키섬에 대해 자세히 설명해주었다.

"제가 알기로는 일본은 한국의 해녀들을 이곳으로 데려와 해산물을 채취하고서 밤에는 위안부처럼 술시중을 들게 했다는 것입니다. 일명 독도 수탈의 전진기지였던 셈이지요. 지금도 그 수탈에 의한 증거가 많이 남아있다고 하던데요."

이번에는 호서대학에 서진호 교수가 찝찌름한 음식을 입에 넣은 것 마냥 입가에 골주름을 내리그으며 말했다.

"그거야 정확한 사료가 없기 때문에 여기서 말씀드릴 순 없습니다. 다만 110년 전 이곳 오키섬의 수산업자들이 죽도의 조업권을 획득하기 위해 중앙정부에 건의했던 것만은 사실이었습니다. 그건 바로 죽도의 물개(강치) 때문이었지요. 저기 저 가방이 바로 물개가죽으로 만든 것입니다. 지금껏 일본에서 죽도물개 가죽으로 만든 가방이 최고급 가방이었으니까요."

무라야마 스즈끼 교수가 자료관에 진열해 놓은 가방을 가리키며 말했다. 그때 다카하시 이치로 교수가 종이색이 누리끼리 바랜 보고서를 넘기며 말했다.

"이 책이 오키섬의 수산업자 나카이 요사부로의 조업 보고서입니다. 기록상으로 보면 일본인이 죽도에서 물개를 잡은 시기는 1903년이었습니다. 당시 죽도의 서도에는 어민들의 임시 막사와 우물이 있고 주위는 온통 물개로 덮여 있었답니다. 수천 마리의 물개들이 무리를 지어 장관을 이뤘다고 했습니다. 아마 그 동굴이 번식지였던 것 같습니다. 요사부로는 당시 300엔을 투자해 일주일 만에 1723엔의 수익을 올렸다고 합니다. 1905년부터 1912년까지 8년 동안 만 천여 마리를 잡아 가죽으로만 약 4억 엔을 벌어들였답니다. 그는 순식간에 백만장자가 되었다는 것입니다. 때문에 당시 시마네 현 어민들에게 죽도는 황금알을 낳는 섬이라고 불렸습니다."

무라야마 교수는 네 귀퉁이가 다 닳은 데다 빛마저 바래 칙칙하게 변해간 글자를 읽어가면서 말해주었다. 그때 신도기 교수가 자료관 저쪽 구석에 앉아 바둑을 두고 있는 노인 곁으로 다가갔다. 노인은 아라키 무네오와 사쿠라다 마스오라고 했다. 나이에 걸맞지 않게 역사관 일을 돌보고 있었다. 신 교수는 오랫동안 동경대학교 역사학 연구소에서 공부를 했던 탓에 일본어가 능숙했다. 일본 역사학자들과 통역은 항상 그의 몫이었다.

"안녕하십니까? 오키섬에 사시는가 보지요?"

"그럼요. 오키섬에서 80년이 넘도록 살아왔어요."

"그럼 죽도라는 곳을 가보신 적이 있는가요?"

"직접 가보지는 못했어도 말은 듣고 살았지요."

"무슨 말을 듣고 사셨는가요?"

"저희 할아버지 때는 이 오키섬이 일본에서 제일 부자섬이었어요. 그래서 오키섬사람들은 육지로 나갈 때면 비행기를 타고 다녔어요. 다 죽도 때문이었지요."

"부자가 된 까닭이라도 있습니까?"

"아 그거야 저기 죽도에서 물개를 잡을 수 있어서 그랬지요."

"물개만 잡아도 부자가 되었나요?"

"죽도에는 물개, 전복, 오징어, 명태, 청어 등이 무진장 많았으니까요. 그 중에서도 가장 값나간 것은 물개였어요. 고기는 식용으로 먹었고 기름은 공업용으로 그리고 가죽은 가방을 만들었으니 버릴 것이 하나도 없었지요."

"오키섬사람들이 죽도에 갔을 때 그곳엔 고기 잡는 사람들이 없었는가 보지요?"

"아니에요. 진즉부터 조선 사람들이 들어와 있었다고 합디다. 그들은 물개는 잡지 않고 전복과 오징어 명태와 같은 생선만 잡더라고 했어요."

"조선 사람들은 물개를 잡지 않았다 그 말이지요."

"조선은 물개 고기를 먹지 않았던가 봐요. 그리고 가죽을 이용할 줄도 몰랐나 봅디다."

"그런데 지금은 물개가 한 마리도 없답니다. 왜 그랬을까요?"

"그거야 씨가 마를 정도로 남획했으니 그렇지요."

"누가 그랬을까요?"

"그거야 당연히 오키섬사람들이지요. 조선 사람들보다 늦게 달려갔지만 물개잡이는 오키섬사람들만 했으니까요. 갑자기 횡재를 만난 거지요. 그러다보니 닥치는 대로 물개사냥에 나섰던 것입니다. 물개는 오키섬사람들을 살찌게 만들었어요."

"오키섬사람들이 죽도로 달려간 때는 언제였습니까?"

" 러일전쟁이 끝나고 나서 죽도로 달려갔었어요."

"그전에는 간 적이 없었다 그 말이십니까?"

"그전에도 간 사람이 있다고 들었지만 함부로 갈 수 없었지요."

"물개를 한꺼번에 다 잡지 말고 보호했어야 되지 않았을까요?"

"물론 그랬어야 했지요. 하지만 그전부터 죽도는 남의 나라 섬으로 여겼던 것이었어요. 그러다보니 그럴 겨를도 없었던 것이지요. 나라에서도 무조건 포획하도록 장려했었으니까요. 죽도는 본디 일본 영토라고 여기지 않았으니 그랬을 것이고."

아라키 무네오 노인은 도둑질을 하다 들킨 사람처럼 말을 하다말고 뻥한 눈으로 그들의 눈치를 살피려 들었다. 고개를 갸웃거리며 요모조모 살펴보고는 의심의 눈초리로 똬리를 틀고서 물었다.

"혹시 한국 사람들 아니요?"

"일본 사람도 있고 한국 사람도 있어요. 오키섬사람들은 지금은 죽도에 가지 않습니까?"

신 교수는 눈치도 없이 끈덕지게 물고 늘어지려 들었다.

"가고 싶지만 갈 수 없지요. 한국이 차지했으니……"

노인은 흠칫 놀라 눈알을 휘굴리다가 부러 평심을 되찾은 표정을 지어가며 말했다. 뭔가 개운치 못하는 듯 입을 쩝쩝 다시다가 말끝을 달아걸기까지…….

"고맙습니다. 안녕히 계십시오."

모두들 노인을 향해 말상대를 해줘서 고맙다는 듯 머리 숙여 인사를 했다. 그러나 노인은 응대도 없이 고개만 끄덕였다. 김정만 박사는 마음속으로 회심의 미소를 지었다. 이보다 값진 수확은 없을 것 같았다. 노인들과의 대화는 살아 숨을 쉬고 있는 사료이기 때문이었다.

"다음엔 향토 사료관으로 가보실까요?"

그들은 향토 사료관으로 향했다. 조그마한 각종 사료가 전시되어 있었다. 오키섬사람들이 살아온 유물과 향토 사료가 전시되어 있었다.

그 중에서 그들의 시선을 끌어당기는 것은 1901년에 독도를 그린 지도와 같은 그림이었다.

"이 그림을 보시지요. 당시 죽도 어업권을 가졌던 수협 조합장이 그린 것입니다. 죽도의 정상에 러일전쟁 당시 감시초소와 서도의 우물 등을 상세하게 기록해 놓았습니다. 그러나 이 지도에는 죽도를 뒤덮었던 물개는 보이지 않고 전복과 미역 서식지만 기록돼 있습니다. 물개도 중요했지만 전복과 성게, 미역 등도 당시 최고의 품질을 자랑하는 특산품으로 일본인들에게 인기였다고 합니다."

요시노 교수가 그림을 설명하고 막 돌아서는 순간 이번에는 색이 누렇게 변한 한 장의 흑백사진이 눈에 띄었다. 한국 회원들이 시선을 한군데로 모으자 다카하시 요시로 박사가 입을 열었다.

"이 사진은 1933년 죽도에서 조업을 하던 일본 어민들을 촬영한 것입니다. 사진 오른쪽에 4명의 여성이 보이지요?"

"예. 보이는데요."

"어디서 많이 보았던 여인 같지 않습니까?"

"제주도 해녀 같기도 합니다."

"맞습니다. 제주도에서 죽도까지 데려온 해녀들입니다. 이들은 물질을 잘했기 때문에 전복을 채취하기 위해 일부러 데려온 것입니다."

"저도 잘 알고 있습니다. 일본의 한 잡지 기자가 옮겨 실어놓은 내용을 읽은 적이 있습니다. 독도에서 조업하던 현황을 조업일지에 수협직원들이 기록한 내용이라고 했습니다. 제주도에서 끌려온 해녀들은 2년에서 길게는 6년 정도 전복을 채취했다고 하더군요. 1921년부터 해마다 여러 명을 끌어왔다면서요. 당시 오키섬 어민들은 독도에 숙소를 지어놓고 20~30명씩 무리를 지어 생활했다고 했어요. 그들은 조업을 하면서 해녀들을 위안부로 삼았다고 했습니다. 억지로 끌려온 해녀들은 낮에는 전복을 따고 밤에는 그들의 성 노예가 되었던 것입니다. 결국 해녀들이 채취한 해산물이 일본군의 군수물자로 팔려나가 오키섬 어민들을 부자로 만들어주었습니다. 그 과정에서 물개를 포함한 수산자원은 씨가 말랐고 해녀들은 노동과 함께 몸까지 수탈당했다는 것입니다. 오키섬이 독도의 수탈 전초기지였던 셈입니다. 스스로 간직해온 자료들이 독도침탈 역사를 분명하게 보여주고 있군요."

유성진 교수가 울분을 쥐어짜는 목소리로 독도에서 일본인의 수탈과정을 부연 설명해주었다. 갑자기 표정들이 싸늘하게 굳어지면서 분위기도 침울하게 가라앉았다.

"이제 오미네(大峯)산에 올라 죽도를 한번 바라보셔야지요."

다카하시 요시로 박사가 우울한 분위기를 바꿔보려는 듯 시간을 재촉하고 나섰다. 그들은 그를 따라 오키섬에서 독도의 방향을 향하고 있는 오미네 산으로 향했다. 다행히 믿기지 않을 정도로 맑게 갠 날이어서 동해바다가 훤히 내려다보였다. 그렇지만 푸른 물만 넘실거릴 뿐 독도는 보이지 않았다. 청명한 가을 날씨에도 157km의 먼 거리는 시야 안으로 들어오지 않는다고 했다.

10
동해의 자랑스러운 땅
독도를 가다

지루한 장마가 북쪽으로 물러가고 나자 모처럼 구름 사이로 외가 닥 햇살이 쏟아지다가 바닷물에 부서지고 있었다. 햇솜처럼 부근한 흰 구름이 뭉실뭉실 떠가는 사이로 파란 하늘이 얼굴을 쏘옥 내밀면 서 그들의 독도탐방을 반기려 들었다. 역사바로세우기협회 한국 측 에서 요시다 박사 일행을 초청 독도탐방 길에 나섰다. 지난 2월 22일 시마네 현으로 탐방을 떠났던 그 때 그 사람 그대로였다.

포항에서 울릉도행 카페리 호에 몸을 싣자 배는 동해의 푸른 물살 을 가르며 시원스럽게 나아갔다. 동해의 푸른 물결이 햇빛을 받아 눈 이 부시도록 번쩍거렸다. 그들은 1층 뱃머리 원탁 주위에 둘러앉아 서 멀어져 가는 육지를 바라보고 있었다.

"지금 우리가 가는 목적지는 울릉도와 독도입니다. 원래 우산국이 라 불렸던 섬이었는데 신라시대 이사부라는 사람이 정복하여 신라에 귀속시켰던 것입니다. 고려시대에는 울릉도를 그냥 우릉도(무릉도) 독도를 우산도라 불렀습니다. 조선시대에 와서는 독도를 삼봉도라 부르기도 했고 숙종 때 안용복이라는 사람이 자산도라고 불렀어요."

김정만 교수는 지도를 펼쳐놓고 자세한 설명을 해주었다. 일본 회원들은 신중한 자세로 필기구를 꺼내어 적어가면서 듣고 있었다.

"먼저 도착하는 곳이 죽도인가요? 아니면 울릉도인가요?"

"먼저 울릉도에 내려 독도박물관을 탐방할 계획입니다. 그리고 석포마을로 가서 독도를 바라볼 계획입니다. 이왕 오셨으니 울릉도 관광을 하시고 가시기 바랍니다. 섬의 중앙부에는 최고봉인 성인봉(984m)이 있고, 그 북쪽 비탈면에는 칼데라 화구가 무너져 내려 생긴 나리분지와 알봉분지가 이 섬의 특징입니다. 섬 전체가 하나의 화산체이므로 평지는 거의 없고 해안은 대부분 절벽이지요. 해안선 길이가 56.5km에 이르는데 가는 곳마다 절경이면서도 천연의 비경이어서 신비스러운 섬입니다."

유성진 교수가 울릉도에 대해 자랑을 해대었다.

"알겠습니다. 이왕 방문했으니 구경하고 가야지요."

두어 시간이 지나자 페리 호는 슬금슬금 미끄러지듯 도동항 부두로 뱃머리를 들이밀었다. 마치 계곡과 같은 산자락을 타고 건넛산 밑까지 올망졸망 집들이 둘러붙어 있었다. 차도 없이 비탈진 언덕길을 올라 울릉도 마리나 관광호텔에 일단 여장을 풀었다. 점심을 해결한 그들은 향토 사료관과 독도박물관 탐방에 나섰다. 독도박물관은 한국 유일의 영토박물관이다. 서지학자 이종학 선생님이 30년간 수집하여 기증한 자료와 목숨을 걸고 독도를 사수한 독도의용수비대 홍순칠 대장의 유품 그리 독도의용수비대 동지회와 푸른 독도 가꾸기 모임 등의 자료를 소장 전시하고 있는 곳이다.

더운 날씨인데도 전시장 입구에서부터 사람들로 넘쳐나고 있었다. 모두가 나들이 관광객 차림인 것으로 봐서 고장 사람들이 아닌 것 같았다.

"한국인은 죽도에 관심이 대단히 높은가 봅니다. 무척 더운 날씨임에도 박물관이 관광객으로 가득 차고 있어요."

다카하키 오카다 교수가 심히 놀란 표정을 지어 보였다. 그는 입을 쫙 벌린 채 고개를 흔들어대며 말했다.

"한국인들은 독도에 대한 열정이 대단합니다. 여기 독도 의용수비대 홍순칠 대장의 유품을 보십시오. 저분은 한국전쟁에서 참전했다가 부상당한 상이군인이었어요. 그런데도 독도에서 고기를 잡던 어부들이 일본 해경에게 붙잡혀 모욕을 당하는 일이 자주 발생하자 수비대를 모집하여 뛰어들었습니다. 일종의 사설수비대를 조직 무려 3년 8개월 동안 일본해경과 10여 차례 전투도 치렀다고 합니다. 한국 젊은이들은 홍순칠 대장처럼 목숨을 바쳐서라도 독도를 지켜야 한다는 강인한 신념을 갖고 있습니다."

신호철 교수가 당당한 어조로 홍순칠 대장의 애국심을 칭양하고 나섰다. 그것은 한국인의 국토(國土)사랑을 깊이 새겨듣게 하려는 일면도 작용하고 있었다.

"방문객의 눈빛을 보니 얼른 알 것 같습니다. 솔직히 일본 사람은 죽도의 영유권 분쟁에 대해 관심이 없습니다. 유명 신문사의 여론조사에 의하면 한국과 죽도 분쟁이 있는지조차 모르는 사람이 30%가 넘는다고 했습니다. 아예 관심 없다는 사람까지 합치면 50%에 이른다는군요."

다카하키 교수는 속이 텅 빈 사람처럼 푸념 섞인 말로 일본 국민의 현실을 비꼬는 조로 말했다. 어딘지 모르게 씁쓰름한 표정을 지으면서도 웃음기만은 거두지 않았다.

그들은 붐비는 사람들 사이를 비집고 특별전시실로 들어섰다. 그곳은 독도와 관련된 역사를 개관하고 일본의 독도영유권 주장과 일본해 명칭 주장이 갖는 허구성을 폭로하며, 이에 대해 체계적인 반박을 하는 내용을 주로 전시해놓은 곳이었다. 청일전쟁 이후의 지도와 전적 자료를 전시해 놓은 제2전시실로 들어섰을 때였다. 젊은이들이 지도를 보아가며 마치 역사적인 내용에 대해 토의 문답이라도 하는 것처럼 열정을 쏟고 있는 모습이 눈에 띄었다.

"죽도가 한국 영토란 것을 말해줄 수 있겠어요?"

한국말을 잘하는 요시다 교수가 더듬거리는 말로 넌지시 젊은이들에게 말문을 열었다.

"역사적으로나 지리적으로도 독도는 한국 영토입니다. 남의 땅에 들어와 강치를 다 잡아갔으면 자성할 줄 알아야지 땅까지 내놓으라는 그런 억지가 어디 있습니까?"

젊은이 가운데 한 사람이 일본 사람임을 즉각 알아채고서 불뚝 화를 내며 핀잔스러운 어투로 쏘아붙였다.

"국가 간 분쟁지역이면 국제사법재판소에 재판을 의뢰해야 하는 것 아닙니까?"

요시다 교수가 부러 능글스러운 웃음을 지어가면서 의도적인 질문을 던졌다.

"우리나라가 왜 국제사법재판소로 가야 합니까? 남의 땅을 내 땅이라고 억지로 우겨대는 나라하고 재판하자고요? 소가 웃을 일이지요. 내 것을 내 것이 맞느냐고 재판을 한단 말입니까? 그런 어리석은 사람이 어디 있겠습니까? 그럼 우리가 대마도가 한국 땅이라고 주장한 다면 국제사법재판소에 가서 해결하시겠습니까? 일본은 왜 그리도 억지스러운 삶을 살고 있는지 모르겠습니다. 이웃하고 있는 국가들마다 영토문제로 시비를 걸고 있으니 참으로 이상한 민족입니다. 섬나라여서 망정이지 육지국가였다면 날마다 사방으로 전쟁만 하고 살 것입니다. 이웃이 사촌이라고 했는데 하늘 아래 이웃을 불구대천(不俱戴天)(하늘을 함께 이지 못한다는 뜻)의 원수로 여기며 살아가는 민족은 일본 밖에 없습니다. 참으로 이상한 기질을 갖고 살아가는 민족입니다. 싸움을 하지 않으면 입에 가시가 돋는 민족인가 봅니다."

젊은이는 마치 기다렸다는 듯이 연득없이 핀잔투를 쏟았다. 한국 말이 서투른 것을 보고 일본인이라는 것을 알아차린 그는 각박스러운 말투로 열없쟁이 닦아세우려 들었던 것이다.

"역사적으로 죽도가 한국 영토라는 것을 말해줄 수 있겠소?"

요시다 교수는 아무런 표정 변화도 없이 또 다른 질문을 던졌다.

"독도는 신라시대부터 한국 영토였습니다. 삼국사기에도 그리고 동국여지승람에도 기록되어 있어요. 하지만 일본 사서에는 전혀 그런 기록이 없습니다. 러일전쟁 당시 군사적으로 강제로 점령했을 뿐이에요. 남의 땅을 빌려 썼으면 사용료를 내고 고맙다고 하는 것이 마땅한 도리이거늘 자기 땅이라고 우겨댄다는 것은 짐승만도 못한 짓이지요. 인면수심(人面獸心)이 아니고서야 어찌 그런 짓을 하겠습니까? 일본은 탐욕으로 눈이 멀어 우리 한국을 얕잡아보고 있습니다. 그 옛날처럼 호락호락 넘어가 땅을 내어 주리라 생각한다면 크게 오산한 셈입니다. 옛날부터 해적의 노략질만 해오더니만 임진왜란을 일으키고 나중에는 우리나라를 침탈했어요. 원자폭탄을 얻어맞고 항복을 했으면 그동안 지은 죄과에 대해 용서를 청해야 함에도 되레 영토 문제를 일으켰습니다. 반성은커녕 뻔뻔스럽기 그지없는 나라입니다. 잘못된 속심을 버리지 않는다면 언젠가는 바다만 바라보고 사는 고립된 나라가 될 것입니다."

곁에 있는 또 다른 젊은이가 이마에 핏대를 세워가며 투덜거리듯 말했다. 담대하면서도 신념이 투철하다는 생각을 지울 수 없는 젊은이였다. 비집고 들어갈 만한 틈을 보이지 않을 정도로 일목요연하고도 논리적이었다.

"잘 알았습니다. 고맙습니다."

생각보다 한국의 젊은이들은 애국심으로 무장되어 있었다. 한바탕 핀잔을 둘러쓰고서야 이를 알아차린 요시다 박사는 못내 머쓱하고 씁쓰레한 표정을 거두지 못했다. 더 이상 할 말을 잃고서 다음 행선지를 향해 그만 발길을 돌리고 말았던 것이다. 그들이 찾아간 곳은 울릉군 북면 천부리 석포마을의 전망대였다. 넘실대는 동해의 푸른 물을 바라보며 울릉도 해안 길을 따라 한 바퀴를 돌다시피 하여 이르는 곳이었다. 러일전쟁 이전부터 망루로 사용했던 역사적 흔적이 남아있는 곳. 일본이 러시아 군함을 관측하기 위해 전략적 요충지로 사용했던 곳이라고 했다.

"울릉도에서 독도가 잘 보이는 곳입니다. 거리상으로 보면 울릉도에서 독도까지는 87.4Km이고 오키섬에서 독도까지는 157.5Km이니 약 반 정도의 거리일 뿐입니다."

신도기 교수는 의도적으로 반 정도의 거리라는 것을 강조해가면서 들려주었다.

"저기 바다에 까만 배처럼 보이는 것이 죽도인가요?"

"그렇습니다. 오늘은 약간 흐려서 선명하지 못하지만 맑은 날에는 뚜렷하게 보입니다."

"무척 가깝게 느껴지네요."

신 교수가 가방 속에서 준비해온 망원경을 꺼내들었다. 서로들 돌려가며 망원경의 초점을 맞추는가 하면 카메라에 담아내느라 셔터를 눌러대었다.

"오키섬에서는 보이지 않았는데 이곳에서는 선명하게 보이는군요. 죽도가 한국 영토라고 주장하는 까닭에 일리가 있어 보입니다."

다카하키 교수가 고개를 끄덕여가며 동조의 눈빛을 보내주었다.

"일리가 있는 것이 아닙니다. 역사적으로 보나 지정학적으로 보나 일본 영토라고 주장하는 것은 억지임에 틀림없습니다."

신 교수는 자신도 모르게 저절로 신바람을 내듯 맞장구를 쳐주는가 하면 웃음집까지 벌어졌다. 석포전망대 탐방을 마친 그들은 나리분지를 지나 성인봉 등반으로 첫날을 보냈다.

다음날 그들은 독도 행 유람선을 타기 위해 사동항으로 나왔다. 이른 아침인데도 여객선 터미널에는 사람들로 초만원이었다. 바다에는 여름 안개가 뽀유스름히 깔린 탓에 유람선 뱃머리만이 희미하게 보일 뿐이었다. 승선권을 받아들고 배에 오르자 선내 방송이 시작되었다.

"지금 우리는 그리운 우리의 땅 독도로 향하게 됩니다. 아~~대한민국의 자랑스러운 땅 우리가 지켜야 할 우리의 독도! 천만년 대대손손 우리의 후손에게 물려주어야 할 땅 독도! 지금 여러분은 우리나라의 가장 동쪽의 땅 독도를 만나러 가고 계십니다.……"

별안간 가슴이 뭉클해지도록 울려대는 방송에 관광객은 하나같이 숨을 죽이며 듣고 있었다. 한이 서린 사람들처럼 게슴츠레한 눈을 뜨고 창밖을 바라보는가 하면 또 다른 이는 비장한 각오를 다지기라도 하는 듯 어금니를 악물기도 했다.

뱃머리에 자리를 잡은 김정만 교수 일행은 동해의 파란 물결을 바라보면서 연신 카메라 셔터를 눌러대었다. 시원스럽게 밀려온 파도들이 뱃머리에 찰싹찰싹 부딪혀 하얀 물살을 일으킬 때면 해천(海天)을 선회하던 갈매기들이 살포시 내려앉아 활갯짓을 해대는 모습이 경이로웠다. 집채 같은 파도를 헤치며 앞으로 나아가는 유람선 앞에는 바닷물이 두 갈래로 갈라지면서 세차게 출렁거렸다. 1시간 남짓 지났을 무렵 검푸른 바위산 돌섬이 당당한 위용을 과시하기 시작했다. 위엄스런 자태가 눈앞으로 다가오자 영탄(詠歎)의 목소리가 퍼져 나오기 시작했다. 일시에 함성이 터져 나오자 선실 안이 열광의 도가니로 변해가면서 저절로 애국가가 우람히 울려 퍼졌다. 이곳저곳에서 태극기를 쳐들며 만세 삼창을 부르는가 하면 「독도는 우리 땅」노래 소리가 하늘을 찔렀다. 마치 한 편의 사랑과 감동의 파노라마가 격정의 파도가 되어 물결치는 것처럼 느껴졌다. 독도는 동해바다에 외로이 떠있는 외로운 고도(孤島)가 아니었다. 한국인의 열렬한 애정을 한 몸에 받고 있는 민족의 혼과 다름없었다.

"죽도에 대한 한국인의 애착이 이렇게도 높은 줄 정말 몰랐습니다. 예상치 못했던 일인데 한 마디로 대단하다는 말밖에 나오지 않습니다."

다카하키 오카다 교수가 놀라움을 금치 못한 채 벙한 눈을 지어보이며 말했다.

"35년에 걸친 식민지배에 대한 비감(悲感)의 심회(心懷)일 것입니다."

김정만 교수가 회심의 미소를 머금으며 말했다.

"일본에선 상상할 수 없는 일입니다. 간혹 극우파의 시위는 볼 수 있으나 이런 열광적인 애국충정은 보지 못했습니다. 아무튼 한국인의 죽도 사랑만은 높이 평가해야 되겠습니다."

요시노 노리 교수도 놀란 기색이 역력한 채 감탄과 경의를 표하고 나섰다.

"독도는 아름다운 경관을 자랑하는 섬이 아닙니다. 먹는 물도 부족할 뿐 아니라 쉼터도 없고 풍랑이 심하면 접근조차 할 수 없습니다. 그런데도 관광객이 넘쳐나고 있습니다. 독도를 사랑하는 한국인의 애국의 정서(情緒)라고 할 수 있겠지요."

김정만 교수는 자신도 모르게 입술을 앙다물면서 흥분의 기색을 지우지 않았다. 만면에 흐뭇한 미소를 머금으며 한국인의 정서를 들려주었다. 그것은 한국인들의 독도를 사랑하는 마음이었던 것이다.

"솔직히 저는 오늘 한국인의 죽도를 사랑하는 충정(衷情) 된 애국정신(愛國精神)을 보고 문득 깨달은 것이 있습니다. 너무나도 오키섬사람들과 대비되기 때문입니다."

일본의 역사학자 중 나이가 가장 지긋한 무라야마 스즈끼 교수가 예감에도 없던 말을 불쑥 꺼내들어 입심을 뽑기 시작했다. 말하는 표정에서 알 수 없는 묵직한 중량감이 느껴지면서 진지한 반성의 기미가 엿보인 탓에 모두의 시선이 저당 잡히고 말았다.

"저는 일본에서 나고 자란 일본 사람입니다. 일본역사를 공부하여 일본인에게 역사를 가르치며 살아왔습니다. 그런데 지난 2월 22일 일본의 오키섬을 방문했을 때와 지금이 자꾸만 비교돼는 까닭을 알 수 없습니다. 오키섬사람들은 죽도를 일본 영토로 간주하고자 함은 오직 경제적 이득을 얻기 위함이었다고 했습니다. 물개(강치)를 잡고 전복을 따고 오징어, 명태, 청어, 꽁치 같은 조업으로 부를 창출하려는 의도였습니다. 때문에 한 때 오키섬은 일본에서 제일가는 부자였다는 것입니다. 그러나 지금은 죽도를 일본의 영토로 여기는 사람이 많지 않았습니다. 물개가 없기 때문입니다. 애국하는 마음으로 죽도를 바라보는 이는 더더욱 없었습니다. 독일의 역사학자 쉴러는 '한탄하는 노래도 사랑하는 사람들의 입에서 나오면 훌륭한 감흥을 준다.'고 했습니다. 저는 지금 이 죽도에서 그 모습을 보았습니다. 한국인의 죽도사랑을 제 눈으로 직접 목격했습니다. 아름다운 경관을 자랑하는 섬이 아닌데도…… 쉼터가 없어 머무를 수도 없는데도…… 비싼 값을 지불해가면서도 독도를 찾는 사람들을……. 비록 지난날에는 한탄이었을지 모르나 지금은 훌륭한 나라사랑의 열정임에 틀림없었습니다. 저는 이 순간만은 국적을 초월한 사람이 되고 싶습니다. 그렇게 되고자 함은 역사가이기 때문입니다. 역사가는 여러 사건들 중 꼭 배우고 알아야 할 필요가 있다고 생각하는 일들을 선택하여 연구하고 자신의 관점에 따라 서술해야 하기 때문입니다."

11
민족혼의 상징 우리의 돌섬

어느덧 한 학기가 훌쩍 지나가고 쇠뿔도 녹인다는 무더운 삼복더위 철을 맞이하였다. 휴가가 시작되면서 산과 바다를 찾는 사람들로 공항과 터미널이 붐비기 시작했다.

갯내어린 찝찌름한 바람이 남쪽 바다에서 불어오는 가운데 서귀포 K호텔에 귀객이 속속 도착하고 있었다. 일본 도쿄와 나고야 그리고 오사카와 후쿠오카에서 제주행 비행기를 타고 온 역사바로세우기협회원들이었다. 세 번째 토론회가 이 호텔에서 열리기 때문이었다. 서귀포 K호텔은 남쪽 바다를 창연히 바라볼 수 있는 절경 위에 자리 잡고 있었다. 남국에 온 것 같은 착각을 일으킬 정도로 이국적 정취를 흠뻑 느끼게 해주었다.

"먼저 본 역사바로세우기협회 한국 측 회장이신 김영식 원장님의 인사말씀이 있겠습니다. 회장님을 모시겠습니다. 박수로 맞이해주시기 바랍니다."

유인원 박사가 마이크를 잡고 한국 측 회장 김영식 박사를 소개하는 것으로 제3차 토론회의 장을 열었다. 진한 감색 양복을 입은 김영식 소장이 단상으로 올라왔다.

"안녕하십니까? 김영식 소장입니다. 이렇게 다시 만나 뵙게 되어 반갑습니다. 먼 길 오시느라 수고 많으셨습니다. 오늘이 7월 30일이니 한국에서는 복중이라고 해서 연중 가장 더운 철입니다. 복날이란 여름의 더운 기운이 가을의 서늘한 기운을 제압하여 굴복시켰다는 뜻입니다. 이렇게 무더운 날씨인데도 불구하시고 참석해주신 회원님들께 진심으로 감사의 말씀을 드립니다. 그만큼 우리는 한일 두 나라의 역사를 공유해야 할 필요성을 인식하고 계신 것이지요. 그것은 민족 간 불편한 갈등과 대립을 해소해야 한다는 굳은 신념 때문이 아니겠습니까? 잘 오셨습니다. 날씨도 덥고 해서 시원한 휴양지에 미팅장소를 정했습니다. 제주도는 남국의 풍광 속에 펼쳐진 특유의 역사와 문화적 전통을 갖고 있습니다. 독특한 자연은 화산을 떠나 생각할 수 없습니다. 120만 년 전부터 4단계에 걸쳐 화산활동이 섬을 빚어낸 것입니다. 때문에 온 섬이 현무암으로 이루어져 있습니다. 한라산, 오름, 동굴, 잿빛 해안, 쪽빛 바다, 바람, 해녀, 폭포, 목장, 돌담, 돌하르방, 정낭 등 천혜의 관광지입니다. 이왕 오신 김에 제주도 관광도 즐겨보시기 바랍니다. 본 호텔은 한국에서 초특급 호텔로 이름이 나 있지만 마음에 드시는지 모르겠습니다. 불편한 점이 있더라도 넓은 아량으로 봐주시기 바랍니다. 감사합니다."

김영식 원장이 먼저 간단한 인사말을 건넸다.

"관례에 따라 이번 제3차 토론회 사회는 주최 측이 아닌 일본 측 회원께서 맡아주시기로 했습니다. 오늘 사회를 맡아주실 분은 도야마

대학 교수이신 무라야마 스즈끼 교수이십니다. 다 같이 박수로 맞이해주시기 바랍니다."

유인원 박사는 박수를 쳐가며 무라야마 스즈끼 교수를 호명했다. 그가 단상으로 나오자 모두들 우레와 같은 박수로 맞이했다.

"방금 소개 받은 무라야마 스즈끼입니다. 막중한 임무를 맡게 되어 가슴부터 떨리는 느낌입니다. 아무쪼록 회원님들의 많은 협조 부탁드립니다. 우리는 이미 지나가 버리고 없는, 다시 볼 수도 없는 과거를 왜 찾아 나설까요? 그것은 과거의 세계를 만날 수 있기 때문입니다. 역사 속에는 과거의 세계가 살아 숨 쉬고 있기도 합니다. 저는 역사란 진리와 정의의 편에 서서 바라보아야 한다고 생각합니다. 역사가는 기본적으로 진리와 정의의 편에 서서 사실을 전해줘야 할 의무가 있는 사람들입니다. 그 과정에서 자신이 중요하다고 여기는 사실을 선택하고 의미를 부여하여 평가와 해석을 담기도 합니다. 그 평가와 해석이 지나치게 주관적일 때 왜곡이라고 불리는 것입니다. 한일 두 나라 사이에 갈등과 대립을 몰고 온 것이 바로 이 왜곡이란 두 글자 때문입니다. 이제는 갈등을 넘어 민족감정으로 확대되는가 하면 정치적으로 비화되어 공존공영이란 말이 무색할 지경으로 치닫고 있습니다. 오늘 우리가 여기 모인 까닭도 이 두 글자에 숨어 있는 그릇된 것을 찾아내어 정의와 진리라는 차원에서 바르게 깨우쳐 국민들에게 알리고 후손들에겐 가르치자는 것입니다. 그것은 분명 역사가들의 책무이기도 합니다. 또한 국경이라는 개념을 초월해야 하고 학문 앞에 진실해야 합니다. 저는 지난 번 오키섬과 죽도를 번갈아 방문하면서 많은 것을 깨닫고 배웠습니다. 겪었던 내용은 나중에 말씀드리기로 하고 지금부터 학술 토론회로 들어가겠습니다. 먼저 강원대학교 신호철 교수께서 죽도에 대한 모두 발언을 해주시겠습니다."

"안녕하십니까? 방금 소개받은 신호철입니다. 오늘 학술 토론회의 중요 사안은 독도 문제인 것 같습니다. 한국에서는 독도라고 부르고 일본에서는 죽도 즉 다케시마라고 부릅니다. 편의상 저는 독도라고 칭하겠습니다. 독도는 약 460만 년 전에 분출된 용암이 270만 년 전에 바다 위로 모습을 드러낸 섬입니다. 250만 년 전에 두 개의 섬으로 분리되었고 210만 년 전에 현재의 모습을 갖추게 되었습니다. 250만 년 전에 탄생한 울릉도 그리고 120만 년 전에 탄생한 제주도보다 200만 년이나 앞서 태어났던 섬입니다. 독도의 지형은 해수면 아래로 높이 2,000m, 지름 20 ~ 25Km인 봉우리 형태로 솟아 있습니다. 독도는 해저에서 솟은 용암이 굳어져 형성된 화산섬이어서 화산암이 기반석입니다. 독도와 울릉도는 해수면 아래 해산(海山 : 대양의 밑바닥에 원뿔 모양으로 우뚝 솟은 봉우리)의 형태로 서로 연결되어 있습니다. 두 섬 사이에는 2,000m가 넘는 평원이 있고 해산에는 독도와 관련이 있는 사람의 이름을 따서 해저 지명을 붙여 놓았습니다. 심흥택해산, 이사부해산, 안용복해산 등이 있습니다. 독도와 울릉도는 지질적으로 유사합니다. 편마암으로 구성된 일본의 오키섬하고는 전적으로 다릅니다. 독도는 울릉도에서 87.4Km 일본 오키섬에서는 157.5Km 거리에 있습니다. 17세기 일본에서 오키섬에서 마쓰시마까지 거리는 80리, 울릉도에서 독도까지는 40리라는 기록도 있습니다. 울릉도에서는 독도가 잘 보이나 오키섬에서는 보이지 않습니다. 독도는 89개의 크고 작은 바위섬으로 이뤄졌고 섬마다 독특한 모양을 취하고 있습니다. 크게 동도와 서도로 나눌 수 있습니다. 가장 높은 곳은 서도의 정상부로써 해발 168.5m이고 동도의 정상부는 98.6m입니다. 동도와 서도 사이

에는 너비 110 ~ 160m, 길이 330m의 길이 나있는데 물이 빠졌을 때
는 두 섬 간의 거리는 151m입니다. 동도의 정상부는 비교적 평탄하
여 유인 등대가 설치되어 있고 토양층을 따라 식물들이 자랍니다. 동
도의 해안은 대부분 해식애(海蝕崖)가 발달 급경사를 이뤄 식물이 자랄
수 없습니다. 서도의 정상부는 날카로운 암석의 능선으로 이루어져
식물이 자랄 수 없지만 정상부 남서쪽은 다소 평탄하여 생명력이 강
한 식물이 서식하고 있습니다. 서도의 북쪽에는 물골이 있어 지하수
가 용출 음료수를 얻을 수 있습니다. 독도의 지형적 특색은 주상절리
(다각형 기둥 모양의 금)와 같은 화산 지형, 단층선이라 암맥 같은 구조 지형,
파식대와 같은 해안 지형을 볼 수 있다는 점입니다. 해식애도 여러
군데서 볼 수 있습니다. 또 풍화작용으로 인한 풍화혈(風化穴)이 광범
위하게 분포하고 있습니다. 독도는 해양가운데 위치한 탓에 해양성
기후를 나타냅니다. 독도의 기후에 영향을 미치는 것은 해류입니다.
동한 난류와 분한 한류가 있습니다. 여름에는 동한 난류 그리고 겨울
에는 북한 한류가 교차 겨울에도 영하로 내려가지 않고 8월에도 평
균 기온이 24℃를 넘지 않습니다. 연평균 기온이 12℃로 비슷한 육지
의 내륙지역과 비교하면 따뜻한 편입니다. 독도는 연중 85%가 흐리
거나 비가 내리기 때문에 습한 날이 많습니다. 생태계를 보면 열악한
환경을 견디어 낼 수 있는 식물들만 살아남을 수 있어 개체수가 많지 않
습니다. 나무를 포함 약 50 ~ 60여 종이 서식하고 있을 뿐입니다. 왕
해국, 왕호장근, 섬기린초, 초종용, 소리쟁이, 도깨비쇠고비, 갯까치
수염, 번행초 등이 대표적 식물입니다. 독도 주변에서 볼 수 있는 어
종으로는 언어병치, 말쥐치, 송어, 대구, 명태, 꽁치, 복어, 오징어, 문
어, 상어, 전어, 가자미, 돌돔, 뱅에돔, 개볼락, 조피볼락, 자리돔, 용

치놀래기, 노래미, 미역, 다시마, 해삼, 전복, 소라 등이 있습니다. 93종의 곤충이 발견되고, 관찰된 조류만도 139종입니다. 그중에서 괭이갈매기, 바다제비, 슴새, 알락할미새, 섬참새 등이 대표적이고 괭이갈매기, 바다제비, 슴새는 독도 천연보호구역에서 법적으로 보호받는 조류입니다. 무척추동물이 370여종, 해조류만도 223종이 있습니다. 독도를 가려면 한국 포항을 비롯한 세 개의 항구에서 울릉도를 거쳐 갈 수 있습니다. 울릉도에서 1시간 15분 정도 걸리며 왕복 3시간이면 충분합니다. 일본에서는 배편이 없습니다. 독도는 국제법상으로 섬이기 때문에 12해리 영해와 200해리의 배타적 경제수역(EEZ)의 적용을 받습니다. 배타적 경제수역이란 자국 연안으로부터 200해리까지의 모든 자원에 대해 독점적 권리를 행사할 수 있는 유엔 국제해양법상의 수역을 두고 이르는 말입니다. 다시 말씀드리자면 자국 연안으로부터 200해리까지의 수역에 대해 천연자원의 탐사개발 및 보존, 해양환경의 보존과 과학적 조사활동 등 모든 주권적 권리를 인정하는 유엔해양법상의 개념입니다. 1982년 12월 채택되어 1994년 12월 발효된 이 협약은 어업자원 및 해저 광물자원과 해수 풍수를 이용한 에너지 생산 권리뿐 아니라 해양과학 조사 및 관할권은 물론 해양환경 보호에 관한 관할권도 인정하고 있습니다. 따라서 타국 어선이 배타적 경제수역 안에서 조업을 하기 위해서는 연안국의 허가를 받아야 하며, 이를 위반했을 때는 나포(拿捕)되어 처벌을 받게 됩니다. 1996년 한국과 일본이 배타적 경계수역을 선포한 결과 양국이 중첩되는 지역이 발생했습니다. 이에 대한 양국의 해양 경계가 필요했으나 서로의 주장이 대립하여 잠정적으로 어업에 관한 사항만 규율하는 어업 협정이 체결된 상태입니다. 이 어업협정은 한일 양국의 배타적 경제 수역에 적용됩니다. 독도의 영해는 양국의 배타적 경제수역이 확정되지 않은 이른 바 중간 수역에 포함되지 않습니다. 이 중간 수역은 장차 한일 양국의 배타적 경제수역이 확정되면 사라질 것입니다. 이상으로 독도에 대한 개괄적 설명을 마치겠습니다."

신 교수는 미리 배포된 자료를 바탕으로 독도에 대한 개괄적인 사항을 세세히 읽어 나갔다.

첨예한 갈등의 중심에 자리 잡은 사안이어서 그런지 몰라도 모두들 잔뜩 긴장된 표정들이었다. 숨소리마저 잠재운 채 쥐죽은 듯 조용한 가운데 듣고 있었다.

"그럼 이제부터 대화와 토론을 통해 죽도에 얽힌 양국의 갈등과 대립 문제를 슬기롭게 해결할 수 있는 방법을 찾아보도록 하겠습니다. 먼저 죽도라는 이름에 이르기까지의 역사적 기록을 먼저 신 교수님께서 설명해주시기 바랍니다."

사회자 무라야마 스즈끼 교수가 긴장이 감도는 가운데 역사적 기록부터 들춰내자고 했다. 초조로움을 달래려는 듯 컬컬한 목을 축여가면서 어색스럽게도 억지웃음을 보여주기도 했다.

"독도의 이름은 신라시대엔 우산국이라 불렀고 고려시대엔 울릉도를 우릉 또는 무릉 그리고 독도를 우산도라 불렀습니다. 조선시대에도 역시 마찬가지였습니다. 일본에서는 울릉도를 다케시마 즉 죽도 그리고 독도를 마쓰시마 송도라고 불렀습니다. 나중에는 독도를 다케시마(竹島)로 바꿔 표기해왔습니다."

신 교수는 독도에 대한 구명(舊名)을 들려주었다. 그의 설명이 끝나자마자 다카하시 요시로 박사가 마치 기다렸다는 듯 손을 번쩍 들고서 일어섰다.

"저는 다카하시 요시로라고 합니다. 저는 편의상 일본 사람이기 때문에 일본 표기에 따라 죽도로 부르도록 하겠습니다. 먼저 죽도를 품고 있는 바다의 표기부터 살펴보도록 하겠습니다. 원래 죽도는 주인 없는 땅으로 내려왔기 때문에 바다의 표기에 따라 영유권의 향방이 달라질 수 있습니다. 표기 자체가 그만큼 국제적으로 보편적 가치를 갖기 때문입니다. 일본해로 통용되면 일본의 영토일 것이고 동해라면 한국의 영토라는 기준이 적용될 수 있습니다. 그런데 죽도가 속해 있는 바다는 일본해라는 지명으로 통용되어 왔습니다. 이는 일본이 정한 것이 아닙니다. 1583년 이탈리아 사람으로 중국에 천주교를 전파한 선교사 마테오리치가 세계지도를 제작하면서 최초로 일본해라 명기했습니다. 그만큼 오래전부터 일본해라는 이름이 보편적 가치를 지니고 있었다고 보아야 할 것입니다. 이는 국제사회가 죽도가 일본 영토라는 것을 인정하게 된 계기가 되었던 것입니다. 지금도 일본해라는 이름으로 공용화되었기에 죽도는 일본 영토라고 세계지도에 표시되어 있습니다."

나무젓가락처럼 바짝 마른 체구인데도 유난히도 큰 목소리로 닦달질을 하듯 말했다. 속을 훑어내기라도 할 듯 위풍당당한 기세를 뽐내고 나선 그는 은근히 독도를 주인 없는 땅으로 매도하여 일본 땅이라고 부추기려는 속셈을 드러냈다.

이때 손을 든 이는 신도기 교수였다. 서먹한 침묵을 지키고 앉아 있다가 미간에 주름을 깊게 세워 빳빳하게 굳어진 표정을 지어가며 일어섰다.

"먼저 독도가 주인 없는 땅으로 내려왔다는 데에 동의할 수 없습니다. 우산도는 신라시대 때부터 복속되었다는 기록이 있습니다. 고려에 이어 조선시대까지 계속 이어져 내려왔다는 것도 말씀드리고자 합니다. 다음으로 마테오리치 신부가 그린 세계지도를 말씀하셨는데 그 지도에서 일본해라 지칭된 곳은 일본 내해 쪽에 치우쳐 있어 지금의 동해라고 보기 어렵습니다. 사실 동해에 대한 기록은 삼국사기의 고구려 동명왕편에 기록되어 있고 광개토대왕기념비에도 새겨져 있습니다. 1531년 제작된 신증동국여지승람의 팔도청도에서도 마찬가지입니다. 한편 중국의 역사 기록에서도 춘추전국시대부터 동해라는 명칭을 사용했으며 수, 당, 명, 청에까지 사용되었습니다. 러시아의 고지도에서도 17세기에서 19세기 중반까지 한국해로 표기하고 있습니다. 현재 유럽 주요 도서관에 소장되어 있는 16세기부터 19세기 사이 제작된 지도를 조사한 결과 총 763점 중 58%에 해당하는 총 440개의 지도가 한국해 또는 조선해 등 한국과 관련된 명칭을 사용하고 있고 16%에 불과한 123개의 지도에서 일본해 명칭이 사용되고 있음이 밝혀졌습니다. 하물며 19세기까지 일본에서 제작된 지도에서도 조선해라 명칭된 지도가 발견되고 있습니다. 1794년 가츠라가와가 제작한 「아시아 지도」, 1809년 다카하시가 만든 「지도」 및 1897년 기사쿠가 만든 「새 세계 지도」 등에서 동해 구역의 명칭이 조선해로 표기되었음이 확인되었습니다. 뿐만 아니라 1883년 일본과 당시의 조선 사이에 체결된 「한국 조약집」 등의 외교문서에서도 동해 지역을 조선해로 표기 하고 있습니다. 이를 종합적으로 검토해 볼 때 조선해 또는 한국해가 19세기 중반까지 일반적 명칭이었음을 알 수 있습니다. 따라서 역사적으로 정통성을 갖고 있는 명칭은 동해였음이 분명합니다. 한 가지 부연 설명을 드리자면 국제관례상 해양의 명칭은 관련 해역의 왼쪽 대륙의 명칭을 따르고 있다는 사실입니다. 오른쪽에 위치하는 일본 열도의 명칭을 따서 이름을 정하는 것은 국제관례상 맞지 않습니다. 때문에 동해는 한국의 오른쪽에 있는 바다이기 때문에 당연히 동해여야 한다는 말씀을 드리겠습니다."

신 교수는 역사적 근거를 대가며 알 수 없는 기세를 세우려 들었다. 입술을 샐그러뜨려가며 오장이 끓어오를 소리를 불쑥 내질렀던 것이다. 눈겨룸질을 해가며 말하는 모습이 조금은 신경질적으로 비춰지기도 했다.

그러나 다카하시 요시로 교수도 조금도 물러날 기세가 아니었다.

"일본해라는 명칭은 1919년 런던에서 개최된 국제수로기구(IHO) 회의에서 정식으로 불려진 것입니다. 그 후 1923년 일본해로 정식 등록되었고 1929년 「해양과 바다의 경계(Limits of Oceans and Seas)」 특별판에도 그렇게 기재되었던 것입니다. 이는 국제사회가 일본해라는 것을 인정한 정식명칭입니다. 1974년 한국은 이 기구에 동해라는 이름을 병기할 것을 제의했으나 받아들여지지 않았습니다. 왜 받아들이지 않았을까요?"

이기죽이기죽 빈정거리기까지…… 물음표까지 던지면서 오만스럽게 핀잔투를 섞어대는 것이었다.

"지금 말씀하신 국제수로기구 등록은 일본의 술책이었습니다. 그렇게 되기까지 일본의 음흉한 기만만이 가득 차 있을 뿐입니다. 1919년은 말할 것도 없고 그 후 두 차례 회의까지 한국은 일본의 식민지 때여서 회의에 참석하여 의사표현을 할 수 없었습니다. 1953년 수정판이 발간될 때도 6.25 전쟁 중이어서 마찬가지였습니다. 한국이 수난과 혼란을 겪고 있을 때 은근슬쩍 일본은 동해를 일본해로 바꿔놓았던 것입니다. 한국은 1957년에야 이 기구에 가입하여 변경을 주장했지만 관철되지 않았습니다. 1974년 IHO는 분쟁이 있는 해역의 명칭은 각 나라가 요구하는 이름을 병기할 것을 결의하였으나 일본은 이를 받아들이지 않았습니다. 2007년 5월 10일 국제수로기구총회에서 72개 회원국으로부터 찬반 투표를 받아 과반 수 이상이 찬성하는 명칭으로 발행할 계획이라는 얘기가 흘러나왔으나 투표가 갑자기 중단된 것은 일본의 방해에 의한 것이라 볼 수밖에 없습니다. 비록 이 기구에는 일본해라고 등록되어 있다 할지라도 역사적 기록에는 일본해가 아니라 동해임이 분명합니다."

신 교수가 걷잡을 수 없을 만큼 흥분기로 목소리를 채워가고 있었다. 얼굴마저 벌그죽죽해진 채로 매몰차게 몰아붙이며 말했다.

"물론 한국의 고대사에 동해로 기록된 것은 잘 알고 있습니다. 역사적 근거임에 틀림없지만 한국의 고대사 기록으로 국가 간 분쟁을 해결할 수 없습니다. 그것은 일종의 근거자료일 뿐이지요. 고대사 기록을 무시하고 국제수로기구에서 일본해라고 명칭한 까닭을 주의 깊게 살펴볼 필요가 있습니다. 다시 말씀드리지만 국제사회에서는 이미 일본해라는 명칭이 보편적으로 사용되고 있기 때문에 일개국의 고대사 자료에 의미를 부여하지 않았던 것입니다."

"그렇지 않습니다. 한국이 수난과 혼란의 시기를 겪고 있을 때 힘의 논리로 밀어붙여 해양의 표기조차 빼앗아 간 것입니다."

신도기 교수는 거친 숨을 몰아쉬며 허탈한 표정으로 바라보며 말했다. 입주름을 세워가며 불쾌한 심기를 드러내기도 했다.

"힘의 논리라니요? 말도 안 됩니다. 일본은 2차 세계대전에서 패망했습니다. 만일 힘의 논리였다면 일본이 패망했을 때 원상태로 돌려놓았어야 했지요. 그런데도 70년이 다 되도록 일본해로 통용된 것은 보편적 기준에 합당했던 것이지요."

"그런 억설이 어디 있습니까? 지금 동해를 바라보는 눈길이 달라지고 있습니다. 사료의 바탕 없는 지명의 표기를 옹호하지 않는 추세입니다. 2000년만 해도 세계 지도의 2.8%만이 동해로 병기했던 것인데 2009년에는 28.07%로 늘어났습니다. 최근 들어 브리태니커 백과사전이나 내셔널지오그래픽 등 영향력 있는 매체들도 이전까지의 일본해 단독 표기에서 동해/일본해 병기로 바꾸고 있습니다. 프랑스 일간지 르피가로가 북한 관련 소식을 전하면서 한반도 지도에 동해라고 표기하고 괄호 안에 일본해라고 덧붙였습니다. 멕시코에서도 일본해 표기 부당성을 알리며 각종 매스컴에 동해로 고치게 했습니다. 유럽의 대표적인 인문지리 월간지 GEO도 한국 특집에서 한국 지도에 일본해가 아닌 동해로 표기했습니다. 캐나다의 지도 제작사 ITMB사도 그동안 일본해로 표기해 왔으나 최근 발간된 2002년판에서 동해로 바꾸었으며 처음으로 독도까지 지도에 그려 넣었습니다. 정치적으로도 변화가 일어나고 있습니다. 미국 버지니아 주에서는 동해/일본해로 병기되는 교과서만 채택할 수 있도록 하는 법안이 상원에서 압도적으로 통과되었습니다. 이에 덩달아 뉴욕과 메릴랜드를 비롯하여 미국 전역으로 확대되어 가고 있는 추세입니다. 지명을 표기하는 데 있어 역사적 사료를 중요시해가는 추세라는 데는 이의가 없을 것 같습니다."

이번에는 호서대학교 서진호 교수가 비근한 예를 조목조목 챙겨들고서 반박하고 나섰다. 씨알이 먹혀들었는지는 몰라도 그의 발언에 토를 달고 나서는 이가 없었다. 서로들 눈치만 살핀 채 일시에 소강 상태로 빠져드는 것 같은 분위기가 연출되었다. 사회자 무라야마의 재치가 번득이는 것 같았다. 호활한 웃음을 실실 흘리며 입을 떼었다.

"잘 알았습니다. 죽도가 속해 있는 바다의 표기가 동해냐 아니면 일본해냐 하는 것도 예민한 사안이라 하지 않을 수 없습니다. 이제 바다가 아니라 땅에 대해서 알아보도록 하겠습니다. 문헌 사료를 중심으로 죽도를 조명해보도록 하겠습니다. 기록된 사료에는 어떻게 기록되어 있는지 발언해 주시기 바랍니다. 이때 한국 측에서 여러 사람이 손을 들었다.

"먼저 노진영 교수님께서 발표해주시기 바랍니다."

"노진영입니다. 앞에서도 잠깐 언급되었다시피 한국의 고대사 기록에는 독도에 대해 소상하게 기록되어 있습니다. 독도에 대해 최초의 기록은 『삼국사기』입니다. 삼국시대 이전부터 울릉도와 독도는 우산국으로 불렸습니다. 우산국 사람들이 신라의 내부까지 들어와 노략질을 일삼자 이찬(신라시대의 관등)으로 있던 이사부가 우산국을 정벌하여 복속시킨 뒤 해마다 토산물을 바치도록 했다는 기록이 있습니다."

"그건 너무 비약적 해석입니다. 우산국은 지세가 험해 먹을 것이 부족하여 신라 내부에까지 들어와 노략질을 했다고 했습니다. 엄연히 별개의 나라였습니다. 이사부가 정벌하여 복속시키고 해마다 토산물을 바치게 했다는 기록으로는 우산국이 신라와 한 나라가 되었다는 것으로 볼 수 없습니다. 때문에 그것으론 죽도가 한국 영토라는 주장은 설득력이 부족합니다."

키가 작달막한 요시노 노리 교수가 입술을 마늘모로 세워가면서 말했다. 가혹할 정도로 냉연한 표정을 지으며 작은 빈틈을 파고들었다.

"그것은 생억지나 다름없습니다. 나라가 항복하여 복속(服屬)했다고 한다면 그것은 하나의 나라로 통합되었다는 것을 의미하는 말입니다. 삼국사기에 이런 말이 있습니다. '우산국 사람들은 어리석고 성질이 사나워 위엄으로 복종시키기 어려우니 꾀를 써서 복종시키는 것이 좋겠다.'라고 했습니다. 그래서 나무로 만든 가짜 사자를 많이 만들어 전선(戰船)에 싣고 가서 말하길 '너희들이 만일 복종하지 않는다면 이 맹수들을 풀어놓아 밟혀죽게 하겠다.'라고 하니 바로 항복했다고 기록되어 있습니다. 여기서 항복이란 말에 주목해야 합니다. 항복이란 백기를 든 상태로 군사적 의미 외에 정치적으로도 사용되는 말입니다. 신라의 통치하로 들어가겠다는 약속인 것입니다. 제2차 세계대전에서 일본의 경우와 비슷하다고 할 수 있습니다."

노진영 교수는 애써 목소리를 낮춰가면서 우산국을 항복시킨 이야기를 들고 나왔다. 나중에는 느닷없이 일본의 패망을 들먹이며 신경줄을 긁어대기까지 했던 것이다. 가슴이 뜨끔하도록 정곡을 찔러대는 말이었다. 어떻게 보면 시비를 넘어 빈정거림으로 비쳐지기도 했다.

"노 교수님께서는 우산국이 복속으로 인해 망한 것으로 해석하셨는데 사실은 그와 정반대입니다. 우산국은 울릉도 원주민에 의해 건국되었고 동해상을 무대로 살아간 해상 강국이었습니다. 면적이 사방 100리에 불과하나 험난한 지세에서 살아가는 탓에 사람들도 용맹스러웠습니다. 때문에 군사적 강국이었고 수준 높은 해양 문화의 보유국이었던 것입니다. 신라 군주의 위력으로 쉽게 항복시키지 못했습니다. 비록 신라에 공물을 헌납하는 조건으로 화의가 성립되었을 뿐 궤멸되지 않았으며 더욱 융성했던 나라였습니다. 그런데 항복이란 말을 써가며 신라에 예속된 나라로 보는 것은 잘못된 해석일 뿐입니다."

요시노 노리는 비록 일본 역사학자이지만 삼국사기를 꿰뚫은 사람처럼 전혀 물러날 기세가 아닌 듯 맵짠 눈길로 바라보며 맞받아치고 나섰다. 우산국과 신라는 별개의 나라로 신라에 편입되지 않았다는 것을 강조하려는 의도가 다분해 보였다.

"항복해서 복속했다고 한다면 나라가 무너졌다는 것은 당연한 일이지요. 고려사(高麗史)의 기록을 보면 우산국이 고려에 통치를 받고 있음이 구체적으로 나타납니다. 512년에 신라에 복속된 우산국은 918년에 세워진 고려의 지배를 받았다고 적시되어 있습니다. 930년 우산국은 백길(白吉)과 토두(土豆)라는 사신을 고려에 보내 조공을 바침에 따라 백길에겐 정위(正位), 토두에겐 정조(正朝)라는 관직을 주어 복속상태를 유지시켰다고 기록되어 있습니다. 1018년 현종 때에는 우산국이 여진족의 침입을 받아 농사를 지을 수 없게 되자 농기구와 종자를 하사했다는 기록도 있습니다. 1157년 고려 제18대 의종은 명주도 감창(監倉) 김유립을 파견하여 우릉도에 주민을 이주시키면 살 수 있는지 알아보게 했습니다. 김유립은 우릉도의 면적과 촌락터, 유적지, 산물들을 조사했습니다. 그는 토지에 암석이 많아 거주가 어렵다고 보고했으며 의논을 정지했다는 기록이 있습니다. 1197년 명종 때 최충헌이 울릉도의 토지가 비옥하고 진귀한 나무와 해산물이 많다고 하여 주민들을 거주케 하려고 하다가 풍랑으로 많은 사람들이 죽게 되었다는 기록도 있습니다. 특히 왜인들의 침입이 그치지 않아 중앙정부는 안무사를 파견하여 섬을 관리했다고 했습니다. 이 기록으로 봐서 우산국은 별개의 국가가 아니라 고려의 통치하에 놓여있었음이 분명합니다."

노진영 교수는 목줄이 튀어나오도록 어금니에 힘을 주어가면서 말했다. 사지가 마비되어갈 것만 같은 긴장 속에서도 자신감으로 그득 차 있었다. 탱탱 여문 오기진 목소리로 상대방을 압도해가고 있었던 것이다.

"지금 우리의 토론 주제는 죽도 문제입니다. 울릉도는 신라시대부터 복속되어 관리해왔다는 것을 말씀해 주셨습니다. 그렇다면 과연 죽도가 우산국에 포함되어 있었는지 고찰해보아야 하겠습니다. 지금 한일 간 갈등과 대립은 울릉도가 아니고 죽도에 있기 때문입니다. 분명 죽도는 울릉도하고는 전혀 다른 섬이기 때문입니다. 그런데 그에 관한 기록은 명확하지 않은 것 같습니다. 혹시 그런 사료가 있다면 말씀해 주시기 바랍니다."

잠자코 있던 다카하시 이치로 교수가 불쑥 일어서서 말허리를 붙잡고 나섰다. 뭔가 의심스럽다는 듯 고개를 외오빼어 의심의 똬리부터 틀어가며 말했다.

"제가 말씀드리겠습니다."

손을 번쩍 들고 일어선 이는 유성진 교수였다. 그다지 심간이 편치 못한 듯 마뜩찮은 표정을 지으며 책장부터 넘기기 시작했다. 잠시 통방울처럼 큰 눈을 휘굴리면서 찾아낸 내용을 숨도 쉬지 않고 내리읽기 시작했다.

"울릉도와 독도가 전혀 다른 섬이라고 하셨는데 그건 사실이 아닙니다. 울릉도와 독도는 떼어놓고 싶어도 떼어놓을 수 없는 땅입니다. 울릉도 역사를 들여다보면 독도에 대해서도 금방 알 수 있습니다. 조선시대에 들어와서는 울릉도에 관한 기록이 무척 많아집니다. 예를 들면 울릉도에 사람이 살고 있었으므로 방관할 수 없었다고 했습니다. 특히 세금을 피해 울릉도로 도망간 사람들이 늘어남과 동시에 왜구의 약탈이 심한 탓이기도 했다고 했습니다. 때문에 조정(朝廷)에서는 쇄환정책(刷還政策)을 실시했습니다. 이로 인해 울릉도가 잠시 무인도가 될 것으로 여겨졌지만 그렇지 않았다는 것입니다. 역으로 들어간 사람들이 늘어났기 때문입니다. 정부에서는 섬을 조사하기 위해 관리를 파견했는데 그 직함이 '무릉등처안무사(武陵等處按撫使)'와 '우산무릉등처안무사(于山武陵等處按撫使)'였습니다. 관직명에 무릉과 우산의 섬 이름이 함께 들어가 있는 것을 보면 울릉도뿐만 아니라 독도를 포함하고 있음을 알 수 있습니다. 조선 후기에는 수토관(搜討官)을 파견하여 수토정책을 제도화했다는 기록이 있습니다. 다음은 조선『세종실록지리지』에 기록된 사료를 말씀드리겠습니다. '두 개의 섬은 서로의 거리가 멀지 않아 날씨가 좋으면 바라볼 수 있다.'고 기술되어 있습니다. 이는 울릉도와 독도를 두고 이르는 말입니다. 울릉도 주변에는 관음도와 죽도라는 섬이 있습니다. 관음도는 울릉도 바로 옆에 붙어 있고 죽도는 4Km 떨어진 곳에 위치해 있습니다. 이 섬들은 맑은 날이 아니어도 언제 어디서나 볼 수 있는 섬들입니다. 따라서 위에 말한 섬은 분명 독도를 나타내고 있다는 것을 짐작할 수 있습니다. 그런데『세종실록지리지』기록에도 이사부가 우산국을 복속시킨 사실을 담고 있어 조선시대에도 신라시대로부터 이어오는 정책을 그대로 이어오고 있다는 것을 암시해주고 있습니다. 다시 말하면 조선시대에도 울릉도와 독도를 중요한 섬으로 인식하고 있었다는 증거입니다. 비단 세종실록뿐만이 아닙니다. 1531년에 편찬된『신증동국여지승람』에도 울릉도와 독도에 관한 기록이 나옵니다. '두 섬은 울진 정동쪽 바다에 있다. 세 봉우리가 우뚝 솟아 하늘에 닿아 있는데 남쪽 봉우리가 약간 낮다. 날씨가 맑으면 봉우리 위의 수목과 산 밑의 모래톱을 뚜렷이 볼 수 있다. 순풍이면 이틀 만에 갈 수 있다. 일설에 의하면 우산도와 무릉도는 본래 한 섬으로 땅이 사백 리라고 한다.'라고 기록되어 있습니다. 또한 조선 숙종 때 박세당은 평해(平海)에 두 개의 섬이 그다지 멀지 않은 곳에 있어 바람이 불면 이를 수 있는 곳이다. 우산도는 지세가 낮아 날씨가 맑지 않거나 높은 곳에 오르지 않으면 보이지 않는다고 기록해 두었습니다. 조선 후기 신경준은 『강계고』에서 우산과 울릉은 본래 한 섬이라고 하지만 본래 두 섬이다. 하나는 왜가 말하는 이른바 송도(松島 : 마쓰시마)라고 기록해놓았습니다. 위와 같은 기록으로 보아 울릉도 바로 곁에 붙어 있는 죽도가 아니라는 것이 확실합니다. 따라서 두 섬이란 울릉도와 독도를 나타낸 사료입니다. 그리고 두 섬이 모두 조선 땅임이 명백하게 밝혀준 사료임에 틀림없습니다. 여기서 유일하게 울릉도에 관한 일본 사료를 소개하겠습니다. 1004년 '고려의 번도인(藩徒人 : 변방사람들) 우릉도(芋陵島) 사람들이 인번(因審)에 표류'라는 말이 언급됩니다. 우릉도 사람을 고려의 번도인이라고 분명히 밝히고 있습니다. 이는 일본인이 우릉도 사람을 고려의 변방사람들이라 칭하고 있어 우릉도를 고려의 영토로 인정하고 있는 증거입니다. 위와 같은 사료로 보아 울릉도와 독도는 우산국에 속했을 뿐 아니라 신라시대부터 조선에 이르기까지 한반도에 귀속된 영토였음이 분명합니다."

유 교수는 턱밑에 미세한 실핏줄까지 파르르 떨어가면서 자신감에 찬 야무진 목소리로 상대방의 기를 꺾으려 들었다. 독도와 울릉도는 같은 영토의 섬이라는 것을……. 이글이글 타는 눈빛을 흩뿌리며 주위를 압도하고자 했던 것이다.

하지만 다카하시 교수는 조금도 괘념치 않은 낯빛이었다. 애써 태연한 척 서글서글한 웃음을 모아가면서 자리에서 일어섰다.

"저는 『다케시마 일건(一件)』이란 사료를 바탕으로 말씀드리겠습니다.

1693년 조선의 안용복(安用卜)이란 자가 울릉도에서 고기잡이를 하다가 일본으로 붙잡혀온 적이 있었습니다. 그자는 원래 동래 출신의 뱃사공이었는데 울릉도에서 조업을 하다가 월경하여 죽도까지 넘어왔다는 것입니다. 그의 동료 박어둔과 함께 오키섬으로 끌려왔는데 무식의 소치로 죽도가 울릉도와 같이 조선 땅이라고 우겨댔다고 합니다. 때문에 돗토리 현 요나고로 이송되어 심문했으나 뜻을 굽히지 않았다는 것이지요. 죽도가 조선 땅인데 왜 나를 납치했냐고 생떼를 써가며 억울하다고 외쳐댔답니다. 이때 돗토리 번(藩)은 막부정권에게 이 사실을 알리면서 죽도는 일본 땅이니 조선인들이 오지 못하도록 막아달라고 상소를 올렸습니다. 이에 막부정권은 곧바로 조선에 죽도의 출어금지를 요구하는 서계를 보냈던 것입니다. 안용복이란 사람을 예로 들면서 죽도는 일본 땅인데도 조선인들이 함부로 월경하여 조업을 하고 있으니 다시는 그런 일이 없도록 해달라는 경고문이었던 것이지요."

다카하시 교수는 느닷없이 안용복 사건을 들고 나와 울릉도와 독도가 일본 영토였다고 생판 억지스러운 주장을 늘어놓았다.

안용복은 독도 문제가 불거질 때마다 우리 민족의 자긍심을 심어주고도 남을 인물이었다. 1967년 박정희 대통령은 그의 공로를 기리기 위해 '국토를 수호한 공로는 사라지지 않을 것(國土守護, 其功不滅)'라는 휘호(揮毫)를 기증했다. 같은 해 10월 부산 수영사적공원 안에 그의 충혼탑과 함께 수강사(守彊祠)라는 사당과 동상이 추가로 세워졌다. 노산 이은상 선생은 다음과 같은 시를 바치기도 했다.

「동해 구름밖에 한 조각 외로운 섬

아무도 내 땅이라 돌아보지 않을 적에

적굴 속 넘나들면서 저님 혼자 애썼던가

상이야 못 드릴망정 형벌 귀양 어인 말고

이름이 숨겨지다 공조차 묻히리까

이제와 군 봉하니 웃고 받으소서.」

가만히 앉아 듣고 있던 김정만 박사가 씁쓰레한 웃음을 지어가며 자리를 털고 일어섰다.

"안용복 영웅에 대한 이름조차 틀렸습니다. 그의 이름은 용용(龍)자 복복(福)자입니다. 교수님께서 『다케시마 일건』이라고 말씀하셨는데 그것은 일본에서 부르는 말이고 조선에서는 『울릉도 쟁계(爭界)』라고 부릅니다. 그런데 교수님께서는 사건에 대한 전모를 모르고 계신 것 같습니다. 1693년 안용복 일행 40명은 울릉도 일대에서 고기잡이를 했습니다. 그런데 일본 어부들이 몰려와 박어둔과 함께 그를 납치해 오키섬으로 끌고 갔습니다. 그들은 아무런 잘못이 없다고 정정당당하게 주장했습니다. 울릉도와 독도가 조선 땅이기 때문에 붙잡혀 온 것은 부당하다고 항의했던 것입니다. 그들을 구금한 돗토리 번주는 막부정부에게 이들을 어떻게 처리해야 하느냐고 물었습니다. 그리고 울릉도와 독도가 일본 영토라고 하면서 조선인이 이곳에 들어오지 못하도록 막아달라고 요구까지 했던 것입니다. 이에 막부는 번의 요청을 받아들여 조선인으로 하여금 울릉도 출어를 금하도록 서계(書契)를 조선정부에 보내라고 명했습니다. 이때부터 두 나라 사이에 울릉도와 독도를 둘러싸고 영유권에 대한 갈등이 계속되었습니다. 하지만 사료의 뒷부분을 살펴보면 그에 대한 답이 나옵니다. 막부정권은 미심

쩍었던지 되레 돗토리 번에게 울릉도와 독도가 어느 나라 땅인지 물었습니다. 솔직히 막부도 어느 나라 영토인지 몰랐던 것 같습니다. 2년에 걸친 조사와 논쟁 끝에 돗토리 번이 말하길 조선에서 마쓰시마(松島:울릉도)까지 80~90리고 마쓰시마에서 다케시마(竹島:울릉도)까지 40리이며 오키섬에서 마쓰시마까지 거리는 80리이기 때문에 마쓰시마와 다케시마 모두 돗토리 번에 속한 섬이 아니라고 회답했습니다. 울릉도와 독도는 일본 땅이 아니라 조선의 영토라는 것을 인정했습니다. 매우 양심적이면서도 정확한 해석이었음을 부인할 수 없습니다. 이와 같은 해석을 바탕으로 일본 어민들로 하여금 울릉도와 독도에 가지 못하도록 '죽도 도해금지령'을 내립니다. 그때가 1696년 1월이었습니다. 여기서 잠깐 금지령 전문을 소개해 드리겠습니다. '예전에 마쓰다이라 신타로가 이나바와 호키를 지배할 때 노중(老中)에게 문의한 호키 국 요나고의 상인 무라카와 이치베 및 오야 진키치의 다케시마 도해는 지금까지 어업을 하고 있었다 할지라도 앞으로는 가는 것을 금지해야 한다는 쇼군의 지시가 있었습니다. 그 뜻을 아시기 바랍니다.'라고 기록되어 있습니다. 이는 마쓰다이라 신타로가 이나바와 호키를 지배하고 있을 때 요나고의 상인 무라카와 이치베와 진키치가 죽도까지 어업을 해왔다 할지라도 앞으로는 가는 것을 금해야 한다는 막부의 지시가 있었다는 것입니다. 이는 엄연히 막부도 울릉도와 독도는 조선의 땅임을 인정하고 있었다는 역사적 사실입니다. 한편 안용복과 박어둔은 그해 6월 나가사키로 끌려가 그곳에서 약 3개월 갇혀 있다가 다시 쓰시마로 인도되었습니다. 쓰시마에서도 약 50일간 갇혀 있다가 동래 부사에게 인도되었던 것입니다. 만일 독도가 일본 땅이었다고 한다면 안용복의 주장이 틀렸다고 해서 돌려보냈을

리 만무했을 것입니다. 그런 측면에서 바라본다면 에도 막부는 매우 양심적이면서도 현명한 지도자였다고 할 수 있습니다."

김정만 박사는 마치 이야기를 해주듯 안용복 제1차 도해사건의 경위를 들려주었다.

"박사님의 말씀대로라면 안용복에겐 아무런 잘못이 없다고 할 수 있겠지요. 그런데 조선 조정은 그렇지 않았습니다. 돌아온 안용복에게 2년형의 옥살이를 명했습니다. 그의 죄목은 분명 남의 영토를 침범한 죄였을 것입니다. 울릉도를 벗어나 죽도로 갔기 때문입니다."

다카하시 교수는 의심의 눈초리를 추켜세우며 따지듯 물었다.

"그것은 정부의 허가 없이 월경했다는 것은 맞는 말입니다. 그런데 죽도가 아니라 일본으로 갔기 때문입니다. 그들로 인해 일본으로부터 서계(書契)를 받은 까닭이 그들에게 있었다고 보았던 것이지요. 오키섬 어부들에 의해 일본으로 끌려갔지만 조정에서는 그런 사실을 알 수 없었던 것입니다."

"당시 일본의 사료에 의하면 안용복은 거짓말쟁이였다고 기록되어 있습니다. 비록 거짓말 내용이 무엇인지는 알 수 없으나 울릉도와 죽도가 조선 땅이라고 주장한 내용이었을 거라는 추단이 일본역사학계의 공통된 의견입니다."

"그것은 잘못된 해석일 뿐입니다. 안용복이 거짓말쟁이일 수밖에 없었던 것은 그가 관리인 행세를 했기 때문이었을 것입니다. 관복을 입고 조선팔도지도를 들고 울릉자산양도감세장(鬱陵子山兩島監稅將)이라고 쓴 깃발을 달고 다니면서 높은 벼슬아치로 위엄을 부리기까지 했으니까요. 어떻게 보면 용기 있는 애국자였지만 조정의 입장에서 보았을 때는 무례하게 보였던 것이지요."

"꼭 그런 것만은 아닌 것 같습니다. 유별난 사람이었음에 틀림없습니다. 옥살이를 하고 나서도 똑같은 일을 저질렀으니까요. 한양에 사는 오충추의 사노비에 불과한 사람이라면서 두 번째에는 어부 4명에다 양반 1명 그리고 승려를 다섯 명이나 거느리고 또다시 울릉도에 나타났어요. 일본 어민이 다가가자 왜 함부로 왔느냐고 따지더라는 것입니다. 겁에 질린 일본 어민들이 죽도로 달아났다가 오키섬으로 돌아가자 그곳까지 쫓아와 죽도가 조선 땅이라고 주장하며 호키 태수에게 보고해줄 것을 요청했다고 했어요. 태수가 아무런 반응을 보이지 않자 호키로 들어가 직접 항의까지 했다고 합니다. 이를 알아차린 돗토리 번주는 막부에게 보고했고 막부는 그를 추방하라고 명령을 내렸습니다. 결국 그는 강원도 양양으로 추방되었던 것입니다. 형벌을 받아가면서까지 무법적인 일을 하고 다녔던 까닭을 도무지 알수 없습니다. 그는 또다시 조정으로부터 사형선고를 받고 복역했다고 합니다. 그의 행위가 옳았다면 사형선고를 내렸겠습니까? 조선정부와 극명하게 상반된 주장을 하고 다녔으니 그랬겠지요. 이를 역으로 추론해보면 조선의 영토가 아닌데도 억지를 부리고 다녔기 때문에 엄벌에 처했을 것이라 보는 것이 일본 사학계의 중론입니다."

"이번에도 가혹한 처벌을 받은 것은 사실입니다. 1696년 8월 하순 강원도 양양에 도착했지만 현감에게 구금되었다가 며칠 뒤 탈출해 그동안 주로 거주한 동래부로 갔습니다. 그러나 9월 12일에 체포되어 한양으로 이송되었고 비변사에 구금되어 국문을 받기에 이르렀습니다. 죄목은 역시 관리를 사칭하고 자발적으로 월경했다는 죄목이었습니다. 건국 이래의 공도정책을 어긴 범경(犯境) 행위이며, 대마도가 아닌 호키 주를 거쳐 막부와 접촉하고 정부문서를 위조한 것은 외교적 범죄라는 논거였던 것입니다. 말씀하신대로 정부와 극명하게 상반된 주장을 하고 다녀서가 아니었습니다. 일부 대신들은 범죄 행위는 인정하지만 호키 주 태수를 직접 만나 울릉도와 독도의 영유권과 어업권을 주장한 것은 국가에서도 제기하기 힘든 문제라고 높이 평가하면서 그 공로로 감형을 주장 유배형에 처해졌습니다. 그런데 최근에 발견된 일본의 기록이 눈길을 끕니다. 일본은 그동안 안용복을 거짓말쟁이라고 비판해왔던 것인데 1696년 당시 안용복이 취조받은 내용이 적힌 문서 『원록 9 병자년 조선주착안 일권지각서』가 지난 2005년 5월 오키섬에서 발견되었다고 보도했습니다. 보도기록에 의하면 안용복이 두 번째 일본에 갈 때 『조선팔도지도』를 가지고 갔다는 것입니다. 그런데 일본 관리가 이 지도를 보고 옮겨 적은 문서에 다케시마(竹島 : 울릉도)와 마쓰시마(松島 : 독도)는 조선의 강원도에 속한다고 기록해두었다고 했습니다. 이는 안용복이 기록한 문서가 아닙니다. 일본인이 작성했던 것이라는 점에 유념해야 할 것입니다. 엄연히 울릉도와 독도가 조선의 땅임을 일본 정부가 인정했던 증거였습니다. 따라서 안용복에 의한 일어난 『울릉도 쟁계』는 독도의 영유권이 한국에 있음을 명백히 밝혀주는 사건이었습니다."

김정만 교수는 독도 전문가답게 목소리를 한껏 끌어올려가며 다카하시 교수의 발언에 논리적으로 반발하고 나섰다. 신바람이 쌩쌩 돌 정도로 의기양양한 승리의 미소를 지어보이기도 했다. 최신에 공개된 사료를 바탕으로 좌중을 압박하려는 듯 다시 입을 열었다.

"1693년 안용복이 일본으로 납치되었다가 돌아오자 조선정부에서는 울릉도와 독도에 대한 특별한 대책을 마련했던 기록이 있습니다. 강원도 삼척영장 장한상에게 울릉도와 독도 주변의 섬을 조사토록 명했습니다. 장한상이 올린 조사 보고서『울릉도사적(鬱陵島史籍)』을 보면 '비가 개고 구름이 걷힌 날 중봉에 올라가 바라보니 남쪽과 북쪽에 두 봉우리가 우뚝하게도 나란히 마주 보고 있는데 이것이 삼봉(三峰)입니다. 서쪽으론 구불구불한 대관령 모습이 보이고 동쪽으로 바다를 바라보니 동남쪽에 섬 하나가 희미하게 보이는데 울릉도의 3분의 1이 안 되고 거리는 300여 리에 지나지 않았습니다.'라는 기록이 있습니다. 여기서 동쪽 섬은 독도를 두고 하는 말입니다. 이 보고서는 쇄환정책으로 주재하지 못하게 했던 울릉도를 정부에서는 포기하지 않고 지속적으로 돌보아 왔음을 확인시켜주는 기록입니다. 17세기 말 울릉도의 모습을 알려주는 중요한 자료이기도 합니다. 특히 일본의 침입에 대한 대책마련에 고심하고 있음을 보여줍니다. 이 조사보고서는 이후 다른 문헌에 반영되었습니다.『동국문헌비고(東國文獻備考)』의『여지지(輿地志)』에는 울릉과 우산은 모두 우산국 땅인데 우산은 왜인이 말하는 마쓰시마 즉 송도라고 실려 있습니다. 이 내용은『만기요람(萬機要覽)』과『증보문헌비고(增補文獻備考)』에도 그대로 계승되었습니다. 장한상 후에도 조선은 3년에 한 번씩 수토관(搜討官)을 파견 1894년까지 울릉도와 독도를 관리해 왔습니다. 수토관이 울릉도를 다녀올 땐 그 사실을 증명하기 위해 향나무와 붉은 흙 그리고 강치 가죽을 임금에게 바쳤습니다. 또 울릉도의 바위에 자신의 이름을 새겨놓기도 했습니다. 지금도 새겨진 바위가 있습니다. 이로써 문헌적으로 보았을 때 울릉도와 독도의 영유권이 한국에 있음에는 의심의 여지가 없다 하겠습니다."

김정만 교수는 사료의 사진을 한 장씩 꺼내어 보여주면서 말했다. 굳은 얼굴이 다소 누그러지면서 바위에 새겨진 울릉도 사진이 모두의 눈길을 잡아당겼다.

한국인으로 독도를 모르는 사람은 없을 것이다. 안용복이란 이름 또한 그 어떤 역사적 인물보다 잘 알려져 있다. 그가 끼친 영향이 크기 때문이다. 조선 건국 이래 분쟁의 소지를 없애려고 공도(空島)정책을 펼쳐왔던 울릉도와 독도에 대한 영토의식을 높였기 때문이다. 두 번에 걸친 도일(渡日)로 섬에 대한 영유권과 조업권이 분쟁의 대상이라는 사실을 일깨워주었으면서 권리를 확보했던 것이다. 실학의 대가 성호(星湖) 이익은 '안용복은 영웅호걸이라고 생각한다. 미천한 군졸로서 죽음을 무릅쓰고 나라를 위해 강적과 겨뤄 간사한 마음을 꺾어버리고 여러 대를 끌어온 분쟁을 그치게 했으며 한 고을의 토지를 회복했으니, 영특한 사람이 아니면 할 수 없는 일이다. 그런데 조정에서는 포상은커녕 형벌을 내리고 귀양을 보냈으니 참으로 애통한 일이었다. 대마도는 한 조각의 농토도 없고 왜인의 소굴이 되어 역대로 우환이 되어왔는데, 울릉도를 한번 빼앗기면 이것은 대마도가 하나 더 생겨나는 것이니 그 앙화(殃禍-재난)를 무엇으로 말할 수 있겠는가.'라고 안용복을 극찬했던 것이다.

이토록 조선의 역사에서 안용복은 영토의 한 획을 그어놓은 위대한 애국자였던 것이다.

이때 사회자가 연신 시계를 들여다보았다. 시간이 부족하여 마음이 급해서인지는 몰라도 다른 사안으로 말문을 재촉하고 나섰다.

"예상보다 시간이 지체되고 있습니다. 저희들이 논의해야 할 내용은 산더미만큼 쌓여 있는데 시간이 얼마 남지 않았습니다. 그럼 지금부터는 고지도(古地圖)에 나타난 사료를 바탕으로 논의해보도록 하겠습니다. 두 나라 역사학자들은 고지도의 해석을 통해 독도의 영유권을 달리 주장하기도 합니다. 오늘 이 자리에서 확실한 그 답을 찾아주셨으면 좋겠습니다. 그럼 먼저 한국 측에서 발언해주시기 바랍니다."

"제가 말씀드리겠습니다. 고지도 또한 대단히 중요한 역사적 사료입니다. 현존하는 고지도에서 당시 인류의 세계관, 지리적 시야, 기술의 진보 정도를 알아낼 수 있습니다. 때문에 지도는 귀중한 사료로 불리는 까닭이 여기에 있습니다. 초기 지도에는 정확하지 않을 뿐이지 동해바다에 외로이 떠 있는 독도와 울릉도를 그린 고지도가 많이 있습니다. 다만 울릉도와 독도의 존재를 인식하는 차원의 지도였지만 그 가치는 역사적으로나 학술적으로 대단히 크다고 하겠습니다. 조선에서 가장 먼저 그려진 지도는 1531년 『신증동국여지승람』에 첨부된 『팔도총도』입니다. 이 지도는 1481년도에 만들어진 것으로써 동해상에 울릉도와 우산도(독도)가 그려져 있는데 우산도를 울릉도 서쪽에 작게 그려놓았습니다. 비록 정확하지 않지만 동해에 두 개의 섬이 있다는 것을 알려준 첫 번째 사료라는 점에서 중요한 가치를 지니고 있습니다. 다음으로는 조선 후기 영조 때 정상기가 그린 『동국지도』입니다. 우리나라 최초의 축척이 표시된 지도로서 울릉도와 독도를 정확하게 그려놓았습니다. 18세기 중반에 울릉도와 독도가 조선의 영토였다는 사실을 전해주고 있습니다. 18세기 후반에는 『여지도』와 『아국총도』라는 지도가 있었는데 화려한 색채를 써서 해안의 섬들까지 나타내었습니다. 울릉도 동쪽에 독도를 작게 그려놓았습니다. 이뿐 아니라 『해좌전도』에도 독도를 울릉도 동쪽에 작은 부속 섬으로 등장시키고 있습니다. 조선시대의 지도는 대부분 관찬(官撰)지도여서 울릉도와 독도의 위치, 형태, 크기 등을 정확히 반영시킨 것은 백성들에게 영토의식을 높이려는 의도로 해석할 수 있습니다. 따라서 이와 같은 고지도에서 독도가 역사적으로 조선의 영토였다는 사료적 가치를 발견하게 됩니다."

신도기 교수는 고지도의 영상자료를 비춰가며 설명해주었다. 말하는 표정에는 고지도 자료를 앞세워 단박 기를 꺾어놓으려는 비장함이 번득거렸다.

"일본 고지도에도 울릉도와 독도가 정확히 그려져 있습니다. 여기를 보십시오."

요시노 노리 교수가 확대된 지도를 펼쳐 보이며 왠지 달갑지 않은 어조로 소리치듯 말했다.

"1779년에 제작된 『개정일본여지노정전도(改正日本輿地路程全圖)』입니다. 여기 보시면 분명 울릉도와 죽도가 그려져 있습니다. 그렇다고 본다면 일본도 울릉도와 죽도에 대한 영토의식이 높았다는 것을 증명하는 것 아니겠습니까?"

그는 시쁜 웃음기를 그려가며 소리쳤다.

"그건 잘못 말씀하신 것입니다. 일본 고지도에는 울릉도와 독도가 그려있지 않습니다. 그려진 것은 대부분 조선 지도를 모방한 것입니다. 지금 보여주신 『개정일본여지노정전도』에도 마찬가지입니다. 그 지도는 나카쿠보 세키스이(長久保赤水)가 그린 것으로 다케시마와 마쓰시마가 동해에 그려져 있는데 조선의 본토와 함께 채색되어 있지 않음을 알 수 있습니다. 그것은 일본 영역 밖의 섬이라는 것을 의미하는 것이지요."

"고지도에서 채색으로 영토를 구분하겠다는 해석은 위험하기 짝이 없습니다. 일본고지도에서 채색으로 지역을 구분하는 예가 거의 없었기 때문입니다."

요시노 교수는 대수롭지 않다는 듯 자신의 의견을 내세워 충동질해오는 궁금증을 훌쩍 비켜가는 것이었다.

"개정일본여지노정전도를 보면 일본 땅을 여러 가지 색을 칠해 현을 구분해놓았습니다. 그런데 서북쪽 조선 땅에는 채색하지 않았습니다. 울릉도와 독도에도 마찬가지입니다. 이는 일본 영토가 아닌 타국이라는 것을 의미하고 있는 방증자료이지요. 그것만이 아닙니다. 1667년에 일본의 서북쪽 경계를 오키섬으로 기록한 『은주시청합기(隱州視聽合記)』에도 일본의 서북쪽 한계를 오키섬으로 기술하고 있습니다. 1785년 하야시 시헤이(林子平)가 저술한 『삼국통람도설』의 부속지도 중 『삼국접양지도(三國接壤之圖)』에는 동해에 다케시마(울릉도)와 그 우측에 이름 없는 섬이 조선 본토와 같이 노란색으로 그려져 있고 두 섬 옆에 '조선의 것'이라고 명기까지 해 두었습니다. 이 사료에 의하면 이미 17세기부터 일본인은 울릉도와 독도가 조선 땅이라고 인식하고 있었던 것입니다. 그런데 지금에 와서 독도를 일본 땅이라고 주장하는 것은 역사를 부정하는 행위입니다."

신 교수는 덜렁 말꼬리를 붙잡고 늘어졌다. 그것은 사실이 아니라는 듯 의심할 바 없이 분명하게 밝혀주고 싶었던 것이다.

"부정한 것은 아닙니다. 오직 철저한 문헌의 고증을 통해 살펴보자는 것이지요. 조선시대의 고지도는 대부분 관찬(官撰)지도라고 했습니다. 하지만 일본은 조선과 달랐습니다. 개인의 저술에 의해 그려졌던 것이지요."

"서양인들의 제작한 지도를 주목해볼 필요가 있습니다. 서양인이 만든 최초의 조선 전도는 프랑스 왕국 지리학자 당빌이 제작한 것입니다. 1737년 『조선왕국전도』를 제작했는데 중국의 『황여전람도』를 바탕으로 만든 것입니다. 이 지도에서 울릉도와 독도 모두 조선의 영토로 보고 있습니다. 울릉도를 판링타오(Fan-ring-tao) 우산도 즉 독도를 챤챤타오(Tchian-chan-tao)로 표기했습니다. 이는 울릉도를 반릉도로 독도를 천산도로 잘못 읽고 중국식 발음으로 기록했던 것입니다. 또 1846년에는 중국에 있던 조선의 김대건 신부가 『조선전도(朝鮮全圖)』를 만들었습니다. 이 지도는 중국에 있던 영사가 베껴 프랑스로 가져갔는데 동해에 울릉도를 Oulengto로 그리고 오른쪽에 독도를 Ousan 이라고 하여 조선의 땅 옆에 그려놓았습니다. 그 지도에는 대마도만 보일 뿐 일본 영토는 그려놓지 않았습니다. 서양에 독도가 우산이란 명칭으로 알려지긴 이 지도가 처음이었으며 조선의 영토였음을 알렸습니다."

신도기 교수는 시종 여유로운 웃음까지 섞어가며 자신만만한 말투로 말했다. 거칠 것 없는 달변에다 일본 고지도까지 조사하여 발표한 까닭에 모두 혀를 내두를 지경이었다. 그의 발언에 대한 반론을 제기하려는 사람이 없자 사회자는 의중을 살피고서 점심시간을 알렸다.

뜨거운 여름 햇살이 강렬하게 창가에 내려앉은 한낮이었다. 서로들 즐거운 담소를 나눠가면서 한국의 전통적인 음식으로 오찬을 즐겼다. 식당에서도 호호탕탕한 남해의 풍경을 바라볼 수 있었다. 따가운 햇살이 파도에 부서지면서 하얀 물비늘을 일으키는 모습이 황홀하도록 장관을 이루는 풍경이었다. 예상보다 토론 시간이 길어진 관계로 시간적 여유로움을 가질 수 없었다. 점심을 마치고서 불과 30분 동안 휴식을 취한 뒤 곧장 토론장으로 향했다.

"토론은 오늘로 마치고 내일은 제주도 관광에 나서는 것으로 일정을 잡았습니다. 무리가 따를지 모르나 강행군할 수밖에 없다는 점을 양해해주시기 바랍니다. 그럼 곧바로 근현대에 나타난 죽도에 관한 문제를 중심으로 계속해서 토론해보도록 하겠습니다. 죽도를 사이에 두고 두 나라가 첨예한 갈등과 대립을 벌이고 있습니다. 그 중심에는 근현대사가 있습니다. 오전에 토론했던 내용은 근현대사의 기저를 이루고 있는 내용들이었습니다. 지금 일한 두 나라 국민이 우리의 토론을 지켜보고 있다는 자세로 임해주시기 바랍니다. 우리는 정치인이 아닙니다. 정치를 하기 위해 이곳에 온 것은 더더욱 아닙니다. 역사학자라는 본분으로 돌아가야 합니다. 우리가 빚어낸 토론의 결과가 두 나라 사이에 얽히고설킨 갈등과 대립의 멍에를 벗겨주는 데 중추적 역할로 다가갔으면 합니다. 그럼 먼저 발언해 주실 분을 소개해 드리겠습니다. 동양의 고대사 연구에 대해선 독보적 권위를 지니고 계신 정형기 교수님을 소개합니다."

"방금 소개 받은 정형기입니다. 저를 먼저 불러주심에 진심으로 감사드리며 영광으로 생각합니다. 저는 발표라기보다는 일본에서 오신 회원님께 먼저 질문 하나를 드리고자 합니다. 일본은 근대에 들어와서야 울릉도와 독도를 넘보기 시작했습니다. 1868년 명치유신을 단행하여 막부시대를 청산하고 근대국가로의 전환을 추진합니다. 쇄국에서 개국의 체제로 바뀌면서 1869년 신정부는 조선과 국교를 맺고자 외교 관리를 파견 조선의 사정을 염탐합니다. 이때 조사하도록 지시한 내용이 모두 14개 항목이었습니다. 『조선국교제시말내탐서(朝鮮國交際始末內探書)』 안에 '다케시마(울릉도)와 마쓰시마(독도)가 조선의 부속섬이 된 경위'라는 제목으로 울릉도와 독도에 관한 보고내용이 들어 있습니다. 독도가 조선의 영토로 보고되었다면 이에 동의하십니까?"

정 교수는 까뭇한 구레나룻 수염을 쓰다듬으며 질문부터 던졌다. 내용면에서 볼 때 어려운 질문은 아니지만 쉽게 응답할 성질도 못되었다. 갑자기 질문이 날아온 탓에 당혹감을 감추지 못하고 서로들 의중만 떠보려 들었다. 이때 검의 테 안경을 낀 중년 신사가 일어섰다.

"저는 홋카이도에서 온 나카야마 이치로(高山一路) 교수입니다. 답변을 드리기 전에 먼저 한 말씀드리겠습니다. 죽도가 조선의 영토였는가를 알아보기 위해서는 역사적 근거를 고찰해볼 필요가 있습니다. 비록 신라시대 이사부에 의해 죽도가 신라에 복속되었다고 하지만 그 후에 계속적으로 지배를 해왔다는 기록은 없습니다. 조선개국 이래 다케시마와 마쓰시마에 대한 정책은 공도(空島)정책이라고 할 수 있습니다. 이는 영유권을 포기한 것이나 다름없는 것입니다. 바위섬이어서 쓸모없는 죽도를 영토라고 해보았자 괜히 분쟁의 소지만 있을 것 같으니 공도라고 해서 무주공산으로 방치했던 것이지요. 울릉도마저도 쇄환정책을 써가며 공도를 유지했습니다. 조선 3대 태종은 두 번 그리고 세종은 세 번에 걸쳐 울릉도 주민을 본토로 쇄환(刷還)했습니다. 때문에 조선 전기 이후 울릉도와 죽도에는 사람이 살지 않은 무인도였고 가끔씩 조업만 행해졌던 섬이었습니다. 안용복 사건 이후 잠시 거주를 위해 사람들을 파견한 적은 있으나 그 후로는 그마저도 없었다고 했습니다. 대나무가 무성하고 인삼 등이 자연스럽게 자라며 어류가 풍부하다는 기록만 있을 뿐이었습니다. 1870년『조선국교제시말내탐서』에 보면 마쓰시마는 다케시마 옆에 있는 섬인 것은 맞으나 그 섬에 관해서는 조선에도 정확한 기록이 없다고 보고되어졌던 것입니다. 그랬던 것인데 일본이 이를 점령하자 그제야 조선은 자기 영토라고 호들갑을 떨었습니다. 따라서 죽도를 조선의 영토로 보는

데 동의하느냐고 묻는다면 그건 앞뒤가 맞지 않은 질문일 뿐입니다."

나카야마 교수는 입술을 뒤덮고 있는 텁수룩한 콧수염을 들썩거려 가면서 자신감이 충만한 표정을 지어 보였다. 답변이라기보다는 일종의 반박논지나 다름없는 생뚱맞은 말을 늘어놓았던 것이다. 어설프게 비위짱을 긁어대는 꼴. 말꼬리가 점점 휘어지면서 눈치를 살피는 것이 사료를 제대로 이해한 발언인지조차 의문스러울 정도였다.

"나카야마 교수님께서는 지금 역사를 왜곡해가며 말씀하셨습니다. 사실은 그렇지 않습니다.

사료(史料)에 의하면 신라시대부터 울릉도에 사람이 거주하지 않은 적이 없었습니다. 북방오랑캐의 침략과 일본 해적의 약탈이 심했을 때가 있었습니다. 그때 조선정부는 쇄환정책까지 써가며 울릉도 주민을 본토로 이주시키려 했지만 실패했습니다. 돌아오지 않은 사람이 많았던 것이요. 되레 위험을 무릅쓰고 떠나가는 이도 많았다고 했습니다. 때문에 수토관(搜討官)을 파견했던 것이고 그로 하여금 관리했다는 것은 이미 잘 알고 계시지 않습니까? 그런데도 주인 없는 섬이었다는 것은 역사를 왜곡하고자 하는 생억지일 뿐입니다."

정 교수는 까무잡잡한 얼굴에 핏기를 선명하게 세워가며 볼똑 성을 내듯 말했다. 쉬지근한 목소리이면서도 카랑카랑한 쇳소리를 한껏 높이 쳐드는 것이었다.

"『조선국교제시말내탐서(朝鮮國交際始末內探書)』에 대한 보고서 내용을 말씀드린 것입니다. 일본이 죽도를 점령한 직접적 계기는 바로 무주공산이었기 때문이었지요. 그런데 그것을 역사왜곡이라 말씀하신 것은 비약된 논리라고 해야 할 것 같습니다."

다카하시 이치로 교수가 부러 눈길을 거둬가면서도 유감스러운 표정만은 감추지 않았다. 이마에 땀이 솟고 숨이 가빠 오르면서도 매몰차게 쏘아 붙이고 나섰다.

"제가 말씀드리겠습니다. 일본 정부는 1871년 폐번치현(廢藩治縣: 옛 번을 폐지하고 현을 새로 설치)을 단행했습니다. 이를 위해 1876년에는 일본 전역의 지적을 편찬하는 작업을 진행하면서 시마네 현에 다케시마에 대한 지도와 기록을 요청했습니다. 이때 시마네 현은 『기죽도약도(磯竹島略圖)』를 첨부하고 지적도에 다케시마 외에 일도(一島)를 일본의 영토로 등재해도 되는지 문의했습니다. 이 『기죽도약도』에서는 울릉도를 이소다케시마(磯竹島)로 기록했으며 이곳에서 마쓰시마까지 거리가 40리로 되어 있어 두 섬이 울릉도와 독도라는 것을 쉽게 알 수 있습니다. 그런데 내무성은 이 두 섬이 일본 영토가 아니라고 결론 내렸습니다. 그러면서 영토에 관한 중요한 사항이므로 태정관(太政官)이 최종 결정을 내려주길 원했습니다. 태정관은 1877년 3월 29일 다케시마와 그 일도는 일본과 관계가 없음을 알리는 「태정관 지령」을 내렸습니다. 이는 일본 정부가 울릉도와 독도는 일본 영토가 아니라는 것을 공식적으로 인정한 기록입니다. 그런데도 독도가 일본의 영토라고 주장하는 것은 과거의 태정관의 지령을 부정하는 꼴이 아니겠습니까? 그것은 바로 일본인이 일본의 사료를 부정하는 것이나 다름없는 것이지요."

선부른 논리로 반박했다가는 가슴에 화석이 박힐 일이라는 것을 알고 있는 이가 정 교수였다. 그는 실낱같은 빈틈조차도 놓치지 않고 파고들면서 정곡을 찔러대었다. 말하는 눈빛이 효신의 별빛처럼 총총히 빛나면서 눈꺼풀은 미동도 하지 않았다.

"저도 당시 태정관의 지령이 있었음을 인정합니다. 그러나 국가 정

책이라는 것은 수정할 수도 그리고 바꿀 수도 있는 것이지요. 동서고
금을 통해서 영원토록 내려온 정책이 어디 있습니까? 울릉도와 죽도
가 무주공산이었던 것만은 사실이었습니다. 1880년대 초 일본인이
울릉도에 갔을 때 사람이 살지 않은 탓에 마쓰시마라는 푯말을 세웠
습니다. 일종의 영토표시를 해뒀던 것이지요. 조선인이 섬을 다스리
고 살았다면야 어찌 그런 일을 할 수 있었겠습니까? 조선의 쇄환정책
으로 인해 섬을 비워놓고 떠나고 없었던 것이지요. 영토로서 가치가
없으니 포기하는 뜻에서 쇄환정책을 썼을 것이고 보면 무주공산이
틀림없었던 것입니다. 주인이 없으니 내 땅이라고 푯말을 박았던 것
이지요."

　다카하시 이치로 교수는 찰거머리처럼 끈질기게 물고 늘어지는 성
격이라고 하더니 꼬치꼬치 캐고 따져 가며 시빗거리를 만들어 내려
애를 쓰는 눈치였다. 말을 꺼내기도 전에 안색부터 흐리해지더니 비
슬비슬 웃어가며 얄기죽거리는 것부터 이상스러웠다. 심사를 아프게
건드리고서 넌지시 심중을 떠보려는 의도가 다분해보였던 것이다.

　"쇄환정책이라고 해서 영토를 포기하려는 의미는 아니었습니다.
조선정부는 일본 해적의 약탈이 심해지자 국민을 보호하려는 차원에
서 피신시키려 했던 것이지요. 그렇다고 해서 섬을 텅텅 비워놓은 적
은 없었습니다. 17세기부터 19세기까지 수토관을 파견 섬을 점검했
다는 것이 이를 증명하고 있습니다. 일본인들이 울릉도에 들어와 나무
를 함부로 베어 배를 만들고 전복을 채취해갔다는 기록이 있습니다.
그리고 푯말을 세워놓았다는 것도 확인되었습니다. 1882년 고종은
이규원이라는 사람에게 울릉도 검찰사라는 관직을 주었습니다. 그
가 울릉도에 들어가 조사한 바에 의하면 울릉도 안에 조선인 141명

과 일본인 78명 정도였다고 합니다. 그는 이와 같은 사실을 『울릉도 검찰일기계초본(鬱陵島檢察日記啓草本)』이라는 보고서로 작성 고종에게 올렸습니다. 이에 고종은 울릉도 개척을 명했고 사람들이 정식으로 이주하기 시작했습니다. 개척민에게 세금을 감면해주고 배를 만드는 것을 허락해주었습니다.

이후 김옥균을 동남제도개척사(東南諸島開拓使)로 임명 울릉도를 개척토록 했습니다. 이는 조선 정부가 울릉도를 비롯한 주변 도서에 대해 본격적인 관리를 시작했음을 의미합니다. 따라서 울릉도와 독도가 주인 없는 땅이었다는 것은 터무니없는 주장일 뿐입니다."

이번에는 유인원 박사가 걸차게 너털웃음을 웃어가며 반박을 하고 나섰다.

"대한제국 칙령 제41호를 들여다보면 울릉도와 독도가 대한제국의 영토임을 근대 법적으로 완전히 정립해놓았던 것을 볼 수 있습니다."

곁에 있던 서봉우 교수가 느슨한 목소리로 모처럼 한마디 끼어들고 나섰다.

"그 칙령이 어떤 것인지 말씀해주시겠습니까?"

"울릉도에 개척민이 늘어나면서 일본인도 덩달아 몰려왔습니다. 따라서 문제가 발생하면서 도감(島監)으로 관리하기엔 역부족이었습니다. 특히 1895년 청일전쟁에서 승리한 후 일본인의 수가 급격히 늘어났습니다. 이로 인해 여러 가지 폐단이 일어나기 시작했던 것이지요. 무단 거주는 물론 불법적으로 나무를 베어 팔기도 했습니다. 조선 정부는 일본 정부와 공동조사단을 구성, 울릉도 현황을 조사했습니다. 조사 후 일본인의 울릉도 철수를 요구했습니다. 이에 일본 정부는 일본인이 울릉도에 거주하는 것을 합리화해 보려고 조선 정부에 압력을 넣어가며 안간힘을 썼지만 조선 정부가 이에 강력대응하자 주한 일본공사는 울릉도에 일본인이 거주하는 것은 규정에 어긋난다고 인정했던 것입니다. 이런 배경에서 대한제국 정부는 칙령 41호를 내어 울릉도를 울도로 개칭하고 군수가 관리하도록 했습니다. 관할지역은 울릉도와 죽도 그리고 석도라고 했습니다. 여기서 죽도는 울릉도 가까이 있는 대섬을 말하며 석도는 독도입니다. 당시 울릉도 주민들은 독도를 독섬이라 불렀습니다. 독은 돌의 방언이기도 합니다. 따라서 돌섬이라는 뜻입니다. 이를 다시 한자로 표시하면 석도(石島)입니다. 소리대로 부르면 독도가 되는 것입니다. 고종 황제의 칙령 41호는 1900년 10월 27일자 「관보」 제1716호에 실려 울릉도와 독도의 영유권에 관한 법적근거를 분명히 해두었던 것입니다."

서 교수는 확신이 선 통명스러운 목소리로 법적 근거를 소상하게 설명해 주었다. 말과 행동에서 자부심이 그득히 배어나오고 있었다. 한국의 영토가 기정사실이었음을 못 박고 나서는 대한제국기의 기록이 그에게 자부심을 가져다주었던 것이다.

"비록 일본인이 울릉도에 거주함으로써 폐단이 생겼다고 하지만 조선을 지켜준 나라는 일본이었음을 부인해서는 안 됩니다. 1900년 청국의 의화단 사건(화북華北 : 일대에 퍼진 반제국주의 농민투쟁)으로 러시아가 만주를 점령하고 남하정책을 펼쳤을 때 이를 막아낸 것은 일본이었습니다. 1905년 9월 5일 포츠머스 조약을 체결함으로써 러시아로부터 조선을 지켜주지 않았습니까?"

"그것은 억지 주장일 뿐입니다. 도리어 러일전쟁이 한일 간 독도 문제를 야기한 꼴이 되고 말았으니까요. 러시아가 만주를 점령하고 남하정책을 추진하자 일본은 한반도의 주도권을 두고 러시아와 각축을 벌였지 않았습니까? 이를 계기로 1904년 2월 23일 한일의정서를 조인시킨 뒤 조선을 병참기지화했습니다. 그랬는데도 러시아의 남하 정책을 막아주었다고 하는 것은 역설적(逆說的) 논리지요. 일본은 러시아를 핑계삼아 러일전쟁 개전부터 제주도, 거문도, 울릉도, 울산, 죽변만 등에 망루를 설치했으니까요. 1905년 5월 러시아의 발틱 함대를 궤멸시키고서 곧바로 독도에도 망루를 설치했습니다. 당시 울릉도와 독도는 전략적 가치가 높은 지역이었던 까닭에 망루를 설치하고 일본 시마네 현 마쓰에의 군용 통신선 체계까지 갖췄던 것이지요. 일본은 1905년 9월 5일 포츠머스 조약을 체결한 뒤 한국에 대한 우월권을 러시아로부터 인정받고 침략에 몰두했습니다. 일본은 이미 여러 번 외국의 무인 도서를 편입한 경험이 있었던 터라 독도를 편입하려는 기회를 노리고 있었던 것이지요. 독도의 강치사업이 유망한 데 대해 눈독을 들이기도 했습니다. 지난 번 우리 독도 소위원은 오키섬을 방문했습니다. 1903년부터 수산업자 나카이 요사부로의 조업 보고서를 들여다보았습니다. 그가 독도로 달려갔을 때엔 주위에 온통 물개로 덮여 있었다고 했습니다. 수천 마리의 물개들이 무리를 지어 장관을 이뤘다는 것입니다. 300엔을 투자해 일주일 만에 1,723엔의 수익을 올렸다고 합니다. 1905년부터 1912년까지 8년 동안 물개 만천여 마리를 잡아 가죽으로만 약 4억 엔을 벌어들였다고 보고서에 기록되어 있었습니다. 그는 일시에 백만장자가 되었다고 했어요. 그가 그렇게 부자가 되기까지 국제법상 모든 것이 불법으로 점철되어 있었습니다.

그가 독도이용 독점권을 요청할 계획으로 일본 관리들과 의논하고 나섰을 때 해군성 관리는 독도는 주인 없는 땅이라고 말했고 합니다.

직선거리가 조선에서보다 일본에서 더 가깝다고 거짓말까지 했던 것이지요. 나카이는 해군성 관리의 말을 믿고 1904년 9월 29일 내무성과 외무성 그리고 농상무성 3대신 앞으로 「랑코 도(島) 영토편입 및 대하원」을 제출했던 것입니다. 이때 내무성에서는 조선령으로 보이는 독도를 편입할 경우 제국주의적 침탈 야욕을 의심 받을 수 있다고 청원서를 각하하려 했습니다. 그러나 외무성은 독도에 망루를 세우고 무선 또는 해저 전선을 설치하면 적함을 감시하는 데 적격이라며 편입을 주장했습니다. 일본 정부는 1905년 1월 28일 「무인도에 관한 한 건」으로 각의에서 편입을 결정 한 뒤 2월 22일 시마네 현 고시 제40호로 이를 고시했습니다. 이름도 마쓰시마(송도:松島)를 버리고 다케시마(竹島)로 명명 오키도사(隱岐島司)로 둔다고 공시했습니다. 영토고시를 지방 현에서 한다는 것도 어색할 뿐 아니라, 대한제국을 속이는 일이었지요. 아무런 통고나 문의도 없이 일방적으로 일본 영토로 편입조치를 취했기 때문입니다. 이는 국제법상으로 보았을 때 도저히 있을 수 없는 억지였으며 불법이었음이 드러났던 것입니다.”

서진호 교수는 칼침을 맞은 사람처럼 얼굴이 발갛게 상기되어 가고 있었다. 침울함을 감추지 못한 채 게거품까지 부걱부걱 끓어 올려 입언저리를 적셔가며 말했다. 생각해볼수록 수치스럽고 오욕이 묻어나는 내용이었기 때문이었다.

“독도를 일본 영토로 편입하고자 내렸던 고시는 국제법상 무효입니다. 일본은 고시의 근거를 「무주지 선점론」에 두고 있습니다. 1905년 독도는 무주지이기 때문에 오래 전에부터 독도에서 어업에 종사해왔다고 주장했습니다. 때문에 국제법에 따라 편입했다고 우겨 댑니다. 그것은 생판 억지스러운 말일 뿐입니다. 1905년 독도는 무인도가 아니었기 때문입니다. 분명히 울릉도와 함께 대한 제국의 영토였습니다. 조선은 이미 고종 황제의 칙령 41호로 울릉도와 독도의 영유권에 관한 법적근거를 분명히 해두었던 것입니다. 그런데도 일본은 엉뚱스럽게도 17세기부터 독도를 실효적으로 지배해왔다고 주장하면서「고유영토론」까지 주장하기도 합니다. 도대체 앞뒤가 맞지 않는 이상스러운 주장일 뿐입니다. 절차상으로도 문제가 많습니다.

일본은 독도를 편입한다고 고지했으면서도 관보에 싣거나 대한제국에 알리지도 않았습니다.

당사국가인 대한제국에는 통보나 협의 없이 강행했으면서도 제삼국인 미국과 서양에는 사전 통고와 협의 절차를 밟았다고 주장합니다. 법적으로 한국 영토인데 왜 당사자가 아닌 미국과 서양에 통고를 해놓고 자기 영토라고 우겨대는지 알다가도 모를 일입니다. 1년이 지난 후에야 1906년 3월 시마네 현 관리 45명이 독도를 시찰하고 울릉도에 와서 심흥택 군수에게 이 사실을 알려줬던 것입니다. 심 군수는 곧바로 강원도 관찰사에게 보고했고 관찰사는 참정대신 박제순에게 이 사실을 보고했습니다. 이때 참정대신은 '독도가 일본 영토라는 것은 전혀 근거가 없는 것이니 섬의 형편과 일본인의 행동을 잘 살펴 보고하라.'고 지령했다고 합니다. 영토에 관한 사항이므로 두 나라 정부 간에 협의해야 할 문제를 지방 군수에게 알린 뒤 자기 영토라 주장하는 것은 도무지 이해가 가지 않습니다. 그것도 정부가 아닌 시마네 현 관리들이 알렸다고 하는 것은 국제법은 고사하고 기본적 외교관례도 모르는 행위였습니다. 부정한 방법으로 탈취하려다 보니 온당치 못한 비겁한 방법을 취했던 것이지요. 당시 대한제국 정부는 을사조약으로 통감부가 설치되고 외교권을 박탈당한 입장이어서 항의할 처지도 못되었습니다. 그런 점에서 본다면 더더욱 비겁한 행위였다는 것입니다. 남의 영토를 억지로 침탈하려 야욕을 부리다 보니 상식에도 어긋난 짓을 했던 것이지요. 여기서 꼭 짚고 넘어가야 할 게 있습니다. 울릉도와 독도는 따로 떼어놓고 논쟁할 대상이 아니라는 것입니다. 다시 말씀드리지만 칙령 41호에 울릉도를 울도로 개칭하고 군수가 관리하며 관할지역으로는 울릉도와 죽도 그리고 석도가 있다고 분명히 밝히고 있습니다. 그런데 일본은 슬그머니 독도만을 따로 떼어내어 일부러 울도와 상관없는 섬으로 홍보해왔습니다. 이름도 '리앙코루도 암(巖)'이라고 호칭했습니다. 독도를 편입하기 넉 달 전에 한국인들이 독도라고 부르는 것을 알고는 일부러 서양 이름을 사용했던 것이지요. 이는 1849년 1월 27일 프랑스의 포경선 리앙쿠르호가 독도를 처음 발견한 뒤 배이름을 따서 지어놓은 이름입니다. 1854년에는 러시아 함정 올리브차가 발견하고 서도를 올리브차, 동도를 메넬라이로 명명했고 1855년에는 영국 호넷호가 독도를 발견 호넷섬이라고 불렀는데 그 중에서 하필 리앙쿠르도 암이라고 칭한 까닭은 무엇일까요?"

서진호 교수는 비분한 마음을 달래지 못하는 듯 목소리마저 덜덜 떨었다. 힘없는 소리가 측은하게 늘어 쳐지면서 통심(痛心)에서 하염없는 신음소리가 새어져 나오는 것이나 다름없어 보였다. 그것은 나라를 빼앗겼던 한스러움에서 우러나오는 비통함이었던 것이다.

"1945년 7월 26일 포츠담 선언에서 일본의 주권은 혼슈, 홋카이도, 규슈, 시코쿠와 연합국이 결정하는 작은 섬들에 국한될 것이라고 했습니다. 일본은 포츠담 선언을 수락하여 항복했던 것입니다. 전후 일본이 반환해야 할 지역은 1910년 8월 한일병합조약 당시 한국 영토라 기록되어 있습니다. 그런데 한일병합 당시 죽도는 한국의 영토가 아니었습니다. 죽도는 폭력 및 탐욕으로 일본이 빼앗을 지역에 포함되지 않기 때문에 포츠담 선언 내용과는 아무런 관련이 없는 땅입니다. 포츠담 선언을 수락하고 항복문서에 서명했다고 해서 죽도에까지 연계시키는 것은 잘못된 해석일 뿐입니다."

밑도 끝도 없이 포츠담 선언을 꺼내들며 말허리를 돌리고 나선 이는 다카하시 이치로 교수였다. 변통도 없이 조급한 어조로 남의 말을 하듯 불쑥 내뱉었다.

"맞습니다. 독도라는 섬을 구체적으로 언급하지 않은 것만은 사실입니다. 그러나 3개국 수뇌가 서명한 포츠담 선언의 문맥을 잘 살펴보아야 합니다. '폭력과 탐욕으로 빼앗은 일체의 지역에서 물러나야 한다.'고 했습니다. 폭력과 탐욕으로 빼앗은 지역은 어디를 두고 하는 말일까요? 독도는 고종 황제의 칙령 41호에 의거 조선의 영토였기에 탐욕에 의해서 빼앗은 땅이었던 것입니다."

이번에는 유성진 교수가 턱살을 쳐들어가며 말했다. 그의 말솜씨는 정말 논리적이면서도 풍부한 호소력을 갖고 있었다. 매섭게 정곡을 찔러대면서 일본 측 회원들을 압도했던 것이다. 역사적 사건을 꺼내들어 영토의 주장을 정당화시키려 들었지만 애꿏은 봉변만 당한 꼴이 되고만 일본 측 회원들은 기분이 좋을 리는 없었다. 잠시 토론을 피해가고 싶은 듯 꿀 먹은 벙어리처럼 잠시 말을 끊고 눈망울만 뛰룩일 뿐이었다.

"패전국에 대한 연합국의 최고사령관 각서 제677호 「일본으로부터 일정 주변 지역의 통치 및 행정상의 분리」 즉 스캐핀(SCAPIN) 677호는 패전 직전까지 지배하고 있던 식민지나 점령지에 대한 정치 행정상의 권력행사를 정지하도록 명령했습니다. 이 각서의 제3항에 일본의 영토를 홋카이도, 혼슈, 규슈, 시코쿠와 북위 30도 이상의 류큐제도와 쓰시마를 포함한 약 1,000여 개의 인접하는 여러 소도(小島)라고 규정했습니다. 여기서 인접하는 소도에 제주도와 울릉도 그리고 독도가 포함되지 않았습니다. 이는 독도가 일본 영토가 아니라 한국 영토라는 것을 명백하게 규명해놓은 것입니다. 이어 1946년 연합국 최고사령관 각서 제1033호(스캐핀 1033호)는 「일본의 어업 및 포경업 허가 구역」 즉 맥아더 라인에서 벗어난 일본 국민 및 선박이 독도의 주면 12해리 이내에 접근하는 것을 금하고 있습니다. 연합국이 독도를 한국의 영토로 인식하고 있었음이 틀림없습니다. 때문에 독도는 해방후 주한 미군정에 이관되었다가 1948년 8월 15일 대한민국 정부 수립과 함께 반환되었던 것입니다."

유성진 교수는 끝장을 보고야 말겠다는 심산인지 일본인에게 가장 아픈 부위 즉 스캐핀까지 꺼내들었다. 역사적 사료를 뿌리까지 캐내어 독도는 한국의 영토라는 것을 각인시켜주기 위한 잔인한 심사인 것 같았다.

"유 교수님께서는 하나는 알고 둘은 모르는 것 같습니다. 연합국 최고사령관 각서를 논하시는데 그 후에 있었던 샌프란시스코 강화조약(San francisco Peace Treaty)의 내용을 보면 독도가 일본 영토로 명기되어 있다는 사실을 인정하셔야 합니다. 1947년 3월 19일자 강화조약 초안부터 1949년 11월 2일까지는 죽도가 한국 영토로 명기되어 있었습니다. 하지만 12월 8일자 초안부터는 일본 영토로 명기되어 있다는 사실을 알고 계신지요? 최종 초안에 「일본은 제주도 및 거문도 그리고 울릉도를 포함한 한국에 대한 모든 권리, 권원, 그리고 청구권을 포함한다.」라고 규정되어 있습니다. 이는 한국의 섬들을 명기했지만 죽도는 일본의 영토라서 기록에서 빠진 것입니다."

다카하키 오카다 교수도 뒤지지 않겠다는 듯 오도깝스러운 눈빛으로 바라보면서 끈질기게 물고 늘어졌다. 고개를 설설 흔들고 가살스러운 눈웃음까지 지어가며 무안을 더해주었다.

"일본은 전후 7년에 걸쳐 연합국의 점령통치를 받은 뒤 1951년 9월 8일 샌프란시스코 강화조약을 맺고 국제 질서에 편입되었습니다. 1946년부터 1951년 8월까지 오랜기간 동안 20여 차례에 걸쳐 초안이 만들어져왔던 것이지요. 미영중소 4개국의 협조하에 이뤄지고 있었는데 미국과 소련이 이념적으로 대립하고 중국이 공산화되면서 미국과 영국은 일본을 자본주의 진영으로 끌어들여 공산주의의 방파제로 이용하고자 엄격하고 징벌적인 초안을 변형시켰다는 것이 중론입니다. 관대하고 간결한 내용으로 바뀌면서 독도가 한국 영토였다는 것을 삽입했다가 다시 일본 영토로 바꾸기도 했습니다. 나중에는 어정쩡하게 독도를 빼놓았던 것입니다. 최종 안에 독도가 빠졌다고 해서 일본 영토로 해석한다는 것은 자가당착(自家撞着)에 빠진 것이나 다름없습니다. 한국에는 수많은 섬이 있습니다. 제주도와 거문도 그리고 울릉도만이 있는 것이 아닙니다. 이 초안에 이름을 올리지 못한 섬이라고 해서 한국 영토가 아니라는 것은 무책임한 논리입니다. 1952년 1월 18일 한국의 이승만 대통령은 「인접 해양에 대한 주권에 관한 선언」즉 일명 평화선을 국무원 고시 제14호로 선포했습니다. 이는 독도를 포함하여 평화선 안이 대한민국 관할임을 대내외적으로 공포한 것입니다. 일본은 한일회담 때마다 평화선을 문제 삼아왔습니다. 1965년 6월 22일 한일 간 조약을 체결할 때 독도 문제를 제기하면서 국제사법재판소에 제소를 동의해달라고 했으나 한국 정부는 재판의 대상이 될 수 없다고 거부해왔습니다. 다시 말씀드리지만 자국의 영토를 내 땅인지 확인해달라고 재판소로 달려갈 얼간이가 세상천지 어디에 있겠습니까? 얼토당토않은 주장으로 남의 영토를 탐내면서 갈등을 유발하는 일은 이제 그만둬야 합니다. 그것은 남의 부인을 내 아내라고 우겨대면서 재판소에 가서 확인하자고 조르는 일과 다를 바 없습니다."

서진호 교수가 정연한 논조로 마치 어린 아이 꾸짖듯 말했다. 무지와 어리석음을 비웃듯이 은근히 조소적인 말씨를 섞어가면서 비위를 건드리는 것이었다.

"국제적으로 분쟁이 발생하면 국제사법재판소에 제소해야지요. 국제법에 따라 재판을 통해 옳고 그름을 판단해야 하지 않겠습니까? 한국은 죽도에 대한 분쟁이라고 하면서도 재판을 거부하고 있습니다. 쉽게 끝날 문제를 방치하려는 까닭을 도무지 알 수 없습니다. 지금이라도 늦지 않았습니다. 당장 두 나라가 합의 재판을 제소하여 문제를 해결해야 할 것으로 사료됩니다."

다카하키 오카다 교수는 재판에 대한 맹신자처럼 일본의 주장을 옹호하고 나섰다. 어떻게 보면 역사적 토론에 참석하는 학자보다 흡사 일본 정부의 대변인이나 다름없어 보였다.

"분쟁이라고 말씀하셨는데 독도 문제는 분쟁이라고 볼 수 없습니다. 멀쩡한 남의 나라 영토를 자기 땅이라고 우겨대는 일인데 그것이 무슨 분쟁입니까? 역사적으로나 지역적으로나 엄연히 한국의 영토인데. 하등에 관계도 없는 일로 굳이 분쟁 당사국이 될 이유가 없다고 봅니다. 잠자는 범에게 코침 주기식 놀음에 휘말려들 까닭이 없지요. 일본은 아니면 말고 식이어서 손해 볼 것 없다는 속셈인 것 같습니다. 얌체적인 태도에서 비롯된 놀음이기도 하고요. 제가 알기로 국제사법재판소에 제소할 때는 분쟁 당사국 간에 합의가 있는 경우에 한한다고 되어 있습니다. 이제 일본은 괜히 남의 땅을 바라보며 침을 흘릴 것이 아니라 야만적인 영토탐욕 기질을 버려야 합니다. 그래야만 경제대국답게 국제적 지위를 인정받게 될 것입니다."

노진영 교수가 야슬야슬 비웃는 어조로 충고까지 곁들여가며 일본의 영토탐욕 행태를 비판했다.

"솔직히 말씀드려서 일본이 독도를 포기하지 못한 채 애걸복걸 매달리는 것은 염불보다 제삿밥에 정신을 두고 있기 때문인 것 같습니다. 독도가 지닌 무한한 경제적 가치를 그냥 보고만 있자니 심사가 뒤틀린 모양입니다."

김정만 교수가 말꼬리를 휘어잡고서 핀잔스러운 어투로 속심을 찌르고 나섰다.

"독도가 지닌 경제적 가치에는 어떤 것이 있을까요?"

사회자 무라야마 스즈끼 교수가 말길을 돌렸다.

"죽도는 경제적으로 무궁한 가치를 지니고 있습니다. 먼저 미래의 에너지 하이드레이트를 빼놓을 수 없습니다. 일명 메탄 수하물, 불붙는 얼음, 고체 천연가스라고도 부르는 연료가 울릉도 남쪽 100Km 떨어진 곳에 약 6억 톤 정도 매장되어 있다는 연구결과가 나왔습니다. 이를 가스로 환산하면 약 1조엔 정도의 가치입니다. 더욱이 하이드레이트가 있는 곳에는 석유가 묻혀있을 가능성이 높다는 연구에 주목하고 있습니다. 그뿐 아닙니다. 죽도 주변에는 인산염암(燐酸鹽巖)이 2억 톤 정도 매장되어 있는 것으로 추정되고 있습니다. 천연비료의 원료가 되는 귀중한 광물 자원입니다. 다음으론 해양 심층수를 빼놓을 수 없습니다. 수심 200m 아래 깊은 곳에 있는 바닷물로서 햇빛이 도달하지 않은 곳에 있어 온도가 일정하고 무균 상태인 청정수를 두고 이르는 말입니다. 마그네슘과 칼륨 등 미네랄이 풍부하여 식품, 의약품, 음료수, 소금, 화장품, 의약품 등 다양한 곳에 사용되고 있습니다. 가장 중요한 것은 수산업적 가치입니다. 북한 한류와 동한 난류가 교차하는 곳이어서 플랑크톤이 풍부합니다. 여름에는 난류성 어족과 겨울에는 한류성 어족의 어장이 형성됩니다. 오징어를 비롯해 어종도 다양하여 수산업의 보고이기도 합니다."

기시다 요미오 시가대학 교수가 역사경제학자답게 그림을 그리듯 설명해주었다. 일본에서는 그만큼 동해에 대한 경제적 가치를 꿰뚫고 있다는 것을 방증해주는 것이었다.

"저는 다른 각도에서 말씀드리겠습니다. 독도는 지리적 위치라는 측면에서 독보적인 지역이라 할 수 있습니다. 해양기후 예보, 어장 예보, 지구 환경연구를 위한 과학기지로서 중요할 뿐 아니라 선박의 대피, 항공기 유도기지로도 손색이 없는 곳입니다. 심해로부터 솟아오른 화산이 해산을 이루고 있는 세계적으로 보기 드문 지질학적 사례라는 관점에서도 특이성을 보임으로써 지질연구의 보고이기도 합니다. 그러나 이보다 더 중요한 것은 독도는 무엇보다 주권의 관점에서 한국인의 자존심이기도 합니다. 식민지배의 아픈 역사를 체험한 한국인으로서는 누구보다 영토와 주권의 중요성을 잘 알고 있습니다. 일본은 독도를 식민지배의 첫 희생지로 삼아 한국을 침탈했던 것입니다. 때문에 독도는 대한민국의 주권과 독립의 상징이어서 그 어떤 가치로도 이를 대변할 수 없습니다. 한국인의 독도에 대한 사랑은 국토 수호를 위한 원동력이 된다는 점에서 일본은 독도를 가볍게 넘어다보아서는 안 됩니다. 무리한 야욕으로 이웃 나라에 돌이킬 수 없는 상처를 주었으면서도 반성은커녕 독도가 자기영토라고 터무니없이 우겨대는 것은 한국인의 아픈 상처에 또 다른 지짐질을 해대는 것이나 다름없습니다. 스스로 불행하고자 하는 사람은 남들에게 불행과 고통밖에 줄 수 없습니다. 먼저 자신이 행복하고자 하는 사람이어야 남에게도 행복을 줄 수 있다는 사실을 일본은 알아야 합니다."

서봉우 교수는 무라야마 교수의 말꼬리를 집요하게 물고 늘어지면서 독도가 빚어낸 한국인의 정회(情懷)를 허심탄회하게 밝혔다. 진심어린 충고도 덧붙여가면서……

시계를 연신 들여다보고 있던 사회자 무라야마 교수가 마이크를 입에 가져다 대었다.

"열도를 더해가다 보니 예정된 시간을 넘기고 말았습니다. 역사를 사랑하는 충정(衷情)으로 본다면 밤을 새울 수도 있겠습니다만 시간 관계상 독도에 대한 토론을 이것으로 마치겠습니다. 토론에 응해주신 회원님께 감사의 말씀드립니다. 그럼 후지무라 회장님께 마이크를 넘겨 강평을 듣도록 하겠습니다."

"먼저 회원님들께 고맙다는 말씀부터 올립니다. 긴 시간이었는데도 아무런 불평 한마디 없이 토론에 임해주신 회원님께 다시 한 번 감사의 말씀 올립니다. 아울러 뜻을 같이 해주시고 자리를 만들어주신 김영식 원장님과 한국 측 회원 모든 분들께 심심한 사의를 표하는 바입니다. 저는 지금껏 회원님들 곁에서 토론의 과정을 지켜보았습니다. 불꽃 튀는 논쟁에 도취되어 시간 가는 줄 몰랐습니다. 아직은 접점을 찾기보다는 대결에 치중하고 있다는 인상을 받았습니다. 자국의 주장을 대변하는 모습들이었습니다. 사람은 국가라는 테두리를 벗어나 살 수 없다는 것을 새삼 깨닫게 되었습니다. 당연한 논리일 수밖에 없습니다. 토론이란 원래 그렇게 운용되어 가는 것이기 때문에 매우 바람직한 현상이라고 봅니다. 그런 과정에서 나름대로 판단과 평가를 해가면서 자신을 성찰해가는 것이지요. 비단 반목과 갈등이 노출되었다고 할지라도 우리는 자주 만나야 합니다. 그리고 대화와 토론은 계속되어야 합니다. 그러다 보면 대립과 반목이 수그러들면서 접점을 찾아낼 수 있을 거라 확신하는 바입니다. 저는 그 접점을 역사의 공유라 정의하고 싶습니다.

저는 여기까지 숱한 시련을 겪으며 다가왔습니다. 협회를 조직하는 것보다 힘들었던 것은 비판하는 세력들의 준동이었습니다. 보수적인 사조를 내세워 자기들 주장에 혈안이 된 채 반윤리적 행동도 서슴지 않았습니다. 모름지기 지식을 앞세워 남을 공격하는 사람들은 마땅히 알아야 할 것을 모르기 때문입니다. 저희들은 역사학자이지 정치인이 아닙니다. 역사는 인류가 평화의 길로 나아갈 수 있도록 가르쳐주는 학문입니다. 인류의 궁극적 목표는 누구나 평화롭게 사는 것이기 때문입니다. 진실과 정의가 통하는 사회…… 존경과 공존이 함께 하는 사회…… 화해와 용서로 평화를 일구어내는 사회를 만드는데 우리 다 같이 미력이나마 힘을 보태도록 합시다. 지식은 사람을 교만하게 만들고 사랑은 인간을 성장하게 만듭니다. 유대의 랍비 힐렐은 '나에게 기껍지 않은 일은 이웃에게 권하지 말라.'고 가르쳤습니다. 그런가 하면 공자는 '남이 나에게 원치 않는다면 나도 남에게 그것을 권해서는 안 된다.'고 말했습니다. 예수님께서도 '남을 심판하지 마라. 그러면 너도 심판받지 않을 것이다. 남을 단죄하지 마라. 그러면 너희도 단죄 받지 않을 것이다. 용서하여라. 그러면 너도 용서 받을 것이다.'하셨습니다. 우리가 깊이 성찰하면서 묵상해야 할 말씀들입니다.

다시 한 번 감사의 말씀을 전해드립니다. 다음 만날 때까지 건강하시기 바랍니다."

『긍정의 힘』 2탄
공저자를 모집합니다!

개요

1. 공동 저자: 총 36명
2. 책 전체 분량: 380쪽 내외(1인당 10쪽 내외)
3. 원고 분량: A4용지 5장(글자크기 10포인트, 줄 간격 160%)
4. 경력(프로필): 10줄 이내
5. 사진: 자료사진 3매, 사진 설명 20자 미만
6. 신청 및 원고 접수: 수시 마감
7. 출간 예정일: 연 3회

긍정, 행복, 성공에 관한 이야기를 독자들에게 전하고 나눌 수 있는 내용의 원고를 자유로운 형식으로 작성하여 제출해 주시면 행복에너지 소속 전문 작가가 독자들이 읽기 편하도록 전반적인 윤문과 교정교열을 할 예정입니다.(원고는 ksbdata@daum.net 으로 송부해 주시기 바랍니다.)

책 발행비용은 100만 원이며 저자에게 발행 즉시 100부를 증정합니다. 발행비용은 신청 시 50만 원, 편집완료 시 50만원을 '국민은행 884-21-0024-204 도서출판 행복에너지 권선복'으로 입금해 주시면 되겠습니다.

자세한 문의는 언제든지 하단의 전화, 이메일을 통해 연락을 주시면 성실히 답변을 드리오며 원고 내용이나 책에 관해 궁금하신 분들은 도서 『긍정의 힘』을 직접 참조해 주시기 바랍니다.

도서출판 행복에너지: www.happybook.or.kr
대표이사 권선복
HP: 010-8287-6277 Tel: 0505-613-6133 E-mail: ksbdata@daum.net

소리(전 8권)

정상래 지음 l 각 권 13,500원

쏟아져 나오는 책은 많지만 읽을거리가 없다고 탄식하는 독자들이 많다. 그렇다면 근대 한국사에 담긴 우리 한恨의 정서에 관심이 있다면, 대하소설의 참맛에 대해 잘 알고 있다면, 정말 제대로 된 작품을 읽어볼 요량이라면 이 소설은 독자를 위한 더할 나위 없는 선물이자 생을 관통할 화두가 되어 줄 것이다.

조영탁의 행복한 경영이야기 세트(전 10권)

조영탁 지음 l 각 권 15,000원

행복한 성공을 위한 7가지 가치, 그 모든 이야기를 담은 『조영탁의 행복한 경영이야기』 전집은 자신은 물론 타인의 삶까지 행복으로 이끄는 '행복 CEO'가 되는 길을 제시한다. 다양한 분야에서 칭송을 받아온 인물들의 저서에서 핵심 구절만을 선별하여 담았다. 저자는 이를 '촌철활인寸鐵活人(한 치의 혀로 사람을 살린다)'으로 재해석하여 현대인이 지향해야 할 삶의 태도와 마음에 꼭 새겨야 할 가치를 제시한다.

새벽을 여는 남자

글 오풍연 · 사진 배재성 l 값 15,000원

책 『새벽을 여는 남자』는 '바보'가 되는 것을 곧 인생의 목표로 바라보는 신문기자의 8번째 에세이집이다. 이 책은 독자들이 삶을 살아가며 난관에 맞닥뜨렸을 때마다 펼쳐 보고 미래의 올바른 방향을 가늠해볼 수 있게 하는 인생의 길잡이 역할을 해줄 것이다.

대한민국 비정상의 정상화

권기헌 지음 / 236쪽 / 15,000원

『대한민국 비정상의 정상화』는 우리나라 국가혁신의 문제점과 미래의 방향을 제시한 하나의 기념비적인 작품이다. '비정상의 정상화'에 관한 철학, 이론, 실천과제를 국가와 정부의 역할을 중심으로 명쾌하게 제시하고 있다. 국가혁신의 근본적인 문제 해결에 접근하지 못하는 현실에서, 시대의 변화에 따른 혁신의 비전을 수립하는 데 중요한 지침서가 되어 줄 것이다.

'행복에너지'의 해피 대한민국 프로젝트!
〈모교 책 보내기 운동〉

대한민국의 뿌리, 대한민국의 미래 **청소년·청년**들에게 **책**을 보내주세요.

많은 학교의 도서관이 가난해지고 있습니다. 그만큼 많은 학생들의 마음 또한 가난해지고 있습니다. 학교 도서관에는 색이 바래고 찢어진 책들이 나뒹굽니다. 더럽고 먼지만 앉은 책을 과연 누가 읽고 싶어 할까요? 게임과 스마트폰에 중독된 초·중고생들. 입시의 문턱 앞에서 문제집에만 매달리는 고등학생들. 험난한 취업 준비에 책 읽을 시간조차 없는 대학생들. 아무런 꿈도 없이 정해진 길을 따라서만 가는 젊은이들이 과연 대한민국을 이끌 수 있을까요?

한 권의 책은 한 사람의 인생을 바꾸는 힘을 가지고 있습니다. 한 사람의 인생이 바뀌면 한 나라의 국운이 바뀝니다. **저희 행복에너지에서는 베스트셀러와 각종 기관에서 우수도서로 선정된 도서를 중심으로 〈모교 책 보내기 운동〉을 펼치고 있습니다.** 대한민국의 미래, 젊은이들에게 좋은 책을 보내주십시오. 독자 여러분의 자랑스러운 모교에 보내진 한 권의 책은 더 크게 성장할 대한민국의 발판이 될 것입니다.

도서출판 행복에너지를 성원해주시는 독자 여러분의 많은 관심과 참여 부탁드리겠습니다.

도서출판 **행복에너지** 임직원 일동

문의전화 0505-613-6133